LYNSAY SANDS
Vampir on the Rocks

Lynsay Sands bei LYX:

Die Argeneaus:

1. Verliebt in einen Vampir
2. Ein Vampir zum Vernaschen
3. Eine Vampirin auf Abwegen
4. Immer Ärger mit Vampiren
5. Vampire haben's auch nicht leicht
6. Ein Vampir für gewisse Stunden
7. Ein Vampir und Gentleman
8. Wer will schon einen Vampir?
9. Vampire sind die beste Medizin
10. Im siebten Himmel mit einem Vampir
11. Vampire und andere Katastrophen
12. Vampire küsst man nicht
13. Vampir zu verschenken
14. Vampir à la carte
15. Rendezvous mit einem Vampir
16. Der Vampir in meinem Bett
17. Ein Vampir für alle Sinne
18. Vampir verzweifelt gesucht
19. Ein Vampir für alle Lebenslagen
20. Ein Vampir zur rechten Zeit
21. Ohne Vampir nichts los
22. Tatsächlich … Vampir
23. Ein Vampir im Handgepäck
24. Frühstück mit Vampir
25. Ran an den Vampir
26. Vampir für dich
27. Was der Vampir begehrt
28. Und ewig lockt der Vampir
29. Vampir & Vorurteil
30. Vampir allein zu Haus
31. Vampir on the Rocks

Romantic History:

Liebe auf den zweiten Blick
Eine Braut von stürmischer Natur

Die Madison Sisters:

1. Ein Earl kommt selten allein
2. Ein Lord mit gewissen Vorzügen
3. Wie angelt man sich einen Lord?

Die Highlander-Reihe:

1. Die Braut des Schotten
2. Mein rebellischer Highlander
3. Meine ungezähmte Highland-Braut
4. Ein Highlander zur rechten Zeit
5. Ein Highlander zu Diensten
6. Der Eid des Highlanders
7. Ein Highlander auf Abwegen
8. Ein Highlander in Nöten

Außerdem erschienen:

Ein Vampir für jede Jahreszeit (Anthologie)

Weitere Romane der Autorin sind bei LYX in Vorbereitung.

LYNSAY SANDS

Vampir on the Rocks

Roman

Ins Deutsche übertragen
von Ralph Sander

LYX

LYX in der Bastei Lübbe AG
Dieser Titel ist auch als E-Book erschienen.

MIX
Papier aus verantwortungsvollen Quellen
FSC www.fsc.org
FSC® C014496

Die Originalausgabe erschien 2020
unter dem Titel »Immortal Angel« bei AVON BOOKS,
an Imprint of HarperCollinsPublishers, New York.

Published by Arrangement with Lynsay Sands
Dieses Werk wurde vermittelt durch die Literarische Agentur
Thomas Schlück GmbH, 30161 Hannover.

Für die deutschsprachige Ausgabe:

Textredaktion: Birgit Sarrafian
Umschlaggestaltung: © Birgit Gitschier, Augsburg
unter Verwendung der Motive von © popout/shutterstock;
Billy.bkk/shutterstock; Julie208/shutterstock
Satz: Greiner & Reichel, Köln
Gesetzt aus der New Caledonia
Druck und Verarbeitung: GGP Media GmbH, Pößneck
Printed in Germany
ISBN 978-3-7363-1432-0

1 3 5 7 6 4 2

Sie finden uns im Internet unter lyx-verlag.de
Bitte beachten Sie auch: luebbe.de und lesejury.de

Prolog

Schmerz holte Jack aus der Bewusstlosigkeit zurück, ein bis in die Knochen reichender Schmerz, der seinen ganzen Körper erfasste und ihn das Gesicht verziehen ließ, noch bevor er überhaupt die Augen aufgemacht hatte. Bedauerlicherweise wurde alles nur noch schlimmer dadurch, dass er das Gesicht verzog, also bemühte er sich um eine ausdruckslose Miene, um zumindest diese Schmerzen zu lindern. Dann endlich schlug er die Augen auf. Das wiederum bewirkte ein erneutes Aufflammen der rasenden Schmerzen, doch diesmal ignorierte er sie und zwang sich, aus verquollenen Augen einen Blick auf die dunkle Umgebung zu werfen, in der er sich befand. Fantasievolle Graffiti waren mit Leuchtfarbe an die Wände gemalt worden. Doch er wusste, dass sich um ihn herum noch mehr befand, nur leuchtete das nicht im Dunkeln. Was das war, hatte er sehen können, als er das letzte Mal bei Bewusstsein gewesen war, denn da hatten seine Kidnapper Lampen mitgebracht, um für Licht zu sorgen. Er hatte auch die Risse in den Bodenkacheln wahrgenommen, auf denen der Stuhl stand. Jedenfalls ging Jack davon aus, dass dies das letzte Mal gewesen war, dass er sein Bewusstsein wiedererlangt hatte. Wo er sich befand, vermochte er dennoch nicht zu sagen. Er war bewusstlos hergebracht worden als Folge eines Hakens, den er abbekommen hatte, da er es an Aufmerksamkeit hatte fehlen lassen. Die war auf Lacy gerichtet gewesen, weil man ihr eine Waffe an den Kopf gehalten hatte.

Kaum hatte er an sie gedacht, hörte er ein leises Wimmern vom anderen Ende des Raums. Er drehte den Kopf so weit zur

Seite, dass er Lacy sehen konnte. Sie lag zusammengerollt gegen die Wand gelehnt da. Diese Körperhaltung und die jämmerlichen Laute, die sie von sich gab, hatten ihm schon Sorge bereitet, als er zum ersten Mal bewusstlos geworden war. Er hatte befürchtet, dass die Entführer ihr in der Zwischenzeit etwas angetan haben könnten, doch das war nicht der Fall. Ihre Reaktion war darauf zurückzuführen, dass sie Angst hatte, was Jack nur zu gut verstehen konnte, denn als Traumdate hatte sich das Ganze eindeutig nicht entpuppt. Dennoch hätte er gern auf ihr Schluchzen und Jammern verzichten können, das sie von sich gegeben hatte, als die Männer auf ihn einprügelten.

Es hatte in ihm den Wunsch geweckt, ihr eine Ohrfeige zu verpassen, denn schließlich war er derjenige, der die Schläge einstecken musste. Und trotzdem hatte sie sich so angehört, als wäre sie diejenige, auf die so brutal eingeprügelt wurde. Seufzend machte er für einen Moment die Augen zu und dachte daran, dass seine Partnerin Deedee längst seine Fesseln gelöst und mit ihm Seite an Seite gekämpft hätte, um hier rauszukommen. Aber das war nicht Deedee, sondern Lacy, die man weder gefesselt noch geschlagen hatte. Sie lag noch immer dort, wo sie von den Männern hingelegt worden war, als man sie herbrachte. Seit er das erste Mal das Bewusstsein wiedererlangt und festgestellt hatte, dass sie beide allein waren, war es ihm einfach nicht gelungen, diese Frau davon zu überzeugen, dass sie aufstehen und ihm helfen sollte. Sie war so verängstigt, dass sie ihm nicht einmal zuhören wollte. Sie war sogar so verängstigt, dass sie nicht mal in der Lage war, ihr eigenes Leben zu retten, von seinem ganz zu schweigen. Er wünschte, er hätte einfach weitergekämpft, anstatt in dem Moment zu kapitulieren, als man ihr eine Waffe an den Kopf gehalten und damit gedroht hatte, ihr das Hirn wegzupusten, wenn er sich nicht sofort ergab.

Zu dem Zeitpunkt hatte Jack noch geglaubt oder zumindest gehofft, dass er sie beide früher oder später in Sicherheit würde bringen können, wenn er sich zunächst einmal ergab. Der Gedanke war ihm lieber gewesen als die Aussicht darauf, mit ansehen zu müssen, wie man sie ermordete. Jetzt allerdings standen die Chancen zu entkommen denkbar schlecht, und er fragte sich, ob er nicht besser weitergekämpft hätte und dabei das Risiko eingegangen wäre, dass sie tatsächlich erschossen wurde. Dann hätte wenigstens einer von ihnen überlebt, und mal ehrlich: Wenn sie nicht mal einen Fluchtversuch unternahm, verdiente sie dann überhaupt, das hier zu überleben?

Bei diesen Gedanken regte sich Jacks schlechtes Gewissen. Lacy war nur eine Lehrerin und nicht so wie er ein FBI-Agent. Sie war schließlich nicht darin ausgebildet, mit gefährlichen Situationen und extremem Stress umzugehen. Und bedauerlicherweise besaß sie allem Anschein nach auch nicht den geringsten Überlebensinstinkt. Jack war Agentinnen gewohnt, die sich jeder Situation stellten und sie in aller Regel auch bewältigten. Dabei war es ausgerechnet die Hilflosigkeit dieser Frau gewesen, die sie für ihn so anziehend gemacht hatte. Sie war ihm wie eine richtige Dame erschienen, wie eine empfindliche Blume, mit der man behutsam umgehen musste. Genau davon hatte er sich so sehr angezogen gefühlt … was er spätestens jetzt bereute. Lieber Himmel, selbst zarte Rosen hatten Dornen, um sich zu wehren, ging es ihm durch den Kopf, als er Lacy ein weiteres Mal schwach wimmern hörte.

Er presste die Lippen zusammen, obwohl es ihm Schmerzen bereitete, und sah sich im Raum um, immer auf der Suche nach irgendetwas, mit dem sie sich aus dieser misslichen Lage befreien konnten. Seine Augen hatten sich inzwischen an die Dunkelheit gewöhnt, doch es half ihm nicht weiter. Dummerweise hatten ihre Kidnapper nicht versehentlich irgendetwas liegen gelassen, das er als Waffe oder zumindest als Mittel hätte gebrauchen können, um sich von seinen Fesseln zu befreien. Dies war einfach nur ein großer, leerer Raum, in dem sich nichts weiter befand als der Stuhl, auf dem er saß. Das wenige Licht schien von den Straßenlaternen herein, hatte aber Mühe, sich durch die Dreckschicht auf den Fenstern zu kämpfen. Vermutlich war das hier irgendein altes, aufgegebenes staatliches Gebäude, oder es handelte sich um eines der leerstehenden Gebäude auf dem Universitätsgelände oder in dessen unmittelbarer Umgebung. Er verfolgte den Gedanken nicht weiter, da er nicht von Bedeutung für ihn war. Schließlich war es völlig egal, wo sie sich befanden, wenn er sich nicht befreien und sich und Lacy in Sicherheit bringen konnte. Jacks Blick wanderte wieder zu ihr, da sie abermals leise wimmerte. Gerade wollte er einen weiteren Versuch unternehmen, sie davon zu überzeugen, von hier zu verschwinden und Hilfe zu holen, damit wenigstens sie sich in Sicherheit bringen konnte. Doch in diesem Augenblick verkündete das Knarren rostiger Scharniere, dass die Tür geöffnet wurde und ihre Kidnapper zurückgekehrt waren.

»Du bist ja wach, wie ich sehe.«

Jack überlegte, ob er die Augen zumachen und so tun sollte, als sei er wieder bewusstlos geworden, aber er bezweifelte, dass man ihm das abnehmen würde. Stattdessen hob er den Kopf und sah trotzig den Mann an, der mit ihm gesprochen hatte. Grizzly Adams hatte er ihn insgeheim getauft, weil dessen Haar und Bart von so üppigem Wuchs waren, dass sich der Name geradezu anbot. Vier Männer folgten ihm, weitere vier Männer verteilten sich an den Fenstern und behielten die Umgebung im Auge. Jack vermutete, dass sie auf diese Weise sichergehen wollten, dass sich niemand unbemerkt dem Haus näherte, der seine Schmerzensschreie gehört hatte.

»Euer Boss ist immer noch nicht da?«, fragte er eher ketzerisch als aus Neugier. Allerdings konnte er damit keinen wirklichen Eindruck schinden, da er nur mühsam reden konnte, weil sein Mund stark angeschwollen und sein Kiefer vermutlich gebrochen war.

»Nö. Er wurde noch aufgehalten«, meinte Grizzly Adams grinsend. »Das sind doch schöne Neuigkeiten, oder nicht? Auf die Weise können wir beide noch ein bisschen länger miteinander spielen.« Damit meinte Grizzly Adams, dass er mit seinen großen fleischigen Fäusten weiter auf Jacks Gesicht und Oberkörper eindreschen konnte, während der wehrlos dasaß und nicht zu schreien versuchte, bis er vor Schmerz wieder ohnmächtig wurde. Für Jack waren das alles andere als schöne Neuigkeiten. Da wäre es ihm fast schon lieber gewesen, wenn endlich dieser Boss aufgekreuzt wäre – ganz gleich, wer dieser Typ sein mochte – und seinem Leben ein Ende gesetzt hätte, falls er mit ihm nicht noch etwas ganz anderes vorhatte.

Es war ziemlich offensichtlich, dass er das hier nicht überleben würde. Und in diesem Fall wäre es ihm lieber, wenn es bald vorüber war. Allerdings hätte er doch ganz gerne noch erfahren, um was es hier eigentlich ging. Grizzly Adams hatte ihm darauf nur geantwortet, dass der Boss ihm das persönlich erzählen wollte. Zweifellos hing diese Aktion in irgendeiner Weise mit seinem Job zusammen. Vermutlich war dieser Boss irgendwann mal seinetwegen im Gefängnis gelandet, oder Jack hatte einen engen Verwandten von ihm hinter Gitter gebracht. In jedem Fall wäre es schön zu erfahren, aus welchem Grund man ihn umbringen wollte.

Jack verlor den Faden in dem Moment, als Grizzly Adams ihm mit solcher Wucht die Faust in den Oberkörper rammte, dass sich der Schmerz so schlimm anfühlte, als hätte er ihm noch eine Rippe gebrochen. Verdammt, der Kerl hatte Fäuste so hart wie Bowlingkugeln. Er stöhnte vor Schmerz gequält auf, doch Lacy schrie so durchdringend, als wäre sie selbst getroffen worden. Der Gedanke wurde aber gleich wieder verdrängt, als ihn der zweite Schlag traf, der den bereits gebrochenen Kiefer zum Ziel hatte. Sein Kopf wurde brutal nach rechts herumgerissen, und einen Moment lang sah er nur noch Sterne. Er konnte seine Umgebung schon wieder klar genug wahrnehmen, als gleich darauf eine Tür am anderen Ende des Raums aufgerissen wurde. Mit unglaublichem Schwung flog sie auf und knallte so hart gegen die Mauer, dass der Lärm einer Explosion gleichkam. Staub und Dreck wurden aufgewirbelt, sodass eine Wolke aufstieg, die zum Teil die Sicht auf die Gestalt nahm, die in der Tür stand. Zuerst glaubte Jack noch, dass »der Boss« eingetroffen war, doch dann legte sich der Staub. Im Schein der Straßenlaterne vor der Tür konnte er die Silhouette einer Frau ausmachen, einer sehr kurvenreichen Frau darüber hinaus. Zwar hätte das nicht zwangsläufig bedeutet, dass diese Frau nicht der Boss sein konnte, aber die Reaktion der Männer um ihn herum ließ schnell erkennen, dass dort nicht der Boss in der Tür stand. Für ein paar Sekunden hatten sie vor Anspannung und Schock wie erstarrt dagestanden, wurden dann aber gleich wieder entspannter und fingen sogar an zu lächeln.

»Na, Jungs, seht mal, was wir da haben«, sagte Grizzly Adams mit einem boshaften Grinsen auf den Lippen. »Noch jemand, mit dem wir spielen können. Tja, der Boss hat zwar gesagt, dass wir die Finger von der Lehrerin lassen sollen. Aber es war keine Rede davon, dass wir auch jede ungezogene Frau in Ruhe lassen müssen, die unser Spielfeld betritt.«

Jack stutzte, als er diese Bemerkung hörte. Er konnte sie nicht allzu deutlich erkennen, aber durch den Lichtschein, der sie umgab, schien sie ihm mehr ein Engel als eine ungezogene

Frau zu sein. Dann jedoch bewegten sich die Männer auf die Unbekannte zu. Als der erste Mann bei ihr angekommen war, verwandelte sich der Engel in eine Dämonin. Zum Teufel, wie rasend schnell sie sich bewegt, dachte Jack zutiefst beeindruckt, als sie aus ihrer reglosen Pose heraus mit der Schnelligkeit eines tasmanischen Teufels nach dem Angreifer trat. Der wurde mit solcher Wucht am Kopf getroffen, dass er einen Satz in die Luft machte, nach hinten geschleudert wurde und hart auf dem Boden aufschlug. Jack entging nicht, dass der Mann völlig reglos liegen blieb. Er richtete seine Aufmerksamkeit wieder auf die Frau und sah, wie die anderen Männer auf sie zustürzten. Ganz offensichtlich gefiel ihnen nicht, was sie ihrem Komplizen angetan hatte, und nun wollten sie Rache nehmen. Doch statt Rache zu üben, erwartete sie alle ein gleichermaßen harter Tritt, in dessen Folge sie auf die gleiche Weise Bekanntschaft mit dem Fußboden schlossen wie der bewusstlose erste Angreifer. Die Frau schickte die Männer einen nach dem anderen zu Boden, was mit einer Schnelligkeit vonstattenging, der Jack nicht mehr folgen konnte. Unwillkürlich verzog sogar er den Mund, als er hörte, wie Knochen zerbrachen, und mit ansehen musste, wie ein Schädel nach dem anderen auf die rissigen Kacheln donnerte. Als die Frau fertig war, regte sich in diesem Raum nichts mehr, und es war auch kein Laut mehr zu hören. Selbst Lacy hatte aufgehört zu wimmern.

»Atmen.« Das Wort war kaum mehr als ein Flüstern, das aus der Mitte des Raums zu ihm vordrang, wo die Frau stehen geblieben war. Dennoch konnte Jack es laut und deutlich vernehmen. Nur dadurch wurde ihm bewusst, dass er tatsächlich gebannt den Atem angehalten hatte. Er holte tief Luft und hörte, dass auch Lacy angestrengt nach Luft schnappte. Die Frau ließ er keine Sekunde aus den Augen. Da sie jetzt nicht mehr von hinten von der Straßenlampe beschienen wurde, konnte er sie besser erkennen, wenngleich noch immer nicht klar und deutlich. Zumindest konnte er sehen, dass sie ihre dunklen Haare nach hinten zu einem Knoten verschlungen trug und dass alles, was sie am Körper trug, aus schwarzem Leder war – die hochhackigen Stiefel, die hautenge Hose und auch die knappe Jacke, deren Reißverschluss weit genug aufgezogen war, dass darunter ein schwarzes Ledermieder zu erkennen war. Jedes Teil trug nur dazu bei, ihre umwerfend gute Figur noch mehr zu betonen. Die Frau war die wandelnde Sünde, dachte Jack, während sie ein Handy aus der Jackentasche zog und eine Nummer einzutippen begann. Nur drei Ziffern. Sehr wahrscheinlich 9-1-1, überlegte er und hörte sie leise in das Mikrofon sprechen. Dann beendete sie das Gespräch und steckte das Telefon wieder ein.

»Hilfe ist unterwegs«, sagte sie im gleichen Flüsterton wie zuvor, was es für ihn sehr schwierig machte, den winzigen Akzent zu bestimmen, der in ihren Worten mitschwang. Wortlos machte sie kehrt und verließ das Gebäude durch die Tür, durch die sie hereingekommen war. Als sie nach draußen ging, fühlte es sich so an, als würde an ihrer Stelle ein Vakuum zurückbleiben, das alle Luft in sich aufsog. Zumindest kam es Jack so vor, während sich die Dunkelheit um ihn herum zusammenzuziehen begann. Als letzten Gedanken vor dem Einsetzen der nächsten Bewusstlosigkeit fasste er den Entschluss, dass er herausfinden musste, wer dieser rettende Engel gewesen war.

1

»Professor Straithe ist spät dran.«

»Sí, aber das ist er ja immer«, betonte Ildaria, während sie den Notizblock und einen Stift aus ihrem Rucksack holte, den sie dann neben ihrem Platz auf den Boden stellte.

»Ja, aber heute Abend hat er so richtig Verspätung«, erwiderte Lydia und fügte dann noch hinzu: »Noch fünf Minuten, dann ist er schon eine Viertelstunde über der Zeit. Wenn er bis dahin nicht kommt, gehen wir. Dann fällt der Unterricht nämlich aus, und wir können in eine Bar oder woandershin gehen.«

Ildaria zuckte lediglich mit den Schultern, schlug ihren Notizblock auf und blätterte bis zum nächsten freien Blatt, bevor sie prophezeite: »Eine Minute, bevor die Viertelstunde um ist, kommt er reinspaziert, und dann sitzen wir hier fest. Das hat er in diesem Semester schon ein paar Mal so gemacht.«

»Ja, das stimmt«, musste Lydia ihr enttäuscht beipflichten. In einem verärgerten Tonfall fuhr sie schließlich fort: »Das ist ein Abendkurs, verdammt noch mal. Wir sitzen hier nicht um acht Uhr morgens, also muss er sich nicht aufraffen, um seinen Hintern aus dem Bett zu bewegen. Und trotzdem kommt der Mann immer zu spät.« Sie zog die Augenbrauen zusammen und fügte verbittert hinzu: »Und wenn er endlich hier ist, sind seine Vorlesungen wie immer todlangweilig. Ganz ehrlich, wenn er nicht so fantastisch aussehen würde, dann würde ich ihn dafür hassen.«

Ildaria musste bei diesen Worten leise lachen. Es war zu bezweifeln, dass Lydia überhaupt in der Lage war, irgendwen zu hassen. Dafür war diese Frau einfach viel zu nett, was auch mit ein Grund dafür war, dass Ildaria sie so gut leiden konnte.

»Ooooh, was haben wir denn da?«

Irritiert zog Ildaria die Augenbrauen hoch und folgte Lydias Blick nach oben in die letzte Reihe des Vorlesungssaals. Dort standen zwei Männer an der Tür, beide groß und muskulös, beide in schwarze T-Shirts, schwarze Jeans und schwarze Lederstiefel gekleidet. Von der Statur her hätten sie Zwillinge sein können, doch das Gesicht des nordisch Blonden war fein geschnitten, wohingegen der andere ein eher gröberes Gesicht hatte. Trotzdem sahen beide zum Anbeißen aus, aber sie strahlten auch Gefahr aus, während sie so dastanden und die Reihen scheinbar nach jemandem absuchten.

»Keine Bücher, keine Taschen … das können keine Studenten sein«, stellte Lydia fest und starrte die Männer an. »Aaah, vielleicht sind die zwei ja neue Lehrassistenten.« Vermutlich überlegte sie bereits, ob sie die beiden für Nachhilfeunterricht ansprechen sollte.

Leise seufzend murmelte Ildaria vor sich hin: »Oder blutsaugende *putas*, die hergekommen sind, um jemanden zu exekutieren.«

»Was?«, fragte Lydia amüsiert und drehte sich zu ihr um.

Ildaria schüttelte nur den Kopf und sah die beiden Männer an, während sich ihre Gedanken überschlugen. Sie wusste genau, wer die beiden waren: Valerian und Tybo waren Vollstrecker. Oder Abtrünnigenjäger, wie ihresgleichen sie bevorzugt nannten. Die waren so etwas wie die Unsterblichenausgabe der Polizei, ausgesandt vom Rat der Unsterblichen, um abtrünnige Unsterbliche aufzuspüren, die sich gesetzeswidrig verhalten hatten. Jemand wie Lydia hätte sie wohl eher als Vampirjäger bezeichnet, wäre ihr etwas von der Existenz der Unsterblichen bekannt gewesen. Doch davon wusste Lydia nichts.

»Was machst du denn da?«, fragte Lydia verwundert, als sie sah, dass Ildaria nach ihrer Tasche griff und den Reißverschluss aufzog. »Du kennst diese Typen doch nicht etwa, oder?«

Ildaria antwortete nicht, sondern steckte in aller Eile Notizblock und Stift ein.

»Aber ja, du kennst sie!« Vor wachsender Begeisterung schnappte Lydia nach Luft. »Oh! Dann musst du mich unbedingt mit ihnen bekanntmachen.«

»Glaub mir, die willst du nicht näher kennenlernen. Die bedeuten nur Ärger«, gab Ildaria mürrisch zurück. Sie fragte sich, ob man sie wohl auf der Stelle hinrichten würde oder ob sie erst noch auf ein Verfahren vor dem Rat warten musste, ehe man ihrem Leben ein Ende setzte.

»Die meisten interessanten Männer bedeuten nur Ärger«, versicherte Lydia ihr und begann ebenfalls ihre Sachen zu packen, als wollte sie sich ihr anschließen.

Ildaria vergeudete gar nicht erst noch Zeit damit, sie davon zu überzeugen, dass sie ihr nicht folgen sollte. Stattdessen sah sie sie an und sagte: »Du bleibst hier.« Gleichzeitig drang sie in den Geist der jungen Frau ein und redete ihr ein, dass sie genau das wollte. Als Lydia daraufhin aufhörte zu packen und ihre Konzentration auf das Pult ganz vorne richtete, stand Ildaria auf, hängte sich den Rucksack über die Schulter und schob sich an den rechts von ihr sitzenden Studenten vorbei, bis sie die Treppe erreicht hatte. Zügig ging sie nach oben und wahrte eine ausdruckslose Miene, da sie wusste, dass die Männer sie jetzt sahen. Sie wollte ihnen nicht die Genugtuung geben, ihr Sorge und Angst ansehen zu können. Tybo und Valerian sagten kein Wort, als sie sich ihnen anschloss. Sie gingen lediglich links und rechts von ihr in Position und eskortierten sie aus dem Saal und durch die Korridore Richtung Ausgang.

Erst als sie draußen angekommen waren und den düsteren Weg entlanggingen, der zum Parkplatz führte, sagte Tybo: »Du konntest der Versuchung wohl nicht widerstehen, nicht wahr?«

Instinktiv wollte sie den Kopf einziehen, um in Deckung zu gehen, doch sie drückte energisch die Schultern durch und erklärte: »Ich weiß nicht, wovon du redest. Ich habe mich nicht falsch verhalten.«

»Du hast mal wieder Rächerin gespielt«, hielt er ihr vor.

»Habe ich nicht«, versicherte Ildaria ihm.

»Jemand hat auf Video festgehalten, wie du einen Kerl durch die Gegend wirbelst, der doppelt so groß ist wie du«, ließ Valerian sie wissen und schaltete sich damit in die Unterhaltung ein. »Das Video wurde auf Twitter oder Instagram oder wo auch immer hochgeladen, wo Mortimer es dann entdeckt und Lucian gezeigt hat.«

Vor Schreck über diese Neuigkeit schnappte sie nach Luft, beteuerte aber erneut: »Ich habe nicht Rächerin gespielt.« Da sie nicht wusste, welcher Zwischenfall gefilmt worden war, fügte sie vage hinzu: »Ich ging nach der Vorlesung zu meinem Wagen, als ich eine Frau schreien hörte. Also habe ich versucht ihr zu helfen. Was hätte ich denn tun sollen? Einfach weghören?«

»Ja«, antwortete Tybo aufgebracht.

Weil sie ihren Ohren nicht trauen wollte, blieb sie stehen und sah ihn ungläubig an. »Du hättest also einfach weggehört, wenn eine Frau um Hilfe gerufen hätte?«

Tybo wich ihrem Blick aus und verriet ihr damit alles, was er ihr nicht sagen wollte. Schließlich sah er sie aber wieder an. »Okay, vielleicht hätte ich tatsächlich nicht weghören können, aber ich wäre verdammt noch mal vorsichtig genug gewesen, um mich von niemandem filmen zu lassen.«

Ildaria wollte etwas darauf erwidern, doch dann vernahm sie den Hilferuf einer Frau, hielt inne und schaute in die Richtung, aus der die Stimme zu ihnen drang. Entsetzt sah sie am anderen Ende des Parkplatzes eine junge Frau, die sich mit Händen und Füßen dagegen wehrte, in einen Van gezerrt zu werden. Ildaria brauchte einen Moment, um zu begreifen, dass sie soeben Augenzeugin einer Entführung wurde, dann rannten Tybo und Valerian auch schon los. Mit der Schnelligkeit eines Unsterblichen, die der eines jeden normalen Menschen weit überlegen war, jagten die beiden über den Parkplatz.

Fast wäre sie ihnen gefolgt, doch Tybos Worte hallten noch in ihrem Kopf nach: *Ich wäre verdammt noch mal vorsichtig genug gewesen, um mich von niemandem filmen zu lassen*. Ihr Blick wanderte über den Parkplatz, und sie stellte fest, dass sich außer ihr noch ein paar Studenten auf dem Parkplatz des Gebäudes aufhielten. In unmittelbarer Nähe der Gebäude tummelten sich sogar noch mehr Studenten, manche ganz allein, manche in Begleitung und andere in kleineren Gruppen. Einige von ihnen hatten sich in Bewegung gesetzt, wohl um zu Hilfe zu eilen, ließen jedoch davon ab, als sie sahen, wie Tybo und Valerian herbeigeeilt kamen. Andere wiederum hatten bereits ihre Handys gezückt und hielten sie hoch. Ein paar von ihnen machten vermutlich nur einen Schnappschuss, während andere zweifellos das Geschehen mitfilmten. Das war die Welt von heute, dachte Ildaria kopfschüttelnd. Eine Welt, die durch Telefone mit Kamerafunktion völlig auf den Kopf gestellt worden war. Auf einmal musste sie erneut an Tybos Worte denken.

»Ich wäre verdammt noch mal vorsichtig genug gewesen, um mich von niemandem filmen zu lassen.«

Sie schnaubte leise, blieb aber, wo sie war, und zog stattdessen ihr Handy aus der Tasche, um ebenfalls zu filmen. Als der aufregende Teil abgeschlossen war und Tybo und Valerian den Entführer der Polizei übergeben hatten, wurde die junge Frau noch von Sanitätern versorgt. Ildaria hatte ihr Handy längst wieder eingesteckt und stand gegen den schwarzen Van der Vollstrecker gelehnt da, um auf die beiden zu warten. Sie wusste, dass es ihr Wagen war, weil er das Kennzeichen RogueH4 hatte, eine Abkürzung für Abtrünnigenjäger Nr. 4. Als die zwei bei ihr ankamen, sagte sie lächelnd: »Sieh an. Ihr könnt also auch keine Frau ignorieren, die um Hilfe ruft.«

»Ja, ja«, murmelte Tybo und sah Valerian missmutig an. Dann holte er den Wagenschlüssel aus der Tasche und betätigte die Fernbedienung, um die Türen des SUV zu entriegeln.

»Habt ihr eigentlich mitbekommen, von wie vielen Leuten ihr gefilmt worden seid?«, fragte sie dann. Beide Männer blieben abrupt stehen, drehten sich um und ließen den Blick über den Parkplatz schweifen. Viele Augenzeugen, die die Szene gefilmt hatten, waren inzwischen gegangen, die meisten davon in dem Moment, als die Campus-Polizei eingetroffen war. Aber ein paar waren immer noch da und hielten ihre Smartphones hoch, um weiterzufilmen.

»Verdammt«, knurrte Tybo.

Valerian seufzte und sagte: »Du nimmst dir die zwei da rechts vor, und ich werde …«

»Macht euch gar nicht erst die Mühe«, unterbrach Ildaria die beiden. »Mindestens einmal ist das jetzt schon im Netz.« Als die Männer sie erschrocken ansahen, lächelte sie honigsüß. »Ich habe bei meinem Video Lucian Argeneau markiert. Bestimmt guckt er es sich gerade jetzt an.«

»Ach, verdammt«, grummelte Tybo.

»Jetzt wisst ihr wenigstens, wie es mir ergangen ist«, sagte sie in finsterem Tonfall, wandte sich ab und stieg in den SUV ein. Wann die zwei ihr folgen wollten, war ihnen überlassen. Nachdem sie den Gurt angelegt hatte, schaute sie aus dem Fenster und sah, dass die beiden Männer immer noch neben dem Wagen standen, jetzt aber ihre Smartphones in der Hand hielten.

Offenbar suchten sie schon nach dem Video. Als Ildaria sie fluchen hörte, mussten sie wohl eines der hochgeladenen Videos entdeckt haben.

Sie stieß einen leisen Seufzer aus und ließ sich nach hinten gegen den Sitz sinken. Sie konnte nur abwarten, bis die zwei sich wieder beruhigt hatten, damit sie sie zu Lucian brachten. Seltsamerweise schienen sie es nicht mehr so eilig zu haben wie zuvor, als sie sie unbedingt aus dem Hörsaal hatten holen müssen.

Die Fahrt zum Haus verlief sehr schweigsam und war begleitet von zahlreichen wütenden und vorwurfsvollen Blicken in ihre Richtung.

»Ildaria! Wie schön dich wiederzusehen!«

Sie lächelte unschlüssig, als sie von Samantha Mortimer mit diesen Worten begrüßt wurde, gleich nachdem Tybo und Valerian sie ins Haus der Vollstrecker gebracht hatten. Wie erstarrt stand sie da, als die andere Frau sie umarmte … bis Sam ihr zuflüsterte: »Es wird alles gut werden.« Sie entspannte sich ein wenig und erwiderte die Umarmung. Als Sam sich ein Stück weit zurücklehnte, um ihr ins Gesicht zu sehen, brachte Ildaria sogar ein ehrliches Lächeln zustande. Sie war sich nicht sicher, ob tatsächlich alles gut werden würde, doch zumindest konnte sie dank Sams Worten darauf hoffen.

»Lucian und Garrett warten im Büro«, sagte Sam, nachdem sie sie aus der Umarmung entlassen hatte. Sie sah Tybo und Valerian an und fügte hinzu: »Sie erwarten euch alle drei.«

Ildaria musste sich auf die Lippe beißen, als sie die beiden Männer aufstöhnen hörte und sah, dass sie sich finstere Blicke zuwarfen.

Sam grinste nur amüsiert und ließ sich von den düsteren Mienen der Männer nicht aus der Ruhe bringen. Stattdessen hakte sie sich bei Ildaria unter und führte sie durch den Korridor. »Und? Hast du dich bei Marguerite schon eingelebt?«

»Ja, gut sogar«, antwortete Ildaria und drängte für den Moment ihre Sorgen in den Hintergrund. »Marguerite ist sehr nett.«

»Ja, das ist sie wirklich«, bestätigte Sam fröhlich, wurde aber gleich darauf wieder etwas ernster, als sie hinzufügte: »Aber ich hoffe, sie lässt es locker angehen. Sie und Julius waren ja so am Boden zerstört, nachdem sie das letzte Mal ihr ungeborenes Kind verloren hatte. Ich möchte nicht miterleben, dass das noch mal passiert.«

Ildaria drehte sich abrupt zu ihr um. »Marguerite ist schwanger?«

»Ja, aber das solltest du ihr gegenüber vielleicht besser nicht erwähnen. Sie hat es noch nicht allen erzählt. Ich weiß es auch nur, weil Lucian mit Mortimer gesprochen und ihn angewiesen hat, ihr keine stressigen Aufgaben zu übertragen, bis das Baby da ist«, erklärte Sam mit gesenkter Stimme. »Vor ein oder zwei Jahren war sie auch schwanger, hat aber das Kind verloren. Lucian ist davon überzeugt, dass es etwas mit Stress zu tun hatte, deshalb sollen wir alle dafür sorgen, dass sie diesmal davon verschont bleibt.«

»Aha«, machte Ildaria nachdenklich. Sie lebte jetzt seit über einem Monat bei der Frau und hatte bislang nichts von den anderen Umständen bemerkt, in denen sie sich befand. Allerdings war ihr aufgefallen, dass Marguerite ungewöhnlich viel Blut trank, was jetzt einen Sinn ergab, da eine schwangere Unsterbliche das tun musste, um ihr Kind austragen zu können.

»Genau genommen«, redete Sam weiter, »ist Lucian so darauf fixiert, keinerlei Stress an Marguerite heranzulassen, dass du besser bei uns geblieben wärst, als sie dich von Montana hergebracht hatten. Ich hätte dagegen nichts einzuwenden gehabt. Aber Marguerite hatte bereits Wind von deiner besonderen Situation bekommen, sodass sie darauf bestand, dich bei ihr einzuquartieren. Sie war in Sorge, dass dein Aufenthalt bei uns für Unbehagen sorgen könnte. Sie meinte, die Zellen da hinten könnten von dir als ständige Bedrohung wahrgenommen werden für den Fall, dass du dich danebenbenimmst.«

Ildaria verzog den Mund, als sie das hörte, denn sie war jetzt hier, weil sie sich wieder einmal Ärger eingehandelt hatte. Und vermutlich würde sie deswegen in einer der Zellen landen, die Sam soeben angesprochen hatte.

»Es wird schon gut ausgehen«, versicherte Sam ihr noch einmal und tätschelte ihren Arm. »Und da wären wir auch schon.« Ildaria sah sich um und stellte fest, dass sie das Büro von Garrett Mortimer erreicht hatten – oder auch einfach nur Mortimer, denn jeder redete Sams Ehemann nur mit dem Nachnamen an.

Offiziell war Mortimer der Chef der unsterblichen Vollstrecker in Nordamerika, die oft auch als Abtrünnigenjäger bezeichnet wurden. Aber Lucian Argeneau als Chef des nordamerikanischen Unsterblichenrats steckte seine Nase oft in Mortimers Angelegenheiten und untergrub so dessen Position. Genau das schien auch jetzt der Fall zu sein, überlegte Ildaria, als sie sah, dass es Lucian mit den eisblonden Haaren war, der in Mortimers Sessel an Mortimers Schreibtisch saß, während der dunkelhaarige Ehemann von Sam auf der Tischkante kauern musste. Die beiden Männer mussten bis gerade eben über irgendetwas geredet haben – vermutlich über sie – und waren verstummt, als sie hereingekommen waren.

»Wenn du hier fertig bist, kannst du in der Küche vorbeischauen, da stehen Brownies und eine Tasse Kakao bereit«, sagte Sam unbekümmert, während sie Ildarias Arm losließ und sie in das Büro schickte. Die schlanke Brünette ignorierte den finsteren Blick, den Lucian ihr zuwarf, und zog sich in den Flur zurück, damit Tybo und Valerian ebenfalls eintreten konnten.

»Setzt euch«, sagte Lucian energisch, nachdem die drei sich vor dem Schreibtisch aufgebaut hatten, als seien sie ungezogene Kinder, die im Büro des Schuldirektors antanzen mussten. Ildaria setzte sich auf den Stuhl, der am nächsten stand und zufälligerweise auch der mittlere der drei Stühle auf dieser Seite des Schreibtischs war, sodass Tybo und Valerian gezwungen waren, links und rechts von ihr Platz zu nehmen.

Kaum saßen sie, drehte Lucian sein Notebook zu ihnen herum, damit sie auf den Bildschirm sehen konnten. Was sie dort zu sehen bekamen, war ein Standbild, das Tybo und Valerian zeigte, wie sie im Rennen begriffen waren. Beide Männer wollten sofort etwas zu ihrer Verteidigung vorbringen, doch Lucian hob eine Hand und bedeutete ihnen zu schweigen. Als dann auch kein Ton von ihnen kam, tippte er auf eine Taste und startete die Wiedergabe. Schweigend sahen sie mit an, was sich auf dem Bildschirm abspielte.

Valerian und Tybo rannten so schnell wie Geparden über den Parkplatz, der leider sehr weitläufig war. Trotz ihrer übermenschlichen Geschwindigkeit gelang es dem Fahrer noch, die Frau in seinen Wagen zu zerren, irgendwie außer Gefecht zu setzen und sich hinters Steuer zu setzen, noch bevor die Unsterblichen ihn erreichten. Sie kamen erst in dem Moment bei dem Van an, als der gerade losfuhr. Valerian machte einen Satz wie ein Affe, der vom Boden in einen Baum hochspringt, und lief über das Wagendach nach vorn, wohl um durch das Seitenfenster den Fahrer zu fassen zu bekommen. Diese Aktion erwies sich gleich darauf jedoch als unnötig, da Tybo ihm nicht auf das Dach folgte, sondern die Stoßstange zu fassen bekam und in bester Superman-Manier das Heck weit genug anhob, um den Kontakt zwischen Reifen und Asphalt zu unterbrechen. Der Van kam dadurch nach wenigen Metern mit in der Luft durchdrehenden Reifen zum Stehen. Daraufhin sprang Valerian vom Wagendach, fasste durchs Fenster, um den Zündschlüssel zu ziehen, und zerrte dann den hünenhaften Fahrer nach draußen, den er mit einer Hand in der Luft baumeln ließ. In der Zwischenzeit stellte Tybo den Van ab, öffnete die seitliche Schiebetür und holte die bewusstlose junge Frau heraus. Valerian ließ den Entführer immer noch in der Luft zappeln, und Tybo hatte die junge Frau aus ihrer Bewusstlosigkeit holen können, als die Campus-Polizei am Tatort eintraf.

»Wir wussten nicht, dass sie uns dabei filmt«, platzte Tybo heraus, nachdem Lucian mit einem Tastendruck die Wiedergabe beendet hatte. Der dunkelhaarige Vollstrecker warf Ildaria einen finsteren Blick zu und fügte hinzu: »Ich kann noch immer nicht fassen, dass sie das gemacht hat. Sie weiß ganz genau, dass wir die Aufmerksamkeit anderer Leute nicht auf uns lenken sollen.«

»Das ist nicht Ildarias Video«, stellte Mortimer klar, als Lucian weiter schweigend dasaß. »Das stammt von jemandem, der sich T. O.eyes nennt. Sein Kommentar lautet: Heilige Scheiße! Superman im Doppelpack in Toronto.«

»Oh, Shit«, murmelte Tybo und sank auf seinem Stuhl in sich zusammen.

»Ildaria hat von einer anderen Position aus gefilmt«, redete Mortimer weiter. »Ihr Kommentar lautet: Spezielles Projekt für den Filmkurs. Super Arbeit, Leute! Sieht so gut aus, dass selbst ich es fast für echt gehalten hätte.« Als Tybo und Valerian sie daraufhin völlig überrascht ansahen, zuckte sie nur gereizt mit den Schultern. Ihr hatte es viel mehr Spaß gemacht, die beiden wütend zu erleben. Aber damit war es jetzt vorbei.

»Ich fand, ich sollte ein bisschen Schadensbegrenzung betreiben«, sagte sie, worauf ein langes Schweigen folgte.

Schließlich fragte Valerian ein wenig besorgt: »Das hat doch keine Auswirkungen auf die Verhaftung dieses Drecksacks, der die Frau entführen wollte, oder?«

»Wir haben seine Gedanken gelesen«, ergänzte Tybo gleichermaßen beunruhigt. »Sie war nicht sein erstes Opfer, der Bastard ist ein Serienvergewaltiger. Wenn die Polizei glaubt, dass das alles nur gestellt war …«

»Nein«, unterbrach ihn Lucian mit Nachdruck. »Ich werde dafür sorgen, dass der Mann seine gerechte Strafe bekommt.« Beide Vollstrecker nickten und wandten den Blick von Ildaria zu Lucian, als wollten sie etwas sagen. Ob sie sich für sie einsetzen oder sich dafür bedanken wollten, wie sie ihr Video kommentiert hatte, wusste sie nicht, und sie sollte es auch nicht erfahren, denn Lucian wandte sich an sie und sagte: »Du warst ungezogen, Angelina.«

Ildaria sah den verblüfften Gesichtsausdruck der anderen, als Lucian sie mit diesem Vornamen anredete, doch sie ignorierte es und antwortete hastig: »Ich habe nichts anderes gemacht als das, was Tybo und Valerian auf diesem Video gemacht haben. Ich hatte nur nicht das Glück, dass jemand da war, der für Schadensbegrenzung hätte sorgen können. Ich schwöre, ich habe nicht wie in Montana die Rächerin gespielt. Ich habe weder meine Ledersachen getragen, noch habe ich mich auf die Suche nach irgendwelchen bösen Jungs gemacht, um sie zu Brei zu schlagen. Ich war einfach nur unterwegs, mit meinen eigenen Angelegenheiten beschäftigt, als …« Sie ließ den Satz unvollendet, da die anderen wussten, was passiert war. Insgesamt dreimal war sie anderen Studentinnen zu Hilfe geeilt. Beim ersten Mal war einer Frau die Handtasche gestohlen worden, woraufhin Ildaria den Dieb verfolgt und gestellt hatte, um danach mit ihm und dem Opfer zur Campus-Polizei zu gehen, um Anzeige zu erstatten. Beim zweiten Mal hatte ein volltrunkener Idiot auf seine nicht ganz so betrunkene Freundin eingeprügelt. Auch die beiden hatte sie zur Campus-Polizei gebracht, wo es dann noch nötig gewesen war, die Freundin zu kontrollieren, damit die ihre Aussage machte, weil sie sich ansonsten nicht zu dem Vorfall hätte äußern wollen. Das Ganze war für Ildaria immer noch ein Rätsel, denn kaum hatte sie sich eingemischt, um die Frau zu beschützen, hatte die sich auf die Seite ihres Freundes geschlagen und so getan, als sei Ildaria der Bösewicht. Der dritte und bislang letzte Zwischenfall betraf einen Mann, der einer Studentin während ihrer abendlichen Joggingrunde aufgelauert und sie ins Gebüsch gezogen hatte, um sie zu vergewaltigen. Das musste der Vorfall gewesen sein, bei dem jemand den Übergriff mitgefilmt und ihr dadurch diesen Ärger eingebrockt hatte. Dieser Angreifer war der Einzige, den sie »durch die Gegend gewirbelt« hatte, wie Valerian es zuvor beschrieben hatte.

Ildaria presste die Lippen zusammen. Ihr war sehr wohl bewusst, dass sie das nicht hätte tun sollen, doch sie war außer sich vor Wut gewesen. Vergewaltiger waren ihre ganz besonderen Hassobjekte, weshalb es ihr auch eine besondere Genugtuung gewesen war, den Mann zu verprügeln und mit seinem Gesicht den Boden zu wischen, bis schließlich die Campus-Polizei eingetroffen war, um den Mann festzunehmen.

Zwar war Ildaria aufgefallen, dass andere etwas von dem Überfall mitbekommen hatten und herbeigeeilt waren, doch dummerweise war ihr nie der Gedanke gekommen, jemand könnte sie gefilmt und das Video gleich darauf hochgeladen haben. Aber am Morgen danach war sie schlauer, als sie erfahren musste, dass die Aufnahme online war. In dem Moment war ihr bewusst gewesen, dass ihr Ärger drohte, sobald Mortimer oder Lucian das zu sehen bekamen. Sie wusste nur nicht, wann das passieren würde … bis Valerian und Tybo im Hörsaal aufgetaucht waren.

»Hmm«, sagte Lucian nach einer Weile. »Abends scheinen sich auf dem Campus so einige Verbrechen zu ereignen.«

Ildaria hob nur kurz die Schultern. »An der Uni gibt es jede Menge hübsche Frauen, was sie zum Paradies für jeden Perversen macht. Die werden nachts offenbar angezogen wie Motten vom Licht.«

»Nachts«, wiederholte Lucian nachdenklich.

»Sí. Tagsüber ist es im Allgemeinen weniger gefährlich. Es sind mehr Leute unterwegs, und es gibt weniger dunkle Ecken, in denen man sich verstecken kann.«

»Ja.« Lucian nickte. »Dann ist das die Lösung.«

Ildaria legte den Kopf ein wenig schräg, wohlwissend, dass ihr ihre Verwirrung deutlich anzusehen war.

»Die Lösung?«

»Du gehst tagsüber zur Uni«, verkündete Lucian.

»Wie bitte?«, rief sie ungläubig.

Lucian dachte noch einmal kurz über alles nach und sagte dann: »Bei der Hochzeit von Jess und Raffaele hat mir dein alter Captain Vasco Villaverde erzählt, dass du Ärger förmlich anziehst, aber dass du auch ein gutes Herz hast.«

Innerlich seufzte Ildaria, als sie hörte, dass der Mann ihre Neigung ausgeplaudert hatte, immer wieder in die unerfreulichsten Situationen verwickelt zu werden. In Punta Cana war sie etliche Male in Schwierigkeiten geraten, und ohne Vasco wäre sie vermutlich schon längst hingerichtet worden. Er hatte sie immer wieder vor dem Schlimmsten bewahrt, wofür sie ihm auf immer und ewig dankbar sein würde. Sie wünschte nur, er hätte es nicht für nötig gehalten, das Lucian anzuvertrauen.

»Ganz offensichtlich hatte Vasco mit seiner Einschätzung recht«, fuhr Lucian fort. »Wenn es irgendwo Probleme gibt, wirst du förmlich davon angezogen. Um sicherzustellen, dass ich dich nicht hinrichten lassen muss, ist es meine Aufgabe, dafür zu sorgen, dass du gar nicht erst in Situationen gerätst, die dir Ärger einbringen können. Das heißt, du besuchst keine Abendkurse mehr, sondern gehst tagsüber zu den Vorlesungen. Und zwar ab sofort. Du wirst dich nicht mehr abends oder nachts auf dem Campus aufhalten«, befahl er ihr in einem Ton, der keinen Widerspruch duldete.

Ildaria sah ihn verdutzt an, während sich Unmut in ihr regte. Dann platzte sie heraus: »Soll das ein Witz sein? Erst holst du mich aus der Schule in Montana und verschleppst mich hierher nach Kanada, wodurch ich meine Abschlussprüfungen dort nicht machen konnte und hier noch mal ganz von vorn anfangen musste. Und jetzt willst du mich aus den Abendvorlesungen nehmen, damit ich tagsüber Kurse besuche?« Mit finsterer Miene sah sie ihn an und ließ ihn wissen: »Das ist einfach unmöglich, damit verliere ich das ganze Semester und kann im Herbst noch mal von vorn anfangen. Was heißt, dass ich alle Kurse noch einmal bezahlen muss! Weißt du, wie teuer die sind? Ganz zu schweigen von dem zusätzlichen Blut, das ich nehmen muss, wenn ich tagsüber draußen unterwegs bin. Ich versuche etwas Geld zu sparen, damit ich mir eine eigene Wohnung nehmen kann und Marguerite und Julius nicht länger als nötig auf der Tasche liege. Wenn ich mein Geld für Kurse rauswerfe, die ich nicht abschließen kann, und für Blut ausgeben muss, das ich wegen der Vorlesungen bei Tag zusätzlich benötige, wird das mit der Wohnung nie was. Und bei meinem Glück werde ich diesmal schon wieder keinen Abschluss machen, weil ich dafür diese Kurse brauche.«

Lucian kniff ein wenig die Augen zusammen. »Ich habe dich

aus Montana weggeholt, weil du da die Rächerin gespielt hast«, machte er ihr in frostigem Tonfall klar. »Du hast in Anwesenheit von Sterblichen von deinen Fähigkeiten Gebrauch gemacht und deren Aufmerksamkeit auf dich und letztlich auch auf uns gelenkt, was gegen unsere Gesetze verstößt. Ich hatte die Wahl, dich da rauszuholen oder dich hinzurichten. Wäre dir eine Hinrichtung lieber gewesen?«

»Natürlich nicht, aber …« Ildaria geriet ins Stocken und sank dann niedergeschlagen auf ihrem Stuhl in sich zusammen. Den Rückschlag bei ihrer Ausbildung hatte sie sich vermutlich selbst zuzuschreiben. Sie hatte gewusst, dass sie mit dem Feuer spielte, als sie sich in Montana in schwarzes Leder kleidete und einigen sterblichen Dreckskerlen die Hölle heißmachte. Sie wusste auch, dass sie von Glück reden konnte, dass Lucian Argeneau ihr eine zweite Chance gegeben hatte, anstatt einfach ihre Hinrichtung anzuordnen. Er war nicht dafür bekannt, dass er Leute, die sich danebenbenahmen, mit Samthandschuhen anfasste. Und dass sie sich danebenbenommen hatte, daran gab es nichts zu rütteln.

Ihre einzige Entschuldigung war ein Übermaß an emotionalem Stress, doch das hatte sie Lucian nicht erklärt, als sie das erste Mal zu ihm gebracht worden war. Es war auch nicht nötig gewesen, da er es ganz bestimmt längst in ihren Gedanken gelesen hatte. Nur deshalb saß ihr Kopf auch jetzt noch auf ihrem Hals.

Sie atmete tief durch, nickte zustimmend und sagte nur: »Danke.«

Lucian gab einen zufriedenen Laut von sich und entspannte sich sichtlich. »Du kannst gehen. Ich glaube, Sam wartet in der Küche auf dich … mit heißem Kakao und Brownies.«

Ildaria war sich nicht sicher, ob es ihn freute oder ob er vielmehr verärgert darüber war, dass Sam sozusagen mit einer

Belohnung auf sie wartete, obwohl sie sich mal wieder Ärger eingebrockt hatte. Nicht mal das Zucken seiner Mundwinkel konnte ihr weiterhelfen. Da es letztlich aber auch egal war, stand Ildaria auf und ging zur Tür. Dabei merkte sie, dass Tybo und Valerian ihr folgten. Ihr fiel ein, dass sie sie ja wieder zur Universität bringen mussten, damit sie ihren Wagen abholen konnte, der noch auf dem Parkplatz stand. Vermutlich wollten sie damit nicht warten, bis sie ihren Kakao getrunken und die Brownies gegessen hatte. Es sei denn, die beiden hatten vor, ihr alles wegzuessen. Sie hatte Tybo schon mal essen sehen. Daher wusste sie, dass er einen ganzen Teller runterschlingen konnte, noch bevor sie überhaupt die Chance bekam, sich einen einzigen Brownie zu nehmen. Sie würde schon losrennen müssen, um einen ausreichend großen Vorsprung zu haben. Aber gleich darauf erwiesen sich ihre Bedenken als unbegründet, da Lucian brüllte: »Ihr zwei nicht. Mit euch bin ich noch nicht fertig.«

Ein Blick über die Schulter ließ Ildaria erkennen, dass Tybo und Valerian widerwillig auf ihre Plätze zurückkehrten. Sie musste gegen das Lächeln ankämpfen, zu dem sich ihre Lippen verziehen wollten. Tybo war ihr mit seinem hochtrabenden Unsinn so auf die Nerven gegangen, dass es ihr kein bisschen leidtat, dass er jetzt Ärger bekam.

Während Lucian den beiden Männern zweifellos die Leviten las, lief sie weiter durch den Flur in Richtung Küche, wo Brownies und Kakao auf sie warteten. Nach einem stressigen Ereignis gab es nichts Besseres als eine Tasse Kakao. Wenn sie dann noch mit Sam reden konnte, war davon auszugehen, dass sie sich schon wieder etwas besser fühlte, wenn die beiden Vollstrecker zu ihr zurückkehrten.

2

Am Tag danach drückte Ildaria die rote Tür des *Night Club* auf und hielt inne, während sie hastig zwinkerte. Die Nachmittagssonne stand noch grell am Himmel, doch in diesem Raum gab es nur ein einziges kleines Fenster, durch das Tageslicht nach drinnen dringen konnte. Der größte Teil der Beleuchtung war ausgeschaltet, nur eine Reihe aus fünf oder sechs Spotlichtern über der Theke am anderen Ende sorgte gerade einmal für genug Licht, um die Theke zu beleuchten.

Ihre Augen benötigten eine Sekunde, um sich den Lichtverhältnissen anzupassen, doch dann konnte sie das Interieur der Bar erkennen. Es war von dunklem Holz und Leder geprägt, was Ildaria beeindruckend fand. Sie schlenderte in Richtung Theke. Gäste waren im Moment keine anwesend, was vor allem daran lag, dass der *Night Club* offiziell erst bei Sonnenuntergang öffnete. Dadurch war der Laden nicht überlaufen, und niemand nahm einem die Sicht, sodass Ildaria sich alles ganz genau ansehen konnte. Ihr Blick wanderte über die bequemen Sitzecken aus weinrotem Leder, die ebenfalls mit dunklem Holz verkleidet waren. In der Mitte des Clubs standen Holztische und Stühle, die Theke – gleichfalls aus dunklem Holz – wurde von Barhockern mit hoher Rückenlehne gesäumt, die Sitze der Hocker waren – wie nicht anders zu erwarten – mit weinrotem Leder bezogen.

An der rückwärtigen Wand gab es ganz links eine Schwingtür, während der Rest der Wand von einem bis zur Decke reichenden Spiegel beansprucht wurde, der sich über die gleiche

Breite erstreckte wie die davor befindliche Theke und nach zehn oder zwölf Metern an einem Durchgang endete, der in den rückwärtigen Teil des Gebäudes führte. Vor dem Spiegel waren Regale montiert worden, aber im Gegensatz zu einer Bar für Sterbliche stand dort nicht die ganze Bandbreite an alkoholischen Getränken aufgereiht, sondern Gläser jeder nur erdenklichen Art: Cocktailgläser, Longdrinkgläser, Weingläser (die größeren, rundlichen Gläser für Rotwein, aber auch die etwas schlankeren für Weißwein), Champagnergläser, Cognacschwenker. Es gab sogar Schnapsgläser, wie sie ironisch grinsend feststellen musste. Sie fragte sich, wofür die gut sein sollten. Wer bestellte Blut vermischt mit Geschmack oder mit einem Stimmungsmacher und wollte nur ein winziges Schnapsglas voll davon haben? Außer natürlich irgendwelche Unsterblichen, die den Club besuchten. Auf halbem Weg zur Theke blieb sie stehen, da ein Mann durch die zweiflügelige Schwingtür in die Bar kam. Er war ein Sterblicher. Und er war ein Riese im wahrsten Sinn des Wortes, denn sie schätzte ihn auf gut zwei Meter, und da war der leuchtend grüne Irokesenkamm noch nicht mitgerechnet, der bestimmt auch noch mal auf gut dreißig Zentimeter kam. Aber es war nicht nur die Größe, die diesen Mann zu einem wahren Riesen machte. Seine breiten Schultern vom Format eines Linebackers und die muskulösen Arme unterstrichen diesen Eindruck nur noch zusätzlich. Das kurzärmelige Hemd gewährte einen ungehinderten Blick auf seine Tätowierungen, die durch das Spiel seiner Muskeln wie von Leben erfüllt wirkten. Mit einer Hand trug er ein Tablett mit einem Teller, auf dem sich neben zwei doppelt belegten Burgern ein Berg Fritten türmte. Der köstliche Essensgeruch stieg ihr in die Nase, und sofort begann ihr Magen zu knurren.

»Das ist nicht für dich.« Ildaria stutzte, als sie den breiten britischen Akzent seiner geknurrten Bemerkung ausmachte. Sie riss sich vom Anblick des köstlichen Essens los und stellte fest, dass der Mann sie gar nicht ansah. Stattdessen schaute er nach unten auf … seine Lendengegend? Verwirrung machte sich in ihr breit. Es konnte doch nicht sein, dass er sich mit seinem Anhängsel unterhielt? Jedenfalls wollte sie das nicht glauben. Sie schüttelte den Kopf und entgegnete: »Ich hatte auch nicht angenommen, dass das für mich ist.«

Der große Mann blieb abrupt stehen, drehte den Kopf in ihre Richtung und sah erstaunt drein, als er Ildaria entdeckte. »Ildaria? Die von Marguerite?«

»Sí«, antwortete sie und ging weiter auf ihn zu.

»Hi.« Er lächelte sie an. »Tut mir leid, aber ich hatte nicht mit dir geredet, sondern mit meinem … Arsch«, fügte er verärgert hinzu und sah dabei auf den Boden hinter der Theke.

»Du redest mit deinem Arsch?«, fragte sie und musste grinsen, während sie an der Theke ankam und sich zwischen zwei Hocker stellte. Der Mann sah sie erschrocken an, schüttelte den Kopf und warf dann einen finsteren Blick auf etwas hinter der Theke, das sie von ihrem Platz aus nicht sehen konnte. »Nein, ich …« Er hielt inne, bewegte ein Bein abrupt hin und her und brüllte: »Verdammt, H. D.! Hör schon auf damit! Du bekommst nichts zu essen.«

Da die Neugier übermächtig wurde, stellte sich Ildaria auf die Messingstange, die als Fußstütze für die Gäste gedacht war, und beugte sich über den Tresen aus schwarzem Stein, damit sie hinter die Theke schauen konnte.

»Ach, nein«, murmelte sie und biss sich auf die Lippe, um sich ein Lachen zu verkneifen. Was sie dort sah, war ein winziges cremefarbenes Fellknäuel, das im Moment damit beschäftigt war, den Knöchel des riesigen Mannes zu bespringen. Das

Ding sah aus wie ein zum Leben erweckter Teddybär, der für den Fuß des Riesen romantische Gefühle entwickelt zu haben schien.

»Dein Hund?«

»Ja«, gab er zurück und schüttelte erneut sein Bein, um den kleinen Kerl loszuwerden.

»Welche Rasse?«, wollte sie wissen.

»Ein Bichonpoo«, antwortete er, während er den Hund weiterhin aufgebracht ansah. »Eine Mischung aus Bichon Frisé und Zwergpudel.«

»Aha.« Ildaria nickte und musste noch breiter grinsen, als sie mit ansah, wie sich H. D. einfach nicht abschütteln lassen wollte. Dann wanderte ihr Blick zu dem Tablett, das der Mann in der Hand hielt, und sie stibitzte eine Fritte, die sie dem Hund hinwarf. Der Kleine ließ sofort vom Bein seines Herrchens ab und vollführte einen beeindruckenden Luftsprung, um die Fritte im Flug zu fangen.

Nachdem der Hund wieder gelandet war und über die Fritte herfiel, seufzte der Mann erleichtert auf und lenkte Ildarias Aufmerksamkeit wieder auf sich. Interessiert musterte sie seinen muskulösen Körper, ehe ihr Blick hinauf zu seinem Kopf wanderte. Als Marguerite sie gefragt hatte, ob es ihr etwas ausmachen würde, auf dem Rückweg von der Universität im *Night Club* ein paar Blutbeutel abzuholen, hatte sie ihr auch gesagt, dass ein Mann namens G. G. ihr das Blut geben würde, wobei G. G. für Green Giant stand. Natürlich wollte Ildaria wissen, warum er so genannt wurde, aber Marguerite hatte nur gelächelt und erwidert, das werde sie schon herausfinden, wenn sie ihm gegenüberstand. Beim Anblick des grünen Haarkamms, der sich über seinen Kopf zog, war die Frage mehr als beantwortet.

»Darauf hatte er es abgesehen, und genau das hatte ich vermeiden wollen«, erklärte G. G., dessen verärgerter Blick zwischen ihr und dem Hund hin- und herwanderte.

Ildaria brauchte ein paar Sekunden, um in die Unterhaltung mit ihm zurückzufinden. Dann lachte sie ungläubig und fragte: »Er hat dein Bein besprungen, weil er was zu essen haben wollte?«

»Und es hat funktioniert, nicht wahr?«, gab G. G. sarkastisch zurück. »Er hat mein Bein besprungen, und du hast ihm was zu essen gegeben, damit er aufhört.«

»Oh.« Sie sah wieder nach unten zu dem kleinen Hund, der die Fritte verschlungen hatte und nun erwartungsvoll zwischen ihr und G. G. hin- und herschaute, wobei er sich immer wieder beleckte, als wollte er ihnen sagen, dass sie ihm noch mehr geben sollten. Sie schüttelte den Kopf und zuckte bedauernd mit den Schultern. »Tut mir leid, aber ich konnte nicht widerstehen. Das ist aber auch ein verdammt süßer Hund.« Mit großen Augen sah sie ihn abermals an, lächelte und fügte hinzu: »Stimmt doch, oder nicht, H. D.?«

Als sich der Hund daraufhin ganz auf sie konzentrierte, fiel ihr auf, dass sie mit einer hohen, besänftigenden Stimme redete, jenem Tonfall, in den alle Menschen verfielen, sobald sie es mit irgendwelchen niedlichen Lebewesen wie Babys oder Welpen zu tun hatten. »Ja, du bist ein hübsches Kerlchen, nicht wahr? Ja, das bist du. Du siehst aus wie ein kleiner Teddybär. Ich würde dich am liebsten den ganzen Tag nur knuddeln.«

Daraufhin stieß das Fellknäuel ein helles Bellen aus, machte auf der Stelle kehrt und stürmte zu dem Ende der Theke, von dem aus man zur Schwingtür gelangte. Als der Hund um die Theke geschossen kam, war das Kratzen der Krallen auf dem Hartholzboden zu hören, der diesen nur wenig Halt bot.

»Nicht, H. D.!«, rief G. G., stellte hastig den Teller ab und lief dem Hund hinterher. »Auf den Hocker mit dir!«, forderte er Ildaria auf. »Er mag keine Frauen, und er verbeißt sich in Fußknöchel.«

Ildaria ignorierte die Warnung und drehte sich zu dem Hund um, der soeben hinter der Theke zum Vorschein kam und aufgeregt kläffte. Anstatt sich auf einem Hocker in Sicherheit zu bringen, stieg sie von der Messingstange und ging in die Hocke, um dem flauschigen Hund so weit wie möglich auf Augenhöhe zu begegnen. Als er bei ihr angekommen war, bekam sie ihn an den Vorderbeinen zu fassen und hob ihn furchtlos hoch, bis er sich vor ihrem Gesicht befand und sie ihn auf das Fell an den Wangen küssen konnte. Sofort begann er jede Partie ihres Gesichts abzulecken, an die er mit seiner Zunge herankam.

»Und nun?«, fragte Ildaria den Hünen, während sie den Hund an ihre Brust drückte und streichelte.

Der Mann schnaubte nur ungläubig und entgegnete: »Dieser Hund kann niemanden außer mir leiden. Jedenfalls normalerweise.« Er starrte wie gebannt auf den Hund, der ihre Hände, den Hals und das Kinn ableckte.

Ildaria zuckte fast entschuldigend mit den Schultern. »Hunde mögen mich nun mal.«

»Sieht ganz so aus«, murmelte er und wirkte erleichtert, da nicht länger die Gefahr bestand, dass der Hund sie beißen könnte. Er sah auf den Teller mit seinem Essen, seufzte frustriert und ging in Richtung Schwingtür. »Ich kümmere mich erst mal um Marguerites Bestellung.«

»Das eilt nicht«, versicherte Ildaria und setzte sich auf einen der Hocker an der Theke. H. D. hob sie auf ihren Schoß, damit sie ihn weiter streicheln konnte. »Iss doch erst mal auf, sonst wird dein Essen noch kalt.«

Der Riese hatte eine Hand an die Schwingtür gelegt, hielt inne und sah Ildaria verdutzt an. »Meinst du?«

»Sí. Marguerite geht davon aus, dass ich die nächsten Stunden noch an der Uni bin, darum hat sie sich auf den Weg gemacht, um Lissianna zu besuchen. Es besteht also kein Grund zur Eile.«

Er verzog den Mund zu einem schiefen Grinsen und fragte: »Machst du blau?«

»Um blaumachen zu können, muss man erst mal eingeschrieben sein«, bemerkte sie mit betrübter Miene.

Daraufhin zog er verdutzt die Augenbrauen hoch und kehrte hinter die Theke zurück, wo er auf ihrer Höhe stehen blieb. »Mir wurde erzählt, dass du an der Universität dein drittes Jahr in Rechnungswesen abschließen willst.«

»Wollen und tun sind manchmal zweierlei«, sagte Ildaria mit einem zynischen Unterton. Sie gab H. D. einen Kuss auf den Kopf und sah dann wieder G. G. an, der sie zu ihrem Erstaunen besorgt musterte.

»Tut mir leid, das zu hören«, ließ er sie mit tiefer, mitfühlender Stimme wissen. »Wenn die Kurse hier schwieriger sind als …«

»O Gott, nein«, fiel sie ihm hastig ins Wort. Auf keinen Fall sollte er denken, sie könnte aufgegeben haben, weil das Studium zu anspruchsvoll für sie war. »An den Noten hat es nicht gelegen.«

»Woran denn?«, fragte er irritiert.

»An Lucian«, sagte sie verbittert, musste aber einsehen, dass das nicht fair gewesen wäre. »Oder um die Wahrheit zu sagen: An mir selbst. Und dann am Leben im Allgemeinen, sodass Lucian gezwungen war, einzugreifen.«

Jetzt hatte der arme Mann jeglichen Durchblick verloren, stellte sie fest und musste unwillkürlich lächeln, bevor sie ihm den Rat gab: »Du solltest wirklich besser aufessen, bevor alles kalt geworden ist.«

G. G. warf einen verdutzten Blick auf den Teller, der zwischen ihnen auf der Theke stand. Wie es schien, hatte er sein Essen völlig vergessen. Als er nun von ihr daran erinnert wurde, nickte er zwar, begann aber noch immer nicht zu essen. Stattdessen schaute er Ildaria an und verkündete: »Ich brauche jetzt was zu trinken. Kann ich dir auch was bringen?«

Sie zögerte kurz und fragte dann: »Hast du irgendeine Limo ohne Koffein?«

»Magst du Tahitian Treat?«, fragte er. Als er Ildarias ratlose Miene sah, grinste er und meinte: »Einen Moment.«

Sie schaute ihm hinterher, wie er zum anderen Ende der Theke ging, konzentrierte sich dann aber wieder auf den kleinen Hund in ihren Armen, der sich so gedreht hatte, dass sie seinen Bauch streicheln konnte. Amüsiert kam sie dieser wortlosen Aufforderung nach und begann, ihm den Bauch zu kraulen, was der Hund mit einem Laut kommentierte, der wie eine Kreuzung aus Brummen und Seufzen klang. Im nächsten Moment drehte er sich dann ganz auf den Rücken und streckte alle viere von sich, damit sie ihn noch besser kraulen konnte. Es zeugte von großem Vertrauen, das der Hund in sie hatte, aber er konnte von Glück reden, dass er ihr durch seine hastige Bewegung nicht aus den Armen gerutscht war. Nach einer Weile fielen ihm schließlich die Augen zu, und es schien, als wäre er fest eingeschlafen.

»Der kleine Teufel benimmt sich bei Frauen sonst nie so.«

Ildaria hob den Kopf und sah, dass G. G. zwei Gläser mit einer klaren kirschroten Flüssigkeit auf Eiswürfeln um die Theke herumtrug, damit er sich zu ihr auf den nächsten Hocker setzen konnte. Er stellte die Gläser ab, nippte an seinem und zog dann den Teller zu sich heran, auf dem sein Essen immer noch auf ihn wartete. Nachdem er getrunken hatte, stellte er das Glas weg und betrachtete kopfschüttelnd den Hund.

»Genau genommen darf so was außer mir niemand machen. Du bist wohl eine Hundeflüsterin.«

Sie lächelte verstohlen und musterte abermals den winzigen Hund, der so gar nicht der Hunderasse entsprach, die man einem Mann wie G. G. zugetraut hätte.

»Große Hunde brauchen viel Auslauf, und in England lebe ich in einer Wohnung, die vier Blocks vom Club entfernt ist«, erklärte er, als hätte er ihre Gedanken gelesen, was er als Sterblicher aber gar nicht konnte. Vermutlich war er es gewohnt, dass die Leute Bemerkungen zur Größe seines Hundes machten, denn er fuhr fort: »Ein Spaziergang zum *Night Club* und zurück ist für den kleinen Kerl schon Bewegung genug.«

Dass die Strecke einem größeren Hund nicht genügen würde, musste er nicht noch erklären. Das war ihr klar, doch eine andere Frage ging ihr durch den Kopf: »Und wo wohnst du hier?« Während sie auf seine Antwort wartete, wanderte ihr Blick von G. G. zu H. D. zurück. Dabei stellte sie sich vor, wie es aussehen musste, wenn die beiden auf Torontos Straßen unterwegs waren – ein Furcht einflößender Riese mit Irokesenschnitt, Tattoos und Piercings, der ein Fellknäuel an der Leine spazieren führte. Wahrscheinlich eine schwarze Lederleine mit Nieten, mutmaßte sie, als ihr das schwarze, mit Stacheln besetzte Lederhalsband des Hundes auffiel. Vermutlich sollte es dem Kleinen einen angsteinflößenden Anstrich verleihen, dabei war wohl eher das Gegenteil der Fall. Außerdem war der Hund viel zu süß, als dass er irgendwem hätte Angst einjagen können. Allerdings war sie sich so gut wie sicher, dass die meisten Leute es sich nicht verkneifen konnten, das Paar anzustarren, wenn sie ihm auf der Straße über den Weg liefen.

»Momentan wohne ich in einem der Apartments hier über dem Club«, sagte G. G., ließ den Blick zu seinem Teller zurückwandern und murmelte nachdenklich: »Wenn du Limo trinkst, dann isst du wohl auch noch.«

Sie zog verwundert die Augenbrauen hoch. »Nicht mehr so oft wie früher, aber ich esse immer noch.«

G. G. nickte. »Möchtest du auch was? Ich kann dir einen Burger machen.«

Ildaria dachte über sein Angebot nach. Ja, sie hatte Hunger. Es war ein Gefühl, das sie seit einer Weile in immer kürzeren Abständen verspürte. Und im Augenblick hätte sie tatsächlich etwas essen können. Sie wollte aber nicht, dass er sich extra für sie noch einmal die Mühe machte. Daher nahm sie sich vor, auf dem Weg zu Marguerite noch an irgendeinem Drive-in anzuhalten. »Höchstens ein oder zwei Fritten«, murmelte sie.

»Bedien dich.« G. G. schob den Teller zu ihr hin, damit sie beide davon essen konnten.

»Danke«, flüsterte Ildaria und unterbrach ihre Streicheleinheiten, damit sie eine der Fritten aus dem fetttriefenden Berg an Köstlichkeiten auf seinem Teller herausfischen konnte. Als sie reinbiss, wachte der Hund mit einem Mal auf, so als hätte das leise Geräusch irgendeinen Alarm bei ihm ausgelöst. Der Hund wand sich in ihrem Arm, bis es ihm gelang, die Vorderpfoten gegen ihre Brust zu stemmen, damit er an ihrem Mund schnuppern konnte, während sie kaute. Amüsiert nahm Ildaria die kleine Bestie und setzte sie wieder auf ihren Schoß.

»Ungezogener Köter«, knurrte G. G., hob den Hund von ihrem Schoß und setzte ihn auf dem Boden ab. »Wir essen, geh und leg dich schlafen«, wies er ihn dann in strengem Tonfall an. H. D. setzte sich jedoch auf die Hinterpfoten und legte die Vorderpfoten an das Bein des Mannes, während sein Blick zu Ildaria zurückwanderte, die er mit großen Augen hechelnd ansah.

Das Schauspiel brachte Ildaria zum Lachen, da sie erstaunt darüber war, wie menschlich dieser kleine Wicht dabei wirkte. Ihr Lachen brachte ihr von G. G. einen finsteren Blick ein.

»Ermuntere ihn nicht noch«, ermahnte er sie genervt, bevor er sich abermals dem Hund zuwandte und ihn zurechtwies: »Wir essen hier, H. D. Geh und leg dich in dein Körbchen.«

H. D. zögerte, dann aber verschwand der hoffnungsvolle Ausdruck aus seinen Augen. Er stieß sich vom Bein des Mannes ab und ging in Richtung Thekenende davon. Von Gehen konnte allerdings keine Rede sein, denn er schlich mit gesenktem Kopf davon und blieb alle paar Schritte stehen, um sich umzudrehen und zu vergewissern, ob G. G. immer noch nicht von seiner harten Haltung abgerückt war. Doch der bedachte ihn mit einem unnachgiebigen und strengen Blick, bis der Hund endlich hinter der Theke verschwunden war.

»Wohin geht er?«, wollte Ildaria wissen und beugte sich über die Theke, um in den Freiraum dahinter zu schauen.

»Ich habe ihm seinen Korb unter die Theke gestellt, damit er bei mir bleiben kann, bis wir offiziell aufmachen«, sagte G. G. und griff nach seinem Burger.

»Oh.« Sie ließ sich auf ihrem Hocker nach hinten sinken. »Marguerite hat nie davon gesprochen, dass du den Hund in den Club mitbringst. Hätte ich das gewusst, wäre ich schon viel eher hergekommen.«

G. G. schüttelte den Kopf, kaute weiter und schluckte, dann erwiderte er: »Normalerweise mache ich das auch nicht. Aber der Hundesitter hat heute keine Zeit, und ich wollte ihn nicht allein zu Hause lassen.«

»Du hast einen Hundesitter?«, fragte sie überrascht.

»Geht nicht anders. Wenn das kleine Monster allein zu Hause ist, ist nichts vor ihm sicher.«

»Zum Beispiel?«, wollte sie wissen.

»Schuhe, Teppiche, Kleidung … und mein Rasierer.«

»Dein Rasierer?«, rief sie erschrocken. »Ist dem Kleinen was passiert?«

»Das war ein elektrischer Rasierer mit Akku«, antwortete G. G. seufzend. »Er hatte diese kleinen runden Dinger mit den Klingen angeknabbert. Aber zum Glück hat er nichts davon geschluckt, weil ich noch gerade rechtzeitig dazwischengehen konnte.«

»Ah«, machte sie erleichtert.

»Kaputt gekriegt hat er ihn aber trotzdem.«

Verärgert fügte er hinzu: »Ich war ziemlich sauer.«

»Kann ich mir gut vorstellen«, murmelte sie.

»Aber nicht so sauer wie bei dem anderen Mal, als er meinen Pass gefressen hat«, grummelte er und biss rabiat in seinen Burger.

»Deinen Pass?«, wiederholte sie und lachte ungläubig.

G. G. verzog den Mund und nickte, während er weiterkaute. Nachdem er runtergeschluckt hatte, fuhr er fort: »Ich hatte meine Sachen gepackt und den Ausweis neben den Koffer auf meinem Bett gelegt. Dann bin ich kurz aus dem Zimmer gegangen, und als ich zurückkomme, kaut er auf meinem Ausweis herum. Eine Ecke hatte er schon abgefressen, ausgerechnet die, in der sich der Balkencode befindet.« Missmutig schüttelte er den Kopf. »Das war um zehn Uhr abends, und am nächsten Morgen wollte ich nach London zurückfliegen. Ich musste den Flug stornieren und mir einen neuen Pass besorgen. Ich sag dir, das fand ich gar nicht lustig.«

»O Mann«, kommentierte Ildaria leise, da sie voll und ganz damit beschäftigt war, sich auf die Zunge zu beißen, um nicht über seine unheilvoll gereizte Miene zu lachen.

Nach einem weiteren Biss von seinem Burger fügte G. G.

hinzu: »Das Schlimmste von allem aber war der Barscheck, den er zunichtegemacht hat.«

»Einen Barscheck?«, fragte sie fassungslos.

Wieder nickte G. G. »Ein Barscheck über hunderttausend Dollar. Das war die Anzahlung auf den Laden hier, als ich ihn von Lucern kaufen wollte. Der Scheck lag im Hotelzimmer auf der Kommode, und da ich noch eine Stunde Zeit hatte bis zu meinem Treffen mit Lucern und den Anwälten, ging ich noch schnell duschen. In der Zwischenzeit war er auf den Stuhl neben der Kommode gesprungen, hatte irgendwie den Scheck an sich genommen und sich auf dem Stuhl zusammengerollt, um in aller Ruhe auf dem Scheck herumzukauen, als wäre es ein Kauknochen.«

»*Madre de Dios!*«, kam es Ildaria vor Entsetzen empört über die Lippen.

»Ganz genau«, bestätigte er verärgert und fuhr fort: »Zum Glück hatte er nicht den ganzen Scheck gefressen. Es war also noch genug übrig, was ich der Bank zeigen konnte, damit die einen neuen Scheck ausstellte. Aber bis das geschehen war, habe ich Blut und Wasser geschwitzt.« Selbst in Erinnerung daran hatte er die Lippen fest zusammengekniffen. »Danach habe ich ihn den Hundred-Thousand-Dollar-Dog genannt. Ein bisschen so wie der Six-Million-Dollar-Man, nur eben als Hund.«

»Daher also H. D.?«, fragte Ildaria, als sie den Zusammenhang erkannte.

»Kurzform H. D.«, stellte er klar. »H. T. D. D. ist zu lang für einen Hundenamen. Und H. D. kommt seinem richtigen Namen am nächsten, also dem Namen, auf den er hört.«

»Und wie lautet sein richtiger Name?«, wollte sie wissen.

»Eddy.«

»Eddy?«, wiederholte sie. Eigentlich wäre Teddy passender gewesen, immerhin sah er einem Teddybären ähnlich.

»Edward Simpson Guiscard steht in seinem Ausweis«, sagte G. G. »Kurz Eddy.«

»Dann bist du also G. G. Simpson Guiscard«, erwiderte sie und lächelte flüchtig.

»Joshua James Simpson Guiscard«, korrigierte er sie. »G. G. ist mein Spitzname. Joshua James Simpson ist mein Geburtsname. Mein leiblicher Vater war John Simpson, aber er starb, als ich noch klein war, und meine Mutter heiratete Robert Guiscard. Der adoptierte mich, und damit kam bei mir noch der Name Guiscard hinten dran.«

»Aha«, murmelte Ildaria. Sie fand, dass Joshua ein schöner Name war, nur passte er nicht so richtig zu einem Mann mit Tattoos und einem Irokesenschnitt. G. G. war da viel treffender.

»Und du«, fragte G. G.

»Ich?« Sie sah ihn verständnislos an.

»Wie lautet dein vollständiger Name?«

»Oh.« Ohne nachzudenken antwortete sie: »Angelina Ildaria Sophia Lupita García Pimienta.« Erst als sie fertig gesprochen hatte, stutzte sie und starrte in den Spiegel hinter der Theke. Warum hatte sie ihm ihren Namen verraten? Es war ihr fester Vorsatz, ihren Namen nicht preiszugeben und notfalls eine Lüge zu erzählen. In den letzten zweihundert Jahren hatte sie nie den Namen Angelina verwendet, sondern immer nur Ildaria. Als Nachnamen hatte sie sich für García entschieden, weil der so häufig vorkam wie Smith in Nordamerika.

»Ein hübscher Name«, meinte G. G.

Sie drehte sich zu ihm um und nahm überrascht das schwache Lächeln wahr, das seine Lippen umspielte, ehe er sich das letzte Stück des ersten Burgers in den Mund schob und zu kauen begann.

»Ich benutze aber nur Ildaria García«, murmelte sie und merkte, wie ihre Anspannung langsam nachließ, als sie ihm beim Essen zusah. Eine innere Stimme versicherte ihr, dass es nicht von Bedeutung war, ihm ihren ganzen Namen verraten zu haben. Es war alles in Ordnung. Sie war jetzt in Nordamerika, weit weg von der Dominikanischen Republik und allen Gefahren, die die Preisgabe ihres Namens mit sich gebracht hätte. Sie atmete tief durch und überlegte, was sie als Nächstes sagen sollte. Schließlich fragte sie: »Wie kommt es eigentlich, dass ausgerechnet ein Sterblicher zwei Nachtclubs für Unsterbliche betreibt?«

G. G. schüttelte den Kopf, wartete, bis er runtergeschluckt hatte, und erwiderte dann: »Du hast mir noch nicht gesagt, wieso du von der Uni gegangen bist.«

Ildaria schnaubte leicht gereizt, aber im Grunde genommen war es nur fair, dass sie seine Frage beantwortete, wenn sie von ihm im Gegenzug auch etwas wissen wollte. Sie griff nach dem Glas, das er ihr hingestellt hatte, nippte daran und ließ sich erst einmal das Getränk auf der Zunge zergehen, um sich noch etwas Zeit zu verschaffen, über ihre Antwort nachzudenken. Vor Erstaunen wurden ihre Augen ganz groß, als sie den Geschmack in seiner ganzen Bandbreite wahrnahm. Das war gut. Lecker. Süß und fruchtig.

»Gut, was?«, fragte er amüsiert und grinste sie breit an.

Ildaria nickte und nahm noch einen Schluck.

»Also«, hakte er nach, als sie das Glas absetzte. »Du hast die Uni hingeschmissen, weil …«

»Ich habe gar nichts hingeschmissen«, fiel sie ihm ins Wort. »Lucian bestand darauf, dass ich von den Abendkursen zu den Tageskursen wechsele. Aber das Semester war schon zu weit fortgeschritten, weshalb ich die Kurse verlassen musste. Sonst wären sie als ›nicht bestanden‹ gewertet worden. Das Ärgerlichste aber ist, dass ich die Gebühren nicht erstattet bekomme.«

»Autsch«, machte G. G. mitfühlend.

»Sí«, seufzte sie. »Aber ich schätze, ich bin ja selbst schuld.«

»Wieso denn das?«, fragte er. »Und warum will Lucian nicht, dass du weiter die Abendkurse besuchst?«

»Weil er es für sicherer hält«, gab sie leise zurück und ging damit auf die zweite Frage zuerst ein.

»Sicherer?« G. G. musste herzhaft lachen. »Du bist eine Unsterbliche. Dir kann kaum einer was zuleide tun.«

»Schon, aber ...« Sie verstummte kurz, atmete einmal tief durch und erläuterte dann: »Er ist nicht so sehr um meine Sicherheit besorgt. Er will bloß nicht, dass ich in eine Situation gerate, in der ich ...«

»Er hat Angst, du könntest wieder zur Rächerin werden«, mutmaßte G. G. in ernstem Tonfall, als sie nichts weiter sagte.

»Darüber weißt du auch Bescheid?«, fragte sie verdrossen.

G. G. nickte fast schon betreten. »Das hier ist die Mutter aller Gerüchteküchen, und die Leute scheinen es zu mögen, mit mir über alles zu reden.«

Bei diesen Worten verdrehte sie die Augen und trank noch einen Schluck von dem köstlich süßen Getränk, das er ihr eingeschenkt hatte.

»Wieso bist du eigentlich als Rächerin aufgetreten in ... irgendwo in Montana, nicht wahr?«, hakte er nach.

Ildaria nickte, nannte ihm aber nicht die Stadt. Dieser Teil ihres Lebens lag jetzt hinter ihr, und nun saß sie erst einmal auf unbestimmte Zeit in Kanada fest. Sie stellte ihr Getränk weg und strich über die winzigen Wassertropfen, die sich auf dem Glas gebildet hatten. »Nicht so wichtig«, sagte sie leise.

»Für mich aber schon«, beteuerte er.

Ildaria sah ihn an und wunderte sich über seine ernste Miene. So als sei in diesem Augenblick ihre Antwort auf seine Frage das Wichtigste auf der ganzen Welt.

3

Ildaria wandte den Blick von G. G. ab und schluckte angestrengt, da sie das Gefühl hatte, einen dicken Kloß im Hals sitzen zu haben. Es half aber nicht, also gab sie es auf. »Kennst du Jess Stewart Notte?«

»Raffaeles Lebensgefährtin? Ja«, antwortete er. »Ich bin ihr ein paar Mal begegnet, als sie mit Raffaele hier war, um die Familie zu besuchen. Du hast doch in Montana bei ihr gelebt, nicht wahr?«

»Ja, bei ihr und Raffaele«, fügte sie hinzu und lächelte schwach. Raffaele hatte die Finger nicht mehr von Jess lassen können, nachdem er erst einmal auf sie gestoßen war. Für Lebensgefährten war das nicht überraschend. Nur hatte es bedeutet, dass sie zu dritt in dem Haus leben mussten, das sie von ihren Eltern geerbt hatten, obwohl nur Jess und sie sich das Haus hatten teilen sollen. Es hatte Ildaria nichts ausgemacht, nachdem ihr der Mann erst mal vorgestellt worden war. Letztlich hatte sie Raffaele sogar richtig gut leiden können. Dennoch wünschte sie insgeheim immer noch, Jess hätte sich für Ildarias alten Captain Vasco entschieden, der ebenfalls ein möglicher Lebensgefährte gewesen wäre. So selten es auch vorkam, hatte Jess tatsächlich die Wahl zwischen zwei Lebensgefährten gehabt. Ildaria wusste, dass Vasco unter der prahlerischen Fassade ein guter Mann war. Außerdem hatte er ihr schon mehr als einmal das Leben gerettet und war für sie sozusagen ein Teil ihrer Familie. Zugegeben, sie hatte ihn eigentlich nicht nahe genug an sich herangelassen, um ihn wirklich zu einem Teil ihrer

Familie zu machen, dennoch war er ihr wichtig. Sie verdrängte diese Überlegungen und erklärte: »Wie du ganz richtig gesagt hast, habe ich in der Zeit bei Jess und Raffaele gewohnt. Aber als Lebensgefährten, die gerade erst zueinander gefunden hatten, waren die zwei vor allem mit sich selbst beschäftigt.«

G. G. nickte. »Mir ist schon aufgefallen, dass das so abläuft.«

»Genau«, sagte sie leise seufzend. Sie mochte Jess, und auch wenn sie nicht viel Zeit miteinander hatten verbringen können, waren sie dennoch gute Freundinnen geworden. »Aber das war schon okay. Ich hatte da an der Uni einige Freundschaften geschlossen. In meinen Kursen«, ergänzte sie.

»Freundschaften mit Sterblichen meinst du«, ergänzte G. G.

Sie verzog die Mundwinkel. »Sí. Ich wollte das nicht so sagen, weil ich nicht weiß, ob das rassistisch klingt.«

G. G. stutzte. »Was meinst du damit? Dass du erwähnst, dass es sich um sterbliche Freunde handelt?«

»Na ja, heutzutage kannst du ja zu nichts und niemandem sagen, was du willst, weil du immer irgendwen damit beleidigst. Jedes Mal, wenn ich mir die Spielregeln eingeprägt habe, geht irgendwer hin und verändert sie wieder.«

Es gelang G. G. nicht so ganz, ein Grinsen zu überspielen, dann hakte er nach: »Du wolltest mir eigentlich erklären, warum du zur Rächerin geworden bist.«

Sie nickte und erwiderte: »Richtig. Wie gesagt, ich hatte an der Uni sterbliche Freunde. Drei, um genau zu sein. So wie hier auch.«

»Du hast hier an der Universität Freunde?« Er sah sie erstaunt an.

»Du musst nicht so überrascht tun. Ich kann durchaus charmant sein«, ließ sie ihn mit einer Spur von Gereiztheit wissen.

Er musste unwillkürlich lachen. »Ich bin nur so erstaunt, weil du noch gar nicht lange hier bist.«

»Fast zwei Monate«, betonte sie mit einem Schulterzucken. »Das reicht, um Freundschaften zu schließen.«

»Ja, das ist wahr«, stimmte er ihr zu.

»Hmm.« Einen Moment lang musterte sie ihn, weil sie sich nicht sicher war, ob er sie herablassend behandelte oder nicht. Dann aber ließ sie den Gedanken auf sich beruhen und redete weiter: »Jedenfalls war eine von diesen Freundinnen eine reizende junge Frau namens Alicia. Sie war wunderschön, lieb, witzig und superintelligent. Und sie versäumte keine Vorlesung, wirklich *nicht eine einzige!* Sie konnte sich die halbe Lunge raushusten und ohne Ende mit einer Schnupfnase rumlaufen und dabei eine Spur aus benutzten Kleenex hinter sich zurücklassen, aber sie war bei jeder Vorlesung anwesend.« Als sie eine kurze Pause einlegte, um einen Schluck zu trinken, nickte G. G., um anzudeuten, dass er ihr folgen konnte. Sie stellte das Glas wieder weg und redete weiter: »Aber dann an einem Montag erschien sie nicht zum Kurs Unternehmensanalyse.« Sie presste die Lippen einen Moment lang zusammen, als sie daran zurückdachte. »Ich wollte sie anschließend anrufen und fragen, ob alles okay ist, aber …« Sie zuckte hilflos mit den Schultern. »Ich hatte meine Kurse und arbeitete auch noch Vollzeit als Kellnerin, da habe ich das einfach vergessen.«

»Das Leben lässt einem manchmal einfach keine Zeit«, warf er verständnisvoll ein.

»Sí. Das kannst du wohl sagen«, seufzte sie. »Aber als sie am Donnerstag auch nicht zum Kurs Fusionen und Geschäftsübernahmen erschien, bin ich gleich nach der Vorlesung zu ihrem Zimmer gegangen.« Wieder strich sie gedankenverloren über das kleine Glas. »Ihre Mitbewohnerin erzählte mir, dass sie am Montag nach ihren Kursen in ihre Unterkunft kam, und da waren Alicias Sachen verschwunden. Jemand sagte, sie hätte die Uni hingeschmissen und sei nach Hause zurückgegangen.«

Als sie eine weitere Pause folgen ließ, gab G. G. so was wie ein tiefes Grollen von sich. Es war so, als ahnte er, dass nichts Gutes kommen konnte, und als sei er bereits jetzt wütend auf den, der diese Situation zu verantworten hatte.

»Alicias Familie lebt in einer Kleinstadt gut eine Autostunde von der Stadt entfernt«, fuhr Ildaria leise fort. »Ich wartete bis zum nächsten Tag, weil es bereits zu spät war. Dann fuhr ich hin. Ihre Mutter öffnete die Tür, bat mich kurz zu warten und ging ins Haus, um Alicia zu holen. Nach ein paar Minuten kehrte die Mutter zur Tür zurück und erklärte bedauernd, dass Alicia niemanden sehen wollte.« Sie schluckte angestrengt. »Ich merkte ihr an, dass sie aufgewühlt war. Dass sie mir etwas sagen wollte, um diese Zurückweisung ihrer Tochter abzumildern, aber dass sie der Meinung war, nicht das Recht zu haben, darüber zu reden.«

»Also hast du die Gehirnnummer abgezogen«, vermutete G. G.

Ildaria sah ihn verwundert an. »Die Gehirnnummer?«

»Na, du weißt schon. Wenn ihr Unsterblichen uns Sterbliche lest und kontrolliert, damit ihr herausfindet, was ihr wissen wollt«, erläuterte er mit einem leicht ironischen Unterton.

Ildaria verzog angesichts seiner Schilderung den Mund. Unsterbliche konnten die Gedanken der Sterblichen lesen und diese auch kontrollieren, aber sie selbst machte das nur so selten wie möglich. Zum Beispiel hatte sie bislang noch kein einziges Mal versucht, G. G.s Gedanken zu lesen. Grundlos würde sie das ohnehin nicht tun, und jetzt war sie sogar froh, es nicht getan zu haben, da der Mann mit dieser Praxis offenbar alles andere als einverstanden war. Vermutlich war er dieser Erfahrung schon ein paar Mal ausgesetzt gewesen, was wiederum kein Wunder war, gehörten ihm doch zwei Clubs, die nur von Unsterblichen besucht wurden. Da es ihr selbst auch zuwider war, von älteren Unsterblichen gelesen zu werden, konnte sie das gut verstehen. Also ging sie nicht weiter darauf ein, sondern nickte nur.

»Ich habe die Gedanken der Mutter gelesen«, sagte sie und ließ ihm keine Gelegenheit für irgendeine Art von Kommentar, da sie sofort weiterredete: »An dem Donnerstag, an dem wir beide das letzte Mal in derselben Vorlesung gesessen hatten, war Alicia auf dem Weg zu ihrem Quartier überfallen worden. Jemand hatte sie brutal vergewaltigt und geschlagen. Da sie sich gegen ihren Angreifer zur Wehr gesetzt hatte, war die Folge ein gebrochener Arm, ein paar Rippenbrüche und so breite Risse im Vaginalbereich, dass sie genäht werden musste. Außerdem war ein Auge so verletzt worden, dass niemand wusste, ob sie damit je wieder etwas würde sehen können.«

»Himmel«, keuchte G. G., sank ein wenig in sich zusammen und legte den zur Hälfte aufgegessenen Burger auf den Teller. »Hat man den Dreckskerl gefasst?«

Ildaria schüttelte den Kopf. »Bis heute nicht, und vermutlich wird das auch nie passieren. Es gab keine Zeugen, und Alicias Erinnerung ist so wirr, dass sie keine brauchbaren Hinweise liefern kann. Vorausgesetzt, sie hat den Typ überhaupt jemals deutlich genug sehen können, bevor er sie halb blind geprügelt hat.«

»Ja, richtig«, stimmte G. G. ihr mit betroffener Miene zu. »Also wird sie sich auf dem Campus nicht mehr in Sicherheit fühlen können, solange dieser Kerl noch frei herumläuft.«

»Genau«, bestätigte Ildaria. »Allerdings vermute ich, dass sie sich nie wieder irgendwo sicher fühlen wird, ob man den Täter nun fasst oder nicht.«

»Also hat sie die Uni hingeschmissen und ist dorthin zurück, wo sie aufgewachsen ist«, murmelte G. G. betrübt.

»Falsch. Alicia war an dem Morgen, als ich zu ihr fuhr, gerade erst aus dem Krankenhaus entlassen worden. Ihre Eltern hatten ihre Sachen zusammengepackt und sie von allen Kursen abgemeldet«, stellte sie richtig, fügte dann jedoch hinzu: »Allerdings wird sie vermutlich darum gebeten haben.« Sie schwieg kurz nachdenklich und fuhr dann fort: »Jedenfalls hatte sie zu der Zeit noch einen langen Weg vor sich, bis sie wieder ganz gesund sein würde. Ihre Mutter wusste zwar, dass sie körperlich wieder genesen würde, hatte aber die Befürchtung, dass Alicia psychische Schäden davontragen könnte. Alicia schottete sich von allem und jedem ab, und ihre Mutter machte sich schreckliche Sorgen um sie.« Ildaria trank noch einen Schluck Tahitian Treat, während sie sich an die Sorge und die Angst der Mutter genauso deutlich erinnerte wie an ihren eigenen Schmerz und ihre Wut über das, was geschehen war.

»Hast du sie wieder hingebogen?«, wollte G. G. wissen.

Sie hob den Kopf und sah ihn argwöhnisch an. »Was meinst du damit?«

»Na, ich kenne eine Menge Unsterbliche«, antwortete er schnaubend. »Ich weiß, welche Fähigkeiten ihr besitzt. Hast du Alicias Erinnerung gelöscht? Damit sie sich wieder in den Griff bekommt?«

Ildaria atmete frustriert aus. »Ich habe getan, was ich konnte.« Als er fragend die Augenbrauen hochzog, fügte sie erklärend hinzu: »Ich bin noch nicht alt genug, um ihre Erinnerung zu löschen. Vielleicht fehlt mir auch nur die Übung.«

»Übung?«, wiederholte er interessiert.

»Ich lese keine Gedanken, wenn es nicht unbedingt sein muss«, erklärte sie. »Für mich fühlt sich das so an, als … als würde ich ungefragt in die Privatsphäre anderer Leute eindringen. Außerdem kann manches von dem, was man in den Gedanken eines anderen liest, ziemlich … na ja.« Sie winkte ab und schüttelte angewidert den Kopf, dann erklärte sie: »Ich habe meistens nur die Gedanken potenzieller Spender gelesen.«

»Spender?« G. G. kniff die Augen ein wenig zusammen. »Seit der Einrichtung der Blutbanken ist es Unsterblichen nicht erlaubt, von Sterblichen zu trinken. Jedenfalls nicht in Nordamerika.« Nach einer kurzen Pause fuhr er nachdenklich fort: »Und Punta Cana liegt in der Dominikanischen Republik in der Karibik, womit es zu Nordamerika gehört.«

»Sí, aber der Südamerikanische Rat umfasst die Karibik, Zentral- und Südamerika. Im Prinzip alles, was unterhalb der Vereinigten Staaten liegt. Der Rat heißt nur so, um das Ganze nicht unnötig kompliziert zu machen«, erklärte sie. Als er nur wortlos die Augenbrauen hochzog, fügte sie hinzu: »Aber da ist es auch nicht erlaubt … es sei denn, man nimmt ein Boot und fährt hinaus bis in internationale Gewässer.«

»Ja, stimmt«, sagte er verdrossen. »Und das habt ihr auch so gemacht? Ihr seid mit den Leuten auf Booten rausgefahren und habt von ihnen getrunken, anstatt zu einer Blutbank für Unsterbliche zu gehen?« Es waren nicht wirklich Fragen, und er schaute so drein, als würde ihm diese Vorstellung sehr missfallen. Genau genommen vermittelte er den Eindruck, dass er sie selbst mit einem Mal als abstoßend empfand. Ildaria konnte sich nicht erklären, warum sie sich daran störte, aber genau das war der Fall, und deshalb stellte sie prompt klar: »Wir haben das nicht aus freien Stücken getan. In der Dominikanischen Republik sitzen einige verdammt korrupte Leute auf einflussreichen Posten, sterbliche genauso wie unsterbliche.« Nach einer kurzen Pause fuhr sie fort: »Ich schätze, hier gibt es auch Korruption, aber ein maßgeblicher Unterschied besteht darin, dass Lucian Argeneau *nicht* korrupt ist. Das Oberhaupt des Rats da unten, Juan Villaverde, ist dagegen durch und durch korrupt. Und habgierig. Ihm gehört ein Großteil der

Restaurants an der Strandpromenade, aber er will immer nur noch mehr. Auch Immobilien im Landesinneren, wenn die Gegend lukrativ genug ist. Natürlich war es für ihn nie ein Problem, den Sterblichen das abzukaufen, was er haben wollte. Er muss sie ja nur kontrollieren, um an sein Ziel zu gelangen. Aber bei den Unsterblichen, die seit ewigen Zeiten Grundstücke und Hütten besitzen, funktioniert das nicht. Die würden sich das nicht gefallen lassen, außerdem sind ein paar von ihnen alt genug, um sich seiner Kontrolle zu widersetzen. Die Grundstücke gehören ihnen seit mehr als hundert Jahren. Lange bevor sich alles da unten in eine große Touristenfalle verwandelt hat. Deshalb hat Juan zu anderen Tricks gegriffen, um an sein Ziel zu gelangen.«

»Tricks?«, fragte G. G. und sah sie dabei noch etwas finsterer an.

»Ja. Mit manchen kommt er durch, mit anderen nicht. Die neueste Tour besteht darin, jede Blutbank da unten aufzukaufen, um dann die Preise für Blutkonserven so in die Höhe zu treiben, dass die weniger wohlhabenden Unsterblichen entscheiden müssen, ob sie das dringend benötigte Blut kaufen oder mit dem Geld ihre Hypotheken oder die Steuer oder Strom und Wasser bezahlen wollen. Er treibt die Leute aus ihren eigenen vier Wänden, übernimmt deren Anwesen und …« Sie unterbrach sich und schüttelte empört den Kopf, als sie daran zurückdachte, was dieser Mann ihren Nachbarn und anderen Leuten angetan hatte, die ihr etwas bedeuteten. Ildaria atmete einmal tief durch und fuhr schließlich fort. »Einer seiner Söhne, Vasco Villaverde, ist mit dem Treiben seines Vaters nicht einverstanden. Er wollte den Unsterblichen helfen, die von den Aktionen seines Vaters am stärksten betroffen waren. Um uns mit dem Blut zu versorgen, das wir brauchen, hat er sein altes Piratenschiff ausgemottet und …«

»Moment mal«, ging G. G. dazwischen. »Sein altes Piratenschiff?«

»Vasco ist fünfhundertnochwas Jahre alt und war früher Pirat«, ließ sie ihn wissen und grinste ihn dabei verstohlen an. »Oder zumindest ein Freibeuter … oder so was.« G. G. schwieg eine Weile, wobei sein Blick verriet, dass ihn diese Information sehr interessierte. Dann bedeutete er ihr mit einer knappen Geste weiterzureden. »Also, er hat sein altes Piratenschiff auf Vordermann gebracht und allen Unsterblichen angeboten, Teil seiner Crew zu werden, wenn sie zu denjenigen gehören, die sich die Preise für Blut von der Blutbank nicht leisten können. Das Ganze …« Sie zögerte kurz, fuhr aber mit einem leisen Seufzer fort: »Das Ganze ist als Touristenattraktion getarnt. Es gibt da so ein Programm, bei dem die Leute mit Haien und Rochen schwimmen können. Wenn sie zur Anlegestelle zurückkehren, wird für sie von den Piraten eine Art Showtanz mit Kampfeinlagen aufgeführt, und sie werden dazu überredet, an den Souvenirständen einheimische Produkte zu kaufen. Während sie sich die Show ansehen, zieht unsere Crew als sexy Piraten verkleidet zwischen ihnen umher …«

»Als sexy Piraten?«, unterbrach er sie in völlig ernstem Tonfall, aber mit einem Funkeln in den Augen. Ildaria verzog den Mund. »Na ja, ich trage schwarze Lederstiefel, die bis zu den Oberschenkeln reichen, einen schwarzen Leder-BH und dazu passende Shorts oder einen Mini. Und natürlich einen Piratenhut oder ein Kopftuch … und nicht zu vergessen das Schwert.«

»Ja, natürlich«, murmelte er, während sein Blick über sie wanderte, als würde er sich vorstellen, wie sie wohl in dem gerade eben beschriebenen Kostüm ausgesehen haben mochte. Ihm schien zu gefallen, was er vor seinem geistigen Auge sah.

Ildaria war eigentlich zu alt dafür, um noch rot zu werden, doch sie war sich ziemlich sicher, dass sie in diesem Moment einen roten Kopf bekam. Ihr war auch seltsam warm, und ihr Atem stockte. Sie räusperte sich und versuchte, die Aufmerksamkeit zu ignorieren, die ihr von ihm zuteilwurde. Schnell fügte sie hinzu: »Die Männer waren meistens oben ohne unterwegs, manche hingegen trugen eine Weste, andere ein langärmeliges Hemd, dazu eine eng anliegende Lederhose, Stiefel, einen Piratenhut oder ein Kopftuch und natürlich auch ein Schwert.«

»Aha«, lautete seine lakonische Antwort, die sich gar nicht so anhörte, als würde ihn interessieren, was die Männer getragen hatten.

Sie war sich ziemlich sicher, dass er immer noch ihr Kostüm vor Augen hatte. Abermals musste sie sich räuspern. »Jedenfalls ging die Crew durch die Reihen der Touristen und suchte die Spender aus, die dann auf das Piratenschiff eingeladen wurden, um zu einer Haifütterung gebracht zu werden.« Als sie das sagte, wirkte seine Miene mit einem Mal wieder wie versteinert.

»Eine Haifütterung?«, wiederholte er in einem Tonfall, der an seiner Abneigung keinen Zweifel ließ.

Ildaria seufzte und zuckte mit den Schultern. »Wir sind mit ihnen rausgefahren, und wenn wir Haie finden konnten, haben wir sie auch gefüttert. Außerdem haben wir den Touristen Käseplatten und mit Wasser gestreckten Alkohol angeboten.«

»Mit Wasser gestreckt, weil ihr kein Blut mit Alkoholgehalt trinken wolltet.«

Er klang abermals verärgert, doch davon nahm sie einfach keine Notiz, sondern nickte nur bestätigend.

»Und wann habt ihr von ihnen getrunken?«, wollte er wissen.

Ildaria rutschte unbehaglich auf ihrem Platz hin und her. »Wir sollten immer erst von ihnen trinken, wenn wir in internationalen Gewässern waren. Das war der einzige Grund, warum Vasco das veranstaltete. Auf diese Weise konnten wir an das benötigte Blut herankommen, ohne gleichzeitig obdachlos zu werden. Außerdem gingen wir auf diese Weise nicht das Risiko ein, so dringend Blut zu benötigen, dass wir in unserer Verzweiflung an Land von einem Sterblichen getrunken und damit den Anlass für unsere Hinrichtung geliefert hätten.«

G. G. schwieg eine Weile, aber seine Miene verriet deutlich sein Missfallen. »Ihr solltet immer erst von ihnen trinken, wenn ihr in internationalen Gewässern wart«, wiederholte er scheinbar nachdenklich und fragte dann: »Aber ihr habt es trotzdem gemacht, nicht wahr?«

Sie zuckte zusammen. »Was? Kannst du etwa Gedanken lesen?«

Er schüttelte den Kopf. »Nein. Aber du hast gesagt, ihr *solltet* immer erst von ihnen trinken. Das ist etwas anderes als eine Aussage im Sinne von: Wir haben nie von ihnen getrunken, solange wir noch nicht in internationalen Gewässern waren.«

Ildaria verzog den Mund bei seinen Worten und drehte sich seufzend zur Seite. »Normalerweise habe ich gewartet. Versucht habe ich es immer. Aber drei- oder vielleicht viermal ist es vorgekommen, dass es einem dieser dämlichen Sterblichen gelang, mich oder eine der anderen Frauen in eine Ecke zu drängen, um über uns herzufallen.« Bei der Erinnerung daran presste sie die Lippen fest zusammen und fuhr schließlich fort: »In solchen Fällen habe ich vorzeitig von ihnen getrunken … und auf die für sie schmerzhafteste Weise, die mir in den Sinn kommen wollte.« Da G. G. nicht sofort etwas darauf erwiderte, atmete sie schnaubend aus und schüttelte die Wut von sich ab, in deren Griff sie sich befand. »Bedauerlicherweise konnte ich ihnen die Erinnerung daran nicht lassen. Das

Ganze war nichts als eine nutzlose Aktion gewesen, weil ihnen keine Lektion erteilt wurde und ich letztlich nur mich und Vasco in Gefahr brachte. Dabei hatte er so was gar nicht verdient.«

»Und warum hast du dich dann so verhalten?«, wollte G. G. wissen.

Ildaria zögerte und zuckte hilflos mit den Schultern. »Ich konnte einfach nicht anders. Ich … weißt du, ich hasse Männer, die meinen, dass sie sich einfach nehmen können, was sie haben wollen, und genau aus diesem Grund Frauen vergewaltigen.« Sie richtete den Blick auf ihr Glas, da sie G. G. nach diesem Geständnis einfach nicht ins Gesicht sehen wollte. Als er beharrlich schwieg und auf etwas zu warten schien, fuhr sie schließlich fort: »Darum beschloss ich, Punta Cana zu verlassen, um Vasco und die anderen nicht wieder in Schwierigkeiten zu bringen.«

»Und dann bist du nach Montana gegangen«, warf G. G. ein.

Sie nickte knapp. »Jess lud mich ein, bei ihr zu bleiben, bis ich mir überlegt hatte, was ich machen wollte. Sie war es auch, die mich auf die Idee brachte, an einem College oder einer Universität einen Abschluss zu machen.«

Als sie abermals verstummte, sagte G. G.: »Also hast du dich entschieden, an der Universität Rechnungswesen zu studieren, und dann wurde deine Freundin vergewaltigt.«

»Ja«, flüsterte sie betreten. »Ich war noch zu unerfahren, was das Löschen von Erinnerungen angeht, aber ich habe getan, was ich konnte. Ich habe das Geschehene so sehr verwischt, dass sie nicht mehr solche Angstzustände hatte und allzu sehr traumatisiert war.«

»Und dann bist du zur Rächerin geworden.« Seine Worte ließen sie den Kopf ruckartig in seine Richtung drehen, doch er lächelte nur, als er ihre verdutzte Miene sah. »Wie ich schon sagte, hier im *Night Club* haben Klatsch und Tratsch Hochkonjunktur. Ich habe in groben Zügen davon gehört, wieso du jetzt in Kanada bist und wieso Lucian und die Jungs dich nicht aus den Augen lassen.«

Ildaria verzog missmutig den Mund, trank einen Schluck und nickte zögerlich. »Ja, richtig. Ich las die Gedanken ihrer Mutter und fand heraus, dass sie erfahren hatte, dass Alicia nicht das erste Opfer dieses Vergewaltigers war. Es wurde vermutet, dass er für mindestens drei weitere Vorfälle verantwortlich war. Auf dem Campus trieb ein Serienvergewaltiger sein Unwesen, aber das wurde nicht publik gemacht, um unter den Studentinnen keine Panik auszulösen. Außerdem hätte man riskiert, dass Frauen die Uni verlassen«, fügte sie verbittert hinzu. Es ärgerte sie jetzt noch, dass für die Leitung der Universität das Wohl der Studentinnen zweitrangig war und hinter dem Profitdenken hatte zurücktreten müssen. »Also habe ich mich in Leder gepackt und bin nachts unterwegs gewesen, um nach dem Kerl Ausschau zu halten.«

»In Leder?«, fragte G. G. verwundert und lenkte sie damit von der Wut ab, die wieder in ihr hochzukochen drohte.

Sie sah ihn kurz fragend an. »Verletzungen führen zu Blutverlust, sodass man gezwungen wäre, mehr Blut zu sich zu nehmen. Ich hatte zwar einen Job als Kellnerin und bekam viel Trinkgeld, außerdem konnte ich für einen Spottpreis bei Jess wohnen. Trotzdem verschlingt ein Studium eine Unmenge an Geld, weshalb ich mir nicht viele zusätzliche Blutkonserven leisten konnte«, erklärte sie. »Wenn man keine Schutzkleidung hat, die alle möglichen Waffen abwehrt, dann ist Leder immer noch die beste Lösung, um Verletzungen zu verhindern oder zumindest abzuschwächen. Also habe ich mir eine schwarze Lederhose, eine schwarze Lederjacke und noch ein paar Dinge mehr zugelegt. Die Haare habe ich zum Pferdeschwanz gebunden oder zum Dutt hochgesteckt, damit mir ein Angreifer nicht in die Haare fassen konnte. Und dann habe ich mich auf die Suche nach dem Täter begeben.«

»Hast du ihn erwischt?«, fragte G. G., nachdem sie erneut in Schweigen verfallen war.

Verdrossen schüttelte sie den Kopf. »Nein. Aber ich habe jede Menge andere Arschlöcher erwischt, die auch nicht besser waren als dieser Vergewaltiger.« Ein Lächeln umspielte ihre Lippen, als sie daran dachte, wem sie alles geholfen und wie viele Kriminelle sie der Polizei der Sterblichen übergeben hatte. Gleich darauf wurde sie aber wieder ernst. »Leider treiben sich da draußen aber auch sehr viele Leute herum, die mit ihren Smartphones alles filmen müssen, was um sie herum passiert. Ein- oder zweimal bin ich gefilmt worden, was schon übel war. Aber dann entpuppte sich einer von den Leuten, die ich gerettet hatte, als FBI-Agent. Natürlich war das FBI daraufhin hinter mir her.« Sie verdrehte die Augen angesichts dieser seltsamen Form von Dankbarkeit für die Rettung eines Lebens. »Das ließ natürlich den Nordamerikanischen Rat auf mich aufmerksam werden.«

»Ah«, machte G. G. und griff nach seinem Glas, hielt es dann aber nur in der Hand. »Und deshalb bist du jetzt in Toronto und wirst von Lucian mit Argusaugen beobachtet.«

»Ja«, sagte sie. »Genau genommen hatte ich ja noch Glück. Er hätte mich hinrichten lassen können, weil ich durch mein Verhalten die Aufmerksamkeit der Sterblichen auf unsere Art gelenkt hatte. Da versteht kein Rat Spaß.« Sie seufzte frustriert. »Ich wünschte nur, ich hätte Alicias Angreifer zu fassen bekommen, bevor Lucian auf mich aufmerksam wurde und nach Montana kam, um mich einzukassieren.«

G. G. saß eine Weile nachdenklich da, dann fragte er: »Und was ist hier vorgefallen?«

»Wie meinst du das?«, gab sie verwundert zurück.

»Na ja, Lucian hat doch von dir verlangt, dass du die Abendvorlesungen aufgibst und tagsüber zur Universität gehst«, erklärte er mit seiner tiefen Bassstimme. »Hast du dich hier auch wieder in Leder gehüllt auf die Jagd gemacht und …«

»Nein, nein«, versicherte sie ihm eifrig. »Nichts in der Art. Ich lerne aus meinen Fehlern.« Als sie weiter nichts sagte, saß er nur da und sah sie abwartend an. Ildaria hätte sich einfach weigern können, ihm irgendwelche Erklärungen zu liefern, weil es ihn nichts anging. Trotzdem wollte sie die Dinge ins richtige Licht rücken, damit er nicht glaubte, dass sie sich sehr wohl die gleichen Fehler wie zuvor geleistet hatte. »Ich war nicht auf der Suche nach Ärger, aber abends passiert so einiges auf dem Campus, und wenn jemand ›Hilfe‹ schreit, kann ich nicht einfach weghören. Deshalb … na ja, seit ich hier in Toronto mein Studium aufgenommen habe, ist es zu drei Zwischenfällen gekommen, bei denen ich in eine Situation geraten bin, in der jemand Hilfe brauchte. Und ich habe versucht zu helfen.« Sie sah, wie er angesichts dieser Enthüllung die Augen ein wenig zusammenkniff. Von einem stummen Seufzer begleitet musste sie zugeben, dass sie seine Reaktion nur zu gut verstehen konnte. Dennoch tat es ihr nicht leid, dass sie geholfen hatte. »Bei einem dieser Zwischenfälle«, fuhr sie fort, »wurde ich dann von irgendwem gefilmt.«

»Oh, Mist«, zischte G. G.

Ildaria nickte, da sie da ganz seiner Meinung war. Es war Mist. »Also ist Lucian zu der Überzeugung gelangt, dass Vasco mit seiner Bemerkung, ich würde Ärger magisch anziehen, recht gehabt hatte. Und deshalb ist er zu dem Entschluss gekommen, dass ich am besten von allem Ärger ferngehalten werden kann, wenn ich tagsüber zur Uni gehe. Am helllichten Tag ereignen sich weniger Verbrechen, und die Wahrscheinlichkeit, dass ich wieder in eine verfängliche Situation gerate, wird dadurch geringer.«

Nachdem sie beide eine Weile schweigend dagesessen hatten, schob G. G. den Teller beiseite und sah sie an. Ildaria wartete voller Skepsis, da sie nicht wusste, was sie von seiner grüblerischen Miene halten sollte.

»Marguerite hat erzählt, dass du Rechnungswesen studierst«, sagte er.

Sie nickte und blieb weiter misstrauisch. »Ja, in Rechnungswesen will ich meinen Abschluss machen, daneben studiere ich noch Wirtschaftswissenschaften.«

G. G. nickte und betonte: »Und mein Hund mag dich.«

Ildaria legte den Kopf ein wenig schräg und versuchte vergeblich, einen Zusammenhang zwischen diesen beiden Dingen zu erkennen.

Schließlich fragte er: »Willst du einen Job haben?«

Die Frage kam völlig unerwartet, aber nach kurzem Überlegen verstand sie, worauf er hinauswollte. »Als Hundesitterin?«

Wieder nickte G. G. »Und für die Buchführung für den *Night Club.*« Als sie ihn ungläubig ansah, fügte er hinzu: »Ich bezahle dich für beides. Ein volles Gehalt als Buchhalterin, außerdem zwanzig Dollar die Stunde, wenn du auf H. D. aufpasst.«

Sie bekam den Mund nicht mehr zu, so begeistert war sie darüber, gleich zwei Jobs in einem angeboten zu bekommen. Dann aber fiel ihr etwas ein. »Moment mal, du hast doch schon eine Hundesitterin. Die ist doch nur aus irgendeinem Grund heute nicht erschienen.«

»Ich hatte eine Hundesitterin«, stellte G. G. klar. »Sie hat gestern gekündigt, nachdem sie von H. D. gebissen worden war. Sie ist mitten in der Nacht gegangen, ohne mir ein Wort zu sagen. H. D. war stundenlang allein und hat die Zeit genutzt, um Löcher in meine Kleidung zu beißen und einen meiner Sneakers in Fetzen zu reißen.«

»Oh.« Ildaria stutzte und fragte sich, welche Kleidungsstücke sich das kleine Fellknäuel wohl vorgenommen hatte.

»Einen Buchhalter suche ich, seit ich den Laden hier gekauft habe.« G. G. schüttelte frustriert den Kopf. »Da ich keinen Sterblichen einstellen kann, ist es schlicht unmöglich, jemanden zu finden.«

Ildaria konnte bestens verstehen, warum Sterbliche als Angestellte nicht infrage kamen. Dieser Club war nur für Unsterbliche, hier wurden Drinks serviert, die anstelle von Alkohol Blut enthielten. Zu den Lieferanten, bei denen der Club einkaufte, gehörten daher auch die Argeneau-Blutbanken. Die angebotenen Drinks waren Variationen auf Blutbasis, in manchen Fällen ging es nur um verschiedene Blutgruppen, während wiederum andere Gäste spezielle Sorten bestellten, zum Beispiel von Menschen, die vor dem Spenden diverse Drogen konsumiert hatten. Oder es ging um das süße Blut, das Ildaria für Marguerite mitbringen sollte. Süßes Blut stammte von Diabetikern, deren Krankheit noch nicht erkannt war und die daher keine Medikamente dagegen nehmen mussten. Das war eine besonders seltene Variante, da das Blut beim Spenden getestet und der Spender umgehend auf seine Diabetes hingewiesen und zu seinem Hausarzt geschickt wurde. Damit schrumpfte die Zahl der potenziellen Spender von Mal zu Mal.

In anderen Fällen wurde dem Blut etwas beigemischt, um es interessanter zu machen. Hier im *Night Club* war eine Bloody Mary im wahrsten Sinn des Wortes eine Bloody Mary. Die Zutaten waren handelsübliche Worcestershire-Sauce, scharfe Sauce, Zitronensaft, Limettensaft, schwarzer Pfeffer und Sellerie sowie ein Stück Zitrone als Dekoration. Was fehlte, waren Tomatensaft und Wodka, stattdessen gab es Blut.

Wenn sie so darüber nachdachte, würde G. G. große Schwierigkeiten damit haben, dem Finanzamt zu erklären, wieso zu seinen Lieferanten Blutbanken gehörten. Vermutlich musste er die Namen der Blutbanken durch die von normalen Getränkelieferanten ersetzen, was wohl auch bedeutete, dass es eine offizielle und eine inoffizielle Buchführung geben musste. Ein Unsterblicher war tatsächlich die einzige Lösung für diesen Job als Buchhalter. Sie hatte keine Ahnung, wie viele Unsterbliche irgendwo als Buchhalter arbeiteten, aber ein paar würden es schon sein. Dennoch war es mit Blick auf einen so kleinen Pool aus potenziellen Kandidaten so gut wie unmöglich, einen Buchhalter zu finden.

»Also?«, fragte G. G., als sie immer noch schweigend dasaß und mit ihren Gedanken beschäftigt war. »Willst du den Job? Oder besser gesagt: beide Jobs?«

»Sí«, antwortete sie sofort und spürte, wie sie mit einem Mal von etlichen Faktoren entlastet wurde, die ihr bislang zu schaffen gemacht hatten. Er bezahlte sie dafür, auf den Hund aufzupassen und die Buchführung zu erledigen. Das waren praktisch zwei Vollzeitjobs in einem. Ihre Geldsorgen gehörten damit der Vergangenheit an. Sie würde die Gebühren für das Herbstsemester bezahlen, ein eigenes Apartment mieten und vielleicht sogar ein paar Möbelstücke kaufen können. Verdammt. Auf einmal sah alles viel erfreulicher und verheißungsvoller aus.

»Gott sei Dank«, stöhnte G. G. erleichtert, entspannte sich und schüttelte den Kopf. »Eigentlich soll ich mich bei Marguerite bedanken, weil sie mir den Hinweis gegeben hat, dass du mir vielleicht helfen könntest.«

»Marguerite hat das gesagt?«, fragte Ildaria erstaunt.

»Ja. Als sie heute Morgen anrief, um das Blut zu bestellen, kamen wir ins Gespräch. Dabei erwähnte sie, was du studierst und dass du einen Job suchst. Und dann schlug sie vor, dass du herkommst, um das Blut abzuholen, anstatt es sich wie sonst üblich von mir liefern zu lassen. Das würde mir die Gelegenheit geben, mich mit dir zu unterhalten und mir ein Bild von dir zu machen. Ich hatte gedacht, dass damit zumindest eins von meinen beiden Problemen gelöst wäre, aber nachdem wir jetzt wissen, dass H. D. dich mag, ist das zweite Problem damit auch hinfällig geworden.« Er lächelte strahlend, weil ihm klar wurde, dass sich all seine Sorgen in Wohlgefallen aufgelöst hatten. »Ich muss Marguerite unbedingt einen Strauß Blumen schicken.«

Ildaria sah ihn amüsiert an, fragte dann aber: »Dann war das gerade eben ein Bewerbungsgespräch?«

Er grinste sie an und nickte, wobei er unglaublich hinreißend aussah. Dieser Mann wirkte auf sie wie ein riesengroßer Teddybär … ein Teddybär mit Tattoos, Piercings und einem leuchtend grünen Irokesenschnitt.

»Wann willst du anfangen?«, fragte er dann und wurde wieder ernst.

»Wie wär's mit jetzt gleich?«, gab sie zurück, hielt dann aber inne. »O nein. Ich muss ja erst noch Marguerite das Blut bringen. Und dann sollte ich mir wohl noch etwas Passendes anziehen. Sagen wir … in zwei Stunden? Ich werde auf dem Heimweg vermutlich in den Berufsverkehr kommen, sonst könnte ich eher wieder hier sein.«

G. G. schüttelte lässig den Kopf. »Bring das Blut zu Marguerite und spann heute Abend erst einmal aus. Erledige alles, was du noch erledigen musst, und dann kannst du morgen anfangen«, schlug er vor und fügte hinzu: »Außerdem geht die Sonne bald unter. Dann ist der *Night Club* geöffnet, und ich werde keine Zeit haben, dir alles Notwendige für die Buchführung zu erklären. Wenn du morgen um … sagen wir: vier Uhr hier wärst, können wir das Ganze in Ruhe durchsprechen.«

Ildaria nickte bestätigend. Sie war bereit, wann immer sie hier anfangen sollte.

»Gut. Dann hole ich mal das Blut für Marguerite, damit du dich auf den Weg machen kannst.«

»Was ist mit H. D.?«, fragte Ildaria besorgt, als er aufstand. »Was wirst du heute Nacht mit ihm machen?«

Nach kurzem Zögern sagte G. G. wenig erfreut: »Na ja, eine Nacht in meinem Büro wird er schon überleben. Ich muss nur dafür sorgen, dass nichts rumliegt, was er anfressen kann.«

»Ich könnte ihn auch mit zu mir nehmen«, schlug Ildaria ihm vor und fügte rasch hinzu: »Das ginge natürlich auf mich.« Überrascht schaute er sie an, schüttelte aber bedauernd den Kopf und wollte zu einer Erklärung ansetzen, der Ildaria jedoch zuvorkam. »Mir macht das nichts aus. Außerdem hätte ich kein gutes Gefühl, wenn ich wüsste, der Kleine wäre die ganze Nacht in deinem Büro eingeschlossen. Morgen früh würde ich ihn dann zurückbringen. Auf diese Weise wäre er nicht die ganze Zeit allein, und er könnte auch nicht auf dumme Gedanken kommen.«

Der große Mann zögerte kurz, dachte dann aber laut nach: »Normalerweise bin ich morgens mit Aufräumen und Putzen zwischen sieben und acht fertig, dann gehe ich nach oben in meine Bude. Aber vorher gehe ich noch mit H. D. Gassi. Danach gehe ich ins Bett und schlafe bis um drei …« Er machte eine kurze Pause. »Deswegen hatte ich auch vorgeschlagen, dass du um vier Uhr herkommst. Dann habe ich gefrühstückt und einen Kaffee getrunken.« Er überlegte kurz. »Ja, das würde funktionieren«, befand er, schlug dann aber vorsorglich vor: »Vielleicht solltest du vorher noch mit Marguerite reden. Könnte ja sein, dass sie den kleinen Racker nicht im Haus haben will.«

»Ich bin mir sicher, dass es ihr nichts ausmachen wird«, beteuerte Ildaria, schließlich wusste sie, dass Marguerite Hunde liebte. Dennoch holte sie ihr Handy aus der Tasche und sagte: »Ich rufe sie trotzdem an, um auf Nummer sicher zu gehen.«

»Gut«, erwiderte er. »Ich mache dann schon mal Marguerites Bestellung fertig.«

Während er seinen Teller nahm und durch die Schwingtür in die Küche verschwand, wartete Ildaria darauf, dass Marguerite das Gespräch annahm. Wie erwartet war Marguerite erfreut darüber, H. D. über Nacht zu Gast zu haben. Die Frau liebte Hunde einfach über alles. Ildaria erwähnte nichts von dem Job, den sie bekommen hatte, sondern sprach nur davon, dass G. G. unerwartet keine Hundesitterin mehr hatte und sie nicht wollte, dass H. D. die ganze Nacht im Büro eingeschlossen sein musste. Ildaria wollte Marguerites Reaktion sehen, wenn sie ihr von dem Job erzählte, für den sie sie empfohlen hatte. Außerdem wollte sie auf dem Weg nach Hause einen Strauß Blumen für Marguerite kaufen, um sich dafür zu bedanken, dass sie sich für sie eingesetzt hatte. Lächelnd steckte Ildaria ihr Handy wieder weg.

»Mit Marguerite alles geregelt?«, fragte G. G., der soeben mit einer mittelgroßen Kühlbox zu ihr kam.

Ildaria strahlte ihn an. »Alles bestens. Sie freut sich schon darauf, den Kleinen zu knuddeln. Sie nimmt an, dass sich Julius über die Verschnaufpause freuen wird.« Als G. G. sie verdutzt ansah, musste sie lachen. »Ihr Hund Julius, nicht ihr Ehemann Julius.«

»Ja, stimmt. Ich vergesse immer wieder, dass sie ihren Hund nach ihrem Ehemann benannt hat.«

»Kennst du zufällig den Grund dafür?«, fragte sie interessiert. Sie hielt das für ziemlich merkwürdig, aber bislang hatte sich noch keine Gelegenheit ergeben, Marguerite darauf anzusprechen.

»Ja, den kenne ich«, sagte er amüsiert und trug die Kühlbox zu ihr. »Aber den erzähle ich dir beim nächsten Mal. Ich muss jetzt alles für heute Abend vorbereiten.«

»Oh, ja. Natürlich.« Sie zögerte, da H. D. nirgends zu sehen war.

»Dann hole ich schon mal die Leine, sein Lieblingsspielzeug, sein Futter und die Leckerchen«, ließ er sie wissen und stellte die Kühlbox auf die Theke.

»Alles klar«, sagte sie und musste nicht lange warten, bis er mit zwei Beuteln und einer Hundeleine zurückkam.

Einen der Beutel packte er zu den Blutkonserven in der Kühlbox und zählte dann auf: »Das ist das Futter. Die Leckerchen sind auch mit dabei. Es handelt sich um drei Mahlzeiten, jede in einem eigenen Behälter. Ich bereite das Futter aus frischem Fleisch und Gemüse selbst zu, darum muss es tiefgekühlt bleiben. Bevor H. D. es bekommt, stelle ich es in den Behältern in die Mikrowelle, und zwar für zweiundzwanzig Sekunden. Aber jede Mikrowelle arbeitet anders, also musst du dich vergewissern, dass es nicht zu heiß ist. Er schlingt das nämlich sofort runter, wenn du es ihm hinstellst, ohne sich darum zu kümmern, ob er sich daran den Schlund verbrennt oder nicht.«

»Okay, also erst noch mal kontrollieren«, konstatierte sie laut.

»Richtig«, erwiderte er und drückte den Deckel auf die Kühlbox. »Er bekommt etwas zu essen, wenn er aufwacht, was meistens gegen drei oder vier Uhr am Nachmittag ist, dann wieder zwischen elf und Mitternacht und zum Schluss noch mal um drei oder vier Uhr am Morgen, also ungefähr vier Stunden, bevor es ab ins Bett geht. Drei Mahlzeiten sollten bis morgen Nachmittag also reichen.«

Ildaria nickte und wiederholte in Gedanken die Uhrzeiten, um sie sich gut einzuprägen.

»Was die Leckerchen angeht …«, fuhr G. G. fort und wartete, bis Ildaria ihn ansah, ehe er weiterredete. »Davon bekommt er nur drei Stück am Tag. Sonst wird aus ihm eine kleine dicke Wurst auf Beinen, und er kann nicht mehr auf seinen Lieblingssessel springen.«

»Nicht mehr als drei«, wiederholte sie, während sie sich noch immer über »seinen Lieblingssessel« wunderte.

Offenbar beruhigt, dass sie seinen Hund nicht über Nacht in eine kleine Kugel verwandeln würde, entspannte sich G. G. ein wenig und kehrte hinter die Theke zurück. Die Leine, die er dann aus der Hosentasche zog, war wie erwartet aus schwarzem Leder mit Nieten und winzigen Stacheln. Dann bückte er sich kurz und war damit einen Moment lang von Ildarias Position aus nicht mehr zu sehen. Im nächsten Augenblick tauchte er wieder auf und hielt H. D. in den Armen. Die Leine hatte er bereits am Halsband festgemacht. Ildaria sah amüsiert zu, wie dieser Riese von einem Mann liebevoll einen winzigen Hund an sich gedrückt hielt.

»Die trage ich«, protestierte er, als sie die Kühlbox an sich nahm, noch während er mit H. D. um die Theke herumkam.

»Lass mal«, sagte sie, schüttelte den Kopf und ging vor ihm her zur Tür. »Ich kann noch die ganze Nacht mit ihm knuddeln, aber dir bleiben nur noch zwei Minuten dafür.«

Er widersprach ihr nicht, während er ihr zur Tür folgte. Dabei redete er leise auf den Hund ein, ermahnte ihn, sich bei Marguerite zu benehmen, und ließ ihn wissen, dass er ihm fehlen würde. Ildaria fand das richtig süß von ihm. Sie nahm die Kühlbox in die andere Hand, drückte die Tür auf und hielt sie mit einem Fuß offen, damit G. G. ihr nach draußen folgen konnte.

4

»Ist das nicht das niedlichste Geschöpf, das du jemals gesehen hast?«, fragte Marguerite und lächelte strahlend.

Ildaria folgte ihrem Blick zu Julius, dem riesigen Hund, der gemeinsam mit H. D. zusammengerollt auf dem Bett lag. Das winzige cremefarbene Fellknäuel lag genau vor dem erheblich größeren schwarzen Hund und hatte den Rücken gegen Julius' angewinkelte Pfoten gedrückt.

»Vielleicht sollte ich für Julius ein Geschwisterchen besorgen, mit dem er dann kuscheln kann«, überlegte Marguerite.

Ildaria musste leise lachen, als sie das hörte, sagte aber nichts dazu. Sie war zu sehr damit beschäftigt, ihr Handy aus der Tasche zu holen, um einen Schnappschuss zu machen. Insgesamt drückte sie dreimal auf den Auslöser, dann verglich sie die Bilder, um festzustellen, welche die gelungenste Aufnahme war. Auf einmal stutzte sie, was Marguerite nicht entging.

»Stimmt was nicht, meine Liebe?«, fragte sie.

»Ich wollte eines der Fotos G. G. schicken, damit er sehen kann, dass es H. D. gutgeht und er sich keine Sorgen machen muss, aber ich habe seine Nummer gar nicht«, erklärte sie und schnalzte gereizt mit der Zunge. Sie würde seine Telefonnummer haben müssen, wenn sie für ihn arbeiten wollte.

»Warte.« Marguerite stand auf und kam um den Tisch herum, um ihr das Smartphone aus der Hand zu nehmen.

Als sie etwas einzutippen begann, wurde Ildaria sofort klar, dass sie für sie G. G.s Nummer in die Kontaktliste eingab. Die ältere Frau hatte sich sehr über die Blumen gefreut, und sie war außer sich vor Begeisterung gewesen, als sie hörte, dass G. G. Ildaria eingestellt hatte. Sie war sogar so begeistert gewesen, dass Ildaria zu fürchten begann, die ihr so sehr ans Herz gewachsene Marguerite könnte ihre Anwesenheit in ihrem Zuhause als Belastung empfinden.

»Natürlich empfinde ich deine Anwesenheit nicht als Belastung«, widersprach die ihr energisch und lenkte Ildarias Aufmerksamkeit auf die Tatsache, dass sie ihre Eingabe beendet hatte und sie ihr nun das Handy zurückgeben wollte.

»Oh.« Ildaria wurde rot, während sie ihr Telefon an sich nahm. Sie war es nicht gewöhnt, dass andere ihre Gedanken lasen. Vasco hatte so wie sie selbst die Gedanken anderer Menschen nur dann gelesen, wenn es unbedingt notwendig war. Alle auf dem Schiff hatten sich daran gehalten. Zumindest hatte niemand erkennen lassen, dass er die Gedanken der anderen las. Das galt auch für Raffaele für den Fall, dass er sie während ihrer Zeit bei ihm und Jess womöglich gelesen hatte. Jess selbst war erst vor kurzer Zeit gewandelt worden und somit noch nicht in der Lage, irgendwen zu lesen. Und selbst wenn doch, hätte sie Ildaria trotz allem nicht lesen können. Jüngeren Unsterblichen war es prinzipiell nicht möglich, ältere zu lesen. Was Marguerite anging, kam es ihr nicht so vor, als wäre sie seit ihrer Ankunft hier im Haus von ihr allzu oft gelesen worden. Jedenfalls hatte sie nichts verlauten lassen, was darauf hätte schließen lassen können. Bis zu diesem Moment, und jetzt fühlte sich Ildaria doch ein bisschen unbehaglich.

»Nein, meine Liebe, ich lese dich nicht. Zumindest nicht mit Absicht. Nur sind deine Gedanken im Moment ein bisschen sehr laut.«

»Laut?«, wiederholte Ildaria verständnislos, während sie sich wieder auf ihren Platz setzte.

»Hmm«, machte Marguerite nur, die ganz darauf konzentriert zu sein schien, ihnen beiden Tee einzugießen. Sie wartete, bis Ildaria das Foto an G. G. geschickt hatte, und fragte dann: »Du hast offensichtlich nicht versucht, G. G. zu lesen, oder?«

»Ich … ähm, nein.« Ildaria sah verwundert von ihrem Handy auf. »Das war nicht nötig. G. G. stellt keine Bedrohung für mich dar.«

»Das sehe ich auch so. G. G. ist für unsere Art kein Risiko«, stimmte Marguerite ihr zu und schob ihr eine Teetasse hin.

»Richtig«, murmelte sie und gab Zucker und Milch in ihren Tee.

»Bist du mit den Symptomen vertraut, die bei einem Unsterblichen auftreten, wenn er seinem Lebensgefährten begegnet ist?«, wollte Marguerite wissen und trank einen Schluck Tee.

Ildaria sah die andere Frau ausdruckslos an. Ein Lebensgefährte war das, was sich jeder Unsterbliche erhoffte. Die Symptome, die beim unwissentlichen Zusammentreffen mit einem Lebensgefährten auftreten, waren jedem von klein auf bekannt, der als Unsterblicher geboren wurde. Wer nicht als Unsterblicher zur Welt kam, wurde kurz nach seiner Wandlung eingeweiht – oder kurz davor, wenn es der Lebensgefährte war, der die Wandlung in die Wege leiten würde.

Natürlich kannte sie die Symptome, sie sah nur keinen Sinn darin, dass Marguerite ihr diese Frage stellte. Schließlich räusperte sie sich und antwortete: »Sí. Selbstverständlich kenne ich die. Ein Wiedererwachen des Verlangens nach den Dingen, die für einen Unsterblichen üblicherweise in den ersten ein- bis zweihundert Jahren seines Lebens uninteressant geworden sind, vor allem Essen, Trinken und Sex.«

Marguerite nickte. »Und weiter?«

»Geteilte sexuelle Träume, wenn die Betroffenen nicht allzu weit voneinander entfernt schlafen.«

»Und?«

»Die geteilte Lust beim Sex, bei der man die Empfindungen des anderen genauso wahrnimmt wie die eigenen«, fuhr sie ein wenig geziert fort. »Zum Ende hin werden dann beide normalerweise ohnmächtig, weil sich die geteilte Lust unaufhörlich hochschaukelt. Allerdings habe ich auch schon von Fällen gehört, in denen das nicht passiert ist.«

Marguerite summte leise und nickte bestätigend, schien aber auf noch mehr zu warten.

Daraufhin rekapitulierte Ildaria noch einmal, was sie bislang gesagt hatte und was ihr womöglich da durchgegangen war. »Die Unfähigkeit, den Lebensgefährten zu lesen oder zu kontrollieren«, ergänzte sie dann noch.

»Ein Symptom fehlt noch, meine Liebe«, setzte Marguerite mit sanfter Stimme hinzu.

Ildaria wollte schon ahnungslos den Kopf schütteln, als ihr die Antwort in den Sinn kam: »Ah, sí. In den ersten ein bis zwei Jahren nach der Begegnung mit einem Lebensgefährten sind die Gedanken beider Beteiligten von den anderen praktisch mühelos zu lesen, ganz gleich, wie alt sie sind.«

»Genau genommen ist es nicht so, dass es dann leichter ist, sie zu lesen. Es ist vielmehr so, dass der betroffene Unsterbliche Schwierigkeiten hat, seine Gedanken für sich zu behalten. Das ist fast so, als würde er in die Welt hinausschreien, was ihm gerade durch den Kopf geht. Andere Unsterbliche können sich gar nicht dagegen wehren, sie zu hören«, machte Marguerite ihr klar und fügte hinzu: »So wie es momentan bei dir der Fall ist.«

Ildaria sah sie zunächst verständnislos an, dann murmelte sie: »Willst du damit sagen, dass ich meinem … meinem …«

Als sie verstummte, da sie nicht in der Lage war, diesen Gedanken zu Ende zu führen und auszusprechen, lächelte

Marguerite flüchtig und griff nach ihrer Teetasse. »G. G. sieht doch gut aus, oder nicht?«

Ildaria riss die Augen auf und sah Marguerite sprachlos dabei zu, wie diese ihren Tee trank. »G. G.?«

Marguerite zog erstaunt die Augenbrauen zusammen. »Findest du nicht, dass er gut aussieht?«

»Ich …« Sie zögerte, während ihre Gedanken zu diesem Mann zurückkehrten. Sie sah ihn vor sich, wie er ernst dreinschaute, wie er amüsiert aussah, wie er H. D. an sich drückte, um mit ihm zu schmusen … O ja, sie fand ihn attraktiv. Vor allem mit diesem kleinen Fellknäuel in den Armen. Mit Hunden und Babys sahen Männer immer noch eine Spur attraktiver aus.

»Ich finde, du solltest morgen versuchen, ihn zu lesen, meine Liebe«, erklärte Marguerite. »Ich vermute, es wird dir nicht gelingen.«

Ildaria wollte zustimmend nicken, doch dann wurde ihr bewusst, dass sie eigentlich noch gar nichts begriffen hatte. »Und was mache ich, wenn ich es nicht kann?«

»Nun«, begann Marguerite nachdenklich und stellte ihre Teetasse weg. Nachdem sie sie sekundenlang schweigend betrachtet hatte, lehnte sie sich seufzend nach hinten. »Wenn es dir nicht gelingt, schlage ich dir vor, sehr behutsam vorzugehen. Du musst wissen, dass G. G. …« Sie hielt inne und überlegte, wie sie am besten anfangen sollte. »G. G.s Eltern waren beide Sterbliche. Als er drei war, kam sein Vater bei einem Autounfall ums Leben. Es folgten zwei Jahre, in denen es seine Mutter und er sehr schwer hatten. Dann lernte sie Robert Guiscard kennen. Die beiden waren Lebensgefährten, und natürlich wandelte er sie. Bedauerlicherweise wurde G. G. Zeuge dieser Wandlung.«

»O nein«, hauchte Ildaria. Eine Wandlung war alles andere als eine angenehme Erfahrung. An ihre eigene Wandlung hatte sie nur ganz schwache Erinnerungen, während die meisten Unsterblichen anschließend gar nichts mehr davon wussten. Aber sie selbst hatte dafür manche Wandlung mit ansehen müssen, und allein Augenzeuge dieses Prozederes zu sein, war ein schreckliches, qualvolles Erlebnis. Wenn derjenige, der gewandelt wurde, mit Seilen oder Ketten oder anderweitig gefesselt war, dann schrie und kreischte er während der Wandlung und versuchte alles, um sich zu befreien. In zwei Fällen hatte sie miterlebt, wie die Betroffenen sich so vehement gegen ihre Fesseln gewehrt hatten, dass gebrochene Hand- und Fußgelenke sowie gebrochene Arme und Beine die Folge gewesen waren. Damit hatten sie sich nur noch längeren Qualen ausgesetzt, weil neben der Wandlung auch die Heilung der selbst zugefügten Verletzungen erfolgen musste.

Wurden die Betroffenen nicht gefesselt, dann kam es vor, dass sie sich die Haut vom Leib rissen oder sich die Augen auskratzten, weil sie irgendwie versuchen wollten, den Schmerzen ein Ende zu setzen. Als Fünfjähriger miterleben zu müssen, wie die eigene Mutter einer solchen Tortur ausgeliefert war, musste für ihn ein wahres Trauma gewesen sein. Ildaria schüttelte bestürzt den Kopf. »Wie konnte man ihn dabei nur zusehen lassen?«

»Das war gar nicht vorgesehen gewesen. Seine Mutter Mary hatte eine befreundete Nachbarin gebeten, ihn bei sich übernachten zu lassen. Allerdings dauerte die Wandlung länger als nur eine Nacht. Das kommt manchmal vor«, fügte Marguerite in ernstem Tonfall hinzu. »Robert hatte das aber wohl nicht in Erwägung gezogen, oder er hatte es Mary nicht deutlich genug erklärt. Denn sie hatte der Nachbarin offenbar nur gesagt, sie werde G. G. am nächsten Tag wieder abholen. Die ging vermutlich davon aus, dass damit der nächste Morgen gemeint war. Als bis Mittag noch immer niemand zu ihr gekommen war, ging sie mit G. G. rüber zum Haus seiner Eltern. Dort hörte sie von draußen Marys gedämpfte Schreie, und da sie als gute Freundin einen Schlüssel zum Haus hatte, betrat sie das Haus. Wegen der Schreie war sie in Panik geraten und wollte ihrer Freundin zur Hilfe eilen. Zu G. G. sagte sie, dass er an der Haustür auf sie warten solle, aber er folgte ihr nach oben, wo die beiden im denkbar ungünstigsten Moment den Raum betraten. Mary hatte nämlich soeben die Seile zerrissen und wollte sich den Bauch aufreißen, um dem Schmerz ein Ende zu setzen.«

»O mein Gott!«, keuchte Ildaria entsetzt.

Marguerite nickte bekräftigend. »Dummerweise hatte Robert genug damit zu tun, einerseits Mary wieder Fesseln anzulegen und andererseits die hysterische Nachbarin zu kontrollieren. Dadurch bekam er nicht mit, dass G. G. ebenfalls anwesend war.« Sie seufzte betrübt. »G. G. hat mir das vor einer Weile erzählt. Er sagte, dass er am liebsten zu seiner Mutter gelaufen wäre, um sie zu trösten. Aber er hatte das Gefühl, dass sie nicht sie selbst war. Ihr Gesicht schien Blasen zu werfen.«

Ildaria verzog den Mund. So etwas hatte sie bei ein oder zwei Wandlungen auch schon an Sterblichen mit Akne oder mit Narben im Gesicht beobachten können. Was G. G. für Blasen gehalten hatte, war auf die Arbeit der Nanos zurückzuführen, die Unsterbliche zu dem machten, was sie waren. Dazu gehörte auch, alles Narbengewebe abzustoßen und die Haut wieder so makellos werden zu lassen, wie sie bei der Geburt gewesen war. Das war ihre Aufgabe. Sie waren so programmiert, dass sie wussten, wie ein Sterblicher in körperlicher Bestform auszusehen hatte. Ihre Aufgabe war es, den Körper in diesen Zustand zurückzuversetzen und zu bewahren.

»Ja, aber G. G. wusste nichts davon«, fügte Marguerite hinzu, die offenbar wieder ihre Gedanken mitbekommen hatte.

»Er rannte weg, bevor Robert ihn bemerken konnte. Soweit ich weiß, hat die Nachbarin ihn kurz darauf im Vorgarten entdeckt. Er stand nur da und starrte vor sich hin, während die Erinnerung der Nachbarin mittlerweile von Robert gelöscht worden war und sie nun glaubte, sie hätte mit Mary geredet und mit ihr vereinbart, G. G. noch einen Tag länger bei sich zu behalten.«

Ildaria überlegte kurz. »Na ja, nachdem er dann am nächsten Tag wieder nach Hause gekommen ist, werden seine Eltern ja gemerkt haben, was er mit angesehen hatte. Dann konnten sie ja seine Erinnerung daran immer noch lö…« Sie verstummte. Hätten sie ihm diese Erinnerung genommen, wäre er nicht in der Lage gewesen, Marguerite davon zu erzählen.

»Nein, das war ihnen nicht klar. Als Mary auf G. G. zuging, zuckte der zusammen, als hätte sie ihn aus einem tiefen Schlaf gerissen. Und als sie dann versuchte, seine Hand zu ergreifen, um ihn mit nach Hause zu nehmen, rannte er aus dem Garten einfach auf die Straße vor einen Lastwagen. Der konnte nicht mehr rechtzeitig bremsen und fuhr ihn an.«

»O nein, das darf doch nicht wahr sein!«, flüsterte Ildaria.

Marguerite nickte und blickte ernst drein. »Wie er mir erzählte, hat er den Unfall nur mit knapper Not überlebt. Als er Tage später im Krankenhaus aufwachte, litt er unter schrecklichen Schmerzen. Marys Wandlung war abgeschlossen, und als er aufwachte, saß sie bei ihm am Bett. Er wusste nichts mehr von dem, was sich an dem Tag des Unfalls ereignet hatte. Es dauerte Jahre, bis Mary ihm an seinem achtzehnten Geburtstag schließlich von den Unsterblichen erzählte und ihm anbot, ihn zu wandeln. In diesem Moment kehrten all die grässlichen Erinnerungen in sein Gedächtnis zurück.« Bedauernd schüttelte sie den Kopf. »Natürlich bestand keine Chance, dass er sich mit einer Wandlung einverstanden erklären würde, wenn er immer noch diese Bilder vor Augen hatte.«

»Kann ich gut verstehen«, meinte Ildaria. »Aber warum haben sie dann nicht einfach seine Erinnerung gelöscht, als er wieder wusste, was passiert war?«

»Das ist nicht ganz so einfach«, ließ Marguerite sie wissen. »Du kannst nicht einfach hingehen und eine so alte Erinnerung löschen, weil die Gefahr besteht, dass dabei der Verstand in Mitleidenschaft gezogen wird.«

»Okay, aber auch wenn es eine alte Erinnerung ist, ist sie doch trotzdem erst in diesem Moment wiedererwacht. Davor war sie doch in Vergessenheit geraten.«

»Nein, das war sie nicht. Sie war nur versteckt«, versicherte Marguerite ihr. »Die Erinnerung war immer in seinem Kopf geblieben, er selbst war sich dessen nur nicht bewusst. Nach dem Unfall litt er jahrelang unter schrecklichen Albträumen, von denen Mary glaubte, dass sie mit dem Unfall zusammenhingen. Aber in Wahrheit hatten sie damit zu tun, dass er seine Mutter für eine Außerirdische oder etwas in der Art hielt.«

»Ja, so wie in *Die Körperfresser kommen*«, entgegnete Ildaria. Als Marguerite sie verständnislos ansah, erläuterte sie: »Das war einer der ersten Filme, die sich Jess mit mir angesehen hatte, nachdem ich in die Staaten gekommen war. Soweit ich weiß, ist das Original aus den Fünfzigern. Es wurde in den Siebzigern neu verfilmt, da hieß der Film dann *Invasion der Körperfresser*, wenn ich das richtig behalten habe. In den Neunzigern gab es dann noch eine Neuverfilmung. Es geht da um solche Kapseln, die aus dem All kommen … oder es hatte was mit der Umweltverschmutzung zu tun, so genau kann ich mich daran nicht mehr erinnern. Auf jeden Fall ist es so, dass diese Kapseln in der Nähe von schlafenden Menschen abgelegt werden müssen, weil dann in der Kapsel eine perfekte Kopie dieses Menschen heranwächst, der dann getötet wird, damit die Kopie dessen Leben übernehmen kann.« Sie bemerkte

Marguerites ratlose Miene und kam zu der Erkenntnis, dass es eigentlich egal war, was denn nun seine Träume über seine Mutter beeinflusst hatte. »Ist auch egal. Erzähl lieber weiter.«

Marguerite nickte, brauchte aber einen Moment, bis sie den Faden wieder aufnahm: »Auf jeden Fall war die Erinnerung immer noch vorhanden, auch wenn sie bis dahin irgendwo im Unterbewusstsein geschlummert hatte. Die Löschung einer solchen Erinnerung ...«, sie schüttelte nachdrücklich den Kopf, »... hätte verheerende Folgen haben können.« Wieder hielt sie kurz inne. »Abgesehen davon war die Erinnerung nicht mehr ganz so entsetzlich, nachdem sie ihm von den Unsterblichen erzählt und ihm alles erklärt hatte. Er verstand ja nun, was genau er da beobachtet hatte.«

»Und trotzdem wollte er nicht gewandelt werden«, bemerkte Ildaria, da sie ja wusste, dass er nach wie vor ein Sterblicher war.

»Richtig«, erwiderte Marguerite mit unüberhörbarem Bedauern. »Er behauptet, dass er nicht den Wunsch verspürt unsterblich zu werden. Er ist glücklich, sterblich zu sein. Aber ich bin der Ansicht, dass diese Einstellung immer noch mit dem zu tun hat, was er erlebt hat. Er will nicht das Gleiche erleiden, was er bei seiner Mutter beobachten musste.« Sie hob den Kopf und sah Ildaria an. »Mary war außer sich, nachdem er ihr Angebot abgelehnt hatte, sich von ihr wandeln zu lassen. Keine Mutter will ihr Kind verlieren, aber seine Weigerung bedeutet für sie, dass sie tatenlos zusehen muss, wie er älter und älter wird und irgendwann stirbt. Also hat Robert ihm zum Geburtstag den *Night Club* in London geschenkt, weil er hofft, dass G. G. irgendwann einer Lebensgefährtin begegnet, wenn er jeden Tag mit so vielen Unsterblichen zu tun hat. Wenn das geschieht, wird er es sich hoffentlich anders überlegen. Allerdings glaube ich nicht, dass es damit getan ist.« Ihr Ton wurde noch ernster, als sie warnend hinzufügte: »Ich glaube wirklich, du musst es sehr langsam angehen lassen. Wenn du ihn nicht lesen kannst, dann behalt diese Erkenntnis für dich, so lange du kannst. Wenn er sich erst mal in dich verliebt hat, wogegen er sich als dein Lebensgefährte nicht wird wehren können, dann besteht die Hoffnung, dass er der Wandlung zustimmen wird.«

»Und wenn nicht, muss ich wie seine Mutter dabei zusehen, wie er alt wird und irgendwann stirbt. Und dann muss ich mein Leben ohne ihn weiterleben«, schlussfolgerte Ildaria, legte den Kopf in den Nacken und stöhnte laut auf, während sie die Decke anstarrte. »Ach, verflucht. Warum muss in meinem Leben bloß immer alles so schrecklich kompliziert sein?«

Marguerite räusperte sich, worauf Ildaria sie ansah. »Ich nehme an, du redest mit Gott?«

»Mit wem sonst?«, gab sie zurück.

»Na ja … vielleicht solltest du die Tatsache in Erwägung ziehen, dass du noch sehr jung bist und jetzt schon einen möglichen Lebensgefährten gefunden hast. Die wenigsten Unsterblichen haben so viel Glück, sie müssen meistens Jahrtausende warten.«

»Sí, aber …«

»Und vielleicht solltest du mal all die anderen Probleme in deinem bisherigen Leben in Erwägung ziehen … deinen Ärger in Punta Cana, in Montana, dann hier an der Universität … überleg mal, dass all diese Dinge dazu beigetragen haben, dass es dich in den *Night Club* geführt hat, wo du G. G. begegnet bist«, betonte Marguerite.

Der Hauch eines Lächelns umspielte Ildarias Mundwinkel, als sie auf die positive Seite der Hölle hinwies, in der ihr Leben seit einer Ewigkeit zu stecken schien. Dann aber erwiderte sie: »Genau genommen hast *du* mich in den *Night Club* geschickt, damit ich G. G. kennenlerne, aber ich habe schon verstanden, was du mir sagen willst. Ich soll aufhören, mich selbst zu bemitleiden, und lieber froh sein, dass das mein einziges Problem ist.«

»Mehr oder weniger«, stimmte Marguerite ihr lächelnd zu.

»Also gut«, lenkte sie ein und stand auf. »Dann werde ich mich mal mit H. D. nach oben in mein Zimmer zurückziehen und mir überlegen, wie ich G. G. dazu bringe, sich in mich zu verlieben, ohne dass ich ihm verrate, dass wir mögliche Lebensgefährten sind.«

»Dabei könnte es hilfreich sein, wenn du die Dinge ins Kalkül ziehst, die er am meisten liebt«, gab Marguerite zu bedenken.

Ildaria hielt in der Bewegung inne, drehte sich wieder zu Marguerite um und fragte: »Weißt du zufälligerweise auch, was das ist?«

»Sein Hund, Essen und Frauen.«

»Frauen? Im Plural?«, hakte Ildaria irritiert nach.

Marguerite zuckte mit den Schultern. »Darum lieben die Frauen ihn. Er versteht sie, er weiß sie zu schätzen, er bewundert und er liebt sie. Egal ob groß, klein, dick oder dünn, G. G. liebt sie einfach alle.«

»Na großartig«, murmelte Ildaria, hob H. D. hoch und raunte ihm zu: »Komm mit, Kleiner. Du schläfst heute Nacht bei mir, aber du wirst auch der Einzige von uns beiden sein, der schlafen kann. Ich werde mir die Nacht mit Nachdenken um die Ohren schlagen müssen.«

G. G. trank soeben die dritte Tasse Kaffee, als er hörte, dass an der Eingangstür des *Night Club* geklopft wurde. Er stellte die Tasse weg, ging um die Theke herum und steuerte mit zügigen Schritten auf die Tür zu.

Aber nur, weil ich mich so darauf freue, H. D. wiederzusehen, sagte sich G. G. Mit der wunderschönen und charmanten Angelina Ildaria Sophia Lupita García Pimienta hatte das rein gar nichts zu tun. Obwohl schon allein der Gedanke an ihren Namen ihm ein Lächeln auf die Lippen zauberte. Diese Überlegung ließ ihn verständnislos den Kopf schütteln, während er sich seinen Weg zwischen den Tischen und Stühlen hindurchbahnte. An der Tür angekommen, schloss er auf. Kaum hatte er sie ein Stück weit geöffnet, stellte sich H. D. auf die Hinterbeine und begann zu bellen. Lachend nahm G. G. ihn hoch und redete leise auf das Fellknäuel ein: »Hey, Kleiner. Wie war die Nacht? Habe ich dir gefehlt?«

»Natürlich hast du das«, sagte Ildaria, deren Stimme sanft, aber auch ein wenig belegt klang.

Er drehte sich zu ihr um und bewunderte den Anblick, den sie bot. Sie hatte sich an ihrem ersten Arbeitstag für einen strikt professionellen Look entschieden, bestehend aus einem schwarzen Bleistiftrock und einer weißen Bluse. Die langen dunklen Haare hatte sie im Nacken zusammengeknotet. Geschminkt war sie im Gegensatz zu den meisten sterblichen Frauen nicht, aber das war auch nicht nötig, da alle Unsterblichen eine makellose Haut hatten. Lediglich ein leuchtend roter Lippenstift lenkte den Blick auf ihren Schmollmund, und ein Hauch von Eyeliner betonte ihre großen, hinreißenden dunkelbraunen, mit Gold durchzogenen Augen. Ihre Haut schien geradezu zu strahlen. Vielleicht waren die Jahre auf hoher See unter karibischer Sonne und der Wind dafür verantwortlich, der beständig durch ihre Haare geweht hatte, während sie in diesem sexy Piraten-Outfit unterwegs gewesen war, das sie ihm beschrieben hatte.

Na ja, so viel Zeit konnte sie auch wieder nicht unter der karibischen Sonne verbracht haben, immerhin war sie eine

Unsterbliche. Dennoch war da ein Strahlen, das von innen zu kommen schien. Sie sah wunderschön aus, fand er. Erst dann wurde ihm bewusst, dass er sie davon abhielt, den Club zu betreten, weil er sie wie ein liebeskranker Teenager anstarrte und ihr damit den Weg versperrte.

G.G. räusperte sich und brachte ein knappes »Morgen« über die Lippen, dann drehte er sich von ihr weg und ging zurück in die Bar. »Wie war der Verkehr?«, wollte er wissen, nachdem er sich auf einen der Hocker mit hoher Rückenlehne gesetzt hatte. Er ließ H.D. auf seinem Schoß Platz nehmen und griff nach seinem Kaffee.

»Zum Schluss wurde es schon ziemlich voll, aber die meiste Zeit über war wenig los«, redete Ildaria drauflos und setzte sich schließlich auf den Hocker direkt neben G.G.

Damit war sie ihm nahe genug, dass er ihr Parfum wahrnehmen konnte – eine Mischung aus Vanille und anderen Gewürznoten. Der Duft erinnerte ihn an Muffins, was ihn wiederum hungrig machte. Dann fiel ihm auf, welche Wärme ihr Körper abstrahlte. Ihm wurde bewusst, dass sich bereits bei der kleinsten Bewegung nach links ihre Arme berühren würden. Das brachte G.G. auf den Gedanken, dass an der Theke womöglich zu viele Hocker standen. Vielleicht sollte er ein paar davon wegnehmen und die restlichen mit mehr Abstand zueinander anordnen, damit jeder Gast etwas mehr Bewegungsfreiheit und damit auch etwas mehr Privatsphäre hatte.

»Wie war deine Nacht?«, fragte Ildaria.

Während er gegen den dringenden Wunsch ankämpfte, sich etwas weiter nach links zu rücken, um ihre Hitze besser spüren zu können, griff er nach seinem Kaffee und trank einen Schluck. Dann erst antwortete er: »Gut. So wie immer. Danke übrigens für die Fotos«, fügte er noch hinzu, als ihm einfiel, dass sie ihm die Nacht über gleich mehrere Aufnahmen geschickt hatte. Das erste Foto zeigte H. D., wie er sich an Julius schmiegte und beide fest schliefen. Auf dem nächsten Foto war H. D. zu sehen, wie er sich im Bett an Ildarias Beine schmiegte. Zwar war der Hund das eigentliche Motiv, doch ihre Beine waren darauf etwa vom halben Oberschenkel abwärts zu sehen. Und sie waren nackt, weshalb er diese Beine lange Zeit einfach nur angestarrt und sich gefragt hatte, was sie trug, wenn sie sich schlafen legte. Und ob sie dann überhaupt etwas trug.

Die beiden nächsten Fotos warteten bereits auf ihn, als er heute Morgen aufwachte. Eines zeigte H. D. und Julius, die beide im großen Garten hinter Marguerites Haus spielten. Auf dem anderen standen die beiden Seite an Seite vor ihren Näpfen und schlangen ihr Frühstück hinunter. Das letzte Foto in der Reihe war gerade mal eine halbe Stunde alt, darauf zu sehen war H. D., wie er auf dem Beifahrersitz von Ildarias Wagen stand und aus dem halb geöffneten Fenster nach draußen sah, während der Fahrtwind sein Fell zerzauste. Dabei fiel ihm ein …

»Du solltest während der Fahrt keine Fotos machen. Du könntest in einen Unfall verwickelt werden.«

»Wir standen am Ende der Zufahrt zu Marguerites Haus, und als ich das Foto gemacht habe, musste ich darauf warten, dass mich jemand vorließ«, versicherte sie ihm und erklärte dann auch gleich noch, dass H. D.s Fell gar nicht vom Fahrtwind zerzaust worden war. »Es ist heute sehr windig«, ließ sie ihn wissen.

»Oh.« Er nickte kurz, doch seine Anspannung ließ kaum nach. Aus einem unerfindlichen Grund konnte er sich momentan einfach nicht entspannen, dabei war er im Umgang mit Frauen normalerweise ganz locker.

»Hast du schon gefrühstückt?«, fragte sie plötzlich.

Überrascht sah er sie an und wünschte fast, er hätte das nicht getan. Verdammt, ihr Lächeln war einfach bezaubernd. Diese vollen Lippen strahlten so rot und so feucht, als hätte sie eben noch mit der Zunge darübergestrichen. Er verspürte den dringenden Wunsch, es ihr nachzutun.

»Nein«, sagte er schließlich und zwang sich, den Blick von ihren Lippen abzuwenden. »Ich habe verschlafen. Ich bin erst vor einer halben Stunde aufgewacht und hatte gerade noch Zeit, zu duschen und mir einen Kaffee zu machen …«

»Und deine Haare in Form zu bringen«, zog sie ihn mit einem Lächeln auf und deutete mit einer flüchtigen Kopfbewegung auf den Haarkamm, dem er sich gleich nach dem Duschen gewidmet hatte. Er trug die Haare schon so lange so, dass es ihm in Fleisch und Blut übergegangen war, sie jeden Morgen in Form zu bringen. Er brauchte dafür kaum mehr als nur ein paar Minuten. Die Blicke, die er mit seiner Frisur auf sich lenkte, waren so alltäglich geworden, dass er sie fast kaum noch zur Kenntnis nahm. Normalerweise jedenfalls. Im Moment jedoch, da er Ildarias intensiven Blick auf sich spürte, fühlte er sich tatsächlich ein wenig unbehaglich. Nicht zum ersten Mal stellte er sich die Frage, ob er für diese Frisur nicht doch etwas zu alt war.

Als er spürte, dass sein Gesicht zu glühen begann, wurde ihm bewusst, dass er wie ein kleiner Junge einen roten Kopf bekam. Er ließ sich von seinem Hocker gleiten und ging in Richtung Schwingtür, während er vor sich hin murmelte: »Ich sollte mir wohl besser einen Toast machen.«

»Einen Toast?«, hörte er Ildaria hinter sich ungläubig rufen, gefolgt vom Klack-klack-klack ihrer Absätze, da sie ihm in die Küche folgte.

Mit H. D. unter den Arm geklemmt, als würde er einen Football mit sich herumtragen, konnte er sich nicht davon abhalten, einen Blick hinter sich und auf ihre Schuhe zu werfen.

Bei der Begrüßung an der Tür hatte er gar nicht darauf geachtet, aber jetzt sah er, dass sie glänzende schwarze High Heels trug. Verdammt, sie sah aus wie eine sexy Sekretärin.

»Ein großer, starker Kerl wie du braucht zum Frühstück Proteine, nicht bloß Toast«, erklärte sie entschieden und lenkte seinen Blick wieder nach oben zu ihrem hübschen Gesicht. »Ich mache dir ein Omelett.«

G. G. reagierte mit einem knappen Brummen und ging vor ihr her in die tadellos gepflegte Küche des *Night Club.* Die war zwar nicht so groß, wie man es für einen Club von dieser Größe erwartet hätte, aber sie war auch nicht gerade klein. Den meisten Raum nahmen Kühlschränke für Großküchen ein, in denen das Blut für die Kunden aufbewahrt wurde. Es gab aber auch noch einen Grill, einen Backofen, eine Mikrowelle sowie jede Menge Töpfe und Pfannen, die über dem Herd hingen.

Er hatte die Küche renoviert, gleich nachdem er den Club übernommen hatte. Da er von vor Sonnenuntergang bis weit nach Sonnenaufgang auf den Beinen war, musste er als Sterblicher irgendwann zwischendurch auch mal etwas essen. Und da er nicht für jede Mahlzeit zu einem Fastfood-Lokal in der Nachbarschaft laufen wollte, war die Küche eine zwingende Notwendigkeit gewesen.

Nach ein paar Schritten blieb er stehen, drehte sich zu Ildaria um und streichelte gedankenverloren den Hund auf seinem Arm, während er beobachtete, welche Reaktion sie auf seine Küche erkennen ließ.

»Hübsch«, sagte sie und schaute sich mit bewundernden Blicken um. Dann sah sie ihn wieder fragend an. »Also? Ein Omelett?«

»Du sollst dir meinetwegen keine Arbeit machen«, wandte G. G. ein, doch allein bei der Erwähnung eines Omeletts war ihm das Wasser im Mund zusammengelaufen. Er war froh darüber, dass sie sich trotz seiner Worte offenbar nicht von ihrem Vorhaben abbringen ließ, da sie bereits zu den Kühlschränken ging und im Handumdrehen den kleineren ausfindig machte, in dem sich die Lebensmittel befanden.

»Das macht mir keine Arbeit«, versicherte sie ihm. »Außerdem hast du alle Zutaten da.«

G. G.s Aufmerksamkeit galt nicht den Eiern, dem Käse, den Zwiebeln und den Paprikaschoten, die sie aus dem Kühlschrank holte. Vielmehr klebte sein Blick wie gebannt an ihrem Po, der sich unter dem engen Rock deutlich abzeichnete, da der Stoff sich über ihre verlockenden Kurven spannte, als sie sich nach vorn in den Kühlschrank beugte.

»Wie kann ich dir behilflich sein?«, fragte er und musste sich förmlich zwingen, ihr wieder ins Gesicht zu sehen, als sie sich aufrichtete.

»Du kannst dich um den Toast kümmern«, antwortete sie und trug alle zusammengestellten Zutaten zum Tresen, bevor sie zum Kühlschrank zurückging, um auch noch die Milch zu holen.

Er sah dabei zu, wie sie die Milch ebenfalls auf den Tresen stellte. Erst als sie zum Messer griff, um die Zwiebeln zu schneiden, setzte er H. D. auf dem Boden ab und machte sich daran, Brot, Butter, einen Teller und ein Messer an sich zu nehmen. Dann stutzte er und fragte: »Was ist mit dir? Hast du gefrühstückt? Oder soll ich für dich auch einen Teller hinstellen?«

»Nein, nicht nötig«, beteuerte sie. »Marguerite stellt jeden Morgen ein großes Frühstück zusammen, und kurz bevor wir losgefahren sind, habe ich noch schnell etwas gegessen.«

G. G. nickte beruhigt und trug alles zu dem Tresen, auf dem der Toaster bereitstand.

Ein paar Minuten lang gingen sie beide schweigend ihren Tätigkeiten nach, bis Ildaria auf einmal bemerkte: »Du hast mir übrigens noch immer nicht die Frage beantwortet, die ich dir gestern gestellt habe. Wie kann es sein, dass ein Sterblicher einen Club für Unsterbliche besitzt und auch noch selbst betreibt?«

Verwundert drehte er sich zu ihr um. Er hatte erwartet, dass sie Marguerite fragen oder Marguerite es ihr von sich aus erzählen würde, doch das war offenbar nicht der Fall gewesen. Oder aber sie wollte es auch noch einmal aus seiner Sicht berichtet bekommen, also erklärte er: »Meine Mutter und mein Vater haben mir den Club zu meinem achtzehnten Geburtstag geschenkt.«

»Wow«, sagte sie, während ihr Blick konzentriert auf den roten und grünen Paprikaschoten ruhte, die sie in kleine Würfel schnitt, während sie sich unterhielten. »Ich habe davon gehört, dass man zu besonderen Geburtstagen Armbanduhren, Goldketten oder sogar Autos verschenkt. Aber das ist das erste Mal, dass ich davon höre, dass jemand einen Club geschenkt bekommen hat.«

»Tja.« G. G. verzog den Mund, was sie nicht sehen konnte, und öffnete die Brotpackung. »Es war ein bisschen zu viel des Guten, deshalb habe ich ihnen den Kaufpreis auch so schnell zurückgezahlt, wie es meine Gewinne zuließen.«

»Ehrlich?« Sie sah ihn erstaunt an.

G. G. nickte, äußerte sich aber nicht weiter dazu, sondern steckte vier Scheiben Brot in den Toaster.

Ildaria drang nicht weiter in ihn, sodass das Gespräch erst einmal zum Erliegen kam und das schnelle Klack-klack-klack der Klinge beim Zerschneiden und Zerhacken das einzige Geräusch in der Küche war.

»Du bezeichnest Robert als deinen Vater«, sagte sie auf einmal.

Er hob flüchtig die Schultern an. »Er ist der einzige Vater, den ich kenne. An meinen leiblichen Vater kann ich mich nicht erinnern. Außerdem ist Robert seit meinem fünften Lebensjahr in jeder Hinsicht wie ein Vater zu mir gewesen. Und das jetzt schon seit zweiunddreißig Jahren. Damit verdient er es auch, dass ich ihn als meinen Vater bezeichne.« Er nahm ihr zustimmendes Nicken zur Kenntnis und fragte interessiert: »Und was ist mit dir?«

»Was soll mit mir sein?«, gab sie beiläufig zurück.

»Was ist mit deinen Eltern«, konkretisierte er seine Frage. »Sind die beiden …?«

»Tot«, sagte sie tonlos. »Schon seit langer Zeit.«

G. G. dachte über ihre Antwort nach und fragte: »Sie waren keine Unsterblichen?«

»Nein.« Ildarias Stimme hatte einen seltsam hohlen Klang angenommen.

»Also bist du irgendwann später gewandelt worden«, sagte er und hörte dabei im Geist die qualvollen Schreie seiner Mutter, während die Bilder ins Gedächtnis zurückkehrten, die ihre zuckende Gesichtshaut zeigten, die aussah, als würde sie kochen und Blasen werfen. Sie hatte versucht, sich diese Haut vom Fleisch zu reißen, während Robert bemüht gewesen war, sie daran zu hindern. Doch sie war davon nicht abzubringen gewesen, und der kleine G. G. hatte die Flucht ergriffen, als das erste Blut auf ihrem Gesicht zu sehen gewesen war.

»Ich war vierzehn, als ich in einer Gasse in Punta Cana gewandelt wurde.«

Ihre Worte holten G. G. aus seinen Erinnerungen. Ihm fiel sofort auf, dass sie ohne jede Gefühlsregung redete. Er stutzte und fragte ungläubig: »Dein Lebensgefährte hat dich in einer Gasse gewandelt?«

»Er war nicht mein Lebensgefährte«, antwortete sie mit finsterer Miene.

»Ein Abtrünniger hat dich gewandelt?«, hakte er besorgt nach.

»Sí. Nein. Ich habe keine Ahnung«, räumte sie schließlich ein. »Er war irgendein Arschloch. Er hat mich angegriffen, aber ob ihn das zu einem Abtrünnigen macht, kann ich nicht sagen.« Nach einer kurzen Pause fügte sie hinzu: »Die Wandlung habe ich ungewollt selbst ausgelöst, als ich mich gegen ihn zur Wehr setzte.« Sie gab die Paprikawürfel in die Bratpfanne, wandte sich den Zwiebeln zu und hielt abrupt inne. »Du magst doch Zwiebeln und Paprika, oder?«, fragte sie zögerlich.

»Ja«, sagte er wie aus der Pistole geschossen und sah ihr die Erleichterung an, als sie begann, die Zwiebeln in Würfel zu schneiden. Eigentlich wollte er sie ja fragen, wie es dazu gekommen war, dass sie ihre Wandlung selbst verursacht hatte, doch mit einem Mal wirkte sie irgendwie distanziert. So als hätte sie sich von ihren Gefühlen abgeschottet. Es erschien ihm ratsam, ihr ein wenig Zeit zu geben. Abgesehen davon war es ohnehin ähnlich verlaufen wie bei Jackie Argeneau. Jackie war Privatdetektivin und die Ehefrau von Vincent Argeneau, einem Neffen von Marguerite. Bei dem Angriff eines Unsterblichen hatte sich Jackie in dessen Arm verbissen. Dabei war ihr dessen Blut mitsamt den Nanos in den Mund gelangt, das sie bei ihrem Kampf mit dem Angreifer unabsichtlich geschluckt hatte. Es war genug Blut gewesen, um eine ungewollte Wandlung in Gang zu setzen.

Der Toaster spuckte die gebräunten Brotscheiben aus, die sich G. G. auf den Teller legte und mit Butter bestrich.

»Geschwister hast du keine?«, wollte Ildaria wissen.

Reflexartig schüttelte er den Kopf, bis ihm auffiel, dass sie auf ihre Arbeit konzentriert war und seine Reaktion gar nicht bemerkt hatte. »Nein, ich bin ein Einzelkind«, legte er erklärend nach.

»Dann haben deine Mutter und Robert keine gemeinsamen Kinder?« Sie klang überrascht.

»Noch nicht«, antwortete er beiläufig und lächelte flüchtig. »Aber das kommt bestimmt noch. Ich glaube, meine Mutter wollte damit warten, bis ich erwachsen war. Oder sie wollten erst mal die gemeinsame Zeit genießen und sich nicht mit Windeln und Milchzähnen herumschlagen.« Nachdem er die Brotscheiben geschmiert hatte, legte er das Messer zur Seite und brachte den Teller zu Ildaria. »Ich kann mir nicht vorstellen, dass Milchzähne allzu viel Spaß machen, wenn es um Fangzähne geht.«

Ildaria musste lachen. »Ganz bestimmt nicht«, pflichtete sie ihm bei.

Er sah ihr zu, wie sie die Zwiebelwürfel zur Paprika in die Pfanne gab. »Und Stillen dürfte mit Fangzähnen erst recht kein Vergnügen sein«, fuhr er fort, überlegte dann aber: »Es kann natürlich sein, dass unsterbliche Babys so wie sterbliche anfangs noch gar keine Zähne haben.«

Es schien so, als würde Ildaria ernsthaft über seine Bemerkung nachdenken. »Ich weiß nicht. Aber die Aufgabe der Nanos ist es doch, für unser Wohl zu sorgen. Und das heißt, dass wir Blut brauchen, auch wenn wir noch Babys sind. Es kann also gut sein, dass Babys bereits mit Fangzähnen zur Welt kommen.«

G. G. verzog den Mund bei dem Gedanken daran, dass ein süßes Baby ihn mit Fangzähnen anlächeln könnte. Es sei denn … »Aber die Fangzähne sind doch normalerweise nicht zu sehen, sondern nur dann, wenn ihr sie benutzen müsst. Ansonsten sehen sie wie ganz gewöhnliche Eckzähne aus.«

»Richtig.« Sie nahm einen Pfannenwender aus dem Metallbehälter, in dem alle möglichen Küchenutensilien steckten, und benutzte ihn zum Umrühren der Zwiebel- und Paprikastücke, die in der Pfanne in heißer Butter schmorten. »Kann natürlich sein, dass sie mit Fangzähnen zur Welt kommen, die wie normale Eckzähne aussehen.«

»Wenn ich deine Worte richtig deute, hast du auch noch nie ein unsterbliches Baby gesehen, oder?«, fragte G. G. interessiert.

»Nein«, gab sie zu. »In der Dominikanischen Republik habe ich in einem der ärmeren Viertel gelebt. Die Unsterblichen, die ich kannte, hatten nicht mal genug Geld, um Blutkonserven für sich selbst zu bezahlen. Von ihnen hatte niemand ein Kind.«

»Und deshalb locken sie Touristen in internationale Gewässer, um dann von ihnen zu trinken«, fügte er sarkastisch hinzu. Als sie ihn daraufhin ansah, entdeckte er in ihren Augen keine Reue, sondern eine gewisse Kälte.

»Erwarte nicht von mir, dass ich mich entschuldige, nur weil ich das Einzige getan habe, was ich tun konnte, um zu überleben. Ein Löwe hat auch kein schlechtes Gewissen, wenn er ein Zebra tötet und verspeist. Ich habe ebenfalls kein schlechtes Gewissen, zumal meine Spender alle überlebt haben und ich dafür gesorgt habe, dass sie damit nur schöne und glückliche Erinnerungen verbinden. So viel Glück hat ein Zebra nicht.«

»Sogar die, die dich angegriffen haben?«, fragte er.

Ildaria presste die Lippen zusammen, ein Ausdruck von Zorn huschte über ihr Gesicht. »Ja, sogar die waren davon überzeugt, dass sie eine schöne Zeit verbracht hatten.« Sie widmete sich wieder der Bratpfanne. »Auch wenn sie das nicht verdient haben.«

Prompt war es G. G., der ein schlechtes Gewissen hatte, doch als er zu einer Entschuldigung ansetzen wollte, sagte sie: »Am besten stellst du den Toast bei niedriger Temperatur in den Ofen, damit er nicht kalt wird. Das hier dauert noch ein paar Minuten.«

Seufzend brachte er den Teller zum Backofen, stellte ihn hinein und drehte die Temperatur hoch. Plötzlich spürte er eine Berührung am Bein. Als er nach unten sah, entdeckte er H. D., der sich an seinem Bein hochstellte. »Hey, Kleiner«, murmelte er, nahm den Hund auf den Arm und kraulte ihn liebevoll zwischen den Ohren, während er zu Ildaria zurückkehrte. Paprika- und Zwiebelwürfel brutzelten weiter in der Pfanne, und Ildaria begann den Cheddar zu reiben.

»Lass mich das machen«, bot G. G. sich an, und nach kurzem Zögern legte sie die Reibe und das Stück Käse in die Schüssel, die sie ihm hinschob. Dann nahm sie sich eine weitere Schüssel, um die Eier aufzuschlagen.

G. G. begann den Käse zu reiben, doch seine Gedanken drehten sich unentwegt im Kreis, da er krampfhaft überlegte, was er sagen sollte, damit die Atmosphäre, die durch seine dumme Bemerkung vergiftet worden war, wieder entspannter und lockerer wurde. Letztlich erschien es ihm am unverfänglichsten, über die Arbeit zu reden. Er erklärte ihr, wie er die Buchführung in England handhabte und was zu tun war, um das kanadische Finanzamt zufriedenzustellen. Sie hörte ihm zu, gab hier und da einen Kommentar oder stellte eine Frage, während sie weiter das Frühstück zubereitete. Die Zeit verging dadurch wie im Flug, und mit einem Mal war der Moment gekommen, als sie ein wunderschönes, makelloses Omelett aus der Pfanne auf den Teller gleiten ließ und dann noch einen Schuss Sauce darauf gab.

»Jetzt nimm dir deinen Toast und setz dich irgendwo hin, wo du essen willst. Ich bringe dir gleich einen Kaffee«, sagte Ildaria, während sie ihm den Teller hinstellte.

G. G. widersprach nicht. Das Omelett duftete so himmlisch, dass er es nicht erwarten konnte, davon zu probieren. Mit dem Teller ging er zum Ofen und öffnete die Klappe. Soeben wollte er hineingreifen, da tauchte wie aus dem Nichts ein Küchentuch vor seinem Gesicht auf.

»Das dürfte heiß sein«, warnte Ildaria ihn und drückte ihm das gefaltete Küchentuch in die Hand.

»Oh, danke«, murmelte er und griff mit dem Tuch nach dem Teller. Da er die Hitze selbst durch mehrere Lagen Stoff hindurch gut spüren konnte, war das Tuch eine gute Idee gewesen. Er konnte über seine Gedankenlosigkeit nur den Kopf schütteln, während er mit dem Ellbogen den Ofen zumachte. Dann stand er da und grübelte darüber, wie er den Backofen ausstellen sollte, wenn er doch in jeder Hand einen Teller hielt. Vielleicht sollte er einfach den Teller mit dem Toast zuerst …

»Ich mache das. Geh du schon mal nach nebenan und fang an zu essen, bevor dein Frühstück kalt wird«, rief Ildaria ihm zu, die an der Kaffeemaschine stand und sein Dilemma offenbar erkannt hatte.

Das ließ sich G. G. nicht zweimal sagen. Mit den Tellern ging er nach nebenan, blieb an der Schwingtür lange genug stehen, damit H. D. hindurchlaufen konnte, und suchte sich eine der Sitzecken aus. Auf diese Weise konnte sich der Hund neben ihm auf die Bank legen. Kaum hatte er Platz genommen, hatte H. D. es sich auch schon neben ihm bequem gemacht. Da erst fiel ihm auf, dass er kein Besteck hatte. Ehe er aber aufstehen und in die Küche zurückkehren konnte, kam Ildaria herein. In einer Hand hielt sie mit je einem Finger die beiden Tassen, in der anderen das fehlende Besteck. Unter den Arm geklemmt trug sie zudem noch ein Glas mit Orangen- und eines mit Himbeermarmelade. Diese Frau dachte einfach an alles und stellte zudem noch ihr Können als Kellnerin unter Beweis.

Das Omelett schmeckte so fantastisch, dass G. G. es binnen kürzester Zeit nahezu herunterschlang. Er war froh darüber, dass sie dieses Frühstück nicht nur vorgeschlagen, sondern auch noch für ihn zubereitet hatte.

Während sie den Kaffee tranken, unterhielten sie sich weiter über die Arbeit, bis Ildaria schließlich aufstand, um das schmutzige Geschirr und die mittlerweile leeren Tassen in die Küche zu bringen.

»Okay, dann wäre alles so weit geklärt. Ich nehme H. D. mit in dein Büro und lege mit der Arbeit los, während du alles für heute Abend vorbereitest, wenn die Gäste kommen«, sagte sie.

Er wollte protestieren, dass sie noch nicht gehen musste, weil noch genug Zeit war und weil es ihm gefiel, mit ihr zu reden. Doch dann fiel sein Blick auf die Armbanduhr, und er riss ungläubig die Augen auf. Seit sie mit H. D. hergekommen war, waren bereits drei Stunden vergangen, ohne dass ihm das bewusst geworden war. Jetzt blieb ihm gerade noch genug Zeit, alles vorzubereiten, bevor die ersten Gäste eingelassen wurden.

»Ich habe H. D. zum Frühstück den Inhalt aus dem letzten Behälter gegeben«, ließ Ildaria ihn wissen, während G. G. die Marmeladengläser an sich nahm. »Wo finde ich sein Futter für mittags und abends?«

»Im Kühlschrank in meinem Apartment«, antwortete er und stieß H. D. leicht an, damit der von der Bank sprang und er aufstehen konnte. »Ich gehe noch schnell rauf und hole was für ihn.«

»Alles klar.« Sie lächelte ihm zu, und seinen Hund forderte sie auf: »Komm mit, H. D. Wir gehen in die Küche.«

Wie auf Kommando kam der kleine Hund zu ihr gelaufen, um neben ihr her in Richtung Küche zu marschieren. Dabei wedelte er freudig mit dem Schwanz und sah immer abwechselnd geradeaus und nach oben zu Ildaria, wodurch seine Schlappohren hin und her geworfen wurden.

Auch wenn der Hund nicht reden konnte, verstand er so einiges von dem, was man sagte. Das Wort *Küche* gehörte definitiv dazu, wohl weil es für ihn untrennbar mit Futter und anderen Leckereien verbunden war. Amüsiert über das Verhalten des Hundes schüttelte G. G. den Kopf, doch dann wanderte sein Blick von H. D. zu Ildaria, blieb einen Moment an ihren hochhackigen Schuhen hängen und bewegte sich dann an ihren Beinen langsam nach oben. Diese Frau hatte einfach tolle Beine, schmale Fesseln und schlanke Waden. Sie trug Nahtstrümpfe, was sehr sexy aussah und ihr außerordentlich gut stand. Sein Blick folgte dieser schwarzen Naht, bis diese unter ihrem schwarzen Rock verschwand, der an der Rückseite einen Schlitz aufwies, der gerade lang genug war, um das Gehen in diesem Bleistiftrock halbwegs möglich zu machen. Der Schlitz reichte ungefähr bis zur Mitte der Oberschenkel und ließ G. G. erkennen, dass sie Strümpfe und keine Strumpfhose trug. Also musste sich unter dem Stoff noch irgendeine Art von Strumpfhalter befinden, was er auch als sehr sexy empfand. Himmel! Wer hätte gedacht, dass eine hundesittende Buchhalterin so scharf sein konnte?

Ganz ruhig, ermahnte er sich hastig. Darüber nachzudenken, wie sexy Ildaria war, war alles andere als angebracht, denn zum einen handelte es sich bei ihr um eine Angestellte, und damit war sie für ihn tabu. Zum anderen war sie eine Unsterbliche, und das war nichts für ihn. Wahrscheinlich würde er sich diese beiden Dinge noch oft vor Augen halten müssen. Er stellte die Marmeladengläser auf die Theke und ging zu dem Flur, der in den rückwärtigen Teil des Hauses führte. Von dort aus konnte er nach oben in seine Wohnung gelangen und H. D.s Futter holen … und vielleicht auch noch ganz schnell sehr, sehr kalt duschen.

5

»Wo ist das süße Hündchen? Hmm?«

G. G. blieb an der Tür zu seinem Apartment stehen, als er diese Worte hörte. Verwundert schaute er nach drinnen, konnte aber nur das Ende des Esstischs am anderen Ende des Zimmers sowie die Rückseite seiner Couch links davon sehen.

»Wo ist das süße Hündchen?«

Er schloss die Tür leise hinter sich und ging durch den Flur, vorbei an der offenen Tür zum Badezimmer auf der rechten Seite und dem Schrank zu seiner Linken, bis er die Stelle erreichte, an der der Flur überging in einen großzügig bemessenen Raum. Rechts davon befanden sich Küche und Essecke, links das Wohnzimmer. Was dem Erdgeschoss an Fenstern fehlte, machte das Gebäude in den Stockwerken darüber wieder wett. Sein Apartment war eine von zwei Wohneinheiten im dritten Stock, wo die Fenster gleich die ganze Außenfront in Anspruch nahmen. Dadurch entstand ein Gefühl von Freiheit und Weite, das durch nichts eingeschränkt wurde. Normalerweise genoss er das auch, doch in diesem Moment kümmerte ihn weder die Aussicht noch die angenehme Helligkeit in seiner Wohnung. Vielmehr suchte er nach dieser Frau und seinem Hund, die er beide auf der freien Fläche zwischen dem Kamin und dem Wohnzimmertisch entdeckte.

H. D. lag rücklings auf dem weichen runden Hundebett, das mit einem Durchmesser von gut einem Meter für ihn eigentlich viel zu groß war. Ildaria kniete davor und hatte die Arme auf das Bett gelegt, um H. D. mit den Händen zu umschließen. »Wo ist das süße Hündchen?«, säuselte sie und beugte sich nach vorn, um ihr Gesicht im Fell des sichtlich entzückten Hundes zu vergraben. Dann gab sie ihm einen Schmatzer auf die Brust und sagte einmal mehr: »Wo ist das süße Hündchen?«

H. D. wälzte sich auf dem Kissen hin und her, wobei er immer wieder den Kopf von rechts nach links und wieder zurück drehte. Ildarias Po ragte dank ihrer Körperhaltung in die Höhe und bewegte sich genauso unablässig hin und her, was sich unter ihrem engen Rock deutlich abzeichnete. G. G. verspürte bei diesem Anblick den verrückten Wunsch, zu ihr zu laufen, sich auf den Boden zu werfen und zu rufen: »Hier bin ich! Hier ist das süße Hündchen!« Und dann würde er sie anflehen, mit ihm so zu kuscheln, wie sie es mit seinem Hund tat.

Aber natürlich machte er das nicht, sondern stand nur da und sah ihr zu, wie sie das Spiel noch einmal wiederholte und dann H. D. packte, um sich mit ihm auf den Rücken zu drehen, sodass er im nächsten Moment auf ihrer Brust lag und sein Gesicht sich über ihrem befand. Sofort begann er begeistert ihre Wangen abzulecken, während sich Ildaria lachend unter ihm wand und den Kopf mal in die eine, mal in die andere Richtung drehte, um zu verhindern, dass er mit seiner kleinen nassen Zunge an Nase oder Mund gelangte. Da sie dabei auch mit den Beinen zappelte, rutschte ihr Rock bei jeder Bewegung ein kleines Stück weiter nach oben.

G. G. schaute wie gebannt zu und hielt den Atem an, doch dann verharrte H. D. auf einmal mitten in der Bewegung. Ruckartig drehte er den Kopf zu G. G. herum, als hätte er ein Angriffsziel geortet, und ließ augenblicklich von Ildaria ab. Er machte einen großen Satz und stürmte schwanzwedelnd und mit wehenden Ohren auf ihn zu. G. G. bedauerte, dass damit das Spiel vorüber war, das er mit wachsender Begeisterung mitverfolgt hatte. Dennoch brachte er ein strahlendes Lächeln zustande, während er sich hinkniete, um seinen Hund zu begrüßen.

»Hey, Kleiner. Hast du mit Ildaria einen schönen Abend verbracht? Ja?«, fragte er fröhlich, schnappte sich seinen Hund und drückte ihn an sich, als er wieder aufstand. Ildaria war inzwischen ebenfalls aufgestanden. Sie schob den Rock wieder nach unten, zog ihre Bluse zurecht und fasste an ihre Haare.

Der Knoten, den sie getragen hatte, als sie zur Arbeit erschienen war, und der sich während der ersten acht Stunden Arbeit in seinem Büro nicht von der Stelle bewegt hatte, war inzwischen ein Stück weit aufgegangen. Dadurch trug sie ihr volles dunkles Haar zum Teil offen, während einige Strähnen immer noch in den Knoten verwoben waren. Sie verzog den Mund, während sie die Haarklammern herausnahm, sodass ihre Haare ungehindert herabfallen konnten und dabei bis weit in ihren Rücken reichten.

Lässig kam sie auf ihn zu und lächelte ihn an. »Feierabend?«

»Ja«, antwortete er mit so belegter Stimme, dass er sich erst räuspern musste, ehe er nicken und weiterreden konnte: »Wurde auch Zeit.«

»Perfekt«, meinte sie und tätschelte im Vorbeigehen H. D. »Dann werde ich mich jetzt mal auf den Weg zu Marguerite machen. Er hat sich übrigens tadellos benommen. Er hat nichts gegessen, was er nicht essen soll, und er hat auch keinen Ärger gemacht. Wann soll ich morgen hier sein?«

G. G. drehte sich zu ihr um und sah zu, wie sie nach ihren Schuhen griff und sich bückte, um sie anzuziehen. Es waren verdammt sexy Schuhe mit einer kleinen schwarzen Schleife an der Ferse, die ihm bislang noch gar nicht aufgefallen war.

»G. G.?«, fragte sie.

Ihm gefiel die Art, wie ihr sein Spitzname über die Lippen kam. Plötzlich wurde ihm bewusst, dass sie auf eine Antwort von ihm wartete. Erneut musste er sich räuspern. »Der Club macht nicht vor Sonnenuntergang auf, wie du weißt. Eine halbe Stunde davor reicht völlig aus. Heute habe ich dich ja auch nur so früh herkommen lassen, damit ich genug Zeit hatte, um dir alles zu erklären. Ansonsten kann H. D. bei mir bleiben, bis ich den Club aufmache.«

»Fantastisch!«, rief sie begeistert. »Das heißt, mir bleibt noch ein bisschen Zeit zum Schlafen, bevor ich auf Wohnungssuche gehe.«

»Wohnungssuche?« Sein Blick wanderte wie von selbst nach unten zu ihren Beinen und den Füßen, die in diesen wundervollen Schuhen steckten. Hastig hob er den Kopf und sah ihr ins Gesicht.

»Na ja, ich kann schließlich nicht ewig bei Marguerite und Julius bleiben«, erklärte sie. »Ich habe ein schlechtes Gewissen, weil ich überhaupt bei ihnen einquartiert wurde. Aber das hat nur mit mir zu tun, es ist nicht so, als würden sie mich als Belastung empfinden«, versicherte sie ihm, damit er nicht auf die Idee kam, Marguerite könnte ihr einen Auszug nahegelegt haben. »Sie sind wirklich sehr nett zu mir, aber ich bin es nicht gewohnt, von anderen abhängig zu sein. Da ich jetzt ja nicht nur einen, sondern gleich zwei Vollzeitjobs habe, muss ich das auch gar nicht. Ich kann das Geld nehmen, das ich für die erste und die letzte Miete zurückgelegt hatte. Und von meinem Gehalt kann ich einen Teil sparen, um die Studiengebühren zu bezahlen.« Sie zuckte flüchtig mit den Schultern. »Also kann ich jetzt ein Nickerchen machen, dann stehe ich auf und lege damit los, im Internet nach Wohnungen zu suchen.«

»Du könntest auch hierbleiben.« Die Worte waren ihm rausgerutscht, bevor sein Verstand überhaupt wusste, was los war.

Als er ihre völlig erstaunte Miene sah, ging er in Gedanken noch einmal durch, was genau er da gerade eben von sich gegeben hatte. Hastig ergänzte er: »Ich meine hier im Gebäude. Es gibt vier Apartments in diesem Haus, zwei im zweiten Stock und zwei auf dieser Etage.

»Sofia … sie bedient an der Theke«, erklärte er, bevor er fortfuhr. »Sie hat eines der Apartments auf der zweiten Etage, und ich bin auf meiner Etage ebenfalls allein. Es sind also noch zwei Wohnungen frei, auf jedem Stockwerk eine. Ich war davon ausgegangen, eine an den Buchhalter und die andere an den Hundesitter zu vermieten, aber …«, er grinste sie an, »… da du beides in einer Person bist, kannst du dir aussuchen, welches Apartment du haben willst.« Als sie nicht sofort antwortete, ergänzte er: »H. D.s letzte Sitterin war sterblich, weil ich keinen Unsterblichen finden konnte, der den Job übernehmen wollte. Deshalb musste ich mich mit einer Sterblichen zufriedengeben. Zum Glück hatte sie eine Wohnung in der Stadt, denn es hätte mir nicht gefallen, ihr eines der Apartments zu überlassen. Es war ja schon riskant, dass sie sich überhaupt hier im Haus aufhielt. Aber ich war wirklich in einer verzweifelten Situation und machte ihr klar, dass sie niemals einen Fuß in den *Night Club* setzen durfte.« Er ließ eine kurze Pause folgen, doch da Ildaria immer noch nichts sagte, redete er schließlich weiter: »Wenn du hier ein Apartment nimmst, hat sich die Wohnungssuche schon erledigt. Außerdem ist die Miete günstig. Und du musst nicht erst zur Arbeit fahren, sondern gehst einfach die Treppe runter und bist da. Und falls es mal einen Notfall gibt, bist du gleich in der Nähe. Außerdem …« Er ließ den Satz unvollendet, aber nicht etwa, weil ihm die Argumente ausgingen, sondern weil ihm aufgefallen war, dass er ohne Ende redete. Das war nicht seine Art, denn normalerweise war er derjenige, der zuhörte. Frauen liebten es zu reden, und ihm gefiel es, anderen zuzuhören. Sie verrieten sehr viel über sich, wenn man sie reden ließ, und abgesehen davon hatten ihn Frauen schon immer fasziniert.

»Sí, das wäre praktisch«, stimmte Ildaria ihm nach einer Weile zu. Der Hauch eines Lächelns umspielte ihre Lippen, während er merkte, dass er breit und vermutlich auch ziemlich dämlich grinsend dastand. Verdammt, diese Frau hatte eine ausgesprochen seltsame Wirkung auf ihn.

»Okay, kann ich mir die Wohnungen denn mal ansehen?«, fragte sie, nachdem er eine halbe Ewigkeit lang nur zufrieden gegrinst hatte.

»Oh! Ja, natürlich«, murmelte er hastig, als ihm bewusst wurde, dass sie auf genau dieses Angebot von ihm vergeblich gewartet hatte. Er ging in die Küche und holte die Schlüssel für die leeren Wohnungen. Sie wartete bereits im Flur auf ihn, als er aus der Küche kam. Er klemmte sich H. D. unter den Arm und schloss die Wohnungstür auf, die er dann für Ildaria aufhielt, damit sie vorgehen konnte.

»Du weißt ja, dass der *Night Club* sich über das Erdgeschoss und den ersten Stock erstreckt, aber es gibt noch einen Lagerraum und eine Waschküche, die beide im zweiten Stock untergebracht sind. Darum sind diese Apartments etwas kleiner und haben jeweils nur ein Schlafzimmer. Die Apartments hier oben sind deutlich größer. Sofia wohnte bereits im zweiten Stock, als ich das alles hier übernahm. Ich bot ihr an, eine Etage höher zu ziehen, aber der Umzug wäre für sie viel zu umständlich gewesen«, erläuterte er und fügte erklärend hinzu: »Sofia bedient wie gesagt an der Theke. Ich glaube, du hast sie diese Nacht kennengelernt. Ähm … letzte Nacht.« Er korrigierte sich, weil ihm einfiel, dass noch immer Morgen war. Durch die Arbeitszeiten, die der Club mit sich brachte, fiel es ihm manchmal schwer, die einzelnen Tage richtig zuzuordnen. Für ihn war es immer noch gestern, und das würde auch so bleiben, bis er sich schlafen legte. Für den Rest der Welt war dies aber schon ein neuer Tag.

»Sí«, sagte Ildaria und lenkte ihn von seinem Gedankengang ab. Er konnte das Lächeln in ihrer Stimme hören, als sie berichtete: »Sofia hat sich mir von sich aus vorgestellt, und die anderen Bedienungen im Club ebenfalls, also Char, Ruby, Ryia, Rowan und Elijah. Sie machen alle einen netten Eindruck.«

»Ja, und sie sind auch alle nett. Und sie alle machen einen guten Job«, bestätigte G. G., während er sie zum freien Apartment auf dieser Etage führte. Er schloss auf und fügte noch an: »Lucern ist es gelungen, die besten Kandidaten für diese Stellen auszuwählen. Sofia ist jedoch die Einzige, die hier im Haus wohnt. Sie ist sozusagen die Managerin und kümmert sich um alles, wenn ich nicht da bin. Die anderen teilen sich ein Haus ganz in der Nähe. So, da wären wir«, verkündete er und stieß die Tür auf. Dann machte er einen Schritt zur Seite, um sie vorzulassen. Er folgte ihr und kraulte dabei gedankenverloren H. D. unter dem Kinn, während er sich umschaute und versuchte, das Apartment aus ihrer Perspektive zu sehen. Er konnte nur hoffen, dass es ihr gefiel.

»Das ist ja riesengroß. So groß wie deine Wohnung«, stellte sie nach einem Blick in Wohnzimmer und Küche fest.

»Ja, das hier ist das genaue Spiegelbild meiner Wohnung«, erklärte er und ließ den Hund runter, da der zu strampeln begonnen hatte, weil er die neuen Räumlichkeiten erkunden wollte.

»Oh, G. G., das ist wunderschön«, flüsterte sie und betrachtete die Fensterfront, dann machte sie kehrt und ging durch den kurzen Flur, um sich die Schlafzimmer anzusehen.

Ihre Begeisterung freute ihn, aber im Grunde war das hier nur ein riesiger leerstehender Raum. Es gab zwar Küchengeräte und auch eine lange Kochinsel, die die Küche vom Wohnzimmer abteilte, einen Kamin, eine Waschmaschine mit einem Trockner obendrauf, die beide in einem Wandschrank im Flur untergebracht waren. Doch davon abgesehen war dieses Apartment karg und leer und wartete nur darauf, von jemandem mit Leben erfüllt zu werden, was alles andere als wunderschön sein würde.

»Bloß kann ich mir das hier nicht leisten«, sagte Ildaria entschieden, als sie Minuten später kopfschüttelnd ins Wohnzimmer zurückkehrte und einen niedergeschlagenen Eindruck machte. »Ich meine, das hier muss im Monat ein Vermögen kosten, und ich weiß ja, dass du mich gut bezahlst, aber …« Sie seufzte betrübt. »Wenn ich nicht noch meinen Abschluss machen müsste, könnte ich es mir leisten. Aber ich muss …«

»Angestellte erhalten von mir Rabatt«, warf er hastig ein, was allerdings auch den Tatsachen entsprach. Er hatte Sofias Miete auf dem gleichen niedrigen Niveau belassen, das sie schon gezahlt hatte, noch bevor er neuer Eigentümer des Clubs geworden war. Das Haus, in dem die anderen wohnten, gehörte mit zum *Night Club*. Auch dort hatte er alle Mieten unverändert gelassen, obwohl er so nur ein Viertel dessen einnahm, was er bei der Vermietung an Sterbliche hätte fordern können. Doch es wäre einfach keine gute Idee gewesen, Sterbliche in einem Haus wohnen zu lassen, in dem der *Night Club* untergebracht war. Außerdem waren glückliche Angestellte zugleich auch gute Angestellte, und eine sichere Unterkunft mit niedriger Miete trug in ganz erheblichem Maß dazu bei, dass die Mieter und Angestellten glücklich sein konnten.

Also nannte G. G. ihr den Betrag, den Sofia zahlte, schlug für das zusätzliche Schlafzimmer fünfzig Dollar drauf und hielt dann gebannt den Atem an, um auf ihre Entscheidung zu warten. Aus irgendeinem Grund wollte er unbedingt, dass sie dieses Apartment nahm.

»Machst du Witze?«, fragte sie ungläubig. »Das soll alles sein?«

»Das ist alles«, versicherte er ihr.

Ildaria biss sich auf die Lippe und ließ wortlos den Blick durch das Apartment schweifen, sagte dann aber: »Ich schätze, ich sollte mir die kleinere Wohnung wenigstens einmal ansehen.«

»Ja, natürlich«, willigte er ein, fügte aber einer plötzlichen Eingebung folgend hinzu: »Ich dachte nur, dass du auf diese Weise ein Gästezimmer hast, falls Vasco oder Jess und Raffaele dich besuchen kommen.« Das brachte sie ins Grübeln, da sie daran offenbar noch gar nicht gedacht hatte. Er war sich sicher, dass sie sich in diesem Moment hin- und hergerissen fühlte zwischen den Argumenten, weniger Miete für das kleinere Apartment zahlen zu müssen, und für gerade mal fünfzig Dollar mehr im Monat die Möglichkeit zu haben, Gäste bei sich einzuquartieren. »Außerdem werde ich natürlich deine Studiengebühren übernehmen, jetzt, da du für mich arbeitest.«

Völlig verdutzt drehte sich Ildaria zu ihm um. »Wie bitte?«

»Ich bezahle immer die Hälfte der Kurse, die meine Angestellten besuchen, ob am College oder an der Universität oder Dale Carnegie oder was auch immer«, führte er aus. »Hier genauso wie in England. Elijah besucht momentan die Universität, und ich bezahle die Hälfte der Studiengebühren.«

Ildaria zog irritiert die Augenbrauen zusammen. »Also würdest du auch die Hälfte meiner Gebühren bezahlen?«

»Nein, die kompletten Gebühren«, stellte er richtig. »Ich würde alle Kosten übernehmen.«

Noch bevor er zu Ende gesprochen hatte, schüttelte sie bereits den Kopf. »Wenn du all deinen Angestellten die Hälfte bezahlst, warum solltest du bei mir dann die vollen Gebühren bezahlen?«

»Weil das aus geschäftlicher Sicht ein kluger Schachzug ist«, erklärte er. »Ich bin verzweifelt auf der Suche nach einem Buchhalter, und das schon seit dem Tag, an dem ich diesen Club eröffnet habe. Jetzt, da ich dich gefunden habe, möchte ich gern, dass du auch weiterhin für mich arbeitest, nachdem du deinen Abschluss in der Tasche hast. Ich möchte nicht, dass du dann kündigst und woanders hingehst.« Was er ihr da erzählte, war die Wahrheit, wenn auch nicht die ganze. Er brauchte unbedingt einen Buchhalter, doch so seltsam das auch war, wollte er unbedingt, dass sie auch hier wohnte, hier in seiner Nähe, damit er sie jeden Tag sehen konnte, selbst an den Tagen, an denen sie nicht arbeitete. Warum das so war, konnte er sich nicht wirklich erklären. Zugegeben, er mochte sie. Und ihm gefiel, dass ihre Freundinnen ihr so wichtig waren, dass sie sich dazu hatte hinreißen lassen, als Rächerin auf die Jagd nach dem Täter zu gehen, der eine ihrer Freundinnen überfallen hatte. Ihm gefiel, dass sie immer noch das Risiko einging, sich Ärger einzuhandeln, weil sie auch nach ihrem zwangsweisen Umzug von Montana hierher Fremden helfen wollte, denen Gefahr drohte. Und er hatte den größten Respekt vor ihr, weil sie bereit war, die Verantwortung für ihr Handeln zu übernehmen, anstatt die Schuld einem anderen zuzuschieben. Und G. G. gefiel ihre Entschlossenheit, ihren Abschluss zu machen, so wie sie es sich vorgenommen hatte.

Manch anderer hätte spätestens dann aufgegeben, wenn er ein zweites Mal das Studium hätte abbrechen müssen und alles mühsam verdiente und in Studiengebühren gesteckte Geld verloren hätte. Doch sie hatte sich bereits für das nächste Semester eingeschrieben. Angelina Ildaria Sophia Lupita García Pimienta war intelligent, mutig und entschlossen, und er mochte sie. Genau genommen mochte und respektierte er sie mehr als jede andere Frau, mit der er über die Jahre hinweg ausgegangen war. Diese Tatsache machte ihm schreckliche Angst, denn schließlich war sie eine Unsterbliche, wohingegen er ein Sterblicher war, der nicht den Wunsch hegte, sich wandeln zu lassen. So etwas konnte einfach nicht gut ausgehen. Doch er verdrängte diese Sorge für den Moment und führte sein Angebot zu Ende: »Viele Unternehmen bezahlen die Fort- und Weiterbildungsmaßnahmen ihrer Angestellten, und ich würde nur zu gern für deine Studiengebühren aufkommen.«

Es war ihr anzusehen, dass sie darüber nachdachte, was sie machen sollte. Schließlich sagte sie aber: »Danke für das Angebot, aber lieber nicht. Wenn ich meinen Abschluss habe, werde ich vermutlich weiter für dich arbeiten, denn bislang kann ich nichts anderes sagen, als dass mir die Arbeitsatmosphäre gut gefällt. Trotzdem möchte ich mein Studium lieber selbst bezahlen. Und zwar komplett.« Nach kurzem Zögern fügte sie fast ein wenig kleinlaut hinzu: »Das ist eine Sache, die ich einfach selbst schaffen muss. Du weißt schon. Das ist eine Frage des Stolzes. Ich hoffe, du verstehst mich.«

G. G. nickte, da er sie nur zu gut verstehen konnte. Immerhin hatte er seinen Eltern auch alles zurückgezahlt, was sie für seinen *Night Club* in London ausgegeben hatten. Er hatte aus eigener Kraft Erfolg haben wollen, und ihr ging es nicht anders. »Ja, das verstehe ich gut.«

Erleichtert lächelnd fuhr sie fort: »Aber ich nehme trotzdem dieses Apartment, nicht das mit einem Schlafzimmer weniger. Bei dem Gehalt, das du mir zahlst, kann ich mir so eine Wohnung leisten. Das Apartment kostet mich deutlich weniger, als ich veranschlagt hatte. Genau genommen sogar weniger, als ich für ein Apartment eingeplant hatte, das ich mir mit jemandem geteilt hätte. Außerdem ist es schön zu wissen, dass ich Jess und Raffaele einladen kann, ohne erst überlegen zu müssen, wo ich die beiden unterbringen soll.«

Ihm entging nicht, dass sie Vasco mit keinem Wort erwähnte, was ihn wunderte. Bevor er aber weiter darüber nachdenken konnte, sagte Ildaria: »Okay. So wie es aussieht, muss ich dann ja gar nicht auf Wohnungssuche gehen. Wann kann ich einziehen?«

»Wann du willst. Hier ist der Schlüssel«, antwortete er und nahm den Wohnungsschlüssel vom Bund, um ihn ihr zu übergeben. »Du kannst ja heute Abend schon ein paar Sachen mitbringen. Oder du mietest dir einen Transporter, dann kannst du alles auf einmal herschaffen.«

»Danke«, sagte sie aufrichtig und nahm den Schlüssel an sich. »Wenn ich heute Abend zurückkomme, bringe ich einen Scheck für die erste und die letzte Monatsmiete mit.«

G. G. schüttelte den Kopf. »Kauf dir von dem Geld lieber Möbel oder was du sonst noch so brauchst. Ich behalte die zwei Monatsmieten von deinem Gehalt ein. Zahltag ist übrigens alle zwei Wochen.«

»Oh«, machte sie erfreut, zog aber dann die Stirn in Falten, nachdem sie sich noch einmal umgesehen hatte. »Ich glaube, ich muss einkaufen gehen«, stellte sie fest und ging in Richtung Wohnungstür los.

G. G. musste lächeln und drehte sich zu H. D. um, der noch immer jede Ecke ausgiebig beschnupperte. Er pfiff leise, folgte Ildaria zur Tür und wurde gleich drauf von seinem Fellknäuel eingeholt.

»Du kannst nicht auf einem Schlafsack schlafen«, ereiferte sich Marguerite. »Nimm dein Bett mit. Betrachte es als mein Geschenk zum Einzug in deine neue Wohnung.«

»Das ist wirklich lieb von dir, Marguerite. Aber auf dem Heimweg habe ich bereits ein Bett gekauft.« Eigentlich war es nur eine Matratze mitsamt Boxspring, wenn man es genau nahm. Danach war sie im Ein-Dollar-Laden gewesen, außerdem bei JYSK und Walmart, um Teller, Besteck, Gläser und Kochutensilien zu kaufen. Alles, was sie auswählte, war im Sonderangebot gewesen oder ohnehin schon sehr preisgünstig. Aber für den Anfang würde das erst mal genügen. Ildaria hatte auch Handtücher, Bettlaken, Kissen und eine Tagesdecke erworben, außerdem Toilettenpapier und verschiedene Utensilien für die Küche. So preisgünstig jedes Teil für sich betrachtet gewesen war, hatte sie am Ende doch viel Geld ausgegeben. Es war schon erstaunlich, wie viel Kosten es mit sich brachte, ein Apartment auszustatten. Selber besaß sie nichts außer ihrer Kleidung und dem Fernseher, den sie sich in Montana für ihr Schlafzimmer gekauft hatte, damit Jess und Raffaele auch mal einen Abend für sich hatten. Was ihr noch fehlte war eine Couch, ein Sessel, eine Essecke und, und, und. Aber das Wichtigste hatte sie schon beschafft: das Bett. Schlaf war für sie unverzichtbar, denn als jemand, der den ganzen Tag mit Zahlen arbeitete, musste sie ausgeruht zur Arbeit erscheinen. Sitzen und sich entspannen konnte sie im Bett auch, da brauchte sie nicht sofort Sessel und Stühle. Auf einmal bemerkte sie den konzentrierten Blick, den Marguerite auf sie gerichtet hatte. Ihr wurde klar, dass die ältere Frau ihr nicht glaubte, dass sie tatsächlich ein Bett gekauft hatte.

Wahrscheinlich lag es daran, dass sie darum gebeten hatte, einen Schlafsack auszuleihen, um darauf zu schlafen. »Ich habe wirklich ein Bett gekauft«, beteuerte sie, um Marguerite die Mühe zu ersparen, sie erst noch lesen zu müssen. »Es wird bloß erst nächste Woche geliefert, und der Schlafsack ist nur eine Übergangslösung.«

»Du kannst natürlich auch noch bei uns bleiben, bis das Bett geliefert wird«, schlug Marguerite vor. »Wir würden uns sehr freuen, wenn du noch nicht weggehst, Ildaria. Ich muss sagen, ich habe deine Gesellschaft sehr genossen, und ich werde dich vermissen, wenn du nicht mehr hier bist.«

Ildaria war ihr Leben lang auf der Flucht vor allem und jedem gewesen und hatte zu allen Leuten Distanz gewahrt, weil die unabdingbar gewesen war – für ihre eigene Sicherheit, aber auch für die Sicherheit anderer. Doch nun hatte sich ihre Situation grundlegend verändert, und diese netten Worte von Marguerite, der Ildaria viel Sympathie und großen Respekt entgegenbrachte, sorgten dafür, dass der Schutzwall um sie herum Risse bekam und es ihr ganz warm ums Herz wurde. Unwillkürlich machte sie einen Schritt auf Marguerite zu und umarmte sie. »Ich habe mich sehr wohl gefühlt bei euch. Du und Julius und der pelzige Julius, ihr seid einfach wunderbar.« Sie ließ Marguerite wieder los und trat einen Schritt zurück. »Aber in meinen eigenen vier Wänden fühle ich mich einfach wohler. Ich … ich bin es nicht gewohnt, von anderen abhängig zu sein.«

»Ich verstehe schon.« Marguerite tätschelte sanft ihre Schulter. »Aber für so etwas ist nun mal die Familie da, Ildaria, und ich betrachte dich mittlerweile auch als Teil meiner Familie. Vergiss das bitte nie. Wir sind immer für dich da, wenn du etwas brauchst. Ganz egal, was es ist«, fügte sie noch hinzu.

Ildaria hatte mit einem Mal einen Kloß im Hals und konnte zuerst nur nicken, brachte dann jedoch noch ein heiseres »Ich werde es nicht vergessen« über die Lippen.

»Gut«, sagte Marguerite und nickte. »Dann werde ich mal den Schlafsack heraussuchen und …«

»Das musst du nicht«, unterbrach Ildaria, die nicht wollte, dass die andere Frau sich übernahm. »Sag mir einfach, wo ich danach suchen soll, dann …«

»Du«, fiel Marguerite ihr entschieden ins Wort, »wirst dich schon auf den Weg zum *Night Club* machen. Du hast noch eine ganze Menge auszupacken und wegzuräumen, ehe deine Arbeit anfängt. Ich werde mit dem Schlafsack nachkommen. Dein Apartment will ich mir ja sowieso mal ansehen, warum also nicht bei dieser Gelegenheit? Wir könnten zusammen Tee trinken.«

»Oh. Si, natürlich.« Ildaria lächelte und nickte, während sie bereits darüber nachdachte, dass sie auf dem Weg zum Club am Supermarkt anhalten und Lebensmittel kaufen musste. Daran hatte sie bei ihrer Einkaufstour gar nicht gedacht. Zum Glück war noch immer etwas Geld übrig, das für Tee, Zucker und Milch reichen würde. Vielleicht auch noch für ein paar Kekse. Und eventuell blieb dann noch genug übrig, um Brot und Erdnussbutter zu besorgen, damit sie bis zum ersten Gehaltsscheck durchhielt. Gedankenverloren winkte sie Marguerite zum Abschied zu, verließ das Haus und ging zu ihrem Wagen. Im Zusammenhang mit ihrem ersten Gehaltsscheck aus dem *Night Club* war ihr auch eingefallen, dass bald Freitag war, und das wiederum war Zahltag für ihren Kellnerjob, den sie hatte ergattern können. Dem Job hatte sie auch zu verdanken, dass sie überhaupt Geld für all die Anschaffungen hatte, die sie gerade getätigt hatte.

Der Gedanke an diesen Job erinnerte sie wiederum daran, dass sie dort noch gar nicht gekündigt hatte. Außerdem war sie morgen für die Nachmittagsschicht eingeplant, was gar nicht so übel war, weil sie diese Schicht übernehmen und immer noch rechtzeitig im *Night Club* eintreffen konnte. Aber es änderte nichts daran, dass sie ihre Kündigung bekanntgeben musste … und dann würde sie die ganze Pause damit verbringen, für die nächsten zwei Wochen jemanden zu finden, mit dem sie die Schicht tauschen konnte, damit sie die Kündigungsfrist einhielt. Die Geschäftsführerin war eine sehr nette Frau, und deshalb wollte Ildaria sie nicht einfach im Stich lassen und es ihr überlassen, jemanden zu finden, der so kurzfristig für sie einspringen konnte. Bedauerlicherweise bedeutete es für sie selbst, dass sie in den nächsten zwei Wochen viele Stunden mehr arbeiten würde, doch das bekam sie geregelt. Außerdem konnte sie auf diese Weise mehr Geld verdienen, um sich Lebensmittel kaufen zu können. Schließlich war sie mehr denn je an Essen interessiert, seit sie G. G. begegnet war.

Mit etwas Glück würde sie von den Trinkgeldern auch noch einen Stuhl oder eine andere Sitzgelegenheit anschaffen können, damit sie, außer auf ihrem Bett, auch mal richtig sitzen konnte.

Als sie in ihren alten silbernen Ford Fusion einstieg, musste sie immer noch flüchtig lächeln. Der Wagen hatte Jess' verstorbenen Eltern gehört, sie hatte ihn Ildaria überlassen, gleich nachdem diese bei ihr und Raffaele eingezogen war, damit sie zu ihren Vorlesungen und anderen Terminen fahren konnte. Schließlich hatte Jess ihr den Wagen günstig verkauft, nachdem Ildaria den gewünschten Betrag zusammengespart hatte. Ildaria liebte ihren Wagen. Zugegeben, er war zehn Jahre oder älter, aber er war noch in einem hervorragenden Zustand und fuhr tadellos. Nach dem Kilometerstand zu urteilen, waren Jess' Eltern nicht mehr dazu gekommen, vor ihrem Tod längere Reisen zu unternehmen. Wahrscheinlich hatte der Wagen seitdem in der Garage gestanden, bis er durch Ildaria wieder zum Leben erweckt worden war. Jedenfalls hatte er ihr stets gute Dienste geleistet und bot ihr die Möglichkeit, an jedes beliebige Ziel zu gelangen.

Momentan war der Wagen vollgestopft mit ihrem Fernseher und den Einkaufstaschen von ihrer Shoppingtour, sodass nur noch auf dem Beifahrersitz Platz für die Lebensmittel war, die sie auf dem Weg in ihr neues Apartment besorgen wollte.

Ihr neues Apartment.

Allein der Gedanke brachte sie zum Lächeln. Ihr war klar, dass sie das Ganze überstürzte, zumal sie in eine Wohnung einzog, in der es noch kein einziges Möbelstück gab. Natürlich wäre es bequemer gewesen, noch ein paar Tage bei Marguerite und Julius zu bleiben. Aber sie wollte ihre eigenen vier Wände haben, einen Ort, an dem sie sich niemandem gegenüber verpflichtet fühlte, denn das widerstrebte ihr zutiefst. Vermutlich war das ihr größter Fehler, aber sie litt lieber Hunger und schlief auf einem kalten, harten Boden, anstatt von anderen etwas annehmen zu müssen. So nett Marguerite und Julius auch zu ihr gewesen waren, hatte sie dennoch für keine Sekunde vergessen, dass sie nur zu Gast bei ihnen gewesen war und dass man ihr ein Dach über dem Kopf gegeben hatte, weil sie ansonsten keines gehabt hätte.

Jedenfalls hatte sie selbst es so empfunden.

Sie legte den Sicherheitsgurt an, startete den Motor und fuhr los, wobei sie im Geiste damit beschäftigt war, auszurechnen, wie viel Geld ihr noch geblieben war. Letztlich reichte es für Tee, Sahne, Zucker, Erdnussbutter und auch noch ein paar Kekse zum Tee.

Sie hatte noch keine Ahnung, wo sie und Marguerite sitzen sollten, daher konnte sie nur hoffen, dass G. G. ihr zwei von den Barhockern mit der hohen Rückenlehne überlassen würde, wenn sie ihm versprach, sie rechtzeitig wieder nach unten zu bringen, bevor der *Night Club* öffnete. Dann würden sie in der Küche an der Kücheninsel sitzen und Tee trinken können. Bevor sie am Morgen losgefahren war, hatte ihr G. G. noch den Hintereingang zum Club und zu den Apartments gezeigt. Er hatte ihr erklärt, auf welchem Weg sie am besten in die Gasse gelangte, die hinter dem Club und den Nachbargebäuden verlief. Dort gab es auch einen kleinen Parkplatz, auf dem er ihr einen Stellplatz für ihren Wagen zugewiesen hatte.

Sie fand den Weg in die Gasse, erreichte die Rückseite des Clubs und nahm ihren Parkplatz in Beschlag. Mit mehreren Beuteln beladen ging sie zur Hintertür, die sie ohne Probleme öffnen konnte, und während der ersten zwei Runden begegnete sie auch niemandem. Was sie nicht weiter verwunderte, da G. G. ein Sterblicher war und er ein Schlafdefizit nicht durch ein paar Blutkonserven wettmachen konnte. Er brauchte seine acht Stunden, und da es jetzt erst halb drei am Nachmittag war, vermutete sie, dass er noch ein paar Stunden im Bett zubringen würde.

Bei der dritten Runde kam ihr Sofia auf dem Weg nach draußen entgegen.

»Du bist früh auf«, begrüßte Ildaria sie und stellte sich an die Wand, um die ältere Frau vorbeigehen zu lassen.

»G. G. behält jeden Abend nur zwei von uns im Club, um aufzuräumen und sauber zu machen. Ich war gestern damit nicht an der Reihe, deshalb konnte ich mich schon um sechs Uhr morgens ins Bett legen. Jetzt habe ich genug geschlafen.« Sofia betrachtete die Beutel, die Ildaria in den Händen hielt. »Ziehst du ein?«

»Hat G. G. dir davon erzählt?«, fragte sie überrascht, aber gleich darauf war ihr klar, dass das nicht der Fall sein konnte. Sofia hatte ihr gerade erst erzählt, dass sie sich um sechs Uhr morgens hingelegt hatte, wohingegen das Angebot von G. G. erst etliche Stunden später erfolgt war.

»Nein. Aber du arbeitest jetzt hier, und dafür wärst du viel zu früh dran …« Ohne die Angelegenheit weiter zu vertiefen, deutete sie mit einem knappen Nicken auf die Beutel. »Hast du noch mehr? Kann ich dir behilflich sein?«

»Oh, das ist nicht nötig, ich …«, begann sie, kam aber nicht weiter, da Sofia einen Großteil der Beutel bereits an sich genommen hatte und nach oben marschierte. Wie es schien, wurde ihr geholfen, ob sie das nun wollte oder nicht, überlegte sie und folgte der anderen Frau nach oben. »Ehe ich mich schlagen lasse«, murmelte sie ironisch.

»Nur die Ruhe«, erwiderte Sofia amüsiert. »Du arbeitest jetzt im *Night Club.* Damit gehörst du zur Familie. Wir helfen uns gegenseitig. Gewöhn dich lieber schon mal daran.«

Ildaria sagte nichts dazu. Es war das zweite Mal an diesem Tag, dass sie zu hören bekam, sie gehöre zur Familie. Und dann war da ja noch Jess, die sie als ihre Schwester bezeichnete. Nachdem sie hundert Jahre lang auf sich allein gestellt gewesen war, schien überall »Familie« aus dem Boden zu schießen. Wie sonderbar.

Sie hatte damit gerechnet, noch mindestens viermal zwischen ihrem Wagen und der Wohnung hin- und herlaufen zu müssen, aber dank Sofias Hilfe war alles in zwei Etappen erledigt. Noch besser aber war, dass Sofia sie bei der Aktion irgendwann nach ihren Möbeln fragte und Ildaria wahrheitsgemäß antwortete, dass sie nur den Fernseher hatte und das Bett in Kürze geliefert würde. Daraufhin schleppte Sofia sie mit in den Lagerraum, von dem G. G. gesprochen hatte. Wie sich herausstellte, war der vollgepackt mit Möbelstücken aller Art. Das meiste stammte aus Zimmern, die G. G. renoviert hatte. Die Möbel an sich waren noch in makellosem Zustand, bloß hatten sie irgendwann nicht mehr in das ästhetische Gesamtkonzept gepasst. Es waren allesamt teure Gegenstände, wie man unschwer erkennen konnte, weshalb er sie erst einmal eingelagert hatte, um sich irgendwann später Gedanken darüber zu machen, was er damit anfangen sollte.

Sofia beharrte darauf, dass Ildaria sich aussuchen sollte, was sie gebrauchen konnte, und versicherte ihr, dass es G. G. nichts ausmachen würde. Als Ildaria immer noch unschlüssig war, machte Sofia den Vorschlag, sie solle sich einfach sagen, dass sie sich die Möbelstücke nur auslieh. Sie konnte ja alles ins Lager zurückbringen, wenn sie einen Ersatz gefunden hatte, den sie sich leisten konnte. Das fühlte sich schon besser an. Also lieh sie sich drei Barhocker für die Kochinsel, außerdem einen Tisch mit sechs Stühlen. Alles sah sehr modern aus. Die Hocker waren aus Metall, die Sitze und Rückenlehnen waren mit schwarzem Leder überzogen. Der Tisch war das ungewöhnlichste Teil, das sie je zu Gesicht bekommen hatte. Die große Tischplatte war aus schwarz getöntem Glas und bot sechs Personen mehr als genügend Platz. Sie lag auf einem verchromten Sockel, aus dem eine Art Hörner herauswuchsen, die die Platte hielten. So etwas hatte Ildaria noch nie gesehen, und sie vermochte beim besten Willen nicht zu sagen, ob es ihr gefiel oder nicht. Sie wusste nur, sie selbst hätte so etwas nicht ausgewählt. Es war interessant, aber es strahlte Kälte aus. So wie G. G. bevorzugte sie Wärme, wie nur echtes Holz sie ausstrahlen konnte.

»So«, sagte Sofia, als sie den Tisch abgesetzt hatten. »Damit wären wir fertig.«

»Sí. Vielen Dank«, erwiderte Ildaria seufzend, fasste nach den Rückenlehnen der beiden Stühle, die sie zuerst hinaufgebracht hatten, und schob sie an den Tisch.

»Kein Problem«, erwiderte Sofia und schob ebenfalls Stühle an ihren Platz. »Also, du und G. G. … ihr beide …«

Ildaria erstarrte für einen Moment, dann hob sie den Kopf und sah die Frau unschlüssig an. »Was?«

»Du kannst ihn nicht lesen«, gab die andere Frau zurück, als wäre damit alles gesagt.

Genau genommen musste sie auch nicht mehr sagen. Und es entsprach der Wahrheit. Ildaria hatte gestern Abend endlich versucht G. G. zu lesen. Er war ein ausgesprochen fürsorglicher Boss, er brachte ihr zwischendurch Blut, Kaffee und etwas zu essen, wenn er vorbeikam, um nach dem Rechten zu sehen. Um Mitternacht hatte er sie nach oben in ihr Apartment geschickt, da sie schließlich um vier Uhr am Nachmittag mit der Arbeit begonnen und sich damit acht Stunden lang um die Buchführung gekümmert hatte. Mehr wollte er von ihr sowie von all seinen Angestellten nicht verlangen. Den Rest der Zeit sollte sie »zusammen mit H. D. relaxen«. Sie hatte dagegenzuhalten versucht, dass sie ja nicht um Punkt vier Uhr mit der Arbeit begonnen, sondern erst noch zusammen mit ihm im Club gesessen hatte. Dem hatte er zwar zugestimmt, dann aber klargestellt, dass er in dieser Zeit mit ihr darüber gesprochen hatte, was es bei der Buchführung im *Night Club* zu beachten gab, und das war als Arbeitszeit anzusehen. Außerdem musste sich H. D. nach so vielen Stunden im Büro langweilen, was sich dann als entscheidendes Argument erwiesen hatte. Ohne weiteren Protest war Ildaria mit dem Hund nach oben in G. G.s Wohnung gegangen, wo sie gegen ihr schlechtes Gewissen angekämpft hatte, indem sie mit H. D. knuddelte, Fangen spielte und ihn nach Strich und Faden verwöhnte. Dadurch hatte sie sich von dem Umstand ablenken können, dass sie vergeblich versucht hatte, G. G. zu lesen.

Marguerite hatte recht. G. G. war für sie ein möglicher Lebensgefährte – einer von nur wenigen Menschen, die ein Unsterblicher weder lesen noch kontrollieren konnte. Meistens handelte es sich dabei um Unsterbliche, manchmal aber auch um Sterbliche. In jedem Fall war es eines der Hauptmerkmale für einen Lebensgefährten, und genau das traf hier zu. Was die übrigen Merkmale anging, hatte Ildaria noch nicht das Alter erreicht, in dem ein Unsterblicher die Lust am Essen verlor. Und sie musste auch noch abwarten, ob sie beide ihre Sexträume miteinander teilten und ob sie die geteilte Lust wahrnahmen, wenn sie sich liebten. Aber das war alles nicht so wichtig, denn die Tatsache, dass sie ihn weder lesen noch kontrollieren konnte, genügte vollauf.

»Es wird schwierig werden, ihn dazu zu bringen, dass er der Wandlung zustimmt«, sagte Sofia in sanftem Tonfall und machte ein besorgtes Gesicht.

»Sí. Marguerite hat mich schon vorgewarnt.« Ildaria schob die letzten zwei Stühle an den Tisch und ging dann in die Küche, wo sie einen Blick in die Tüten und Kartons warf, die sie dort abgestellt hatten. »Kann ich dir was zu trinken anbieten? Wasser mit Eiswürfeln? Oder Tee? Sonst habe ich nichts im Haus.«

»Ein Tee wäre schön«, sagte Sofia und folgte ihr. »Komm, ich helfe dir.«

Ildaria war überaus dankbar für dieses Angebot, denn sie mussten mehr als die Hälfte aller Küchenutensilien auspacken, ehe sie den Wasserkocher, die Teekanne, Löffel, Becher und die Teebeutel gefunden hatten. Durch Sofias Hilfe ging das alles viel schneller, als wenn sie allein hätte suchen müssen. Während das Wasser erhitzt wurde, machten die beiden sich daran, auch noch den Rest auszupacken und wegzuräumen.

»Um wie viel Uhr fängst du heute an zu arbeiten?«, fragte Sofia, als Ildaria in die Küche zurückkam, nachdem sie einen Stapel neuer Handtücher in die Waschmaschine gesteckt hatte.

»Ab jetzt immer erst bei Sonnenuntergang. Gestern war ich nur früher hier, damit G. G. mir erklärt, was ich zur Buchführung wissen muss«, antwortete sie und fügte gleich darauf hinzu: »Allerdings bin ich mir nicht sicher, an welchen Tagen ich abends und nachts arbeiten werde. Ich weiß, der Club ist an den Wochenenden geöffnet. Haben wir dann zum Ausgleich montags und dienstags Ruhetag?«

Sofia schüttelte den Kopf. »Nein, wir haben jede Nacht geöffnet, aber jeder von uns bekommt pro Woche zwei Tage frei. Außer G. G., der arbeitet jede Nacht.« Bedrückt fügte sie hinzu: »Ich habe versucht, ihn davon zu überzeugen, auch zwei freie Tage einzulegen, wenn einer von uns den Türsteher übernimmt. Aber bislang rede ich da gegen Wände.«

»Hmm«, machte Ildaria und überlegte, an welchen Tagen er ihr wohl freigeben würde. Aber was sollte an den beiden Tagen aus H. D. werden? Der Gedanke behagte ihr jedoch nicht, da der Kleine dann gleich zweimal in der Woche über Stunden hinweg im Büro eingeschlossen sein würde.

»G. G. hat vor, es dir zu überlassen, wann du frei haben willst. Aber er überlegt auch, ob er dich bitten soll, in den beiden Nächten auf H. D. aufzupassen, sofern es dir nichts ausmacht. Wenn du einverstanden bist, zahlt er dir den doppelten Stundenlohn. Falls nicht, ist er nicht sauer, H. D. wird dann halt in seinem Büro bleiben müssen.« Als Ildaria sie erstaunt ansah, zuckte sie leicht mit den Schultern. »Im Gegensatz zu dir kann ich ihn lesen.«

»Oh, stimmt«, sagte sie und räumte weiter Tüten und Taschen aus. Sie waren bislang wirklich gut vorangekommen. Die Handtücher waren in der Waschmaschine, Gläser, Teller und Töpfe waren allesamt ausgepackt und in die Spülmaschine gestellt worden. Jedenfalls das meiste davon, denn nicht alles hatte noch einen Platz gefunden. Der Rest wartete auf der Spüle auf die nächste Runde.

Lediglich drei Teetassen und die Teekanne hatte sie von Hand gespült und auf das Trockengestell gelegt, das sie zusammen mit den übrigen Utensilien gekauft hatte.

»Der Tee«, murmelte sie auf einmal und ging zum Wasserkocher. Das Wasser hatte schon vor gut einer halben Stunde gekocht, aber da waren sie mit anderen Dingen beschäftigt gewesen. Da sich das Gerät automatisch abgeschaltet hatte, war ihnen beiden völlig entgangen, den Tee aufzugießen. Zumindest ihr war das entgangen. Was in Sofias Kopf vor sich ging, konnte sie nicht sagen, weil sie nicht in der Lage war, sie zu lesen. Das musste daran liegen, dass die andere Frau tatsächlich älter war, schließlich konnte ein jüngerer Unsterblicher nie einen älteren lesen.

»Ja, ich bin älter als du. Ungefähr dreihundert Jahre«, bestätigte Sofia, die ihren Gedanken offenbar aufgeschnappt hatte. »Und nein, ich hatte den Tee nicht vergessen. Aber wir sind mit dem Auspacken so gut vorangekommen, dass ich der Ansicht war, dass der Tee noch eine Weile warten konnte. Aber jetzt könnte ich wirklich eine Tasse gebrauchen.«

»Geht mir genauso. Lange wird das ja nicht dauern«, sagte Ildaria und ging zum Wasserkocher, um ihn erneut einzuschalten. Danach suchte sie in den verbliebenen Taschen nach dem Zucker und wurde schnell fündig, gab es doch nur noch zwei Einkaufstaschen aus dem Supermarkt mit überschaubarem Inhalt.

»Was ist in den restlichen Taschen?«, wollte Sofia wissen und beugte sich vor, um einen Blick in die vorderste zu werfen.

»Seife, Shampoo, Käsereibe, Schneebesen, Messbecher … dies und das halt.« Ildaria brachte den Zucker zum Tresen, dann holte sie Zuckerschale und Milchkännchen aus der Spülmaschine, die sie beide eben erst ohne nachzudenken dort deponiert hatte. Wenn sie diese Dinge jetzt benutzen wollte, musste sie sie ebenfalls von Hand spülen. Also stellte sie alles in die Spüle und ging noch mal zur Spülmaschine, um ein paar Löffel herauszunehmen.

»Und auch noch Teller für die Kekse«, rief Sofia ihr zu. »Du kannst schon mal abwaschen, ich gehe in der Zeit ein sauberes Küchenhandtuch holen.«

Ildaria sah sie erstaunt an. »Ach, das ist doch nicht nötig, ich kann auch die …«

»Nein, du wirst nicht deinen halben Bestand an Küchentüchern aufbrauchen, nur um den Abwasch abzutrocknen«, unterbrach Sofia, die wieder ihre Gedanken gelesen hatte, sie nachdrücklich. »Ich bin gleich wieder da.«

»Danke«, seufzte sie und sah der anderen Frau hinterher, wie sie die Küche verließ und in Richtung Wohnungstür davoneilte. Kopfschüttelnd widmete sie sich ihrer Arbeit, gab Spülmittel ins Becken und ließ heißes Wasser einlaufen. Dabei dachte sie darüber nach, wie unbehaglich sie sich fühlte, wenn sie von anderen Hilfe annahm. Selbst nachdem sie drei Jahre bei Jess gelebt hatte, war es ihr immer noch schrecklich unangenehm, von Sofia etwas so Banales wie ein Küchenhandtuch geliehen zu bekommen. Es war fast so, als sei sie der anderen Frau weiß Gott was schuldig.

Aber wenn sie genau darüber nachdachte, dann hatte sich Jess zwar angeboten, ihr mit allem behilflich zu sein für den Fall, dass sie etwas benötigte. Tatsächlich jedoch hatte sie im Gegenzug Jess mindestens genauso viel, wenn nicht sogar noch mehr geholfen. Ihre Freundin hatte es in den drei Jahren über lange Zeit hinweg schaffen müssen, die Schule, die Hochzeitsplanungen und den ständigen, kräftezehrenden Lebensgefährtensex mit Raff unter einen Hut zu bringen. Dabei hatte sie sich in hohem Maß auf Ildaria verlassen, was für sie kein Problem gewesen war. Immerhin hatte sie so das Gefühl gehabt, gebraucht zu werden und ihrer Freundin und deren Lebensgefährten nicht auf der Tasche zu liegen. In dieser Zeit war zwischen ihnen eine enge Freundschaft entstanden, weshalb Jess sie gern auch als ihre Schwester bezeichnete.

Bei Marguerite war es dagegen völlig anders gewesen, überlegte sie, während sie den Wasserkocher ausschaltete und begann, das Geschirr zu spülen, das sie für Tee und Kekse benötigten. Ihr und Julius hatte sie kaum einmal behilflich sein können. Sie und Marguerite hatten in diesen fast zwei Monaten viel Zeit miteinander verbracht, und Ildaria empfand für sie Hochachtung und Respekt, aber auch jede Menge Sympathie. Dennoch war es für sie schwierig gewesen, ihre Hilfe und Unterstützung anzunehmen. Vermutlich war das eine Eigenart, an der sie arbeiten musste, überlegte Ildaria, wurde aber aus ihren Gedanken gerissen, als sie hörte, dass jemand das Apartment betrat.

»Okay, und jetzt immer weiter geradeaus, G. G.«

Sie stutzte, als sie Sofia reden hörte, stellte das Geschirr hin, wischte sich die Hände an ihrer Jeans ab und lief um die Kücheninsel herum. Nach ein paar Schritten blieb sie stehen und starrte die Männer an, die etwas Großes in ihr Apartment trugen.

»Ist das eine Couch?«, rief sie.

G. G. ging rückwärts und trug ein Ende der großen Kunstledercouch, die ihr sehr bekannt vorkam. Er bewegte sich sehr vorsichtig, um nicht gegen eine Tür oder eine Wand zu stoßen, dennoch wagte er einen Blick über die Schulter, um sie anzulächeln. Er wollte gerade antworten, da rief Ildaria schon: »Das ist die Couch aus Marguerites Salon!«

»Richtig, meine Liebe. Ich habe beschlossen, alles neu zu dekorieren, und die Couch sollte eigentlich rausfliegen. Aber dann habe ich überlegt, dass ich sie auch dir geben könnte. Du kannst sie benutzen, bis du etwas Besseres gefunden hast.« Marguerites gut gelaunte Stimme war aus dem Treppenhaus zu hören, aber sehen konnte Ildaria sie noch nicht, da G. G., die Couch und Julius, der das andere Ende hochhielt, ihr die Sicht versperrten.

»Ist das nicht genial?«

Ildaria drehte sich um, als sie Sofias begeisterte Frage hörte, und sah sie am Fenster stehen, wo sie einen Sessel abstellte, der zum Sofa passte. Ein Sterblicher hätte diesen ausladenden Polstersessel nicht allein tragen können, doch Sofia hatte ihn in diese Wohnung gebracht, als wäre er federleicht. Das war einer der Vorteile, wenn man ein Unsterblicher war, aber man war nicht nur viel stärker als ein Sterblicher, sondern auch erheblich schneller, und man verfügte außerdem noch über eine hervorragende Nachtsicht.

Sofia richtete sich auf, nahm das Küchenhandtuch, das sie über ihre Schulter gelegt hatte, und kam damit zu Ildaria.

»Ich hatte sie vom Fenster aus auf dem Parkplatz gesehen, als ich das hier geholt habe«, erklärte sie und drückte Ildaria das Tuch in die Hand. »Da dachte ich mir, ich laufe mal schnell runter und helfe ihnen.«

»Das wär's«, sagte G. G. und atmete erleichtert durch.

Ildaria sah erst jetzt, dass er und Julius das große Sofa bis ins Wohnzimmer getragen und dort abgesetzt hatten. G. G. lächelte zufrieden, ging dann zur Tür und rief: »So, und jetzt holen wir das Bett.«

»Das Bett?«, wiederholte Ildaria ungläubig.

»Das ist das Bett aus deinem Zimmer, meine Liebe«, erwiderte Marguerite, die mit einem halben Dutzend Einkaufstaschen in jeder Hand an ihr vorbei in die Küche ging. »Das ist mein Geschenk zur Einweihung deiner neuen Wohnung. Ich dachte mir, wenn ich das Wohnzimmer umgestalte, kann ich das auch gleich mit dem Gästezimmer machen. Ich bin es leid, alles in Rosé gehalten zu haben. Mir schwebt ein blasses Beige vor.«

»Marguerite«, sagte Ildaria aufgebracht und schaute zwischen den vollen Einkaufstaschen und den Möbeln im Wohnzimmer hin und her.

»Es ist ein Geschenk«, gab Marguerite nachdrücklich zurück.

»Aber …« Völlig ratlos schüttelte sie den Kopf und versuchte einen klaren Gedanken zu fassen. In ihrer Welt wurde man nicht verwöhnt. Außerdem konnte sie ein so großzügiges Geschenk nicht annehmen.

»Es ist nicht großzügig, meine Liebe«, stellte Marguerite klar und verteilte die Einkaufstaschen auf der Kochinsel. »Das sind alles gebrauchte Möbel, die wir entweder für Bedürftige gespendet oder weggeworfen hätten, falls man sie niemandem mehr anbieten kann.«

»Niemandem mehr anbieten?«, fragte Ildaria fassungslos. »Natürlich kann man die noch jemandem anbieten. Das ist alles noch in erstklassigem Zustand.«

Ihr Blick wanderte zu den Einkäufen, die Marguerite aus den Taschen holte und wegräumte. Wenn sie damit fertig war, würden der Kühlschrank und der Vorratsschrank bis zum Bersten gefüllt sein. Es gab frisches Obst und Gemüse, Eier, Milch, Fleisch, alle möglichen Lebensmittel in Dosen und in Packungen, zudem große Beutel Zucker und Mehl. »Und der Einkauf?«, fragte sie irritiert. »Der ist wohl auch zur Feier meiner neuen Wohnung, wie?«

»Nein, das alles dient dazu, G. G. davon zu überzeugen, dass er sich in dich verlieben soll«, antwortete Marguerite gelassen. »Ich habe dir ja gesagt, dass er Essen über alles liebt. Wenn du dann bei ihm vor der Tür stehst und ihn mit einer frisch gebackenen Süßigkeit oder mit einem kompletten Menü überraschst, wird das zweifellos dazu beitragen, dass er sich in dich verliebt.«

»Marguerite!«, zischte Ildaria ihr zu, froh darüber, dass G. G. gerade nicht im Zimmer war.

Marguerite hielt inne und sah ihr in die Augen. »G. G. ist

mir sehr wichtig, meine Liebe. Schon seit sehr langer Zeit hoffe ich, für ihn eine Unsterbliche zu finden, deren Lebensgefährte er sein kann. Ich war sehr froh, in dir eine solche Unsterbliche entdeckt zu haben. Du hast einen Lebensgefährten verdient, und er …« Seufzend gestand sie Ildaria: »Ich möchte ebenso wenig wie seine Mutter mit ansehen müssen, wie er älter und älter wird und irgendwann stirbt. Es würde mir das Herz brechen. Darum versuche ich alles in meiner Macht Stehende, um das zu verhindern und dafür zu sorgen, dass du ihn für dich beanspruchen kannst. Also …« Sie zog ein Paket Steaks aus einem der Beutel und legte es in den Kühlschrank. »… sind diese Einkäufe eigentlich für meinen Seelenfrieden gedacht, nicht für deinen.«

Ildaria wusste nicht, was sie antworten sollte, also sah sie hilfesuchend zu Sofia, die sofort abwehrend die Hände hob, als wollte sie »Lass mich ja aus dem Spiel« sagen. »Ich hole dann schon mal den anderen Sessel«, ließ sie Ildaria wissen und machte sich auf den Weg zur Tür.

»Danke, meine Liebe«, rief Marguerite der flachsblonden Frau hinterher. Sie wartete, bis Sofia um die Ecke gegangen war, dann stellte sie sich zu Ildaria und fasste sie an den Händen. »Durchatmen«, wies sie sie in sanftem Tonfall an.

Tatsächlich gelang es Ildaria ein paar Mal tief durchzuatmen, dann platzte sie heraus: »Ich kann das nicht alles annehmen!«

Marguerite nickte, als hätte sie mit dieser Reaktion gerechnet, und sagte: »Nun, ich muss sagen, dass das von dir ein sehr egoistisches Verhalten ist.«

Verwundert legte Ildaria den Kopf ein wenig schräg. »Wie bitte?«

»Ich habe dir doch gesagt, dass G. G. mir viel bedeutet und dass es mir in der Seele wehtun würde, ihn als Sterblichen von uns gehen zu sehen.«

»Sí, das gilt für diese Einkäufe ...« Ihr Mienenspiel brachte ihr Unbehagen deutlich zum Ausdruck. »Aber die Möbel ...«

»Die sind auch nötig, wenn du ihn verführen willst. Und außerdem ...«, sie drückte Ildarias Hände, »meine Liebe, kannst du dir nicht vorstellen, wie unglücklich ich wäre, wenn ich mir vorstellen müsste, dass du ganz ohne Möbel in dieser Wohnung sitzt. Das würde mir keine Ruhe lassen«, beteuerte sie. »Es wäre mir daher sehr recht, wenn du diese Geschenke als das annehmen würdest, was sie sein sollen, nämlich Geschenke, die von Herzen kommen. Damit würdest du mir viel Leid ersparen.«

»Ich ... du ...« Ildaria sah sie hilflos an und wusste nun überhaupt nicht mehr, wie sie reagieren sollte.

Auf einmal fiel Marguerites Blick auf etwas, das sich hinter Ildaria befand. »Sieh nur! Du hast einen Esstisch!« Sie ließ Ildarias Hände los und ging aus der Küche, um sich Tisch und Stühle genauer anzusehen. Mit den Fingern strich sie über die gläserne Tischplatte, dann sagte sie grinsend: »Julius wird ja so erleichtert sein. Ich hatte nämlich bereits überlegt, ob wir unser Esszimmer auch noch renovieren sollen. Dann hättest du auch noch einen Esstisch bekommen. Aber das hat sich ja dann erledigt.«

»Marguerite!«, rief Ildaria und schnappte keuchend nach Luft. »Das ist alles viel zu viel!«

»Das sind *gebrauchte* Möbel, Ildaria«, wehrte sie ab. »Für mich ist das ein Vorwand, um für uns selbst neue Möbel zu kaufen. Allerdings muss ich zugeben, dass ich dir neue Möbel kaufen wollte, aber Julius war davon überzeugt, dass du die nicht angenommen hättest. Ich habe mich schließlich von ihm überzeugen lassen.«

»Julius hatte recht. Neue Möbel hätte ich unter keinen Umständen angenommen«, versicherte ihr Ildaria verärgert.

»Aber die hier wirst du doch annehmen, nicht wahr?«, hakte Marguerite nach. »Abgesehen davon, dass ich um G. G.s Wohl besorgt bin, kannst du von den Männern nicht erwarten, dass sie alles wieder nach unten schleppen. Außerdem wird es mein Gewissen beruhigen, wenn ich weiß, dass du nicht in einem Schlafsack schlafen und auf dem Boden sitzen musst.« Ihre Miene nahm einen betrübten Ausdruck an. »Es würde mir jede Menge Stress bereiten, wenn ich G. G. verlieren würde und gleichzeitig daran denken müsste, dass du in einem leeren Apartment sitzt. Momentan versuche ich, jede Form von Stress zu vermeiden. Wie du weißt, bin ich schwanger.«

»Ja, ich weiß«, murmelte Ildaria, stutzte dann aber und fragte ungläubig: »Marguerite Argeneau, versuchst du etwa, mir ein schlechtes Gewissen einzureden, damit ich diese Möbel annehme?«

»Keineswegs«, versicherte Marguerite ihr und fügte dann ein wenig pikiert hinzu: »Also wirklich, Ildaria. Du solltest dich von dieser Vorstellung verabschieden, dass sich alles nur um dich dreht. Hier geht es einzig und allein um mich. Ich versuche dir nur zu erklären, welche Konsequenzen es hätte, wenn du dich weigern würdest, mein Geschenk anzunehmen.« Sie schüttelte verärgert den Kopf. »Du willst doch nicht etwa, dass ich mein Baby verliere, oder?«

Ildaria starrte sie an und wusste nicht mehr, was sie denken oder sagen sollte. Sie hatte tatsächlich ein schlechtes Gewissen, weil sie durch ihr egoistisches Verhalten das Leben von Marguerites ungeborenem Kind in Gefahr brachte. Dabei stimmte das doch gar nicht. Oder …?

»Gib es auf, Ildaria«, rief Julius, der mit einer Matratze in die Wohnung kam, die er in einer Hand hielt, als würde sie nicht mehr als ein Blatt Papier wiegen. Auf dem Weg ins

Schlafzimmer fuhr er fort: »Du kannst dich gegen meine Frau nicht durchsetzen, wenn sie was nicht will. Ich weiß das aus Erfahrung.«

Ildaria atmete frustriert aus, während ihr Blick wie von selbst zu G. G. wanderte, der mit einem Teil eines Bettgestells hereinkam und in Richtung Schlafzimmer abbog. Als er sie mit einem fröhlichen Grinsen bedachte, reagierte sie mit einem schwachen Lächeln und sah ihm hinterher, bis er aus ihrem Blickfeld verschwand. Sie drehte sich zu Marguerite um, setzte einmal zum Reden an, machte dann jedoch eine längere Pause und sagte schließlich: »Danke.«

Marguerite war höchst begeistert. »Na, bitte. Siehst du? Es geht doch. War gar nicht so schlimm, oder?«

»Danke zu sagen?«, gab sie unschlüssig zurück.

»Nein, meine Liebe.« Wieder drückte sie Ildarias Hände. »Andere in dein Leben zu lassen.« Dann machte sie kehrt und ging zurück in die Küche, während Ildaria zwischen dem Esstisch und dem mit einem Mal gar nicht mehr so leeren Wohnzimmer stand. In diesem Moment erkannte sie, dass das Apartment wie ein Spiegelbild ihres eigenen Lebens war. Sie hatte mehr als ein Jahrhundert gelebt, ohne dass es in ihrem Leben jemanden gegeben hatte. Es war so leer gewesen wie das Apartment, als sie es zwei Stunden zuvor Sofia gezeigt hatte. Aber dann auf einmal hatte sie Vasco und Cristo kennengelernt und dann auch noch Jess und Raff ... und auf einmal begann sich ihr Leben mit Freunden und Bekannten zu füllen, so wie sich ihr Apartment mit Möbelstücken füllte. Das Problem daran war nur, dass ihr große, leere Räume viel behaglicher waren als vollgepackte. Auch wenn das Sofa und das Bett bequemer waren als der Fußboden, konnten sie kaputtgehen und ihr wieder weggenommen werden. Außerdem konnte sie sich die Zehen anstoßen oder stolpern und hinfallen. Menschen in sein

Leben zu lassen hieß auch, sich verwundbar zu machen. Diese Lektion hatte Ildaria schon früh in ihrem Leben lernen müssen, und sie hatte nichts davon vergessen. Sie hatte sich immer für unerschrocken und tapfer gehalten, aber das funktionierte nur dann, wenn es nichts gab, das einem etwas bedeutete. Mit einem Mal fühlte sich Ildaria … verängstigt.

6

Ildaria drückte die schwere Eichentür auf, die im ersten Stock des *Night Club* in den ersten Raum führte, und blieb überrascht stehen. Es gab insgesamt vier Bereiche im Club – die eigentliche Bar und den Dance Club im Erdgeschoss, zwei weitere in der Etage darüber. Sie wusste, im hinteren Saal war eine Art Spielsalon mit Pooltischen und Videospielen eingerichtet worden, doch den vorderen Raum hatte sie bislang noch nicht zu Gesicht bekommen. Seine Einrichtung hatte etwas vom edlen Ambiente eines Salons in einem alten englischen Herrenhaus. Sie konnte sich gut vorstellen, dass ältere Unsterbliche daran Gefallen fanden.

Genau genommen schien es so, als sei jeder der vier Bereiche auf eine bestimmte Zielgruppe zugeschnitten. Der Dance Club war für die jüngeren Unsterblichen gedacht, während die Bar das mittlere bis ältere Publikum ansprach. Der Spielsalon wurde vermutlich von allen Altersgruppen besucht, doch dieser Salon hier passte am besten zu den wirklich alten Unsterblichen, jene, die längst ihren Lebensgefährten gefunden hatten.

Das Geräusch von Gläsern, die leicht aneinanderschlugen, lenkte ihre Aufmerksamkeit auf den Mann, der in diesem Moment damit beschäftigt war, im Salon sauber zu machen. Ildaria musste lächeln, als sie den hohen, leuchtend grünen Haarkamm sah, der so gar nicht zu der schwarzen Stoffhose und dem Hemd passte, das er trug. Jeans oder Lederkleidung hätten besser zu ihm gepasst, fand Ildaria, während sie ihm zusah, wie er mit einem halb vollen Tablett mit Gläsern zum nächsten Tisch ging, einem weiteren von vielen kleinen Beistelltischen, die neben den zu kleinen Gruppen zusammengestellten Sofas und Sesseln standen. G. G. bückte sich, stellte das Tablett ab und räumte die benutzten Gläser ab, um sie seiner Sammlung hinzuzufügen.

»Ich weiß nicht, warum du dir nicht von Sofia und den anderen beim Aufräumen helfen lässt«, sagte sie, um auf ihre Anwesenheit aufmerksam zu machen. »Mit drei oder vier Leuten wäre das doch im Handumdrehen erledigt.«

G. G. hielt kurz inne, dann warf er ihr über die Schulter einen Blick zu und betrachtete sie von oben bis unten, ehe er sich wieder seinen Gläsern widmete. »Die anderen arbeiten schon lange genug. Die kürzeste Arbeitszeit ist im Sommer, da kommen sie auf etwa neun Stunden, aber im Winter können es schon mal bis zu fünfzehn Stunden werden. Das machen sie alles, ohne sich zu beklagen«, machte er ihr klar. »Sie pünktlich zum Feierabend nach Hause zu schicken ist das Mindeste, was ich im Gegenzug tun kann.«

»Du arbeitest aber viel länger«, betonte sie. »Bevor der Club geöffnet wird bereitest du alles vor, anschließend machst du alles sauber. Ganz sicher …«

»Ich bin ja auch der Betreiber des Nachtclubs. Der Gewinn geht auf mein Konto. Demnach sollte ich auch mehr arbeiten. Das machen die meisten Geschäftsinhaber. Kein Angestellter wird so gut bezahlt, dass er dafür so lange arbeiten müsste wie ich.«

Bei diesen Worten zog Ildaria interessiert die Augenbrauen hoch. »Ich kümmere mich um deine Buchführung. Ich weiß, wie gut du deine Angestellten bezahlst. Du zahlst uns allen irrsinnig hohe Gehälter. Hinzu kommt, dass du uns die Apartments zu einem Spottpreis überlässt. Die Miete reicht ja fast nicht mal, um deine Ausgaben für Strom und Wasser zu decken. Ganz zu schweigen davon, dass deine Preise im Club sehr niedrig sind. Du machst weitaus weniger Gewinn, als du eigentlich erwirtschaften könntest.«

G. G. zuckte mit den Schultern und ging zum nächsten Tisch. »Wie viel Geld braucht ein Mensch wirklich? Man kann eh nichts mit ins Grab nehmen. Außerdem bezahle ich meine Angestellten so gut, damit sie zufrieden sind. Zufriedene Angestellte sind gute Angestellte. Gute Angestellte suchen sich keinen neuen Arbeitgeber.«

»Du bist ein guter Boss«, sagte sie und meinte es auch so. Die Menschen waren ihm wichtiger als das Geld. Nur wenige Geschäftsleute dachten so.

G. G. schnaubte abwehrend und schüttelte den Kopf. »Das war ich mal. Inzwischen verwandele ich mich in einen alten Perversling, der die ganze Zeit über an nichts anderes denkt als an eine seiner Angestellten, die ihn auch noch in seinen Träumen verfolgt. Sieh dich doch nur mal an. Meinetwegen trägst du eine Brille.«

Ildaria hob die Hand und tastete ihr Gesicht ab. Zu ihrer Überraschung stellte sie fest, dass sie eine Brille trug. Das wäre ihr gar nicht aufgefallen, hätte er es nicht erwähnt. Noch nie in ihrem Leben hatte sie eine Brille getragen. Sie war eine Unsterbliche, und Unsterbliche brauchten keine Brille, weil die Nanos schon dafür sorgten, dass sie gut sehen konnten. Aber da saß eine Brille auf ihrer Nase … was bedeutete, dass dies hier ein Traum war.

Sie betrachtete ihr übriges Outfit, da sie sich fragte, ob an ihr sonst noch etwas ungewöhnlich war. Aber sie trug einen schwarzen Rock und dazu eine weiße Bluse, also eine von mehreren Kombinationen, die sie sich für ihren Job in dem vornehmen Restaurant in Montana zugelegt hatte, weil sie dort mal bedient und mal die Gäste empfangen und zu ihrem Tisch geführt hatte. Sie konnte von Glück reden, dass diese Art von Bekleidung sich auch für diesen Bürojob eignete und sie sich nichts Neues hatte zulegen müssen.

Aber ihre Schuhe waren anders, wie ihr sofort auffiel. Es waren immer noch schwarze High Heels, jetzt aber waren sie vorne offen, und die schwarze Schleife war an dem Riemchen von hinten nach vorn gewandert. Die Haare hingegen trug sie immer noch zum Knoten zusammengebunden. Also hatte er nur die Schuhe verändert und die Brille hinzugefügt. Das hielt sich ja noch in Grenzen, fand sie.

Ihr ging die Frage durch den Kopf, wieso sie so lange gebraucht hatte, um diesen geteilten Traum als solchen zu erkennen. Aber die Antwort darauf war allzu offensichtlich: Obwohl sie fest schlief, wirkte alles ganz natürlich und real. Es war nicht so, als hätte man sie durch eine Tür gestoßen, hinter der eine Welt, in der alles auf dem Kopf stand, oder etwas ähnlich Absurdes auf sie wartete. Vielmehr hatte sie einen der Räume in G. G.s Club betreten und war davon ausgegangen, dass sie wach war und sich das alles in der Realität abspielte.

Anders als in diesem Traum hatte sie aber G. G. in den letzten Wochen, seit sie in das Apartment eingezogen war, kaum noch zu Gesicht bekommen. Die Träume hatten gleich darauf eingesetzt, aber da hatte G. G. sie noch nicht so sehr gemieden wie jetzt. Am Tag ihres Einzugs hatte er etliche Male im Büro nach ihr gesehen, seine Pausen bei ihr und H. D. verbracht, mit ihr gegessen und geredet und viel gelacht. Eine Stunde vor Schließung des Clubs war er zu ihr gekommen, um ihr zu sagen, dass ihre acht Stunden um waren und sie mit H. D. nach oben in ihr Apartment gehen und sich ausruhen sollte. Er würde H. D. abholen, wenn er im Club aufgeräumt und sauber gemacht hatte. Ildaria war mit dem Hund in ihre Wohnung gegangen und hatte mit ihm gespielt, bis G. G. nach einer Weile geklingelt hatte. Sie hatte ihn reingebeten und ihm einen heißen Kakao angeboten, und danach hatten sie sich noch stundenlang unterhalten, ehe er nach nebenan in seine Wohnung gegangen war. Ildaria hatte sich schlafen gelegt und kurz darauf den ersten geteilten Traum gehabt.

Der nächste Tag war noch ganz genauso abgelaufen, doch dann hatte G. G. begonnen, Sofia zu ihr zu schicken, anstatt selbst vorbeizuschauen. Als Nächstes hörte er auf, zusammen mit ihr zu essen, und schließlich lehnte er auch den heißen Kakao am Ende der Nacht dankend ab und gab vor, zu müde zu sein.

Seitdem sah sie ihn nur noch in ihren Träumen, was eigentlich Grund genug gewesen wäre, das hier sofort als Traum zu erkennen, weil sie jetzt zusammen mit H. D. in ihrer Wohnung hätte sein sollen, aber nicht im Club, nachdem der geschlossen hatte.

»Die verdammte Brille sollte bewirken, dass du nicht mehr so anziehend auf mich wirkst«, erklärte G. G. gereizt und lenkte damit ihre Aufmerksamkeit erneut auf sich. »Sie sollte dafür sorgen, dass ich nicht sofort über dich herfalle, sobald du das Zimmer betrittst. Aber jetzt siehst du erst richtig scharf aus. Wie eine sexy Bibliothekarin oder so was in der Art.« Entsetzt über sich selbst schnalzte er mit der Zunge. »In meinen Träumen mache ich eine verdammte Sexpuppe aus dir, Ildaria. Wenn du nur wüsstest …« Plötzlich verstummte er und widmete sich mit finsterer Miene wieder seiner Arbeit. Mit unbeherrschten Bewegungen knallte er ein Glas nach dem anderen auf das Tablett.

»G. G.«, sagte sie besorgt und ging zu ihm. Doch als sie seinen Arm berührte, zuckte er zusammen und wich vor ihr zurück.

»Nein, fass mich nicht an«, herrschte er sie an und schloss seufzend die Augen, als sie ihre Hand wegzog und ihn mit einer Mischung aus Verlegenheit und Verwirrung anstarrte. »Tut mir leid«, murmelte er und seufzte gedehnt. »Ich bin einfach nur hundemüde. Ich habe den ganzen Tag diese Träume, sodass ich mich fühle, als ob ich keine zwei Minuten geschlafen hätte, und dann arbeite ich die ganze Nacht durch und muss dabei immer nur an dich denken. Die Gäste bekommen jeden meiner schmutzigen Gedanken mit. Ich weiß es, weil sie mir diese wissenden Blicke zuwerfen und mich dumm angrinsen.« Gereizt fuhr er gleich darauf fort: »Die wissen alle, dass ich mir vorstelle, wie ich dich ausziehe und dann …« Er kniff die Augen zu und lachte kurz auf, dann murmelte er: »Und jetzt führe ich auch noch Selbstgespräche!«

»Selbstgespräche?«, wiederholte sie verwundert.

Er lächelte sie ironisch an. »Na ja, Träume sind doch angeblich das eigene Unterbewusstsein, das versucht, Dinge zu klären, oder nicht? Also bist du eigentlich ich.«

Ildaria hielt inne und begann zu begreifen, dass er gar nicht wusste, dass er sich in einem geteilten Traum befand. G.G. wusste von der Existenz der Unsterblichen, und deshalb war sie davon ausgegangen, dass er auch wusste, was ein geteilter Traum war, der nur Unsterblichen und ihren Lebensgefährten vorbehalten war. Sie hatte eigentlich nur auf einen entsprechenden Kommentar von ihm gewartet, aber es war ihm offensichtlich nicht klar, was mit ihm geschah. Er glaubte, lediglich einen Sextraum zu haben, der sich um sie drehte.

»G. G.«, begann sie, brach aber gleich wieder ab, da er plötzlich nach ihren Händen griff.

»Es tut mir wirklich leid«, erklärte er mit betrübter Miene. »Ich weiß, ich muss etwas dagegen tun. Ich bin allmählich so sehr von dir besessen, dass ich Angst davor habe, was ich als

Nächstes tun könnte. Jede Nacht, wenn ich H. D. bei dir abhole, muss ich gegen das Verlangen ankämpfen, dich in meine Arme zu ziehen, dir die Kleider vom Leib zu reißen und deinen wunderschönen Körper von Kopf bis Fuß mit meiner Zunge zu erkunden.«

Ildaria musste schlucken, da ihr Körper auf seine Worte zu reagieren begann.

»Dass ich mich davon abhalte, hat nur damit zu tun, dass du meine Angestellte bist, dass du eine Unsterbliche bist, dass du kein Interesse an mir hast und dass du mich mühelos zu Brei schlagen könntest, wenn ich nur versuchen würde, dich zu küssen.« Er verzog das Gesicht. »Mittlerweile ist es so schlimm, dass ich mir letzte Nacht im Club fast unentwegt ausgemalt habe, wie ich das in die Tat umsetzen könnte.« Nach kurzem Schweigen unterstrich er seine Worte mit einem sehr düster klingenden: »Ganz ehrlich.«

Schließlich drückte er ihre Hände so fest, dass es fast schmerzte, dann ließ er sie abrupt los, drehte sich zur Seite und ging auf großen Abstand zu ihr. Voller Scham gestand er ihr: »Ich habe tatsächlich darüber nachgedacht, wie ich es anstellen könnte. Ich dachte, wenn ich Blut von jemandem finde, der Rohypnol genommen hat, könnte ich dir das geben, um dich außer Gefecht zu setzen. Dann würde ich dich in mein Apartment bringen und dich mit Ketten an mein Bett fesseln, damit ich …« Verlegen ließ er den Kopf sinken. »Ich verliere allmählich den Verstand, Ildaria. Ich kann nicht aufhören, an dich zu denken, und je mehr ich über dich nachdenke, umso mehr will ich dich …« G. G. verstummte abrupt in der Sekunde, als er sie wieder ansah.

Ildaria warf ihm einen verwunderten Blick zu, dann erst fiel ihr auf, dass sich ihr Blickwinkel verändert hatte. Eben noch hatte sie ihm gegenübergestanden, und nun lag sie plötzlich auf dem Rücken. Sie sah an sich herab und stellte fest, dass sie auf einem Bett mitten im Club lag, dass sie nackt war und dass er sie mit Ketten gefesselt hatte.

Angesichts der Tatsache, dass er vor Staunen den Mund nicht mehr zubekam, konnte es nur so sein, dass nicht er sie aufs Bett gelegt hatte. Es war sein Eingeständnis gewesen, das diese Situation ausgelöst hatte. Seine Worte hatten sie scharf gemacht, und als er davon sprach, sie nackt in Ketten legen zu wollen, hatte ihr Unterbewusstsein reagiert und den Traum entsprechend angepasst.

»Himmel, jetzt verwandele ich mich aber wirklich in einen perversen Bastard«, flüsterte G. G., während er sich dem Bett näherte.

»Nein, das tust du nicht«, widersprach Ildaria leise. Ihr Herz schlug wie wild in ihrer Brust. Auch wenn ihr Unterbewusstsein sie in diese Lage gebracht hatte, bedeutete das nicht, dass sie sich dabei wohlfühlte, nackt und hilflos zu sein. Tatsächlich verspürte sie teils Erregung, teils Angst und Verlegenheit, vor allem aber Unbehagen. Schließlich war sie es nicht gewohnt, so völlig hilflos zu sein. Jedenfalls nicht mehr. So ausgeliefert wie jetzt hatte sie sich nicht mehr gefühlt seit … ihre Gedanken wurden in alle Himmelsrichtungen verstreut, als sie seine Finger über ihre Wade streichen fühlte.

»Verdammt, du bist so wunderschön«, hauchte er und musterte sie voller Ehrfurcht.

Sie hielt gebannt den Atem an, als er sie so eindringlich betrachtete. Ein Seufzer kam ihr über die Lippen, als er weiter am Bett entlangging und seine Finger sich über ihren Oberschenkel, die Hüfte und den Bauch bewegten. Sie musste stöhnen, als seine Finger um ihre Brust kreisten und den Nippel berührten, der sich augenblicklich versteifte. Verlangen erwachte, das ihre Angst und ihr Unbehagen in den Hintergrund rücken ließ.

»G. G.«, begann sie, da sie ihm sagen wollte, dass sie beide diesen Traum miteinander teilten. Sie wollte ihn wissen lassen, dass sie ihn genauso begehrte. Doch ihre Stimme ließ sie im Stich, als er sich auf die Bettkante setzte, sich vorbeugte und die Lippen um ihren Nippel schloss. Sie drückte den Kopf in ihr Kissen und stöhnte, während sich ihr Körper einladend aufbäumte. Die Fesseln hielten sie davon ab, nach seinem Kopf zu greifen und ihn an sich zu drücken. Er saugte an ihrem Nippel, strich mit der Zunge darüber und nahm ihn sanft zwischen die Zähne, ehe er kurz von ihr abließ.

»Hm«, murmelte er und küsste ihre Haut, bis er zwischen ihren Brüsten angekommen war. »Du duftest nach Muffins.«

Ildaria schlug erstaunt die Augen auf, was ihr Verlangen für einen Moment in den Hintergrund drängte. Muffins?

»Vanille und Gewürze, einfach köstlich«, erklärte er und strich mit der Zunge über ihre andere Brust, um sich auch diesem Nippel zu widmen. »Ich liebe Muffins«, fügte er noch hinzu, ehe er zu saugen begann. Mit jeder Berührung kam es ihr so vor, als würden Stromschläge ihren Körper durchzucken. Auf einmal ließ er von ihr ab und flüsterte: »Du würdest mich verabscheuen, wenn du wüsstest, was ich in meinen Träumen alles mit dir anstelle.«

»Nein«, keuchte sie, während sie den Kopf auf dem Kissen hin- und herwarf, da sie seine Lippen an ihrem Bauch spürte.

»Oh, doch, das würdest du«, beharrte er betrübt, legte eine Hand auf ihre Brust und drückte leicht zu. Mit der anderen strich er von ihrer Hüfte bis zum Oberschenkel. »Aber ich schwöre dir, ich werde dich in der Wirklichkeit niemals betäuben und anketten. Ich weiß, dass ich deinetwegen kurz davor stehe, den Verstand zu verlieren, aber noch ist es nicht so weit. Deshalb werde ich alles tun, um dich vor mir zu beschützen. Ich lasse dich hier allein und kehre nach England zurück, damit …«

»Nein!«, rief Ildaria entsetzt.

»Ruhig, du bist doch bloß ein Traum. Wärst du real, dann würdest du mir dankbar sein dafür, dass ich das für dich tue«, murmelte er und unterband jeden weiteren Protest von ihrer Seite, indem er sie auf den Mund küsste. Ildaria widerstand ihm für die Dauer eines Herzschlags, dann gab sie nach und erwiderte den Kuss. Dann würde sie es ihm eben anschließend sagen. Unsterbliche wurden von Traumsex nicht ohnmächtig, also konnte sie ihm immer noch enthüllen, dass dies ein geteilter Traum war und dass er nicht den Verstand verlor, sondern nur etwas erlebte, was für potenzielle Lebensgefährten normal war. Danach würde sie ihn anflehen, ihr Lebensgefährte zu werden. Sie würde nicht mal darum bitten, dass er sich wandeln ließ. Sie musste nur einfach ihn haben. Sie …

Jeder klare Gedanke hatte sich in dem Moment in Luft aufgelöst, als er seine Hand zwischen ihre Schenkel schob und ihr Körper darauf reagierte, indem er nur das Verlangen nach ihm zuließ. O Gott, sie wollte ihn so unbedingt berühren. Kaum hatte sie das gedacht, lösten sich ihre Ketten wie von Zauberhand, und sie konnte sich wieder frei bewegen.

G. G. stöhnte laut, als ihre Hände über seine Arme und den Rücken glitten, so weit sie fassen konnte, aber er unterbrach den Kuss und die Liebkosungen erst, als sie an seinem Hemd zu zerren begann. Er beendete den Kuss, zupfte an ihrer Unterlippe und zog die Hand weg, die zwischen ihren Schenkeln ruhte. Dann erhob er sich und knöpfte sein Hemd auf.

Ildaria beobachtete ihn schwer atmend dabei, während sich jede Faser ihres Körpers nach ihm sehnte. Sie seufzte leise, als er das Hemd ablegte und seine Tätowierungen sich dabei bewegten. Er war ein absoluter Hingucker mit seiner breiten Brust, die jeden Muskel deutlich erkennen ließ. Früher hatte Ildaria von Tätowierungen nicht besonders viel gehalten, doch sie musste zugeben, dass G. G. sich etwas ganz Besonderes hatte stechen lassen – ein Muster aus schwarzen Wirbeln und geschwungenen Dornen, das von den Oberarmen zu den Schultern verlief, wobei seine Brust völlig ausgespart wurde. Von den vorangegangenen Träumen wusste sie, dass sich das gleiche Muster auch über seinen muskulösen Rücken zog und an der Wirbelsäule entlang verlief. Diese Tattoos sahen fantastisch aus, und es wäre mehr als eine Schande, wenn sie seiner Wandlung zum Opfer fallen sollten.

Eine Bewegung riss sie aus ihren Gedanken, woraufhin sie sich ganz auf G. G. konzentrierte, der zum Fußende des Betts ging und sie dabei nicht aus den Augen ließ. Sie hielt seinem Blick stand, doch als er so stehen blieb, dass sich ihre an der Bettkante gefesselten Füße links und rechts von ihm befanden und sie mit gespreizten Beinen ausgebreitet vor ihm lag, stockte ihr der Atem.

»Wunderschön«, murmelte er, kniete sich hin und gab ihr erst auf den einen, dann auf den anderen Spann einen Kuss. Er bewegte sich weiter nach oben, knabberte und leckte an den Fußgelenken, dann an den Waden, während er sich Stück für Stück vorarbeitete. Als er an ihren Kniekehlen angekommen war, atmete sie angestrengt aus, bewegte sich hin und her und gab einen Laut von sich, den man für ein Kichern hätte halten können. G. G. lächelte und hob den Kopf, sodass er sehen konnte, wie sie ihrerseits den Oberkörper anhob und mitzuverfolgen versuchte, was er da machte.

»Du bist also kitzlig.« Seine Stimme klang in der Stille wie ein tiefes Poltern. Dann machte er weiter mit seinen Küssen und bewegte sich an der Innenseite ihrer Schenkel so langsam voran, dass Ildaria das Gefühl hatte, vor Erwartungsfreude sterben zu müssen, wenn er nicht bald dort ankam, wo sie ihn am dringendsten spüren wollte. Doch dann überraschte er sie und übersprang ihre empfindlichste Stelle, indem er seine Lippen über ihre Hüften und den Bauch wandern ließ.

Ildaria schnaubte enttäuscht, musste aber gleich darauf wieder nach Luft schnappen, als sich seine Lippen um ihre Nippel schlossen und er seiner Zunge freien Lauf ließ. Schließlich beugte er sich weiter vor und küsste sie abermals auf den Mund. Stöhnend erwiderte sie seine Küsse, und auf einmal merkte sie, dass sie ihre Beine und Füße wieder frei bewegen konnte. Sie winkelte die Beine so an, dass sie ihre Hüften hochdrücken und sich an ihm reiben konnte. G. G. murmelte etwas, als er den Kuss unterbrach, aber es war so undeutlich, dass sie nichts davon verstand. Er stemmte sich hoch, als würde er Liegestütz machen, und beobachtete aufmerksam ihr Mienenspiel, während er seine Lenden an ihren rieb. Ildaria wollte ihn ansehen, doch sie musste immer wieder die Augen zukneifen und den Kopf hin- und herwerfen, da die Anspannung in ihrem Inneren unaufhörlich wuchs.

»So unfassbar schön«, hauchte er und rutschte plötzlich nach unten, wo er sein Gesicht zwischen ihren Schenkeln vergrub, die er weit auseinanderdrückte. Ildaria stieß einen spitzen Schrei aus, als sie seine raue Zunge spürte. Ihr Körper zuckte als Reaktion auf diese Berührung leicht zusammen, und sie verkrallte sich links und rechts im Bettlaken, während er sich daranmachte, sie um den Verstand zu bringen. Was er mit seiner Zunge und seinen Lippen anstellte, raubte ihr den Atem und ließ sie ein anhaltendes Stöhnen ausstoßen. Es war nicht das erste Mal, dass er das in den geteilten Träumen mit ihr machte, aber es war jedes Mal eine Offenbarung und ein Kampf zugleich.

Während sie ihm die Hüften entgegenpresste, versuchte sie zugleich die Beine um seinen Kopf zu schließen, doch die hielt er mit seinen großen Händen mühelos auseinandergedrückt.

Sie warf den Kopf hin und her, was man für eine Weigerung hätte halten können, obwohl ihr ganzer Körper mit aller Macht dem Höhepunkt entgegenstrebte, der jeden Moment einsetzen musste.

Als der Augenblick kam, begann sie zu schreien, sie zuckte und verkrampfte sich am ganzen Leib. Ihr Verstand war für kurze Zeit völlig außer Kraft gesetzt, sodass sie nicht einmal sicher war, ob sie überhaupt noch hätte sagen können, wie sie hieß, wenn man sie das gefragt hätte. Als sie schließlich wieder ein wenig bei Sinnen war, befand sich G. G. über ihr. Er war jetzt völlig nackt, doch sie wusste nicht, ob er sich die Mühe gemacht und sich ausgezogen hatte, oder ob er auf die Idee gekommen war, sich in diesem geteilten Traum einfach seine Kleidung wegzuwünschen. Es kümmerte sie aber auch nicht, denn er drang in sie ein. Instinktiv schlang sie Arme und Beine um ihn, als sie ihn in sich spüren konnte. Wieder begann ihr Körper zu zucken, was sich mit jedem weiteren Stoß steigerte. Als sie den Moment des Höhepunkts erreichte, war er bei ihr und stieß einen triumphierenden Aufschrei aus, als er zusammen mit ihr kam. Erschöpft sank er in sich zusammen und wollte sich zur Seite wegrollen, doch sie hielt ihn fest und genoss es, ihn auf sich zu spüren, bis sie beide wieder zu Atem kamen.

Ildaria hatte nicht vergessen, dass sie noch mit ihm reden und ihm die Sache mit den geteilten Träumen erklären wollte, um ihm dann zu enthüllen, dass sie beide Lebensgefährten waren. Doch sie wartete erst in Ruhe ab, bis sie beide wieder zu Atem gekommen waren. Gerade hob sie zum Sprechen an, da klingelte ihr Telefon.

Sie versteifte sich und hielt G. G. fester an sich gedrückt, als wollte sie ihn vor dieser Störung beschützen. Doch das Klingeln hielt beharrlich an, bis sie den Kopf zu ihrem Nachttisch drehte und sah, dass die grelle Sonne ins Schlafzimmer schien. Das Klingeln hatte sie aus dem Schlaf geholt, der Traum war ihr entglitten, und damit war auch die Verbindung zu G. G. unterbrochen worden.

Fluchend warf sie einen Blick auf die Digitalanzeige ihres Weckers, der gleich neben dem Handy stand. Dann sah sie, dass es erst Mittag war. Somit hatte sie nur wenig mehr als drei Stunden geschlafen, und sie verspürte absolut keine Lust auf irgendwelche Telefonverkäufer oder auf Leute, die sich bloß verwählt hatten. Sie wollte einfach nur weiterschlafen und in den geteilten Traum mit G. G. zurückkehren, also ignorierte sie das Telefon und machte die Augen wieder zu. Zu ihrer Erleichterung kehrte nach zweimal Klingeln wieder Ruhe ein. Vermutlich war die Mailbox angesprungen. Sie drehte sich auf die Seite und kuschelte sich in ihre Decke, um schnell wieder einzuschlafen. Aber dann klingelte das Handy erneut. Offenbar wollte dieser Anrufer sie nicht schlafen lassen. Mürrisch brummte sie vor sich hin, während sie einen Arm unter den Decken hervorstreckte, um nach dem Telefon auf dem Nachttisch zu greifen. Ohne auf das Display zu sehen, nahm sie den Anruf an und hielt das Handy ans Ohr.

»Sí?«, fragte sie verschlafen, während sie sich wünschte, immer noch zu träumen, und die Augen geschlossen hielt in der Hoffnung, dass die Störung nur von kurzer Dauer sein würde.

»Ich habe hier Tee und ein Frühstückssandwich mit Würstchen für dich.«

Sofort schlug Ildaria die Augen wieder auf. Der Grund dafür war nicht die Tatsache, dass es Sofia war, von der sie aus dem Schlaf und ihrem Traum geholt worden war, sondern die Erwähnung eines Frühstückssandwiches mit Würstchen, was sie über alles liebte. Probiert hatte sie das vor einer Woche zum ersten Mal, nachdem Sofia es ihr empfohlen hatte, und seitdem war das zu ihrem Lieblingsessen avanciert. Sie war praktisch süchtig danach geworden, und zwar so sehr, dass sie dafür sogar auf ihren Schlaf verzichtete. Andererseits hatte sie sich vorgenommen, mit G. G. zu reden und ihm …

»Ildaria?«

Laut seufzend schüttelte sie den Kopf. »Ich war gerade im Begriff, mit G. G. über … etwas zu reden.«

»G. G. ist bei dir?«, fragte Sofia überrascht.

»Nein. Ich meinte in meinem Traum. Ich wollte ihm erklären, dass wir Lebensgefährten sind und …«

»Geht's dir noch gut?«, fiel Sofia ihr ins Wort. »Du wolltest ihm in einem Traum davon erzählen, dass ihr Lebensgefährten seid? Ildaria!« Aufgebracht fuhr sie fort: »Dann würde er glauben, dass das nur Wunschdenken ist und nur in seinem Traum so war. Oder vielleicht wäre es dann für ihn sogar ein Albtraum«, fügte sie mürrisch hinzu und knurrte: »Jetzt erheb dich endlich aus deinem Bett und mach die Tür auf, sonst gebe ich dein Frühstück an Elijah weiter.«

»Schon gut«, gab Ildaria gereizt zurück, setzte sich auf und fragte: »Und aus welchem Grund soll ich die Tür aufmachen?«

»Weil ich auf der anderen Seite der Tür stehe und einen Tee und das Sandwich in der Hand halte. Warum denn wohl sonst?«

»Okay, aber warum hast du nicht einfach geklingelt?«, wunderte sich Ildaria, deren Verärgerung allmählich nachließ, da es sie amüsierte, dass diese Sofia offenbar nichts auf eine normale Art und Weise tun konnte. Anstatt anzurufen, schickte sie eine SMS mit der Bitte, sie anzurufen. Und anstatt einfach anzuklopfen, war es ihr offenbar lieber, anzurufen und Bescheid zu sagen, dass man ihr die Tür aufmachen sollte. Diese Frau war einfach durchgeknallt, dachte sie, während sie die Decke zur Seite schlug und aus dem Bett kletterte.

»Weil ich gegen die Tür trommeln müsste, damit du mich da hinten im Schlafzimmer überhaupt bemerkst. Ich habe aber keine Lust, mit dem Lärm G. G. aufzuwecken. Der braucht seinen Schlaf.«

»Ich etwa nicht?«, gab sie ein bisschen pikiert zurück und schlurfte aus dem Schlafzimmer in den Flur.

»Du vermutlich auch«, räumte Sofia ein. »Aber du führst dich nicht seit eineinhalb Wochen wie ein schlechtgelaunter Bär auf ... was auch der Grund ist, wieso ich mit dir reden wollte.«

Ildaria reagierte mit einem knappen Brummen, während sie das Wohnzimmer durchquerte, wohl wissend, dass sie in diesem Augenblick auch ein klein wenig von einem schlechtgelaunten Bären zum Besten gab. Aber das war nichts im Vergleich dazu, wie sich G. G. seit mindestens einer Woche aufführte. Zumindest dann, wenn er wach war. Als sie in den kurzen Flur einbog, der zur Wohnungstür führte, sagte sie: »G. G. ist seit gut einer Woche ziemlich dünnhäutig. Ist das nicht der Normalzustand?«, erkundigte sie sich.

»Definitiv nicht«, versicherte ihr Sofia. Noch während sie redete, schloss Ildaria auf und öffnete ihr die Tür, woraufhin Sofia das Smartphone einsteckte. »Und deshalb will ich mit dir reden, wenn G. G. uns nicht dabei stören kann. Außerdem bekommt er so die Gelegenheit, tatsächlich ein bisschen zu schlafen, wenn du jetzt wach bist. Du weißt schon«, fügte sie hinzu und zog vielsagend die Augenbrauen hoch, »keine geteilten Träume.«

»Ja, ich weiß«, murmelte Ildaria ein wenig gereizt, während sie zusah, wie Sofia sich bückte, um einen Pappbecher und zwei Tüten hochzuheben, die sie offenbar abgestellt hatte, um zu telefonieren. Die kleine Papiertüte trug das Logo eines Coffeeshops, die andere Tasche war aus Stoff.

Sofia richtete sich auf und hielt ihr alles hin: »Aber immerhin bringe ich als Wiedergutmachung Geschenke.«

Ildaria zwang sich, etwas freundlicher dreinzuschauen, außerdem musste sie sich zwingen, nicht nach der Papiertüte zu schnappen, in der sich garantiert ihr Sandwich befand. Sie machte einen Schritt zur Seite und bedeutete der platinblonden Frau hereinzukommen. Die ging an ihr vorbei in Richtung Küche, wohin Ildaria ihr folgte, nachdem sie die Tür wieder abgeschlossen hatte. Sofia machte es sich auf einem der Hocker an der Kücheninsel bequem und wartete, bis Ildaria neben ihr Platz genommen hatte, dann schob sie ihr den Becher und die Papiertüte hin, bevor sie vier Blutbeutel aus der Stofftasche holte.

»Als Ausgleich dafür, dass ich dich geweckt habe«, erklärte Sofia und schob ihr die Beutel ebenfalls hin. »Wir kommen auch ohne Schlaf aus, wir brauchen nur ein bisschen Blut, und schon fühlen wir uns wieder so frisch wie nach acht Stunden Schlaf. Den Vorteil hat G. G. nicht.«

»Allerdings nicht«, stimmte Ildaria ihr zu. Sie war sich nicht sicher, ob sie das Blut annehmen sollte, aber sie war auch noch nicht wach genug, um ein gutes Argument dagegen liefern zu können.

»Apropos Schlafmangel«, sagte Sofia munter. »Wie ist es?«

»Wie mein Schlafmangel ist?«, fragte Ildaria irritiert, während sie den Deckel vom Teebecher entfernte. Das musste der Beweis dafür sein, dass sie noch weit davon entfernt war, richtig wach zu sein, denn so ergab Sofias Frage überhaupt keinen Sinn.

»Nicht der Schlafmangel selbst«, stellte Sofia mit einem flüchtigen Lächeln klar. »Sondern der Grund dafür.« Als Ildaria sie immer noch ratlos anstarrte, schnaubte sie ein wenig ungehalten. »Du wohnst jetzt seit zwei Wochen hier, direkt gegenüber von G. G. Also nahe genug für geteilte Sexträume. Dass du sie hast, weiß ich, weil du vorhin selbst von einem solchen geredet hast. Also … wie sind die so?«, wollte Sofia voller Neugier wissen. »Sind sie superheiß? Ja, nicht wahr? Sag schon, wie es ist.« Als Ildaria zu einem Kopfschütteln ansetzte, winkte Sofia prompt ab, weil sie die Geste für ein Abstreiten hielt. »Versuch's gar nicht erst. Falls du dich erinnerst, ich kann G. G.s Gedanken lesen, und was ich da zu lesen bekomme, ist purer SU-Porno.«

»SU-Porno?«, wiederholte Ildaria unschlüssig.

»Sterblichen/Unsterblichen-Porno«, erklärte sie hilfsbereit und ergänzte gleich darauf: »Wenn du mit mir und deinen anderen Kollegen nach der Arbeit mal weggehen würdest, so wie wir es dir in den letzten Wochen schon mehrmals vorgeschlagen haben, würdest du mit solchen Begriffen was anfangen können.«

»Ja, ich weiß. Du hast natürlich recht«, entgegnete Ildaria ein wenig betreten. »Ich versuche immer noch, mich an meine Arbeitsstunden zu gewöhnen und daran, dass ich jetzt allein lebe.«

»Ist nicht wahr«, widersprach ihr Sofia. »Du bist von den vielen Sexträumen völlig erschöpft, weil sie dich um deinen Schlaf bringen. Und G. G. geht es nicht besser. Die meiste Zeit sieht er aus wie ein Zombie, der sich völlig verausgabt hat, und wenn das mal nicht der Fall sein sollte, spielt er immer noch den schlecht gelaunten Brummbär. So wie du«, setzte sie hinzu, wobei sie missbilligend den Mund verzog. »Du musst dich unbedingt an den echten G. G. ranmachen. Dann wird er nämlich anschließend ohnmächtig und bekommt hoffentlich den Schlaf, den er so dringend benötigt.« Als Ildaria nichts darauf erwiderte, fügte Sofia hinzu: »Das würden wir alle zu schätzen wissen, weil keiner von uns bislang einen mürrischen G. G.

gekannt hat. Der Mann ist für gewöhnlich ein Teddybär und kein Grizzly.«

Ildaria schüttelte müde den Kopf. »Ich kann es nicht fassen, dass du mich bittest, mit G. G. zu schlafen, nur damit ihr alle eure Ruhe vor ihm habt.«

»Und du auch«, betonte Sofia. »Ich meine damit, dass du im Moment total frustriert sein musst, also …« Sie drehte sich auf ihrem Hocker zur Seite, um Ildaria ansehen zu können. Mit einem Ellbogen stützte sie sich auf der Kücheninsel ab und zog fragend die Augenbrauen in die Höhe. »Erzähl Mama einfach alles. Wie sind diese geteilten Sexträume?«

Ildaria biss sich auf die Lippe und musste an den Traum denken, aus dem Sofia sie gerissen hatte. Das war einer von vielen gewesen, an denen sie in den letzten zwei Wochen ihr Vergnügen gehabt hatte. Gleich in der ersten Nacht hatte sie den ersten gehabt. Sie hatte sich in das wunderbar bequeme Bett aus Marguerites Haus gelegt, erschöpft von allem, was sie an diesem einen Tag erledigt hatte, gefolgt von der Wäsche und dem Hausputz in der Zeit, in der sie sich mit H. D. in ihr neues Apartment zurückgezogen hatte, bis zu dem Moment, da G. G. vorbeikam, um den Hund abzuholen. Davon war sie so müde geworden, dass sie praktisch schon tief und fest eingeschlafen war, noch bevor ihr die Augen hatten zufallen können.

G. G. musste zu der Zeit auch schon eingeschlafen sein, denn sie hatte sich im nächsten Moment in einem geteilten Traum wiedergefunden: Sie saß im Büro des *Night Club*, H. D. lag zusammengerollt in seinem Körbchen, sie trug den gleichen Bleistiftrock und die Bluse wie an ihrem ersten Arbeitstag. G. G. kam vorbei, um nach ihr zu sehen, doch anstatt nur zur Tür reinzuschauen und ein paar Worte mit ihr zu wechseln, kam er herein und ging um den Schreibtisch herum. Seine Augen loderten, während er den Blick über ihren Körper wandern ließ. Er sprach kein Wort, sondern streckte nur die Hände aus, fasste sie an den Oberarmen und zog sie von ihrem Stuhl hoch. Dann legte er die Hände an ihr Gesicht und drückte seine Lippen auf ihre. G. G. konnte unglaublich gut küssen. Jedenfalls war das in diesen Träumen so. Ildaria bekam nicht einmal mit, dass er in ihre Haare fasste und Strähne um Strähne aus dem Knoten herauszog, bis dieser jeglichen Halt verlor und ihre Locken ihr Gesicht umrahmten und sich auf ihren Schultern ausbreiteten. Schließlich hob er den Kopf ein wenig an und sagte in diesem verführerisch tiefen Tonfall: »Ich will dich. Du bist eine Unsterbliche und ich weiß, ich sollte mich nicht mit dir einlassen. Aber ich will dich so sehr!«

Ehe Ildaria sich versah, kletterte sie auch schon an ihm hoch wie an einer Palme. Als er sie wieder küsste, reagierte ihr Körper so wie zuvor, aber jetzt riss sie ihm die Kleidung vom Leib, weil sie unbedingt seine Haut berühren wollte. Doch es erging nicht nur Ildaria so. Er seinerseits zog ihr die Bluse aus dem Rock, damit er mit seinen großen Händen ihre Taille umfassen konnte. Sie schob sein Hemd hoch und strich mit ihren Fingern über seine Brust, bis er sich plötzlich mit ihr umdrehte und sie auf den Schreibtisch setzte. G. G. drückte ihre Knie auseinander, schob sich in den dadurch entstandenen Zwischenraum und hörte damit erst auf, als er sich eng an sie drücken konnte. Sein Kuss wurde inniger und fordernder, während seine Finger nach den Knöpfen ihrer Bluse tasteten, die schon im nächsten Moment offen stand, sodass unter dem Stoff ein schwarzer Spitzen-BH zum Vorschein kam. Offenbar war das auf seinen Einfluss auf den Traum zurückzuführen, wogegen sie nichts einzuwenden hatte. Auf jeden Fall sah dieser BH viel schöner aus als die weiße Baumwollunterwäsche, die sie in Wirklichkeit trug. Bisher jedenfalls. Allerdings hatte sie sich von einem Teil ihres Trinkgelds tatsächlich einen schwarzen Spitzen-BH und einen passenden Slip gekauft. Bloß konnte sie dieses Ensemble ja nicht jeden Tag tragen, nur weil sie darauf hoffte, dass vielleicht etwas passierte.

»O Mann, Sex im Büro«, flüsterte Sofia, die alles in ihren Gedanken mitgelesen hatte. »Das ist verdammt heiß. Diese Sache zwischen Sekretärin und Boss, Sex auf dem Schreibtisch, das Risiko, dass einer von uns plötzlich reinkommt und euch erwischt. Mann, Mann, Mann.«

»Buchhalterin und Boss«, korrigierte Ildaria mit leiser Stimme, während ihre Wangen vor Verlegenheit glühten, weil Sofia all ihre Gedanken mitbekommen hatte.

»Ja, das könnte zum Problem werden.«

Ildaria hob verwundert den Kopf. »Was?«

»Dass er der Boss ist«, erklärte Sofia besorgt. »G. G. sieht vielleicht aus wie ein Rebell, aber Ehre ist für ihn verdammt wichtig. Ich glaube, er würde sich niemals an eine Angestellte heranmachen. Das könnte zu sehr danach aussehen, dass er seine Machtposition missbraucht.«

Das stimmte Ildaria nun auch nachdenklich. Bestimmt hatte G. G. in diesem Traum davon geredet, dass sie seine Angestellte war und dass er sich der sexuellen Belästigung schuldig machte. Aber bis zu diesem Moment war ihr nie der Gedanke gekommen, dass ihr Anstellungsverhältnis zu einem Problem werden könnte.

»Was bedeutet, dass du den ersten Schritt machen musst«, schlussfolgerte Sofia und lächelte zufrieden. »Auf diese Weise wird er nicht das Gefühl haben, dass er seine Macht missbraucht, wenn du die Initiative ergreifst. Und als sexuelle Belästigung zählt das auch nicht, weil du ja die Untergebene bist.«

»Richtig«, seufzte Ildaria missmutig, da sie ihre Zweifel hatte, dass sie dazu fähig sein würde. Ihr fehlte in diesen Dingen die Erfahrung … es sei denn, man zählte die Träume, die sie mit G. G. geteilt hatte, als solche hinzu.

»Sag nicht, du bist noch Jungfrau«, flüsterte Sofia erstaunt, da sie offenbar ihre Gedanken gelesen hatte.

Ildaria schüttelte hastig den Kopf. »Nein, ich bin keine Jungfrau.« Als sie sah, wie konzentriert Sofia ihre Stirn anstarrte, begann sie ein Kinderlied zu zitieren, war damit aber anscheinend nicht schnell genug. Oder aber dieser Trick funktionierte nicht, da sie einen möglichen Lebensgefährten gefunden hatte. Zu dieser Erkenntnis gelangte sie, als sie den mitfühlenden Gesichtsausdruck bemerkte, den Sofia zur Schau stellte. Ildaria versteifte sich. Sollte diese Frau jetzt auch noch ihr Mitleid bekunden …

»Alles klar«, sagte Sofia entschlossen. »Gut, vielleicht können wir ja daran arbeiten.«

»Arbeiten? Woran arbeiten?«, fragte sie erschrocken.

»An deiner mangelnden Erfahrung. Wir müssen ein wenig üben.«

»Üben?«, wiederholte Ildaria fassungslos. Was dachte sich Sofia da nur? Sollte sie sich einfach einen beliebigen Mann aussuchen und mit ihm …

»Nicht Sex üben«, fiel Sofia ihr ungehalten ins Wort, da sie einmal mehr ihre Gedanken gelesen haben musste. »Wir können üben, wie du zu erkennen gibst, dass du an ihm interessiert bist. Wie du mit ihm flirten musst. Wie du ihn anmachst. Oder wir überlegen uns, auf welche Weise du ihm noch dein Interesse zeigen kannst. Zum Beispiel indem du ein sexy Negligé trägst, wenn G. G. nach Feierabend vorbeikommt, um H. D. abzuholen.« Sie hielt inne und schürzte die Lippen, dann fuhr sie fort: »Aber vermutlich wirst du trotzdem den ersten entscheidenden Schritt machen müssen, indem du ihm entweder die Kleider vom Leib reißt und dich auf ihn stürzt oder du dir ein Schild mit der Aufschrift ›Fick mich‹ um den Hals hängst, bevor du die Tür aufmachst. Dann wirst du es vielleicht schaffen, ihn von seiner Haltung als Ehrenmann abzubringen. Aber auch nur vielleicht. Er könnte genauso gut auf die Idee kommen, dass bei dir im Kopf was nicht in Ordnung ist.«

»Der Umstand, dass ich hier sitze und mir diesen Unsinn anhöre, ist wohl Beweis genug dafür, dass bei mir im Kopf was nicht stimmt«, kommentierte Ildaria ironisch.

»Ja, unter anderem«, bestätigte Sofia ihr wie beiläufig, fügte dann aber besänftigend hinzu: »Die meisten von uns haben irgendwelche Macken. Niemand kann sich davon freisprechen.«

Ildaria nickte angesichts dieser weisen Worte, denen sie von ganzem Herzen zustimmen konnte. In ihrem Leben war sie vielen Leuten begegnet, vor allem wenn sie mit Vasco gesegelt war. Sie hatten unzählige Touristen auf das Schiff gelockt, und so gut wie jeder von ihnen hatte irgendwelche Probleme, wie sie feststellen musste, wenn sie sie las. Einer war mit seinem Körper unzufrieden, ein anderer hatte Schwierigkeiten, seine Wut im Zaum zu halten, wieder andere wurden bei allem, was sie dachten oder taten, von Erinnerungen an eine Kindheit voller Misshandlungen geplagt. Die wenigen Menschen, die einen ausgeglichenen Eindruck machten, hatten eine Therapie mitgemacht, wie sie in ihren Gedanken schnell hatte herausfinden können.

»Hast du mal eine Therapie in Erwägung gezogen?«, wollte Sofia wissen.

Ildaria sah sie kurz an und wandte den Blick ab, während sie den Kopf schüttelte. Sie war nie in der Lage gewesen, sich einen Therapeuten zu leisten. Und an wen sollte sie sich denn auch wenden? Sie konnte einem sterblichen Therapeuten ja nicht erzählen, dass sie eine Unsterbliche war.

»Marguerites Schwager Greg ist ein Unsterblicher und er ist Psychologe oder Psychiater oder so was in der Art«, ließ Sofia sie wissen, womit klar war, dass sie wieder ihre Gedanken gelesen hatte. »Vielleicht kannst du mit ihm ja eine Ratenzahlung vereinbaren, mit der du zurechtkommst«, schlug sie vor. »Und ansonsten gibt es ja noch die Universität. Elijah sagt, dass Studenten sich dort kostenlos beraten lassen können. Er studiert Medizin, er will mal Arzt werden.«

»Sí, davon hat er gesprochen«, erwiderte Ildaria. »Aber ich kann nicht mit einem sterblichen Therapeuten reden, Sofia.«

»Jedenfalls nicht darüber, dass du eine Unsterbliche bist, da hast du recht«, stimmte sie ihr zu, wandte aber dann ein: »Allerdings scheinst du deine Probleme rund um das Thema Sex seit deiner Kindheit, als du noch sterblich warst, mit dir herumzuschleppen. Wenn du dich nur darauf beschränkst, könnte das mit der kostenlosen Therapie an der Uni funktionieren. Du solltest natürlich nicht erwähnen, dass deine Kindheit fast zweihundert Jahre zurückliegt.«

Ildaria zog die Stirn in Falten, da ihr der Gedanke an eine Therapie überhaupt nicht gefiel.

»Die Entscheidung liegt natürlich bei dir«, meinte Sofia beschwichtigend. »Aber willst du wirklich für die nächsten Hunderte oder Tausende von Jahren ein Trauma aus deiner Kindheit mit dir herumschleppen?« Sie ließ Ildaria kurz darüber nachdenken, dann sagte sie: »So, und beeil dich und iss dein Sandwich, damit du dich anziehen kannst. Wir gehen nämlich einkaufen.«

»Einkaufen?« Sie sah die andere Frau verdutzt an.

»Ein schönes Negligé oder so was in der Art. Und Liebesromane.«

»Liebesromane?«, wiederholte sie, als hätte sie sich verhört.

»Da kommt jede Menge Sex drin vor«, antwortete Sofia, als

wäre damit alles erklärt. War es aber nicht, wie Ildarias Gesichtsausdruck ihr verriet. Also führte sie geduldig aus: »Für Anregungen. Vielleicht bringen die dich auf eine Idee, wie du ihn verführen kannst. Zumindest weißt du dann, was du alles mit ihm anstellen kannst. Wir müssen unbedingt etwas unternehmen, bevor der Zug abgefahren ist.«

Ildaria setzte zu einem Kopfschütteln an. »Ich kann es mir nicht leisten …«

»Betrachte es als mein Geschenk zum Umzug. Du hast ja sonst noch nichts von mir bekommen.«

»Nein, du …«

»Ildaria, dir läuft die Zeit davon«, beschwor Ildaria sie eindringlich. »G. G. macht einen riesigen Bogen um dich, seit die Träume begonnen haben.«

Sie senkte den Blick und verzog missmutig den Mund. Ihr war natürlich aufgefallen, dass sie von G. G. immer weniger zu sehen bekam, solange sie beide wach waren. Nur in ihren Träumen verbrachten sie Zeit zusammen. Und auch wenn sie sich bei diesen Gelegenheiten schon mal unterhielten, ging es doch in erster Linie um Sex. Sex, der dafür sorgte, dass einem das Herz stehen blieb und dass man schweißgebadet und völlig entkräftet aufwachte.

»Er hat wirklich Probleme damit, dass er sich zu dir hingezogen fühlt. Das meine ich völlig ernst. Er wird von Träumen geplagt, in denen er dich entführt und einsperrt, damit er mit dir machen kann, was er will – und das versetzt ihn regelrecht in Panik. Er fürchtet, dass er sich in einen Stalker verwandelt, der völlig von dir besessen ist. In gewisser Weise stimmt es ja auch, und es ist genau das, was alle Lebensgefährten durchmachen. Aber er weiß nicht, dass er dein möglicher Lebensgefährte ist, und darum begreift er nicht, was mit ihm los ist. Er glaubt, er verwandelt sich in ein Monster«, erzählte Sofia ihr betrübt und bestätigte das, was Ildaria in ihrem letzten Traum von ihm erfahren hatte. »Du musst bald mit ihm ins Bett gehen, sonst reist er wirklich zurück nach England, entweder um dir dauerhaft aus dem Weg zu gehen oder weil er meint, er würde dich damit vor dem Wahnsinn beschützen, der von ihm Besitz ergriffen hat. Was von beiden es nun ist, weiß ich nicht so genau. Er ist jedenfalls im Moment ziemlich daneben.«

Ildaria biss sich kurz auf die Lippe. »Er sprach in unserem Traum davon, aber …« Die Erinnerung daran wurde immer verschwommener. Es war immer das Gleiche. Was ihr im Gedächtnis blieb, war die Erinnerung an den Sex, doch über was sie sich während des Traums unterhielten, verblasste jedes Mal in Windeseile.

»Er spielt mit dem Gedanken, nach London zurückzukehren«, bekräftigte Sofia. »Ursprünglich war vorgesehen, dass er den Sommer über hierbleibt und den Winter in seinem anderen Club in England verbringt. Er wäre dann im nächsten Sommer wieder hergekommen. Aber jetzt redet er davon, früher in die Heimat zurückzukehren und mir die Leitung zu überlassen, *weil hier alles wie geschmiert zu laufen scheint.*«

»O nein«, murmelte Ildaria. »Du glaubst doch nicht ernsthaft, dass er das auch machen wird, oder?« Das würde es für sie ausgesprochen schwierig machen, ihn davon zu überzeugen, dass er ihr Lebensgefährte sein sollte.

»Ja, das glaube ich. Gestern Abend hat er schon bei jedem Gast, der in den Club kam, angefangen vorzufühlen, wer Interesse an einem schönen Apartment hat und wer von ihm den gut bezahlten Job als Türsteher übernehmen will«, berichtete sie betrübt. »Darum bin ich heute hergekommen.«

»Verdammt«, zischte Ildaria und ließ sich gegen die Rückenlehne sinken.

»Das kann man wohl sagen.« Sofia betrachtete sie mitfühlend. »Du musst einen Gang höherschalten, Ildaria, sonst könnte es sein, dass dir diese Chance entgeht. Ich vermute, seine Gefühle für dich sind ihm so unbehaglich, dass er womöglich nicht wieder herkommt. Dann lässt er mich den Club führen und bleibt in England.«

Ildaria saß reglos da, während sich ihre Gedanken überschlugen. Auf eine gewisse Weise waren die letzten zwei Wochen wundervoll gewesen. Sie hatte ihre eigene Wohnung, ihr Job gefiel ihr gut. Zwar stimmte es, dass sie und G. G. nicht mehr viel Zeit miteinander verbracht hatten, seit die Träume begonnen hatten, aber ehrlich gesagt war sie auch viel zu erschöpft gewesen, um sich darüber den Kopf zu zerbrechen.

Dabei waren nicht bloß die geteilten Träume der Grund für die Erschöpfung und Müdigkeit. Neben der Arbeit im *Night Club* waren auch noch die Schichten im Restaurant angefallen. Zwar hatte sie zeitig gekündigt und ihre Schichten so gelegt, dass sie sich mit den Arbeitszeiten hier im Büro vereinbaren ließen, dennoch fehlte ihr sehr viel Schlaf. Und der wenige Schlaf, den sie bekam, war wegen der geteilten Träume nicht gerade erholsam. Und G. G. wusste bei alledem nicht mal, dass sie beide das Gleiche träumten.

»Er weiß doch über Unsterbliche Bescheid. Warum erkennt er dann nicht, dass wir geteilte Träume erleben?«, fragte sie verständnislos.

»Was ich bei ihm lesen kann, deutet darauf hin, dass er zwar von geteilten Träumen gehört hat und dass es ihm irgendwann in den letzten Tagen durch den Kopf gegangen ist, ob er vielleicht solche Träume erlebt. Aber letztlich hat er diese Möglichkeit dann doch verworfen.«

»Aber warum?«, wunderte sich Ildaria.

»Weil er nicht das Gefühl hat, dass du wirklich daran beteiligt bist«, sagte Sofia, die auf Ildarias verständnislose Miene hin erklärend fortfuhr: »Du lässt ihm in den Träumen freie Hand. Die Umgebung ist die, die ihm vorschwebt, und es passiert das, was er will. Du übernimmst nie die Regie, du lässt ihn einfach machen. Das hat vermutlich damit zu tun, dass es dir an Erfahrung fehlt«, fügte sie rasch hinzu. »Auf jeden Fall hat ihn das zu der Überzeugung gebracht, dass es ganz allein seine Träume sind, die ihn jedoch so beharrlich verfolgen, dass er sich allmählich wie ein Perverser vorkommt.« Sie ließ ihre Worte wirken, bevor sie hinzufügte: »Marguerite war in Sorge gewesen, wie G. G. reagieren könnte, wenn er erfährt, dass er dein möglicher Lebensgefährte ist. Ich hatte ebenfalls meine Bedenken, was das mit ihm anstellen würde. Aber mittlerweile glaube ich, dass er diese Enthüllung mit großer Erleichterung aufnehmen würde, weil er dann wüsste, dass er nicht irgendeiner krankhaften Besessenheit anheimgefallen ist.«

Beide schwiegen sie eine Weile, da Ildaria über das Gehörte in Ruhe nachdenken musste, bis Sofia sie aufforderte: »So, und jetzt zieh dir endlich was an, damit wir losziehen können, um sexy Wäsche und Liebesromane zu kaufen. Schließlich sollst du ja G. G. verführen können.«

Ildaria wunderte sich über sich selbst, als sie sich gehorsam vom Hocker gleiten ließ und in Richtung Schlafzimmer ging. Aber sie musste dringend etwas wegen G. G. unternehmen, sonst würde der in Richtung England davonfliegen, und sie würde Gefahr laufen, ihn womöglich für immer zu verlieren. Ildaria hatte nicht das Geld, um ihm hinterherzufliegen. Er war sterblich, und Unfälle lauerten überall. Das musste sie um jeden Preis verhindern, also war es erforderlich, Gas zu geben. Wie sie das anstellen sollte, wusste sie nicht. Sie brauchte Hilfe.

7

Als sie auf ihren Parkplatz hinter dem Club fuhr und einen Blick auf die Uhr im Armaturenbrett warf, stellte sie erstaunt fest, dass es erst zwei Uhr nachmittags war. Sie und Sofia hatten also gar nicht so viel Zeit für die Einkäufe benötigt wie erwartet. Allerdings war Sofia noch in der Mall geblieben, weil sie noch etwas zu erledigen hatte und später nachkommen würde. Zwar hatte Ildaria sich angeboten, auf sie zu warten, doch Sofia war bei ihrem Entschluss geblieben. Sie wollte, dass Ildaria so bald wie möglich mit der eigens für sie ausgewählten »lehrreichen Lektüre« begann, damit sie wusste, »wie sie es anstellen musste«, wenn sie G. G. verführen wollte.

»Lehrreiche Lektüre«, murmelte sie und griff nach den zwei Beuteln, die auf dem Beifahrersitz lagen. In einem befand sich ein halbes Dutzend Liebesromane, im anderen ein fast durchsichtiges Negligé, alles von Sofia für sie ausgesucht und gekauft. Sich Verführungsanregungen aus einem Liebesroman zu holen war ja schon lächerlich, aber das Nachthemd? Das war überhaupt nicht ihr Stil, trotzdem hatte Sofia ihr versichert, dass es G. G. um den Verstand bringen würde. Sie selbst war davon nicht so ganz überzeugt. Wenn sie das Teil anzog, konnte sie auch ebenso gut völlig nackt an die Tür treten. Das Ding sah aus, als hätte man es aus dem Schleier eines Hochzeitskleids geschneidert, und es bestand zumindest aus ihrer Sicht kein Unterschied zu dem »Fick mich«-Schild, von dem Sofia gesprochen hatte. Vielleicht wäre es sogar besser, ihm ein solches Schild hinzuhalten, überlegte sie, während sie die Fahrertür öffnete und ausstieg. Das Schild erlaubte es ihm schließlich nicht, irgendetwas falsch zu verstehen, und sie …

»Ms Pimienta?« Ildaria hielt inne und musterte den Mann, der sie angesprochen hatte. Er war aus der dunklen Limousine ausgestiegen, die neben G. G.s Pick-up stand. Eine Limousine, die ihrer Aufmerksamkeit nicht entgangen wäre, hätte sie nicht auf die Uhr gesehen und sich Gedanken über die Verführungsaccessoires gemacht, die sie erworben hatte.

Es war eigentlich unfassbar. Fast zwei Jahrhunderte lang war sie hyperaufmerksam gewesen, hatte auf jede Bewegung geachtet und jeden Raum, jeden Gang und jeden Platz gleich mehrfach unter die Lupe genommen, ehe sie ihn betrat. Und jetzt auf einmal achtete sie auf gar nichts mehr, sondern lief einfach drauflos. Auf diese Weise konnte eine Frau ums Leben kommen … oder sie wurde vom FBI drangsaliert. Der Gedanke kam ihr sofort, als sie den Mann erkannte. Sein Name war Jack Barr. Er war der FBI-Agent, den sie in Montana aus den Fängen einer Gang befreit hatte. Womit sie dann das FBI auf sich aufmerksam gemacht hatte.

Soweit sie wusste, war das FBI aber nicht in der Lage gewesen, sie zu identifizieren, und ebenso wenig war es der Behörde gelungen, sie in Montana aufzuspüren. Wie zum Teufel konnte der Mann sie ausgerechnet hier ausfindig gemacht haben? Sie fragte ihn nicht, sondern tat das, was sie normalerweise vermied: Sie las seine Gedanken … und wäre fast vor Verlegenheit rot geworden. Der Mann war außer sich vor Freude, weil er davon überzeugt war, endlich seinen »Engel« wiedergefunden zu haben. Zum Glück dachte er das nicht, weil er ihren wahren Vornamen kannte, sondern weil sie der Engel war, der ihm das Leben gerettet hatte. Anscheinend war er davon besessen gewesen, sie wiederzufinden, seit sie ihm vor Monaten zu Hilfe geeilt war. Er war auch die treibende Kraft für die Suche nach ihr in Montana gewesen, jene Suche, durch die Lucian auf sie aufmerksam geworden war. Ob sie ihm dafür dankbar sein sollte, wusste sie nicht so recht. Einerseits war er der Grund dafür, dass sie Montana Hals über Kopf hatte verlassen müssen, wodurch sie ein ganzes Semester an der Universität verloren hatte. Andererseits war er der Grund dafür, dass sie Montana Hals über Kopf hatte verlassen müssen und hier ihrem Lebensgefährten begegnet war – auch wenn das ein ganz eigenes Problem darstellte. Allerdings eines, von dem sich jeder Unsterbliche wünschte, sich damit auseinandersetzen zu dürfen. Nur dass die meisten von diesen Unsterblichen nicht annähernd die Schwierigkeiten mit ihrem Lebensgefährten hatten, mit denen sie konfrontiert war.

»Ms Pimienta, ich bin Agent Jack Barr. Ich habe …«

Weiter ließ Ildaria ihn gar nicht erst kommen, stattdessen las sie seinen Geist und musste verärgert feststellen, dass er durch das Video, das jemand gefilmt hatte, als sie damit beschäftigt gewesen war, diese Studentin vor einem Vergewaltiger zu beschützen, auf ihre Spur gestoßen war. Dummerweise war Lucian nicht der Einzige, der dieses Video gesehen hatte. Als sie aus Montana verschwunden war, hatte Jack Barr wohl nicht glauben wollen, dass sie einfach aufgehört hatte, anderen Menschen zu helfen. Er hatte sich überlegt, dass sie vermutlich von dort weggegangen war, weil ihr das Pflaster zu heiß geworden war. Also hatte er nach ähnlichen Zwischenfällen gesucht und war dadurch auf Toronto gestoßen. Er hatte das Video gesehen, in dem sie einen Beinahe-Vergewaltiger durch die Gegend schleuderte, der doppelt so groß war wie sie selbst. In diesem Moment war er sich sicher gewesen, dass er seinen »Engel« wiedergefunden hatte. Der Mitschnitt, der durch das Netz geisterte, lieferte keinen Hinweis auf ihren Namen. Aber da sich der Zwischenfall auf einem Campus abgespielt hatte – so wie zuvor fast alle Vorfälle in Montana –, war es für ihn ein Leichtes gewesen, nach Personen zu suchen, die im Sommer von der Universität in Montana zu einer anderen Universität gewechselt waren. Zu ihrem Erstaunen war dabei aber nicht nur ihr Name aufgetaucht, sondern auch noch der einer anderen Studentin. Jack hatte Adressen und Kontaktdaten erhalten und sich darangemacht, die zugegeben sehr kurze Liste durchzuarbeiten. Die erste Studentin hatte er bereits am Tag zuvor befragt, Ildaria war als zweite an der Reihe, weil er nicht sofort ihre Adresse hatte ermitteln können. Erst nachdem er heute an der Universität schamlos mit einer Studentin geflirtet hatte, die im Sekretariat aushalf, war diese bereit gewesen, ihm ihre aktuelle Adresse zu verraten. Dabei hatte er bloß Glück gehabt, dass es Ildaria wichtig gewesen war, der Universität umgehend ihre neue Adresse mitzuteilen, damit keine wichtigen Mitteilungen oder Informationen zu ihren Kursen verlorengehen konnten. Und so stand er nun vor ihr, drauf und dran, ihr das Geständnis zu entlocken, dass sie jene Rächerin war, von der er regelrecht besessen war.

Ildaria hatte keine Ahnung, wie er das anstellen wollte, vor allem, weil er selbst nicht einmal wusste, was er tun sollte. In Kanada besaß er keinerlei Befugnisse, doch er hoffte, dass sie das nicht wusste und dass die Bezeichnung FBI genügen würde, sie so einzuschüchtern, dass sie ihm bereitwillig alles gestand. Schlimmer noch war aber, dass er zwar im Auftrag des FBI handelte, er aber völlig eigennützig auf der Suche nach ihr war und nicht die Absicht hatte, sie an seine Vorgesetzten zu überstellen – es sei denn, sie wollte nicht so wie er. Sollte sie sich ihm widersetzen, würde er seinem Vorgesetzten alle Informationen geben, die er über sie zusammengetragen hatte, damit der die Anklageerhebung für ihre in Montana begangenen Akte der Selbstjustiz und das Auslieferungsverfahren in die Wege leiten konnte.

Es ärgerte sie ganz gewaltig, dass ihre Hilfsbereitschaft – die diesem Mann das Leben gerettet hatte – auf diese Weise honoriert wurde. Daher hatte sie auch keinerlei Bedenken, in seinen Verstand einzudringen und ihn zu kontrollieren. Sie veränderte seine Erinnerung an diese Begegnung, sodass er nun der festen Überzeugung war, dass sie nicht sein »Engel« sein konnte. Sie nahm ihm das Bestreben, diesen »Engel« um jeden Preis finden zu wollen, und dann schickte sie ihn in dem Glauben zu seinem Wagen zurück, dass er einer falschen Fährte gefolgt war und er bei der Rückkehr in sein Büro diesen Fall zu den Akten legen und sich einem anderen Fall widmen würde.

Als er vom Parkplatz fuhr, machte ihr eine ganz andere mögliche Folge dieses Videos zu schaffen. Lucian hatte es gesehen und sie von Montana hergeholt. Jack Barr hatte sie aufgrund des Videos hier aufgespürt. Was, wenn Juan oder einer von seinen Leuten es sah? Würde sie dann erneut die Flucht ergreifen müssen? Sie presste die Lippen fest zusammen, während sie den Wagen abschloss und dann ins Haus ging. Dabei war sie sich ziemlich sicher, dass sie sich so bald nicht ihren »Hausaufgaben« widmen würde.

Ildaria hatte sich geirrt. Nachdem sie eine halbe Stunde lang in ihrer Wohnung auf und ab gegangen war, ohne zu irgendeinem wie auch immer gearteten Entschluss zu gelangen, was ihre Situation betraf, gab sie es auf und griff sich eines der Bücher, die Sofia ihr mehr oder weniger aufgedrängt hatte. Vielleicht würde sie dadurch ja wenigstens für eine Weile von ihren Sorgen abgelenkt.

Der Plan ging tatsächlich auf, denn die ausgewählte Geschichte war so fesselnd, dass sie von ihr auf wundersame Weise in eine andere Welt entführt wurde. Sie schaffte einen kompletten Roman und einen weiteren bis zur Hälfte, bevor sie sich für die Arbeit fertigmachen musste. Sie freute sich schon darauf, nach Feierabend weiterzulesen – allerdings nicht wegen irgendwelcher Ratschläge in Sachen Verführungskünste, denn in dieser Hinsicht hatte sie da noch nichts Hilfreiches entdecken können, da sich Sex in diesen Büchern aus einer Situation heraus ergab, nicht aber die Folge einer geplanten Verführung war. Die Frauen trugen nichts Aufreizendes, und sie machten auch keine zweideutigen Bemerkungen, um die Männer herumzukriegen.

Dennoch wollte sie auf jeden Fall das angefangene Buch zu Ende lesen und sich dann die anderen vornehmen, da sie zu ihrem Erstaunen Gefallen an den Geschichten gefunden hatte. Weder in dem zu Ende gelesenen noch in dem angefangenen Buch rissen sich Held und Heldin gegenseitig die Kleider vom Leib, obwohl sie etwas in der Art erwartet hatte. Stattdessen waren die Geschichten voller Abenteuer und Action, die Heldinnen waren stark und intelligent und keine hilflosen Geschöpfe, die dringend gerettet werden mussten. In den Romanen kämpften sie Seite an Seite mit den Männern, verstanden es, sich selbst in Sicherheit zu bringen, und gelegentlich retteten sie sogar dem Helden das Leben.

Sie hatte ihren Spaß daran, ganz abgesehen davon, dass es eine willkommene Ablenkung von dem Gedanken war, dass Juan sie womöglich aufspüren könnte. Natürlich kehrten die Sorgen, G. G. könnte nach London abreisen und Juan könnte sie hier finden, in dem Augenblick zurück, als sie das Buch zur Seite legte und sich für die Arbeit fertigmachte. Und natürlich lasteten diese Gedanken auf ihr, während sie ihrer Arbeit nachging. Doch als die acht Stunden Buchführung hinter ihr lagen und sie Feierabend machen konnte, hatte sie für keines ihrer Probleme auch nur ansatzweise eine Lösung gefunden. Da die Gefahr, dass G. G. aus den völlig falschen Gründen das Weite suchte, überwog, grübelte sie über diese verfahrene Situation weiter nach, als sie H. D. mit in ihre Wohnung nahm, wo sie darauf warten würde, dass G. G. den Hund abholte. Vielleicht sollte sie kündigen. Wenn sie nicht mehr für ihn arbeitete, gab es für ihn keinen Grund, die Flucht zu ergreifen. Dann konnte sie ganz einfach als Gast in den Club kommen und … und was dann? Das war ihr eigentliches Problem, denn sie hatte nach wie vor keine Ahnung, wie sie mit dieser Situation umgehen sollte. Konnte sie es sich überhaupt noch leisten, in den Club zu kommen, wenn sie keine Arbeit mehr hatte? Ganz zu schweigen davon, dass sie dann obdachlos sein würde. Die Apartments waren für die Angestellten, und wenn sie kündigte, musste sie sich eine neue Bleibe suchen. Alles wäre so viel einfacher, wenn sie ihm die Wahrheit sagen könnte, um dann zu sehen, wie die Dinge sich weiterentwickeln würden. G. G. mochte ja was gegen das Wandeln haben, aber das hieß nicht zwangsläufig, dass er sie als seine Lebensgefährtin zurückweisen würde. Sicher konnte sie sich natürlich nicht sein. Und abgesehen davon – wenn es ihr gelang, ihn zu verführen, so wie Sofia es ihr riet, dann würde er in dem Moment, in dem er sich von ihr verführen ließ, ohnehin erkennen, dass sie seine Lebensgefährtin war. Lebensgefährten konnten die Lust des anderen genauso empfinden wie die eigene, und auf dem Höhepunkt würden sie beide in Ohnmacht fallen. Auch wenn das nicht zwingend passieren musste. Es hatte schon Fälle ohne Ohnmacht gegeben. Aber die geteilte Lust gehörte unweigerlich dazu, und sie würde sofort die Tatsache enthüllen, dass sie beide Lebensgefährten waren. Jetzt wusste sie überhaupt nicht mehr, was sie tun sollte. War es besser, wenn sie es ihm sagte? Oder wenn sie schwieg? Wenn sie ihn verführte? Oder besser nicht? H. D. rührte sich neben ihr auf der Couch. Als sie ihn ansah, drehte er den Kopf herum und leckte über ihre Hand, die sie auf seine Schulter gelegt hatte.

»Hey, Süßer. Fühlst du dich vernachlässigt? Tut mir leid, aber ich versuche gerade zu entscheiden, was ich mit deinem Herrchen machen soll«, sagte sie leise und kraulte ihn zwischen den Ohren. Dann lächelte sie flüchtig und fragte: »Hast du nicht einen Ratschlag für mich?«

H. D. legte den Kopf schräg, dann stand er auf und stellte sich so hin, dass er sich mit den Vorderpfoten an ihrer Brust abstützen konnte. Schließlich streckte er den Hals und leckte ihr das Kinn ab. Lachend nahm Ildaria ihn in die Arme und stand von der Couch auf. »Wie wäre es mit einem Leckerchen als Entschädigung dafür, dass ich dich so habe links liegen lassen?«, fragte sie den Hund auf dem Weg in die Küche. Bei dem Wort Leckerchen begann er aufgeregt zu hecheln und versuchte, an jedes Fleckchen Haut von ihr heranzukommen, um es abzulecken, ganz egal ob Hände, Hals oder Kinn.

Amüsiert setzte sie ihn in der Küche auf den Boden und ging zum Kühlschrank, um einen großen Becher Kirschjoghurt und den Behälter mit den Hundeleckerchen herauszuholen. Beides stellte sie auf den Tresen, dann holte sie ein Schälchen, in das sie eine Portion Joghurt löffelte. Aus dem anderen Behälter nahm sie ein Leckerchen und stellte die Boxen wieder zurück in den Kühlschrank.

»Komm schon«, sagte sie beiläufig zu H. D. und verließ die Küche, um sich auf die Couch zu setzen. Den Joghurt stellte sie auf den Tisch und hielt dem Hund einen von G. G. selbst zubereiteten Keks in Knochenform hin. H. D. schnappte so hastig danach, dass er ihr fast ein Stück vom Finger abgebissen hätte.

»Wenn du so weitermachst, bekommst du von mir keine Leckerchen mehr, Freundchen«, warnte sie ihn, aber das kümmerte den kleinen Kerl nicht, weil er zu sehr damit beschäftigt war, den Keks zu verschlingen. Kopfschüttelnd setzte sie sich auf die Couch und griff nach dem Schälchen Joghurt, nur um erst dann zu bemerken, dass sie den Löffel in der Küche vergessen hatte. Also stellte sie den Joghurt zurück auf den Tisch und lief noch einmal in die Küche.

Das Ganze hatte nur Sekunden gedauert, doch als sie wieder ins Wohnzimmer kam, sah sie, wie H. D., der die Vorderpfoten auf den Tisch gestellt hatte, den Joghurt aus dem Schälchen schleckte.

»H. D.!«, fuhr sie ihn so laut an, dass er vor Schreck zurückzuckte und dabei unabsichtlich das Schälchen vom Tisch zog, sodass sich dessen Inhalt auf seinem Fell verteilte.

»O verdammt!«, keuchte sie und machte einen Satz auf den Hund zu, um zu verhindern, dass er davonlief und den Joghurt in der ganzen Wohnung verteilte. Sie bekam ihn zu fassen und wollte ihn an sich drücken, als ihr gerade noch rechtzeitig bewusst wurde, dass sie noch ihre gute Bürokleidung trug. Also hielt sie den Hund mit ausgestreckten Armen von sich.

»Das ist alles ganz allein deine Schuld«, wies Ildaria ihn zurecht, als H. D. mit einem Winseln gegen die Behandlung protestierte. Sie ging so zügig wie möglich, um das Badezimmer zu erreichen und ihn in die Wanne zu setzen, bevor es ihm irgendwie gelingen konnte, sich aus ihrem Griff zu befreien. Auch rechnete sie damit, dass er sofort versuchen würde, aus der Wanne zu entkommen. Stattdessen jedoch setzte er sich hin und begann, den Joghurt von seinem Fell zu lecken. Dennoch wagte Ildaria es nicht, ihn auch nur eine Sekunde allein zu lassen.

Sie knöpfte die Bluse auf und hängte sie auf den Haken an der Badezimmertür, bevor sie sich in Rock und BH neben der Wanne hinkniete. Der Hund schleckte noch immer Joghurt von seinem Fell, aber es entpuppte sich als aussichtsloses

Unterfangen, denn an das, was an seinem Hinterkopf und auf dem Rücken klebte, konnte er gar nicht herankommen. Was bedeutete, dass H. D. ein Bad nehmen musste. Das einzige Problem war, dass Ildaria kein Hundeshampoo in ihrer Wohnung hatte. Aber sie wollte den Hund nicht unbeaufsichtigt lassen, wozu sie gezwungen gewesen wäre, wenn sie welches hätte besorgen wollen. Also würde sie wohl oder übel den Joghurt mit Wasser abwaschen müssen.

Sie nahm den Duschkopf von der Halterung, hielt ihn von H. D. weg und drehte das Wasser auf, das sie so lange überprüfte, bis es sich warm genug anfühlte. Dann legte sie den Schalter um, damit der Strahl sich zu einem feinen Regen verteilte, um damit das Fell abzuspülen. H. D. gefiel das ganz und gar nicht, wie nur allzu schnell offensichtlich wurde. Kaum hatte er die erste Ladung Wasser abbekommen, versuchte er aus der Wanne zu klettern, um sich an Ildaria zu drücken, die dadurch prompt klatschnass war.

Ildaria wollte den Hund in die Wanne zurückdrängen, aber mit nur einer freien Hand war das unmöglich. Da sie nicht noch nasser werden wollte, als sie es ohnehin schon war, hielt sie den Hund weiter an sich gedrückt und beugte sich einfach weit über den Wannenrand, sodass der größte Teil des Wassers von seinem Fell in die Wanne tropfte.

Nachdem der meiste Joghurt aus seinem Fell gespült worden war, stellte Ildaria den Hund zurück in die Wanne, doch damit war er immer noch nicht einverstanden. Also drückte er sich noch fester an sie, rieb das Gesicht an ihrem BH hin und her und versuchte zu allem Überfluss, den Kopf zwischen ihren Brüsten zu verstecken.

»Na, komm schon«, sagte sie amüsiert und stand auf. »Jetzt werden wir dich erst mal abtrocknen.« H. D.s einzige Reaktion bestand darin, die Schnauze noch tiefer zwischen ihre Brüste zu schieben, bis sie das Handtuch vom Haken neben der Wanne nahm und ihn darin einwickelte. Sofort hob er den Kopf und versuchte, sich in dem kleinen Stück Stoff zu verstecken, so gut es ging.

»Sí. Genieß es, solange du kannst«, murmelte Ildaria und rieb mit dem Handtuch über seinen Rücken, während sie ihn aus dem Badezimmer trug. »Aber wir sind noch nicht fertig. Wir müssen immer noch dein Shampoo finden und auftragen, weil du sonst ganz klebrig bleibst.« Ob H. D. auch nur ein Wort von dem verstand, was sie zu ihm sagte, wusste sie zwar nicht, doch das war auch nicht wichtig. Sie war sich nämlich ziemlich sicher, dass er sie überhaupt nicht gehört hatte, weil er den Kopf wie wild an dem Handtuch rieb.

Ildaria zog das Tuch fester um den Hund und nahm ihn einfach mit in die Küche, weil sie dort den Schlüssel zu G. G.s Apartment deponiert hatte, den er ihr für Notfälle gegeben hatte. Mit dem Hund im Arm überquerte sie den Flur und betrat die gegenüberliegende Wohnung. Wie G. G. ihr am ersten Abend nach ihrem Einzug, an dem sie auf H. D. aufpasste, erklärt hatte, fand sie Hundeshampoo und Conditioner im Schrank unter der Spüle. Mit den beiden Flaschen und dem nassen Hund kehrte sie in ihre Wohnung zurück und ging schnurstracks ins Badezimmer. Sie setzte H. D. in die Wanne und ignorierte dessen enttäuschten Gesichtsausdruck, da sie ihn diesmal richtig baden wollte. Sie seifte ihn ein, spülte sein Fell aus und trug dann den Conditioner auf. Ihr wäre nie in den Sinn gekommen, dass es so etwas wie Conditioner für Hunde überhaupt gab, aber H. D.s Fell bestand aus kleinen, drahtigen Locken, die laut G. G. kraus wurden und sich kaum noch bändigen ließen, wenn man keinen Conditioner benutzte. Also trug sie großzügig auf, ließ die Flüssigkeit einwirken und spülte sie nach einer Weile wieder aus.

Das erste Handtuch war völlig durchnässt, also musste ein neues her, um H. D. abzutrocknen. Zuvor strich Ildaria mit der flachen Hand über das Fell, um schon einmal so viel Wasser wie möglich herauszuholen. Dabei war es einerseits hilfreich, dass H. D. sich heftig schüttelte, als sie ihn losließ und nach dem Handtuch griff. Andererseits sorgte er dafür, dass Ildaria das ganze Wasser abbekam.

Ihr BH war bereits eingeweicht, da spielte es keine Rolle mehr, aber nun waren auch Gesicht und Haare triefend nass. Sie ignorierte diese Tatsache, wickelte H. D. in das trockene Handtuch und hob ihn aus der Wanne. Dann kniete sie sich mit ihm auf den Boden, um ihn trocken zu rubbeln. Doch bevor sie damit auch nur anfangen konnte, stürmte der Hund bereits aus dem Badezimmer, verlor nach ein oder zwei Metern das Handtuch und bog nach rechts ab.

»H. D.!« Sie sprang auf und lief ihm hinterher, sodass sie ihn noch an der Tür zum Wohnzimmer eingeholt hatte. Gerade als sie den Hund erneut hochhob, bemerkte sie ein Stück weit von ihr entfernt G. G.s schwarze Doc Martens. Abrupt richtete sie sich auf, hielt H. D. an sich gedrückt und machte erschrocken einen Schritt nach hinten, während sie in G. G.s verdutztes Gesicht sah.

Sie bekam einen roten Kopf und murmelte: »Tut mir leid. Ich habe H. D. gebadet, ich wusste nicht, dass du hier bist.«

»Ich hatte angeklopft«, erwiderte er hastig, als fürchtete er, sie könnte glauben, dass er sich einfach so Zutritt verschafft hatte. »Als keine Reaktion kam, habe ich mir Sorgen gemacht und meinen Schlüssel zur Wohnung benutzt.«

Ildaria war genug bei Verstand, um sich denken zu können, dass das Rauschen der Dusche sein Anklopfen übertönt haben musste. Aber das war auch schon der einzige klare Gedanke, zu dem sie fähig war. Es war eine Weile her, seit G. G. ihr so nah gewesen war wie in diesem Moment. Seit Beginn der geteilten Träume war diese Nähe nicht mehr möglich gewesen, und damit war auch jeder reale Kontakt zwischen ihnen zum Erliegen gekommen.

Sie konnte sich nicht daran erinnern, dass seine Nähe vor diesen Träumen irgendetwas bei ihr bewirkt hatte, jetzt allerdings verspürte sie ein seltsames … Bewusstsein. Es war der einzige Begriff, der ihr in den Sinn kommen wollte, um diesen Zustand zu beschreiben. Es kam ihr so vor, als sei jede einzelne Zelle in ihrem Körper mit einem Mal hellwach und von einer seltsamen Vorfreude erfüllt, die sich in eine abgrundtiefe Enttäuschung verwandelte, als er plötzlich vor ihr zurückwich und sich abwandte. »Ich sollte jetzt besser gehen. Gute Nacht.«

Ildaria war über diesen abrupten Rückzug so erstaunt, dass sie ihn vermutlich wortlos hätte gehen lassen, wäre da nicht die Tatsache gewesen, dass sie immer noch H. D. in ihren Armen hielt. G. G. wollte ohne seinen Hund weggehen. Er murmelte etwas vor sich hin, das sie selbst mit ihrem überlegenen Hörvermögen nicht richtig verstehen konnte. Einer der Fetzen, die sie aufschnappte, klang nach »sonst werde ich noch zu einem verdammten Perversen«.

»Es sind geteilte Träume«, platzte sie heraus.

G. G. blieb abrupt stehen, doch er drehte sich nicht um, und er sagte auch nichts. Er stand einfach nur wie erstarrt da. Ildaria zögerte kurz, redete dann aber weiter: »Du bist für mich ein möglicher Lebensgefährte, G. G., und was du erlebst, sind geteilte Träume. Ich bin in jedem dieser Träume bei dir gewesen.«

Daraufhin drehte er sich endlich zu ihr um, den Blick voller Skepsis. »Du warst nicht … es hat sich nicht so angefühlt, als wärst du bei mir gewesen.«

»Ich weiß. Sofia hat mir gesagt, dass du dir sicher warst, nur du würdest solche Träume haben«, räumte sie leise ein.

»Sie weiß, wie sehr ich es hasse, wenn sie meine Gedanken liest«, beklagte sich G. G. verärgert.

»Vermutlich hat sie das nicht mal gewollt«, erwiderte sie hastig, da sie nicht wollte, dass er auf Sofia wütend war, obwohl die nur versucht hatte zu helfen. »Marguerite sprach davon, dass Lebensgefährten, die sich gerade erst begegnet sind, ein Problem damit haben, ihre Gedanken für sich zu behalten. Sie sagt, es ist so, als würden wir unsere Gedanken hinausschreien. Man muss uns also gar nicht lesen, um zu wissen, was wir denken.«

Er reagierte mit einem Brummen und sagte unschlüssig: »Du hast wirklich diese Träume mit mir geteilt?«

»Sí«, versicherte sie ihm. »Aber ich war … ich … ähm … ich habe dir die Führung überlassen, weil …« Sie musste schlucken und wunderte sich darüber, dass ihr Nacken zu kribbeln begann und ganz heiß wurde und sie anfing unter den Armen zu schwitzen. Niemals hätte sie gedacht, dass das für sie so schwierig sein würde. »Aber mir fehlt die Erfahrung, um beim Sex die Führung zu übernehmen. Darum habe ich dir die Kontrolle überlassen. Aber ich war dabei.« Sie hielt kurz inne und ergänzte: »Der erste Traum hat sich in deinem Büro abgespielt. Auf dem Schreibtisch.« Da er sie nur wortlos ansah, fuhr sie fort: »Ich weiß nicht mehr, welcher Traum danach kam, aber letzte Nacht spielten Ketten eine Rolle.« Als er sie immer noch ausdruckslos anstarrte, redete sie weiter: »Jedenfalls haben sie an allen möglichen Orten stattgefunden – im Büro, mal in meinem Apartment, mal in deinem, in jeden Raum des *Night Club,* am Strand, in der Umkleidekabine eines Bekleidungsgeschäfts. Ein paar davon in England, glaube ich. Jedenfalls war ich da noch nie gewesen, und die Leute dort sprachen mit einem britischen Akzent.« Als sie sah, wie G. G. Stück für Stück die Schultern sinken ließ, wusste sie, dass er ihr glaubte, ohne dass er das erst noch sagen musste.

»Das war im *Night Club* in England«, erklärte er.

»Oh«, machte sie. Als sie die Räumlichkeiten vor ihrem geistigen Auge vorüberziehen ließ, musste sie feststellen, dass der Mann Geschmack hatte. Der englische *Night Club* war mindestens so beeindruckend wie dieser hier, vermutlich sogar noch beeindruckender. Die Ausstattung war noch … noch nobler, fand sie. Es war die einzige Bezeichnung, die ihr dafür in den Sinn kam. Ein gediegener, altmodischer Stil, wie er für den Adel angemessen war, ähnlich dem Raum, in dem sich der Traum der letzten Nacht abgespielt hatte. Die anderen Räume hier im Club waren nicht ganz so förmlich und wirkten weniger steif, lockerer. Sie fragte sich, ob es solche Räumlichkeiten wohl auch im *Night Club* in England gab, die sie nur noch nicht zu sehen bekommen hatte.

»Also …« Sie konzentrierte sich wieder auf G. G., der irritiert dreinschaute.

»Du hast die Träume mit mir geteilt, aber nicht viel dazu beigetragen, weil es dir an Erfahrung fehlt«, murmelte er leise vor sich hin. »Du bist über zweihundert Jahre alt und immer noch …«

»Nein, ich bin keine Jungfrau«, unterbrach Ildaria ihn pikiert. »Mir mangelt es nur an Erfahrung.« Es überraschte sie nicht, dass er sie verständnislos ansah, doch dieser scheinbare Widerspruch war nichts, was sich mit zwei oder drei Sätzen erklären ließ. Sie straffte die Schultern und sagte: »Wir müssen uns unterhalten. Was hältst du davon, wenn wir uns zusammensetzen und reden, und ich mache für jeden von uns einen heißen Kakao?«

G. G. zögerte, wobei sein Blick für einen kurzen Moment von ihrem Gesicht ein Stück nach unten wanderte. »Wie wäre es, wenn ich mich um den Kakao kümmere, während du dir etwas … anderes anziehst?«, schlug er vor. »Zieh einfach irgendwas drüber, sonst werden wir wohl kaum zum Reden kommen.«

Daraufhin warf Ildaria einen Blick nach unten, wo H. D. sich wieder zwischen ihre Brüste gekuschelt hatte, sodass ihr BH für jeden sichtbar war. Es war ein sehr alter BH, so alt, dass er ihr schon peinlich war. Und er war so dünn, dass er durchnässt wie jetzt praktisch genauso durchsichtig war wie das hauchdünne Nachthemd. Zwar spürte Ildaria, wie ihr Gesicht zu glühen begann, doch sie weigerte sich, ihre Verlegenheit auch noch auf andere Weise erkennen zu lassen. Trotzig hob sie das Kinn an und murmelte: »In Ordnung. Ich bin gleich wieder da.« Sie machte auf der Stelle kehrt und ging in Richtung Schlafzimmer. Einen Moment lang fürchtete sie, G. G. könnte die Gelegenheit nutzen, schnell noch die Flucht zu ergreifen. Doch sie hielt weiter H. D. in den Armen, der soeben begonnen hatte, sich hin und her zu winden, weil er nach einer bequemeren Schlafposition suchte. G. G. mochte sich zwar mit Fluchtgedanken tragen, da er nun wusste, dass sie beide mögliche Lebensgefährten waren, doch er würde niemals seinen Hund bei ihr zurücklassen. Das war einer von diesen Momenten, in denen sich der Spruch vom »besten Freund des Menschen« als sehr zutreffend erwies. Denn dieser Mann liebte seinen Hund über alles.

Kaum hatte Ildaria H. D. auf dem Bett abgesetzt, stürzte er sich als Erstes auf die Kissen und rutschte anschließend über die Bettdecke, um sich an dieser weiter trocken zu reiben.

Kopfschüttelnd sah sie dem Tier bei seinem Treiben zu, dann rubbelte sie die kleine Bestie noch weiter trocken, richtete sich auf und zog ihre Sachen aus. Nicht nur ihr BH, sondern auch alles, was sie sonst noch am Leib trug – der Rock und der Slip –, war völlig durchnässt. Sie zog einen frischen weißen Baumwollslip und einen gleichermaßen langweiligen weißen Baumwoll-BH an, beides so alt und abgetragen wie der BH, den sie eben noch angehabt hatte, aber immerhin trocken und sauber. Die schwarze Spitzenunterwäsche, die sie sich nach dem ersten geteilten Traum zugelegt hatte, zog sie dabei nicht mal in Erwägung. Das, worüber sie zu reden hatten, würde nicht zu einer Situation führen, in der das Tragen von schwarzer Spitze von Bedeutung wäre. Sie verzog den Mund angesichts der unerfreulichen Dinge, die sie ihm gleich mitteilen würde, und entschied sich für eine weite Jogginghose und ein noch weiter geschnittenes Sweatshirt. So unattraktiv gekleidet, wie nur irgend möglich, griff sie noch schnell nach der Bürste und brachte ihre noch feuchten Haare in Ordnung, damit sie sie zum Pferdeschwanz binden konnte. Dann atmete sie ein paar Mal tief durch, was allerdings nicht zu einer Beruhigung führte. Allerdings zweifelte sie daran, dass es irgendetwas gab, das sie hätte beruhigen können. Sie musste das hier einfach hinter sich bringen, je eher, umso besser.

Sie wandte sich von ihrem Spiegelbild ab, klopfte mit der flachen Hand auf ihren Oberschenkel und sagte: »Komm, Kleiner, wir müssen zu deinem Herrchen.«

H. D. sprang vom Bett und schlenderte zur Tür hinaus, kaum dass Ildaria sie geöffnet hatte.

Sie folgte dem Hund in mäßigem Tempo und wünschte sich fast, G. G. würde sich H. D. schnappen und dann umgehend die Wohnung verlassen, noch bevor sie es bis ins Wohnzimmer geschafft hatte. Gleichzeitig fürchtete sie, genau das könnte passieren. Aber er ergriff nicht die Flucht, sondern stand an der Kücheninsel und hielt bereits H. D. in den Armen, den er behutsam streichelte. Als sie die Küche betrat, hielt G. G. inne, musterte sie von Kopf bis Fuß und grinste ironisch.

»Niemand außer dir kann in Sweatshirt und Jogginghose so sexy aussehen«, kommentierte er mit einem Anflug von Humor, während er ihr wieder in die Augen schaute.

Ildaria stutzte. Nichts von dem, was sie jetzt am Leib trug, war auch nur im Entferntesten sexy. Aber womöglich war das eine Folge der geteilten Träume. Wenn man bedachte, was in diesen Träumen alles geschehen war, hätte sie für ihn vermutlich auch in einem alten Kartoffelsack sexy ausgesehen. Genauso wie sie ihn als sexy wahrnahm, ganz egal, wie langweilig er sich kleidete. Aber im Gegensatz zu ihr war er nicht unattraktiv angezogen, sondern trug das übliche Outfit aus schwarzer Hose und schwarzem Hemd, bei dem die beiden obersten Knöpfe geöffnet waren. Also lässig-elegant und dennoch sehr sexy.

»Dein Kakao«, sagte G. G. und deutete mit einer Kopfbewegung auf die beiden Becher auf der Kochinsel. »Ich habe bei mir schon mal probiert, aber er schmeckt nicht so gut wie der, den du machst. Ich habe mich genau an die Anweisung auf der Dose gehalten, daher vermute ich, dass du irgendwas anders machst.«

»Ich gebe immer ein bisschen Milch dazu«, erklärte Ildaria und ging an ihm vorbei zum Kühlschrank, um die Milch zu holen, die Marguerite vor zwei Wochen zusammen mit den anderen Einkäufen mitgebracht hatte. Die Packung war inzwischen fast aufgebraucht. Sie würde bald neue Milch holen müssen, überlegte sie, während sie einen Schuss in jeden Becher gab.

»Danke«, murmelte G. G., setzte H. D. auf den Boden und nahm einen der Becher an sich, während sie die Milch zum Kühlschrank brachte.

Als sie zurückkam, stand er neben der Kücheninsel und wartete darauf, dass sie sich hinsetzte. Sie nahm ihren Becher und entschied sich für den Stuhl, der am nächsten stand. Es überraschte sie nicht, dass er sich auf den Stuhl setzte, der am weitesten von ihr entfernt war. Jetzt, da er wusste, dass sie Lebensgefährten waren, würde er um jeden Preis vermeiden sie zu berühren, außer natürlich, er entschloss sich dazu, ihr Lebensgefährte zu werden. Zweifellos hatte er genug über das Thema Lebensgefährten mitbekommen, um zu wissen, dass schon eine leichte Berührung genügte, um sie so sehr die Beherrschung verlieren zu lassen, dass sie sich gegenseitig die Kleider vom Leib reißen würden.

Eine Weile saßen sie beide schweigend da. Ildaria hatte keine Ahnung, woran G. G. dachte. Sie suchte jedenfalls verzweifelt nach einem Ansatzpunkt, um ihm den Grund für ihre mangelnde Erfahrung zu erklären. Letztlich musste sie gestehen: »Ich weiß nicht, wo ich anfangen soll.«

»Einfach ganz am Anfang«, schlug G. G. vor.

Ildaria nickte. »Dann werde ich wohl am besten bei meiner Mutter anfangen. Die muss ein ziemlicher Wildfang gewesen sein. Meine Abuela … also meine Großmutter … hat mir erzählt, dass mein Großvater ein sehr strenger Mann war und dass meine Mutter immer gegen ihn und seine Ansichten rebelliert hat. Mit sechzehn kam meine Mutter zu dem Entschluss, dass sie die Nase voll hatte, und lief mit ihrem Freund auf und davon. Meinen Großeltern verkündete sie, dass sie sie niemals wiedersehen würden.« Als G. G. zweifelnd eine Augenbraue hochzog, lächelte sie ironisch. »Ja, die berühmten letzten Worte. Ein Jahr später war sie wieder zurück, mit mir im Gepäck. Ich war sechs Monate alt. Also war sie schon seit drei Monaten schwanger gewesen, als sie ihren Eltern den Rücken kehrte. Sie hatte sich nur zu sehr geschämt, es ihnen zu sagen.«

»Ah«, machte G. G. verständnisvoll, was Ildaria mit einem Nicken quittierte.

»Meine Abuela glaubt, dass alles anders gekommen wäre, wenn mein Großvater noch gelebt hätte. Aber er war sechs Monate zuvor an einem schweren Herzanfall gestorben – genau an dem Tag, an dem ich geboren wurde. Meine Abuela war immer der Meinung, dass das irgendeine Bewandtnis hat«, fügte sie achselzuckend an. »Jedenfalls nahm Abuela uns bei sich auf und versprach, meiner Mutter zu helfen, mich großzuziehen. Allerdings unter der Voraussetzung, dass meine Mutter aufhört zu trinken und sich eine Arbeit sucht.«

»Was sie aber nicht gemacht hat, richtig?«, mutmaßte G. G.

Ildaria bekräftigte seine Vermutung mit einem betrübten Kopfschütteln. »Soweit ich weiß, war sie erst seit gut einem Monat zurück, als sie einen neuen Freund hatte, mit dem sie zusammenzog. Meine Abuela flehte sie an, mich bei ihr zu lassen, aber meine Mutter weigerte sich und schleifte mich mit. Und so lief es immer wieder ab: Sie trennte sich von dem einen Freund und suchte sich gleich den nächsten, zog bei ihm ein und nahm mich mit. Es wurde getrunken und gefeiert und schließlich gestritten, bis man wieder getrennte Wege ging. Wenn wir dann zu Abuela zurückkehrten, war ich jedes Mal zwischen drei und sechs Monate älter. Ich kann mich an nichts davon erinnern, aber Abuela sagt, dass die ersten Freunde alle heftige Trinker waren, von denen meine Mutter auf das Übelste beschimpft wurde. Als wäre das noch nicht schlimm genug, geriet sie zusehends an solche Männer, von denen sie auch noch geschlagen wurde. Das lief dann nach dem gleichen Muster ab«, fuhr sie nach einer kurzen Pause fort. »Sie kam zu Abuela zurückgekrochen, mit blauen Flecken übersät, ohne sich jedoch darüber zu empören, was ihr angetan worden war. Meine Abuela versuchte mit ihr zu reden, weil sie nicht nur meiner Mutter wegen, sondern auch meinetwegen in großer Sorge war. Zwar war ich bislang von keinem ihrer Freunde geschlagen worden, aber meine Großmutter hatte die Befürchtung, dass das nur eine Frage der Zeit war. Sie flehte meine Mutter an, nicht gleich bei jedem x-beliebigen Mann einzuziehen. Sie könne weiter bei Abuela wohnen und sich mit den Männern treffen. Doch meine Mutter war zu starrsinnig, um ihr Gehör zu schenken.« Seufzend drehte sie den Becher auf der Stelle. »Und dann eines Tags, als ich vier Jahre alt war, kroch sie nicht auf Händen und Knien zu Abuela zurück. Stattdessen wurde ich eines Morgens von einer Nachbarin meiner Mutter zu meiner Abuela gebracht, die ihr erklärte, meine Mutter sei im Moment sehr krank und habe darum gebeten, dass meine Abuela für ein paar Tage auf mich aufpassen möge. Sobald es ihr besser gehe, werde sie mich abholen kommen. Abuela wollte mit meiner Mutter reden, aber sie musste sich auf den Weg zur Arbeit machen. Die Nachbarin versicherte ihr, dass meiner Mutter nichts zugestoßen sei, sie fühle sich nur nicht so gut und könne sich nicht um mich kümmern. Also beschloss meine Abuela, erst nach der Arbeit nach meiner Mutter zu sehen. Da sie auf die Schnelle niemanden finden konnte, der auf mich aufpassen konnte, nahm sie mich mit zur Arbeit.«

G. G. reagierte mit Erstaunen, als er das hörte. »Wo hat sie gearbeitet?«

»Sie war Chefköchin auf einer großen Plantage, die Ana Villaverde gehörte«, erklärte sie.

»Und diese Ana hatte nichts dagegen einzuwenden?«

Ildaria lächelte stolz. »Meine Abuela war eine unglaublich gute Köchin, die anderen Plantagen versuchten regelmäßig sie abzuwerben. Ich glaube, ihre Chefin ließ ihr so ziemlich alles durchgehen, sodass sie tun konnte, was sie wollte.«

»Erstaunlich«, meinte G. G. »Gutes Personal findet man nicht so leicht.«

»Sí. Sie nahm mich also mit zur Arbeit, und während sie kochte, musste ich bei ihr in der Küche bleiben. Alles war in bester Ordnung, bis am späten Nachmittag ihre Chefin Señorita Ana in die Küche kam, um mich kennenzulernen. Es stellte sich heraus, dass meine Mutter gar nicht krank war, sondern dass ihr Freund sie brutal zusammengeschlagen hatte.«

»Hattest du ihnen das gesagt?«, wollte G. G. wissen.

»Nein.« Sie schüttelte den Kopf, erklärte ihm aber nicht, wie Ana das hatte erfahren können. Stattdessen erzählte sie: »Sie waren auch dahintergekommen, dass der aktuelle Freund meiner Mutter mich zwar nicht schlug, mich aber sexuell belästigte.« Trotzig hob Ildaria dabei das Kinn und schob entschlossen den Unterkiefer vor, während sie abwartete, wie seine Reaktion ausfallen würde.

G. G. hielt die Luft an, als hätte er sich davor gefürchtet, dass sie genau das sagen würde, und als sei er frustriert, dass alles ganz genauso gekommen war.

Voller Mitgefühl sah er sie an und sagte leise: »Das tut mir leid.«

Das war alles. Kein Entsetzen, keine Empörung, kein heiliger Schwur, Rache zu nehmen und den Täter vor Gericht zu bringen. Und doch zeigte diese Reaktion bei ihr weitaus mehr Wirkung als alle erwarteten und befürchteten Alternativen. Ildarias Mundwinkel zuckten, weil sie so viele Gefühlsregungen unter Verschluss hielt, die sich einen Weg nach draußen bahnen wollten. Schließlich bekam sie sich wieder in den Griff. Das alles war vor zweihundert Jahren geschehen, sie konnte sich an so gut wie nichts erinnern. Es sollte schon mit dem Teufel zugehen, wenn sie sich jetzt von ihren Gefühlen überwältigen ließe.

Sie räusperte sich und nickte bestätigend. »Meine Abuela muss völlig außer sich gewesen sein, als sie davon erfuhr, deshalb schlug Señorita Ana ihr vor, sie solle mich zu sich nehmen. Um meine Mutter oder um deren Freund solle sie sich keine Sorgen machen. Sie würde Männer hinschicken, die sich um den Freund kümmern und meine Mutter zu meiner Abuela bringen würden, zusammen mit einem Arzt, der sich um meine Mutter und mich kümmern sollte.« Ildaria unterbrach ihre Erzählung, um einen Schluck Kakao zu trinken. Normalerweise redete sie nicht so viel, sodass sie jetzt einen trockenen Mund bekommen hatte. Der Kakao änderte zwar daran nicht viel, aber er war angenehm warm, weshalb sie einen weiteren Schluck nahm und dann erst fortfuhr. »Als meine Abuela nach Hause kam, warteten meine Mutter und ihr Freund dort schon auf sie. Meine Mutter sah übel zugerichtet aus, beharrte aber darauf, sich um mich kümmern zu können, weshalb sie mich nun wieder mitnehmen wollte. Doch der ängstliche Blick, den sie dabei ihrem Freund zuwarf, und die Art, wie sie zusammenzuckte, wenn er nur irgendeine Bewegung machte, ließen meine Abuela vermuten, dass er mich mitnehmen wollte, allerdings nicht, um auf mich aufzupassen. Sie hatte daher nicht die Absicht, mich den beiden zu überlassen, nur damit ich von ihnen missbraucht werden konnte. Also schickte sie mich auf mein Zimmer und berichtete meiner Mutter dann von dem Missbrauch.« Ildaria verzog missmutig den Mund. »Wie du dir sicher vorstellen kannst, kam das gar nicht gut an. Der Freund versuchte zuerst, alles zu leugnen, doch meine Mutter kam zu mir in mein Zimmer und stellte mir Fragen. Ich kann dir heute nicht mehr sagen, was ich ihr geantwortet habe, aber es reichte offenbar, um sie aus dem Zimmer stürmen zu lassen.« Ildaria atmete tief durch und schüttelte betrübt den Kopf. »Und dann war auf einmal die Hölle los. Ich erfuhr später, dass meine Mutter sich ein Messer geschnappt hatte und auf ihren Freund losgegangen war. Er konnte ihr das Messer aber entreißen und stattdessen auf sie losgehen. Anschließend wollte er sich auch noch auf meine Abuela stürzen, als die ihrer Tochter zur Hilfe eilte. Ich bin mir sicher, er hätte sie beide umgebracht und mich anschließend vielleicht auch noch. Zum Glück hatte Señorita Ana wie versprochen ihre Männer losgeschickt, damit sie sich den Freund vorknöpften. Als sie an der Hütte des Freundes ankamen und erfuhren, dass meine Mutter auf dem Weg zu Abuela war, um mich dort abzuholen, folgten sie ihr dorthin und trafen gerade noch rechtzeitig ein, um meiner Abuela das Leben zu retten. Leider war meiner Mutter dieses Glück nicht vergönnt. Sie starb wenige Tage später an den Verletzungen, die ihr Freund ihr zugefügt hatte.«

Ildaria unterbrach einmal mehr ihre Rede und trank von ihrem Kakao. Dass G. G. ihr sein Beileid aussprach, bekam sie nur beiläufig mit. Wenn sie über diese Zeit in ihrem Leben redete, erwachten jedes Mal die gleichen düsteren Empfindungen zum Leben. Hätte sie die analysieren sollen, wären sie ihr vermutlich wie eine Kombination aus Scham und Wut erschienen, doch sie machte sich nicht die Mühe, irgendetwas zu analysieren. Das gehörte zu ihrer Vergangenheit und somit vergessen, wie Abuela immer sagte. Allerdings war sie traurig angesichts der Tatsache, dass sie den Tod ihrer Mutter nie als schweren Verlust empfunden hatte, wenn sie an sie zurückdachte. Aber sie war noch zu jung gewesen, um mit ihrer Mutter viele Erinnerungen zu verbinden. So war sie für sie kaum mehr als ein Foto, das ihre Abuela ihr manchmal gezeigt hatte.

Genauso war der Missbrauch nur eine Geschichte, die man ihr erzählt hatte. Sie konnte sich zwar an keine Details erinnern, dennoch war ihr bewusst, dass die Folgen dieses Missbrauchs bis heute nachwirkten. Vermutlich war das auch der Grund dafür, dass sie für sexuelle Aktivitäten nie Interesse entwickelt hatte, was wiederum erklärte, wieso sie so wenig Erfahrung mit dem anderen Geschlecht hatte. Mit Gewissheit wusste sie nur, dass sexuell geprägte Situationen diese düsteren Gefühle in ihr hochkommen ließen, die sich in unbändiger Wut entluden.

Zumindest war das bis zu ihrer Begegnung mit G. G. so gewesen, denn ihm gegenüber empfand sie keine solche Wut – zumindest nicht in ihren geteilten Träumen. Wenn sie beide wach waren, hatte er sie noch nie auch nur flüchtig berührt, daher hatte sie keine Ahnung, wie sie reagieren würde, sollte er sie berühren oder versuchen sie zu küssen … was eigentlich ziemlich besorgniserregend war, wenn sie jetzt darüber nachdachte.

»Und dann hat deine Abuela dich allein großgezogen?« Sie horchte auf, als sie diese Frage hörte, und erst da wurde ihr bewusst, dass sie mitten im Erzählen aufgehört hatte. Flüchtig schüttelte sie den Kopf, um die anderen Sorgen vorerst aus ihrem Kopf zu vertreiben. »Sí. Es gab kein Hin-und-her-Wandern mehr zwischen Abuela und irgendeinem neuen Freund meiner Mutter, sondern nur noch Abuela und mich.« Ein sanftes Lächeln umspielte ihre Lippen. »Die nächsten zehn Jahre waren wundervoll. Sie war eine wirklich erstaunliche Frau, und ich kam in keiner Weise nach meiner Mutter. Vermutlich ganz bewusst, denn ich wollte niemals so sein wie sie.«

»Das kann ich gut verstehen«, kommentierte G. G. leise.

»Also war ich die pflichtbewusste Enkelin, die das tat, was ihr gesagt wurde, und viel mehr Zeit mit ihrer Großmutter verbrachte als mit gleichaltrigen Kindern. Auf dem Weg zur Arbeit brachte sie mich zur Schule, und nach der Schule ging ich zu ihrer Arbeitsstelle, wo ich dann in der Küche meine Hausaufgaben machte, bis sie Feierabend hatte und wir zusammen nach Hause gingen.«

»Und was war mit Freunden?«, fragte G. G., als sie eine kurze Pause einlegte.

»Oh, in der Schule hatte ich Freunde«, bejahte sie. »Aber ich traf mich nie nach der Schule mit ihnen. Abuela hatte immer so spät Feierabend, dass meine Freunde alle längst zu Hause sein mussten, wenn wir heimkehrten.« Ildaria musste flüchtig lächeln. »Ich weiß, die meisten Leute würden das als unnormal und schädlich für meine Entwicklung bezeichnen, aber mir haben gleichaltrige Freunde nie gefehlt. Ich hatte meine Abuela, die immer für mich da war. Sie brachte mir Kochen und Putzen bei, sie half mir bei meinen Hausaufgaben. Wir spielten Karten oder Brettspiele und hatten immer viel zu lachen. Ich habe meine Abuela geliebt, sie war einfach wundervoll.«

G. G. nickte verstehend, fragte dann aber: »Du hast davon gesprochen, dass die nächsten zehn Jahre großartig waren. Was geschah danach?«

Ildaria schwieg einen Moment, während ihre Gedanken in jene Zeit zurückkehrten. »Meine Abuela machte in der Regel Feierabend, wenn das Abendessen serviert worden war und die Leute von der Nachtschicht übernahmen. Dann gingen wir nach Hause und haben selbst auch zu Abend gegessen. Aber wenn eine Feier stattfand, dann blieb sie länger, um zu helfen. Ich musste dann allein nach Hause gehen. In diesen ersten zehn Jahren kam das vielleicht ein- oder zweimal im Jahr vor, aber dann verlobte sich Señorita Ana. Sie war reich und entstammte einer bedeutenden Familie, weshalb die Verlobung im großen Stil gefeiert wurde, oft zwei bis drei Feiern in einer Woche. Meine Abuela wurde natürlich nicht jünger, und ich wusste, dass diese Festgelage ihr zu schaffen machten, weil sie schon den ganzen Tag auf den Beinen gewesen war. Ich wollte bleiben und ihr helfen, aber sie wollte nicht mal über mein Angebot nachdenken. Sie wollte mich nicht mal in der Nähe wissen und schickte mich jedes Mal nach Hause. Bei einer dieser Gelegenheiten wurde ich von einem Mann angesprochen, der am Ende der Einfahrt wartete. Er stellte sich als Juan vor und sagte, er sei ein Freund von Señorita Ana. Er versicherte mir, ich sei bei ihm gut aufgehoben, und er bestand darauf, mich nach Hause zu begleiten. Ich fühlte mich in seiner Gegenwart nicht wirklich wohl, aber ich wollte ihn nicht zurückweisen und damit vielleicht Ärger für Abuela heraufbeschwören, falls er sich bei Señorita Ana über mich beschweren sollte. Da ich keine Ahnung hatte, wie ich mich vor seiner Begleitung drücken konnte, ließ ich mich darauf ein. Ich dachte auch, dass das ein einmaliger Vorfall sein würde. Aber ein paar Tage später gab es erneut eine Feier, und wieder schickte Abuela mich nach Hause, und wieder tauchte er am Ende der Zufahrt auf, um mich nach Hause zu begleiten. Wie gesagt, er war mir nicht ganz geheuer, aber ich hätte nicht sagen können, was genau mich an ihm störte«, fuhr sie missmutig fort. »Juan benahm sich nie daneben, er fasste mich nie an, und er machte auch keine anzüglichen Bemerkungen. Er war sehr höflich und sogar richtig charmant, trotzdem …« Sie geriet ins Stocken, dann versuchte sie zu erklären: »Obwohl ich damals noch sehr naiv war, konnte ich ihm anmerken, dass er etwas … *irgendetwas* von mir wollte.« Sie verspürte eine gewisse Hilflosigkeit, weil es ihr nicht besser gelang, dieses schleichende Unbehagen zu beschreiben, das er bei ihr auslöste, ohne jemals etwas getan zu haben, das sie als bedrohlich hätte bezeichnen können. »Ich begann die Abende zu verabscheuen, an denen Abuela länger arbeiten musste.« Während sie redete, wanderte ihr Blick zu G. G., wobei ihr sein finsterer Gesichtsausdruck nicht verborgen blieb. Er wusste, etwas Übles war im Anmarsch, auf das er sich innerlich vorbereitete. Das war mit ein Grund, warum er nicht erschrocken nach Luft schnappte oder seiner Empörung freien Lauf ließ, wenn ihm etwas Schreckliches erzählt wurde. Solche Regungen hatte er im Griff, weil er sich auf gravierende Enthüllungen gefasst machte. Das erklärte wohl auch, warum Frauen sich gern mit ihm unterhielten: Er konnte gut zuhören – und zwar *richtig* zuhören. Er zeigte Interesse, er fühlte mit den Frauen mit und er strahlte Ruhe aus wie ein guter Autofahrer, der vorausschauend fuhr und sich nicht auf den Wagen unmittelbar vor ihm konzentrierte. Ein solcher Autofahrer kümmerte sich nicht um das, was weiter vorn passierte, und sah nur die Bremslichter des Wagens vor ihm, wenn der plötzlich das Tempo drosselte, und allzu oft war es dann schon zu spät, um noch rechtzeitig zum Stehen zu kommen. Der vorausschauende Autofahrer dagegen sah schon die Bremslichter der Wagen viel weiter vorn, was für ihn ein Hinweis war, vorsichtshalber langsamer zu werden und dadurch eben nicht auf den Vordermann aufzufahren, wenn der plötzlich bremste.

Das war die Art, wie G. G. zuhörte, wenn ihm etwas erzählt wurde. Er spürte, dass etwas Schicksalsschweres im Anzug war, also machte er sich geistig darauf gefasst, damit er Ruhe bewahren und Trost spenden konnte, anstatt sich selbst und sein Entsetzen in den Mittelpunkt zu rücken.

Eine Berührung am Fußgelenk ließ sie nach unten sehen, wo sie H. D. entdeckte, der es sich zu ihren Füßen bequem gemacht hatte. Sie musste lächeln, während sie sich hinabbeugte und den Hund kurz streichelte. Nachdem sie sich wieder aufgerichtet hatte, fuhr sie mit ihrer Erzählung fort: »Ich glaube, mein Wunsch, diesem Mann aus dem Weg zu gehen, ist der Grund dafür, dass ich zum ersten Mal rebellierte.«

»Und in welcher Form?«, wollte G. G. wissen.

»Meine Schulfreundinnen fragten mich immer wieder, ob ich nicht mal was mit ihnen unternehmen oder irgendwo hingehen wollte. Da ich Abuela nicht in Sorge versetzen wollte, lehnte ich immer ab. Aber Emilita, eine dieser Schulfreundinnen, veranstaltete an jenem Freitagabend ihre Geburtstagsfeier und lud mich dazu ein. Ich wusste, bei Señorita Ana sollte am selben Abend eine weitere Feier stattfinden. Ich wollte jedoch nicht schon wieder von Juan nach Hause begleitet werden, also fragte ich Abuela, ob ich zu der Geburtstagsfeier gehen dürfe. Die sollte gleich nach der Schule stattfinden, und wir würden alle zusammen zu ihr nach Hause gehen, wo ihre Familie schon auf uns wartete. Ich war vierzehn, also eindeutig alt genug für eine Geburtstagsfeier. Trotzdem war ich erstaunt, als Abuela ihr Einverständnis gab.«

»Warum hätte sie das nicht tun sollen? Du hast dich doch immer gut benommen«, warf G. G. ein.

»Sí«, flüsterte sie geknickt. »Das wollte ich an dem Abend auch. Anfangs lief alles sehr gut. Wir gingen zu mehreren zu Emilita nach Hause, es gab Essen, Limo und Wasser und eine Piñata. Ich hatte Spaß, und als die Feier dem Ende entgegenging, fingen ein paar von den Mädchen davon an, noch zu einer Cantina zu gehen, in der Emilitas Bruder arbeitete. Mich luden sie auch ein …«

»Und du bist mitgegangen«, folgerte G. G.

»Emilias Bruder arbeitete dort«, redete sie nach einem schweren Seufzer fort. »Er gab uns Alkohol zu trinken, den wir noch gar nicht hätten bekommen dürfen, aber er versuchte auch, ein Auge auf uns zu haben. Dummerweise konnte er nicht uns alle im Auge behalten. Die anderen Mädchen hatten ganz offensichtlich schon mal Alkohol getrunken, denn sie vertrugen ihn ganz gut. Ich dagegen war nach dem ersten Glas betrunken, und nach dem zweiten war's nur umso schlimmer. Nach dem vierten Drink hörte ich auf mitzuzählen«, gab sie zu und schüttelte den Kopf, voller Empörung über die Dummheit der Jugend.

»Und was geschah dann?«, wollte G. G. wissen.

»Gute Frage«, murmelte sie. »In der einen Minute saß ich noch mit meinen Freundinnen zusammen, und dann … ich kann dir nicht mal ansatzweise sagen, was dann geschah. Jedenfalls kamen plötzlich irgendwelche Männer zu uns, und dann wurde ich von der Gruppe getrennt. In der nächsten Minute befand ich mich in der Gasse hinter der Cantina, und zwei Männer in Uniform drückten mich auf den Boden und zerrten an meiner Kleidung.« Instinktiv verschränkte sie bei dieser Erinnerung die Arme vor der Brust. Nachdem sie ein paar Mal tief durchgeatmet hatte, redete sie weiter: »Ich weinte und rief, dass sie damit aufhören sollen. Ich versuchte zu entkommen, aber sie waren zu zweit und viel zu stark. Aber auf einmal war der eine verschwunden und im nächsten Moment der andere ebenfalls. Das geschah so plötzlich, dass ich völlig verblüfft war. Ich riss mich zusammen und stand auf, aber sofort begann sich alles um mich herum zu drehen. Ich stützte mich an einer Mauer ab, um nicht hinzufallen, und als ich mich umsah, entdeckte ich einen der Männer, der bewusstlos auf dem Boden lag. Der andere kämpfte mit einem Mann, der einen Anzug trug. Es sah so aus, als würden sie sich umarmen, aber dann sackte der Mann in Uniform plötzlich in sich zusammen, und kurz darauf ließ mein Retter ihn zu Boden fallen und drehte sich zu mir um. Da sah ich erst, dass das Juan war. Sein Mund war blutverschmiert, und ich dachte natürlich, er hätte sich verletzt. Ich wollte ihn fragen, ob alles in Ordnung sei, aber seine Augen glühten, und er wirkte völlig außer sich vor Wut. Ich konnte nichts anderes tun, als ihn anzustarren. Dann kam er auf mich zugestürmt, und ich drückte mich gegen die Mauer.« Sie spürte, wie sich ihre Gesichtshaut mit einem Mal spannte, als wollte sie vor dem zurückweichen, was nun folgte. »Er brüllte mich aufgebracht an, und ich konnte nur sagen, dass es mir leidtat und ich ihm so dankbar war.

Aber das schien ihn nur umso mehr aufzubringen. Er gab mir eine Ohrfeige, ich verlor das Gleichgewicht und landete auf den Knien, wo ich dann einfach vor mich hin kauerte, während er mich anschrie und mir vorwarf, wie sehr er sich beherrscht und abgewartet habe, bis ich bereit für ihn sei, und nun hätte ich das alles um ein Haar weggeworfen wie eine billige *puta*. Ob das meine Absicht gewesen sei? In einer düsteren Gasse genommen zu werden wie eine Hure? Dann fauchte er mich an: ›Wenn du es so willst, kann ich dir das geben!‹ Als ich den Kopf hob, sah ich, wie er seine Hose aufmachte. Ich starrte ihn nur an, weil ich keine Ahnung hatte, was das alles zu bedeuten hatte. Eben hatte er mich noch gerettet, und jetzt wollte er …« Sie schüttelte den Kopf, als ihr ihre damalige Bestürzung ins Gedächtnis zurückkehrte. »Ich verstand nicht, was das sollte und warum er sich so benahm. Okay, so ganz stimmt das nicht, denn es gab ja einen Grund, weshalb ich mich in seiner Nähe so unbehaglich gefühlt hatte. Ich hatte gewusst, dass er irgendwas von mir wollte, nur was, das war mir nicht klar. Ich wurde zwar sehr schnell nüchtern, aber ich konnte noch immer nicht klar denken und verstand nicht, was da vor meinen Augen ablief. Ehrlich gesagt weiß ich das bis zu einem gewissen Grad heute noch nicht.«

»Wie meinst du das?«, fragte G. G.

»Na ja, er war ein Unsterblicher«, antwortete sie. »Zu der Zeit hatte ich von diesen Dingen keine Ahnung, aber er war ein Unsterblicher. Er hätte mich kontrollieren können, damit ich tat, was er wollte. Er hätte mich dazu zwingen können, aber er tat es nicht. Dabei wirkte er vor Wut halb von Sinnen. Ich glaube, das Ganze diente nur dazu, mich zu demütigen und mir wehzutun. Er war wütend und frustriert. Aber dann hielt er mit offener Hose inne, packte mich an den Haaren und riss meinen Kopf nach hinten. ›Sieh mich gefälligst an, wenn ich mit dir rede!‹, brüllte er. Ich schrie vor Schmerzen auf, aber ich glaube nicht, dass er mich gehört hat. Er warf mir mein unmögliches Verhalten vor und brüllte mich an, was mir alles hätte zustoßen können. Auf einmal packte er mich an den Schultern und schüttelte mich durch, und ich … ich hatte in dem Moment genug von ihm.« Sie dachte zurück an die rasende Wut, die in ihr hochkochte, als er sie in der dunklen Gasse anfasste. Wut, die ihre Angst und Verwirrung in den Hintergrund treten ließ und ganz und gar von ihr Besitz ergriff.

»Was hast du dann gemacht?«, erkundigte sich G. G., nachdem sie längere Zeit geschwiegen hatte.

Ildaria kniff für Sekunden die Augen zu, als sie sich die Szene ins Gedächtnis rief. »Er hatte seine Hose aufgemacht, aber weiter nichts getan. Durch sein wildes Gehabe war ihm aber sein Schwanz aus der Hose gerutscht und baumelte vor meinem Gesicht hin und her. Ich …« Sie machte die Augen wieder auf und versuchte, G. G. zu verstehen zu geben, was sie damals empfunden hatte. »Ich wollte ihm wehtun, weil er mich bedroht und mir Angst gemacht hatte. Und weil er allein schon den Gedanken gefasst hatte, mich in dieser Gasse zu vergewaltigen. Also stürzte ich mich auf ihn und verbiss mich in der Waffe, mit der er mich bedroht hatte.«

G. G. stutzte, dann fragte er zögerlich: »Du meinst seinen Penis? Du hast ihn in den Penis gebissen?«

Ildaria verzog den Mund. »Ich habe ihn nicht nur gebissen, G. G., sondern mich in ihn verbissen. Ich habe den Kiefer hin- und herbewegt, um meine Schneidezähne wie eine Säge arbeiten zu lassen. Ich war entschlossen mich durchzubeißen. Ich wollte ihn entmannen«, gestand sie ihm, wobei sie sich fast ein bisschen schämte und sich immer noch über diese unkontrollierbare Wut wunderte, von der sie übermannt worden war. Unwillkürlich musste sie den Kopf schütteln. »Blut schoss mir in den Mund, aber ich war so außer mir, dass es mir egal war. Ich schluckte einfach alles runter und kaute weiter auf seinem Schwanz herum, weil ich ihn abtrennen wollte, damit dieser Kerl nie wieder eine Frau verletzen oder demütigen konnte.«

G. G. stieß bei ihren Schilderungen etwas aus, das wie ein Schmerzenslaut klang. Gleichzeitig drückte er instinktiv die Oberschenkel schützend zusammen. »Wenn er doch ein Unsterblicher war, warum hat er dich nicht spätestens da kontrolliert, damit du aufhörst?«

»Keine Ahnung«, war alles, was sie dazu sagen konnte. »Vielleicht hat der Alkohol es verhindert. Oder er war so entsetzt über meine Aktion, dass er einfach nicht daran gedacht hat, mich zu kontrollieren. Jedenfalls tat er es nicht. Stattdessen stieß er mich mit brutaler Gewalt von sich, was für ihn den unerfreulichen Effekt hatte, dass ich mein Vorhaben erfolgreich hatte beenden können. Ich fiel nach hinten und landete auf meinem Hintern ... und im Mund hatte ich die untere Hälfte von seinem Schwanz.« G. G. gab einen gequälten Laut von sich, aber darüber ging sie hinweg. »Er sank auf die Knie, die Hände gegen seinen Schritt gepresst. Er schrie vor Schmerzen, dann kippte er vornüber und landete auf dem dreckigen Pflaster, wo er sich vor Schmerzen wand. Zuerst starrte ich ihn voller Entsetzen an. Die Wut war so plötzlich verschwunden, wie sie gekommen war, und ich stand da und war über mich selbst entsetzt. Als seine Schmerzensschreie nur noch ein Stöhnen waren, meldete sich mein Verstand laut genug zu Wort, um mir klarzumachen, dass ich wohl besser ganz schnell von da verschwinden sollte. Ich sprang auf und lief schwankend los. Erst als ich am Ende der Gasse ankam, wurde mir klar, dass ich immer noch seinen halben Schwanz im Mund hatte. Ich nahm ihn heraus und schleuderte ihn auf die andere Straßenseite. Dann rannte ich nach Hause. Zumindest versuchte ich das«, sagte sie und erklärte dann: »Ich war noch nicht wieder nüchtern genug, um gerade gehen zu können. Und dann setzte auch noch dieser Schmerz ein, der mich am Vorankommen hinderte. Was los war, wusste ich nicht. Erst später erfuhr ich, dass ich genügend Blut geschluckt und die Wandlung eingesetzt hatte. Ich schaffte es gerade noch bis zum Haus, aber nicht mehr nach drinnen. Meine Abuela entdeckte mich vor der Haustür, als sie heimkam. Ich muss da wohl zuckend und stöhnend gelegen haben.«

»Und ihr hast du nicht wehgetan?«, fragte G. G. besorgt.

»Nein. Dem Himmel sei Dank. Ich hätte nicht mehr in den Spiegel sehen können, wenn ich ihr etwas getan hätte.« Ildaria seufzte leise. »Zum Glück erkannte Abuela, was los war. Ich schätze, das Blut auf meinem Gesicht und das metallische Funkeln in meinen Augen hatten mich sofort verraten. Sie zog mich hinter sich her ins Haus, dann lief sie los, um Señorita Ana zu holen. Ein Blick genügte, und schon packte sie mich, um mich zu ihr nach Hause zu tragen. Sie war eine Unsterbliche. Dass meine Abuela gewusst hatte, was mit mir los war, lag daran, dass sie zu jenen sterblichen Bediensteten gehörte, denen man das Wissen über die Unsterblichen anvertraut hatte.«

»Das erklärt, wieso Señorita Ana wissen konnte, dass du mit vier Jahren missbraucht wurdest. Sie hat damals deinen Verstand gelesen«, sagte G. G., dem in diesem Moment ein Licht aufging.

»Ja, sie hat mich gelesen«, bestätigte Ildaria. »Dabei hat sie gesehen, dass ich miterlebt hatte, wie meine Mutter von ihrem Freund geschlagen wurde. Und sie hat auch gesehen, was er mir angetan hatte.«

»Aber deine Abuela arbeitete doch in der Tagschicht, nicht in der Nachtschicht?«, wunderte sich G. G. »Wenn Ana eine Unsterbliche war, warum hat sie dann am Tag eine Köchin gebraucht? Die meisten Unsterblichen schlafen tagsüber.«

»Die Villaverdes waren eine sehr reiche und mächtige Familie. Ana besaß eine riesige Zuckerrohrplantage mit Wachleuten und zahlreichen Bediensteten im Haushalt. Für beide Bereiche gab es Tag- und Nachtschichten. Und dann gab es noch die Arbeiter auf dem Feld. Die meisten von ihnen lebten auf der Plantage, die Alleinstehenden in Gemeinschaftsunterkünften, die Familien in den *bohios*, den Hütten«, erklärte sie. »Die befanden sich auch auf dem Grundstück der Plantage. Fast alle haben da auch gegessen, und meine Abuela hat für das Personal der Tagesschicht gekocht und außerdem das erste Mahl des Tages für Ana zubereitet. Abends und nachts hat sie nur gearbeitet, wenn Feiern stattfanden und mehr Arbeit als üblich anfiel.«

»Dann habt ihr auch in einer *bohio* gelebt?«, wollte G. G. wissen.

Ildaria schüttelte den Kopf. »Nein, meine Abuela hatte ihr eigenes Zuhause am Rand von Santo Domingo. Sie und mein Großvater hatten es von dessen Vater geerbt, einem reichen Kaufmann. Es war nicht weit von der Plantage entfernt, man konnte es bequem zu Fuß erreichen.«

G. G. nickte und erwiderte: »Tut mir leid, dass ich dich unterbrochen habe. Erzähl bitte weiter. Deine Abuela brachte Señorita Ana zu dir und sie nahm dich mit …?«

»Sie nahm mich und Abuela zurück zur Plantage«, führte sie den Satz zu Ende. »Señorita Ana war sehr nett zu mir. Sie half mir durch die Wandlung und brachte mir Spender, von denen ich trinken konnte. Sie achtete auch darauf, dass ich nicht von einem Spender zu viel Blut trank, und sie sorgte dafür, dass keiner von ihnen Schmerzen verspürte.«

»Das war ja noch vor der Gründung der Blutbanken«, fügte G. G. leise hinzu.

»Sí«, bestätigte Ildaria.

»Was wurde aus dem Unsterblichen, der dich gewandelt hatte?«, fragte er, als sie weiter nichts sagte.

Sie zuckte missmutig mit den Schultern und stellte klar: »Er hat mich eigentlich nicht gewandelt. Genau genommen habe ich das ja versehentlich selbst getan.« Als nun G. G. schwieg und geduldig abwartete, fuhr sie schließlich mit einem Seufzer fort: »Als ich nach diesem Vorfall das erste Mal aufwachte, konnte ich mich an nichts erinnern. Der Schock der Wandlung sowie die Aufregung über die Attacke dieser beiden Männer in Uniform hatten mich ziemlich durcheinandergebracht. Señorita Ana versicherte mir, das sei alles ganz normal, und die Erinnerung würde dann zurückkehren, wenn die Nanos ihre Arbeit getan hatten. Dann erklärte sie mir auch gleich alles, was ich wissen musste. Ich war mit einem Mal eine Unsterbliche, nachdem auf irgendeine Weise Blut, in dem sich Nanos befanden, in meinen Körper gelangt war. Diese Nanos seien darauf programmiert, meine Gesundheit zu erhalten und jede Verletzung zu heilen, die mir zugefügt wurde. Señorita Ana erklärte mir, dass Nanos Blut brauchen, um ihre Arbeit zu verrichten und um sich fortzubewegen. Weil sie mehr Blut brauchen, als der menschliche Körper produzieren kann, hatten die Nanos mich mit Fangzähnen und besserer Nachtsicht ausgestattet, außerdem war ich schneller und stärker als Sterbliche, konnte Gedanken lesen und Leute kontrollieren, um an das Blut zu gelangen, das ich brauchte. Sie erzählte mir auch die Geschichte vom Ursprung der Nanos: dass sie vor Jahrtausenden in Atlantis erschaffen worden waren und dass das mythologische Atlantis tatsächlich so hochentwickelt gewesen war, wie es in manchen Geschichten erzählt wurde. Dass Wissenschaftler die Nanos entwickelt hatten, um Krankheiten und Verletzungen zu heilen, ohne auf Operationen zurückgreifen zu müssen. Und dass dabei etwas schiefging, weil die Nanos sich nicht selbst zerstörten, um dann aus dem Körper ausgeschieden zu werden, wenn sie den Schaden behoben und den Körper wieder in einen makellosen Zustand versetzt hatten. Sie blieben im Körper und sorgten dafür, dass der sich immer in der besten Verfassung befindet, womit sie uns praktisch unsterblich machen.«

Sie hielt einen Moment lang inne, dann fuhr sie fort: »Sie erzählte mir auch vom Südamerikanischen Rat, der sozusagen unsere Regierung darstellt, und von den Vollstreckern, die der Rat aussendet und die darauf achten sollen, dass wir dessen Gesetze befolgen. Dann kam sie auf die Gesetze zu sprechen, die für uns gelten, also dass wir nur einen Sterblichen wandeln dürfen, was sich ein Unsterblicher üblicherweise für seinen Lebensgefährten aufbewahrt. Und dass wir nur alle hundert Jahre ein Kind bekommen dürfen. Dass wir niemals die Aufmerksamkeit der Sterblichen auf uns lenken dürfen und dass es uns nicht erlaubt ist, von einem Sterblichen zu viel Blut zu trinken, um ihm keinen Schaden zuzufügen. Das war ja in einer Zeit, als es keine Blutbanken gab. Nachdem sie mich alle Gesetze hatte wiederholen lassen, um Gewissheit zu haben, dass ich alles verstanden hatte, durfte ich mich wieder hinlegen und weiter ausruhen.«

Ildaria unterbrach sich wieder, um einen Schluck Kakao zu trinken. Als sie den Becher wegstellte, kam ein leiser Seufzer über ihre Lippen. »Als ich das nächste Mal aufwachte, war da wieder Señorita Ana, die sofort mit meinem Training begann. Als Erstes brachte sie mir bei, wie ich die Fangzähne ausfahre und einziehe. Dann versuchte sie, mir beizubringen, wie man Sterbliche liest und wie man sie kontrolliert. Nachdem ich das alles beherrschte, zog sie mit mir los und brachte mir bei, wie man unauffällig einen Spender findet und so weiter. Aber auch nach drei Wochen Training konnte ich mich noch immer nicht daran erinnern, wie ich gewandelt worden war und wer mir das angetan hatte. Señorita Ana kam zu dem Schluss, dass es wohl eher psychologische als körperliche Gründe sein müssten, die mein Erinnerungsvermögen blockierten. Sie war sich nämlich sicher, dass seit der Wandlung genügend Zeit vergangen war, um mein Gedächtnis auf Vordermann zu bringen. Aus irgendeinem Grund weigerte ich mich einfach, mich den Geschehnissen zu stellen. Sie wollte den Rat in die Angelegenheit einbeziehen. Immerhin war ihr Vater der Leiter des Südamerikanischen Rats, und wenn sie ihn darum bat, würde er ihr bestimmt behilflich sein. Sie war sich auch sicher, dass der Rat in der Lage sein würde, in meine Gedanken einzudringen und die Erinnerung zu finden, gegen die ich mich sträubte. Außerdem war sie sich sicher, dass der Rat auch wissen wollte, wer für meine Wandlung verantwortlich war. Für ein Mädchen von vierzehn Jahren ist der Gedanke beängstigend, einem Rat gegenüberzutreten, der schließlich auch Todesurteile verhängt, wenn er es für angemessen hält. Aber da ich selbst auch wissen wollte, was mir zugestoßen war, erhob ich keinerlei Einwände, und Señorita Ana sagte, sie würde noch am gleichen Abend eine Nachricht an den Rat schicken. Mir kam das in dem Moment wie eine Verschnaufpause vor. Es war fast Sonnenaufgang, als sie mich allein ließ. Ich hatte die ganze Nacht trainiert und war erschöpft, deshalb schlief ich auch sofort ein, als sie gegangen war. Aber ich schlief schlecht und war kurz darauf wieder wach. Ich vermute, der Gedanke daran, die Bekanntschaft des Rates zu machen, beunruhigte mich mehr, als mir bis dahin bewusst gewesen war.« Sie zuckte flüchtig mit den Schultern. »Auf jeden Fall war ich lange vor Mittag wach und ging nach unten in die Küche, um meine Abuela zu besuchen.« Bei der Erinnerung daran musste sie versonnen lächeln. »Ich hatte sie zwar jeden Tag gesehen, aber immer nur für ein paar Minuten, kurz bevor sie Feierabend machte. Doch an diesem

Tag verbrachten wir den ganzen Nachmittag miteinander. Ich half ihr beim Kochen, wir redeten und lachten, und kurz bevor sie nach Hause ging, sagte sie noch, sie sei froh darüber, dass ich nun unsterblich war, weil sie sich jetzt nie wieder Sorgen um mich machen musste. Kein *chico malo* würde mich ihr wegnehmen können, wie ihr meine Mutter weggenommen worden war. Sie sagte mir, dass sie mich liebt und dass sie in meiner Zukunft nur Gutes auf mich warten sieht.«

Ildaria hielt eine Weile inne und dachte zurück an diesen letzten Nachmittag, an dem ihre Großmutter sie mit einem Ausdruck voller Glück und Hoffnung in den Augen angesehen hatte. »Ihrer Meinung nach bedeutete meine Wandlung nur Gutes für mich. Ich war jetzt eine von den Unsterblichen, ich war besser als der Pöbel. Sie war davon überzeugt, dass nur gute Dinge auf mich warteten.« Sie seufzte leise. »Keiner von uns konnte in dem Moment ahnen, dass sie damit völlig falsch lag. Ich am allerwenigsten, und ich wusste auch nicht, dass ich sie an diesem Nachmittag zum letzten Mal sehen und umarmen würde.«

8

»Erzähl es mir.«

Ildaria hob überrascht den Kopf, als sie G. G.s leise gesprochenen Worte hörte. Es war weder ein Befehl noch ein Flehen, sondern einfach nur eine Bitte. Ihr wurde bewusst, dass sie lange Zeit schweigend dagesessen haben musste, verloren in den Erinnerungen an den letzten Nachmittag in der Gesellschaft der Frau, von der sie großgezogen worden war und die für sie mehr Mutter gewesen war, als es ihre leibliche Mutter je hätte sein können. Diese zehn Jahre bei Abuela waren die glücklichste Zeit ihres Lebens gewesen. Seufzend kehrte Ildaria mit ihren Gedanken in die Gegenwart zurück und straffte ihren Rücken. »Señorita Ana kam immer gleich nach dem Aufwachen nach unten in die Küche, kurz bevor Abuela Feierabend machte, manchmal aber auch deutlich früher. An diesem Tag kam sie aber nicht nach unten, weshalb ich mich auf die Suche nach ihr machte, nachdem Abuela nach Hause gegangen war. Ich ging ja davon aus, dass mein Training fortgesetzt wurde. Ihr Verlobter, der ihr Lebensgefährte war, wie mir inzwischen klar ist, kam die Treppe runter, als ich die Küche verließ, daher ging ich davon aus, dass Señorita Ana ebenfalls wach sein musste. Also ging ich rauf in der Absicht, sie in ihrem Zimmer aufzusuchen, um sie zu fragen, was ich als Nächstes tun sollte. Als ich mich der Tür näherte, ließ mich eines der Dienstmädchen wissen, dass Señorita Ana bereits im Salon war, da sie Besuch erwartete. Ich sollte mich ihr dort anschließen, nachdem Abuela inzwischen nach Hause gegangen war. Also ging ich zurück zur Treppe und hörte, wie unten von einem Diener die Haustür geöffnet wurde. Ich erreichte das obere Ende der Treppe genau in dem Moment, als ein Besucher das Haus betrat. Ich erkannte den Mann sofort wieder. Es war Juan. Und damit kehrten auch sämtliche Erinnerungen zurück. Es fühlte sich an, als hätte man mir eine Faust in den Magen gerammt. Es war so schlimm, dass ich mich vor Schmerzen krümmte und dabei aufstöhnte. Zum Glück bekam er weder von mir noch von meiner Reaktion etwas mit, sondern betrat den Salon und sagte: ›*Saludos, hija.*‹« Sie sah G. G.s Blick und übersetzte: »Ich grüße dich, Tochter.«

»O verdammt«, flüsterte G. G.

»Sí. Der Mann, der mich angegriffen hatte, war Juan Villaverde, der Vater von Señorita Ana und das Oberhaupt des Südamerikanischen Rats. Der Mann, dessen Schwanz ich abgebissen hatte.«

G. G. kniff einen Moment lang die Augen zu. Ildaria ließ ihn das erst einmal verdauen, stand auf und ging in die Küche. Durch das viele Reden hatte sie einen trockenen Mund bekommen, weshalb sie etwas trinken musste. Der heiße Kakao war dafür denkbar ungeeignet. Wasser wäre viel besser, sagte sie sich, holte sich zwei Gläser und ging zum Kühlschrank, um sich am Eiswürfelspender zu bedienen. Dabei musste sie flüchtig lächeln. Ildaria liebte diesen Kühlschrank, weil sie sich nicht mit einer Eiswürfelschale herumplagen musste, wie sie es bei Jess hatte tun müssen. Hier musste sie das Glas nur gegen einen Hebel drücken, und schon fielen die Eiswürfel hinein. Natürlich hatte auch Marguerites Kühlschrank einen Spender gehabt, doch das hier war ihr eigener Kühlschrank. Jedenfalls war er das, solange sie hier wohnte … was nicht von langer Dauer sein würde, wenn G. G. sie als seine Lebensgefährtin ablehnte und sie wegschickte.

Sie presste die Lippen zusammen und ging zum Spülbecken, um die beiden Gläser mit Wasser zu füllen. Eines davon stellte sie G. G. hin, dann kehrte sie in die Küche zurück und öffnete diese und jene Schranktür, um eine Schüssel und diverse Zutaten herauszuholen. Dabei hielt sie sich vor Augen, dass sie schon klarkommen würde. Sie hatte schon viel Schlimmeres überlebt, da würde es sie nicht das Leben kosten, sollte G. G. sie zurückweisen. Dann würde sie sich halt anderswo einen Job suchen. Vermutlich war das sogar einfacher, als sie es bislang für möglich gehalten hatte. Immerhin hatte sie in den Vereinigten Staaten und in Kanada immer wieder Jobs als Kellnerin bekommen, ohne je in Erwägung zu ziehen, es mal mit Buchhaltung zu versuchen. Jetzt dagegen war sie zu der Ansicht gelangt, dass G. G.s Club nicht das einzige Unternehmen sein konnte, das eine Unsterbliche in der Buchhaltung brauchte. Unsterbliche Buchhalter gab es nicht wie Sand am Meer. Zwar hatte sie noch keinen Abschluss, aber immerhin schon drei Jahre Studium hinter sich, und damit konnte sie zweifellos woanders einen ganz ähnlichen Job bekommen. Dann hatte sie Arbeit und konnte sich irgendwo ein Zimmer mieten, um nebenher ihren Abschluss zu machen. Ja, sie würde seine Zurückweisung überleben.

»Was machst du da?«

Ildaria schaute über die Schulter und sah, dass G. G. gegen die Kücheninsel gelehnt dastand und sein Glas Wasser in der Hand hielt.

»Ich backe Muffins«, antwortete sie reflexartig, stutzte dann aber, als sie sah, wie sich sein Gesichtsausdruck veränderte. Erst da wurde ihr bewusst, dass sie im Begriff war, *Muffins zu backen*. Ihm war anzusehen, dass er sich so wie sie an den Traum der letzten Nacht erinnerte. Den Traum, in dem er sie zwischen den Brüsten geküsst und gesagt hatte: »Du duftest nach Muffins.« Sie hatte darauf völlig verdutzt reagiert, und dann hatte er nachgelegt: »Vanille und Gewürze, einfach köstlich.« Dann hatte er mit der Zunge über ihre andere Brust gestrichen und sich auch diesem Nippel gewidmet. »Ich liebe Muffins«, waren seine letzten Worte gewesen, bevor er an ihrem Nippel zu saugen begann. Während die Erregung immer stärker geworden war, hatte sie sich vorgenommen, für ihn Muffins zu backen.

»Muffins hört sich gut an«, sagte er, wobei seine Stimme noch tiefer klang als üblich.

Ildaria bemerkte das Lodern in seinen Augen und musste schlucken, da ihr Körper mit einem Mal zu kribbeln begann. Sie wandte hastig den Blick von ihm ab und konzentrierte sich darauf, die Zutaten zu wiegen und in die Schüssel zu geben. »Ich dachte an Blaubeermuffins. Magst du Blaubeeren?«

Es folgte ein langes Schweigen, bis er schließlich mit einem »Ja« antwortete. Das war wieder seine normale Stimme, wie sie mit Erleichterung zur Kenntnis nahm. So wie sie selbst musste er die Erinnerung zurückgedrängt haben, weil jetzt auch nicht der richtige Zeitpunkt dafür war. Ein flüchtiger Blick in seine Richtung zeigte ihr, dass er sich mit dem Glas Wasser wieder an der Kücheninsel niedergelassen hatte. Er hielt jetzt H. D. im Arm und streichelte den Hund, während er ihr dabei zusah, wie sie sich wieder ihrer Beschäftigung widmete.

Schließlich fragte G. G.: »Was geschah, als Señorita Ana erfuhr, dass ihr Vater derjenige war, der dich angegriffen und gewandelt hatte?«

Ildaria zuckte mit den Schultern. »Ich weiß nicht, ob sie das jemals erfahren hat.«

»Das musst du mir schon etwas genauer erklären«, bat er sie verhalten.

Sie nickte, holte aber erst die Eier aus dem Kühlschrank, ehe sie zugab: »Ich ging nicht nach unten in den Salon. Zuerst rührte ich mich nicht vom Fleck. Ich stand oben an der Treppe und war vor Entsetzen wie gelähmt. Ich habe keine Ahnung, wie lange ich dastand, aber nach einer Weile kam das Dienstmädchen zu mir, das mir ausgerichtet hatte, Señorita Ana würde mich im Salon erwarten, und fragte mich, ob alles in Ordnung sei und ob ich nicht nach unten gehen wolle, Señorita Ana würde bereits auf mich warten. Als ich nickte und ein paar Stufen nach unten ging, zog sie sich zurück. Ich hörte, wie sie sich zügig durch den Flur entfernte. Und ich …« Sie verzog den Mund, während sie ein Ei aufschlug und es aus der Schale und auf die anderen Zutaten gleiten ließ. »Ich ging ganz ruhig die Treppe hinunter, machte die Haustür auf und verließ das Haus. Es gelang mir, genauso ruhig und gelassen weiterzugehen, bis ich am Ende der Einfahrt angekommen war. Dann lief ich auf und davon.« Sie sah ihm in die Augen. »Und seitdem habe ich nicht aufgehört davonzulaufen.«

G. G. stutzte. »Und deine Abuela?«

Sie drehte sich weg, legte die Schale zur Seite und nahm das nächste Ei. »Ich habe sie nie wiedergesehen.«

»Was?«

In seiner Stimme schwang solches Entsetzen mit, dass sie unwillkürlich zusammenzuckte. Es war das gleiche Entsetzen, das sie selbst empfand, wenn sie darüber nachdachte. Abuela war ihr Ein und Alles gewesen. Sie hatte ihr ein Zuhause gegeben und sie vorbehaltlos geliebt. Sie hatte sich für sie eingesetzt und für sie gekämpft. Sie hätte wirklich etwas Besseres verdient gehabt.

Seufzend schlug sie noch drei weitere Eier auf, sammelte die Schalen ein und warf sie in den Abfalleimer unter der Spüle. Dann wusch sie rasch die Hände ab, ehe sie nach einem großen Löffel griff, um den Teig zu rühren. »Ich wollte direkt zu ihr gehen und ihr sagen, woran ich mich erinnern konnte. Ich wollte sie fragen, was ich tun sollte. Aber ich brauchte erst einmal Blut.« Ein Blick über die Schulter zeigte ihr, dass G. G. zwar nickte, aber sie wusste, dass sie ihm weitere Erklärungen liefern musste, damit er es verstehen konnte. Also nahm sie die Schüssel, klemmte sie sich unter einen Arm und drehte sich um, damit sie sich gegen den Tresen lehnen konnte. Auf diese Weise war es ihr möglich, den Teig zu rühren und G. G. zu beobachten, wie er auf das reagierte, was sie ihm zu sagen hatte. »Der Beginn der Wandlung«, fing sie an und fügte hinzu, »also das, was du bei der Wandlung deiner Mutter mit angesehen hast, das ist mit Sicherheit eine schmerzhafte Sache. Aber ich kann mich nur noch an schreckliche Albträume erinnern, und nach allem, was ich gehört habe, ist es genau das, was auch allen anderen von der Wandlung im Gedächtnis geblieben ist.« Ihre Enthüllung versetzte ihn so sehr in Erstaunen, dass sie lächeln musste. »Es ist wirklich so«, versicherte sie ihm.

»Nicht bei meiner Mutter«, widersprach er voller Überzeugung. »Sie litt Höllenqualen.«

»Sí, und ich bin mir sicher, dass es bei mir nicht anders war. Aber das Gehirn … behält keine Erinnerung daran zurück. Vielleicht liegt es an den Nanos, oder aber das Gehirn ist nicht in der Lage, solche anhaltenden und intensiven Gefühle zu verarbeiten, dass es sich einfach abschaltet. Ich weiß nicht, warum das so ist, aber ich weiß, dass ich mich nicht an Schmerzen erinnern kann. Nur an die Albträume, und das bestätigen auch alle anderen Gewandelten.« Als G. G. daraufhin beharrlich den Kopf schüttelte, erkundigte sich Ildaria: »Hast du sie jemals danach gefragt?«

G. G. runzelte die Stirn und schüttelte erneut den Kopf, diesmal jedoch widerwillig.

»Vielleicht solltest du es mal versuchen«, schlug sie ihm vor. »Denn nach allem, was ich darüber gehört habe, ist dieser Teil der Wandlung für diejenigen, die dabei zusehen müssen, ein schlimmes Erlebnis.«

Sein verschlossener Gesichtsausdruck machte deutlich, dass er noch nicht bereit war, sich mit diesem Gedanken zu befassen. Also ließ sie es auf sich beruhen. Der Vorschlag geisterte jetzt zumindest durch seinen Kopf, und er würde darüber nachdenken – und dann hoffentlich seine Mutter fragen. Das musste aber nicht zwangsläufig bedeuten, dass er sich mit der Wandlung einverstanden erklären würde. Seine Abscheu war in jungen Jahren ausgelöst worden und hatte unterbewusst jede seiner Entscheidungen beeinflusst, ganz so wie der Missbrauch, dem sie zum Opfer gefallen war, dazu geführt hatte, dass sie allen sexuellen Situationen aus dem Weg gegangen war.

»Jedenfalls kam für mich das Schlimmste«, sagte sie und betrachtete den Teig, während sie zum eigentlichen Thema zurückkehrte, »nachdem die Wandlung abgeschlossen und ich das Bewusstsein wiedererlangt hatte. Ich hatte permanent Hunger, nur habe ich ihn nicht als solchen wahrgenommen. Für mich waren das einfach nur Schmerzen. Manchmal ein leichtes Unbehagen, was ich auch als Sterbliche kannte, wenn mir vor Hunger der Magen knurrte. Aber dann wieder war es, als würde sich mein Magen selbst verzehren. Wenn ich dann kein Blut trank, fühlte es sich so an, als hätte sich mein Blut in Säure verwandelt, die alle meine inneren Organe verätzte. In den ersten Wochen war ich immer hungrig, wenn ich aufwachte. Normalerweise war es die harmlose Variante, aber manchmal auch die unglaublich schmerzhafte. Zum Glück hatte Señorita Ana immer einen Spender für mich bereit und wartete darauf, mir beim Trinken zu helfen. Zumindest in den ersten zwei Wochen. In der dritten Woche kam sie auf einmal später, und als ich wach wurde, war sie nicht da. Ich musste in meinem Zimmer bleiben und leiden, bis sie endlich zu mir kam, denn ohne sie durfte ich mein Zimmer nicht verlassen. Ich hätte gegen diese Anweisung verstoßen, wenn ich zu Abuela gegangen wäre, um sie zu besuchen.«

»Was?«, fragte er erstaunt. »Du durftest dein Zimmer nicht verlassen?«

»Ja, aus Sicherheitsgründen wegen der sterblichen Angestellten«, antwortete sie und fand, dass sie den Teig nun lange genug gerührt hatte. Sie stellte die Schüssel auf den Tresen, drehte den Backofen auf zweihundert Grad und holte dann das Muffinbackblech und die Förmchen.

»Sie war der Meinung, dass du in der Gegenwart von Sterblichen nicht sicher aufgehoben warst?«, fragte G. G. verwundert, während er ihr zusah, wie sie die Papierförmchen auf dem Backblech verteilte.

Ildaria zuckte mit den Schultern. »Ich war neu gewandelt. Kein neu Gewandelter sollte sich in der Nähe von Sterblichen aufhalten.«

»Wieso nicht?«

»Weil uns nicht immer, wenn wir Hunger verspüren, auch gleich bewusst ist, dass wir eigentlich Blut brauchen«, erklärte sie und verteilte den Teig in die Förmchen. »Wir greifen automatisch nach Essen, weil die ersten Symptome für Hunger nach Blut ganz ähnlich denen für Hunger auf Essen sind. Wir sind noch nicht darauf eingestellt, was unser Körper wirklich braucht, wenn er diese Signale aussendet. Selbst das Gefühl, dass sich der Magen selbst aufisst, ähnelt dem Gefühl bei einem Sterblichen, der richtig ausgehungert ist. Aber wenn die Säure die inneren Organe angreift, dann kann man das mit nichts anderem verwechseln. Wenn man erst einmal dieses Stadium erreicht hat, kann man für Sterbliche extrem gefährlich sein.« Nach kurzem Grübeln fügte sie hinzu: »Aber man stellt vorher auch schon eine Gefahr dar. Du hast das Gefühl, ein wenig Hunger zu haben, und dann kommt ein Sterblicher in deine Nähe und riecht köstlich. Du denkst vielleicht, dass das aber ein tolles Parfum ist. Du gehst näher ran, um es besser riechen zu können. Vielleicht legst du auch noch einen Arm um die Person und drückst ihr deine Nase an den Hals, weil du es noch intensiver riechen willst … und dann übernimmt dein Echsenhirn die Kontrolle. Ehe du dich versiehst, leckst du über eine pulsierende Ader … oder du hast schon zugebissen.«

»Echsenhirn?«, wiederholte G. G. verständnislos.

Ildaria stellte die Schüssel zur Seite und schob das Blech in den Ofen. Dann richtete sie sich auf, drehte sich zu G. G. um und zuckte hilflos mit den Schultern. »Ich weiß nicht, wie ich es sonst bezeichnen soll. Du kannst in dem Moment nicht mehr klar denken. Irgendein Überlebensinstinkt übernimmt die Kontrolle und nimmt sich, was der Körper braucht. Du weißt gar nicht, was mit dir geschieht, und du weißt auch nicht, dass du jemanden beißt, bis auf einmal Schreie ertönen.«

»Schreie?« Er sah sie erschrocken an. »Ich dachte, ihr könnt Sterbliche kontrollieren und dafür sorgen, dass die keinen Schmerz verspüren, wenn ihr von ihnen trinkt.«

»Das können wir auch. Wenn wir bei Verstand sind und uns unter Kontrolle haben. Aber ein neu Gewandelter muss diese Kontrolle über sich selbst erst noch lernen. Und deshalb ließ Señorita Ana mich immer länger warten, bis sie mich von einem Sterblichen trinken ließ. Sie musste mir beibringen, dass ich mich selbst dann noch unter Kontrolle habe, wenn der Hunger einen kritischen Punkt erreicht hat.«

G. G. dachte darüber nach und nickte, als er verstanden hatte. Dann jedoch fragte er: »An diesem letzten Nachmittag mit deiner Großmutter … deiner Abuela«, korrigierte er sich sofort. »Hattest du da keinen Hunger?«

»Doch, ich hatte Hunger. Aber der war noch nicht allzu stark, sodass ich in der Lage war mich zu beherrschen. Allerdings wurde es gefährlich, als ich sie zum Abschied umarmte«, musste sie zugeben. »Ich merkte, dass ich an ihrem Hals lutschte, und als mir das bewusst wurde, beendete ich die Umarmung, sagte ihr, dass ich sie liebe, und begleitete sie nach draußen. Anschließend machte ich mich auf die Suche nach Señorita Ana. Ich hoffte, sie würde mich nicht zu lange warten lassen, bis ich etwas zu trinken bekam. Ehrlich gesagt wunderte es mich, dass sie niemanden beauftragt hatte, mich nicht aus den Augen zu lassen. Aber vielleicht hatte sie das ja auch gemacht«, wandte sie nachdenklich ein. »Da wimmelte es ja nur so von Wachleuten.«

»Und von denen hat keiner versucht, dich aufzuhalten, als du weggelaufen bist?«, fragte er grübelnd nach.

Ildaria schüttelte zur Bestätigung den Kopf, war aber ebenfalls in Gedanken versunken, während sie weiterredete: »Als ich das Haus verließ, war im Flur nirgendwo ein Mensch zu sehen. Aber ich bin ja auch nicht gerannt, sondern ganz gemächlich gegangen. Kann sein, dass sie gedacht haben, ich gehe nur ein bisschen spazieren.«

»Bis du dann losgerannt bist.«

»Sí.« Ildaria griff nach ihrem Glas Wasser und trank einen großen Schluck, doch der konnte ihren Durst genauso wenig löschen wie zuvor der heiße Kakao. Als sie dann endlich begriff, was los war, verdrehte sie angesichts ihrer eigenen Dummheit die Augen, ging zum Kühlschrank und nahm einen Blutbeutel heraus.

G. G. lächelte verstohlen, als er ihr dabei zusah, wie sie den Beutel gegen ihre Fangzähne drückte. Er war den Anblick von

Unsterblichen gewöhnt, die vor seinen Augen ihren Durst nach Blut stillten. Die Gäste im *Night Club* tranken für gewöhnlich aus Gläsern, doch seine Eltern, die beide unsterblich waren, tranken zu Hause ganz sicher genauso aus Blutbeuteln, wie Ildaria es jetzt tat. Es überraschte sie daher nicht, dass er ihr einen amüsierten Blick zuwarf.

»Das ganze Gerede über Blut hat dich wohl durstig gemacht, wie?«, neckte er sie.

Da sie mit dem Beutel vor dem Mund nichts sagen konnte, zuckte sie nur mit den Schultern. In Wahrheit war das Gegenteil seiner Vermutung der Fall, denn sie war durch die angeregte Unterhaltung so abgelenkt gewesen, dass ihr der Anfängerfehler unterlaufen war, die Anzeichen dafür, dass sie Blut brauchte, nicht zu erkennen. Wie unglaublich dumm von ihr! Sie hätte unabsichtlich G. G. beißen können!

»Du bist also nicht geradewegs zu deiner Abuela gegangen, weil du noch etwas trinken musstest«, half G. G. ihr auf die Sprünge, als sie schließlich den Beutel geleert hatte und ihn von ihren Zähnen zog. Sie nickte, warf den leeren Beutel in den Abfalleimer und stand gegen den Tresen gelehnt da.

»Dummerweise lief ich mit übermenschlicher Geschwindigkeit los, nachdem ich die Plantage verlassen hatte. Was bedeutete, dass ich von dem ohnehin schon wenigen Blut, das ich im Körper hatte, übermäßig viel verbrauchte«, erklärte sie. »Als ich endlich stehen blieb, war ich bereits mitten in der Phase, in der der Magen sich selbst verzehrt, also kurz bevor die inneren Organe wie von Säure zerfressen werden.« Bei dieser Erinnerung verzog sie das Gesicht. »Für mich hieß das, dass ich es nicht wagen durfte, mich in die Nähe einer größeren Gruppe von Sterblichen zu begeben. Der Geruch ihres Bluts hätte so überwältigend sein können, dass ich womöglich irgendeinen von ihnen angegriffen hätte. Ich musste jemanden finden, der allein war. Also ging ich zum Ufer hinunter und hoffte, auf einen einsamen Angler zu stoßen oder auf jemanden, der im Mondschein spazieren ging. Tourismus war zu der Zeit noch kein Thema«, ergänzte sie. »Das war im Jahr 1826. Wir waren von den Haitianern besetzt worden, was zu jener Zeit für heftige Unruhen gesorgt hatte. Trotzdem war es damals weniger gefährlich gewesen, nachts auf der Straße unterwegs zu sein. Jedenfalls die meiste Zeit über«, fügte sie der Ehrlichkeit halber hinzu in dem Bewusstsein, dass die Soldaten durchweg ein Problem dargestellt hatten. Haiti war nicht in der Lage, seine eigenen Soldaten anständig zu versorgen, also nahmen die sich an Ort und Stelle das, was sie gerade brauchten, ohne jemanden um Erlaubnis zu fragen. Zwar unter dem Vorwand, diese Lebensmittel zu beschlagnahmen, aber eigentlich war es Diebstahl. Aber es waren nicht nur Lebensmittel, bei denen sich die Soldaten unerlaubt bedienten. In jener Zeit kamen auch etliche halb-haitianische Kinder zur Welt. Allerdings hatte Ildaria von alledem nur wenig mitbekommen und sich auch nicht weiter darum geschert. Sie und ihre Großmutter hatte man schließlich in Ruhe gelassen. Sie vermutete, dass das etwas mit Señorita Ana zu tun gehabt hatte, die immer für den Schutz ihrer Leute gesorgt hatte.

Ildaria drehte sich um und warf einen Blick auf die Zeituhr des Backofens, dann machte sie die Klappe auf, um nach den Muffins zu sehen. Da sie fand, dass die noch ein paar Minuten benötigten, machte sie die Klappe wieder zu und redete weiter: »Schließlich fand ich jemanden, der allein unterwegs war, allerdings brauchte ich zu dem Zeitpunkt mehr Blut, als ich von ihm trinken konnte, ohne sein Leben zu gefährden. Zum Glück war nach dem ersten Spender mein Hunger so weit gestillt, dass ich glaubte, mich wieder sicher in Gegenwart größerer Gruppen aufhalten zu können. Also beschloss ich, mich auf den Weg zu

Abuela zu machen und unterwegs nach einem weiteren Spender Ausschau zu halten. Als ich mich schließlich dem Haus meiner Abuela näherte, war mehr als eine Stunde vergangen, seit ich aus dem Haus von Señorita Ana weggelaufen war.«

Sie hielt kurz inne, da sie vor ihrem geistigen Auge den Moment sah, in dem Abuelas Haus in Sichtweite gekommen war. »Juan und Ana waren da, sie stritten sich vor Abuelas Haus. Ich konnte nicht alles verstehen, aber aus den Fetzen konnte ich mir zusammenreimen, dass Señorita Ana mich befragen wollte, während Juan darauf bestand, dass sie nach Hause ging und er sich um mich kümmern würde. Ich sei jetzt ›sein Problem‹, sagte er. Schließlich ließ Señorita Ana sich dazu bewegen, nach Hause zu gehen, da er sich meiner annehmen wollte. Dann betrat er Abuelas Haus.« Ildaria biss sich auf die Lippe, als sie sich an die Angst erinnerte, die sie in dem Moment überkommen hatte. Sie war in schrecklicher Sorge um ihre Großmutter gewesen, da sie fürchtete, Juan könnte seine Wut über das, was Ildaria ihm angetan hatte, an ihrer liebenswürdigen Großmutter auslassen. Aber er war nicht lange bei ihr geblieben. »Juan hielt sich höchstens zwanzig bis dreißig Minuten im Haus auf, bis er gemeinsam mit Abuela nach draußen kam. Sie begleitete ihn zu seinem Pferd und unterhielt sich mit ihm, als wären sie beide alte Freunde. Dabei lächelte sie so glücklich, als hätte er ihr ein wunderbares Geschenk gemacht. Und sie versprach Juan, sich sofort bei ihm zu melden, sobald ich bei ihr auftauchen würde.«

»Gedankenkontrolle?«, warf G. G. fragend ein.

»Ich weiß es nicht«, flüsterte Ildaria betrübt. »Mag sein, aber vielleicht hatte er ihr auch erzählt, dass er um mein Wohl besorgt sei und helfen wolle. Sie wusste ja nicht, dass er der Unsterbliche war, der mich angegriffen hatte und für meine Wandlung verantwortlich war«, machte sie klar. »Aber letztlich war es auch egal, denn Juan ließ vier Männer zurück, die Abuelas Haus beobachten sollten für den Fall, dass ich dort auftauchte. Die vier waren Unsterbliche, vermutlich Vollstrecker. Am nächsten Morgen wurden sie von sechs Männern abgelöst, von denen vier das Haus bewachten und die zwei anderen meiner Abuela mit einigem Abstand zu ihrem Arbeitsplatz und später zurück nach Hause folgten. Ich hatte keine Möglichkeit, sie unterwegs anzusprechen«, sagte sie und verspürte wieder das gleiche Ausmaß an Hilflosigkeit und Verzweiflung wie damals.

»Letztlich musste ich es aufgeben. Ich schrieb ihr eine Notiz, damit sie wusste, dass ich mich daran erinnern konnte, was geschehen war und wer mich angegriffen hatte. Ich ließ sie wissen, dass ich den Angreifer verletzt hatte, als ich mich zur Wehr setzte, und dass ich mich dadurch letztlich selbst gewandelt hatte. Ich sagte ihr, dass ich sie sehr liebte, dass ich aber Vergeltung fürchten und deswegen fliehen musste, damit man weder ihr noch mir etwas antun konnte. Dann gab ich die Notiz einer alten Freundin von Abuela und bat sie, diese an sie weiterzuleiten.«

»Und dann hast du sie nie wiedergesehen«, sagte G. G. unüberhörbar traurig.

Da Ildaria spürte, dass ihr Tränen in die Augen stiegen, wandte sie sich ab und griff nach dem Küchenhandtuch, das sie ordentlich gefaltet auf den Tresen gelegt hatte und nun als provisorischen Ofenhandschuh benutzte, um das Blech herauszuholen. Die Muffins waren goldbraun gebacken und dufteten köstlich, doch sie hatte längst keinen Appetit mehr. Dennoch stellte sie das Blech zum Abkühlen auf den Ofen, um dann Teller, Messer und Butter zu holen.

»Das tut mir wirklich sehr leid, Ildaria. Du hast absolut alles verloren. Das muss sich für dich wie das Ende der Welt angefühlt haben«, sagte G. G. verhalten.

Ildaria zuckte beiläufig mit den Schultern, während sie alles, was sie zusammengesucht hatte, auf der Kücheninsel abstellte. Sie würde sich nicht selbst bemitleiden. Das hatte sie noch nie getan. »Ich war ja selbst schuld«, murmelte sie. »Wie es aussieht, habe ich nichts aus den Fehlern meiner Mutter gelernt. Ich musste ja unbedingt aufbegehren und in diese Bar gehen.«

»Jetzt erzähl mir ja nicht, dass du dir seit zweihundert Jahren die Schuld an diesen Ereignissen gibst!«, rief er aufgebracht.

»Wäre ich nicht in diese Bar gegangen und hätte …«

»Wäre deine Mutter keine trunksüchtige Schlampe gewesen, die von Bett zu Bett gehüpft ist«, unterbrach er sie vehement und brachte sie mit seinen Äußerungen zum Schweigen, sodass er weiterreden konnte. »Oder hätte ihr letzter Freund dich nicht belästigt und sie umgebracht. Oder hätte Juan dich doch nur gerettet und nach Hause gebracht, anstatt dich vergewaltigen zu wollen …« Er hielt inne und warf ihr einen finsteren Blick zu. »Das sind die Dinge, die du dir sagen müsstest. Nichts davon ist deine Schuld, und dass du deine Freundinnen in diese Bar begleitet hast, wo ein älterer Bruder auf dich aufpassen sollte, war etwas, was jedes Kind irgendwann mal macht. Und zu der Zeit warst du noch ein Kind«, hielt er ihr in energischem Tonfall vor. Du warst vierzehn Jahre alt, also noch ein Kind. Und du warst gerade einmal vier Jahre alt, als du zum ersten Mal sexuell belästigt wurdest. Gibst du dir dafür auch die Schuld?«

»Nein, natürlich nicht«, antwortete sie sofort. »An diesen Teil meiner Vergangenheit denke ich fast nie zurück.«

»Aber dieser Vorfall und der Überfall zehn Jahre später sind der Grund für deine mangelnde Erfahrung beim Sex«, redete er mit ruhigerer Stimme weiter.

Ildaria blinzelte ein paar Mal, dann seufzte sie niedergeschlagen, da sie sich daran erinnerte, dass genau das das Thema ihrer Unterhaltung war: ihre Erklärung dafür, dass es ihr an Erfahrung mangelte, ohne immer noch Jungfrau zu sein.

»Sí.«

»Und es ist auch der Grund, warum du in den geteilten Träumen keine … aktive Rolle übernimmst, sondern mir die Führung überlässt«, fuhr er fort.

Sie nickte und lächelte ihn schief an, räumte dann aber ein: »Trotzdem bin ich mir ziemlich sicher, dass ich selbst dafür gesorgt habe, dass ich nackt und angekettet in einem Bett mitten in dem englischen Salon im *Night Club* liege. Du hast ziemlich erschrocken reagiert, als du dich umgedreht und mich gesehen hast.«

»Ja, das war ich«, gab er zu, während ein Lächeln seinen Mundwinkel umspielte. »Ich war auch sehr überrascht, als deine Fesseln sich auf einmal in Luft auflösten.«

»Ich wollte dich anfassen können«, sagte sie.

Wieder nickte G. G. und fragte dann mit einem leicht frustrierten Unterton: »Und was machen wir jetzt?«

Sie versteifte sich und entgegnete zögerlich: »Du meinst, wegen der Träume?«

»Nein, wegen der Möglichkeit, dass ich dein Lebensgefährte sein könnte«, korrigierte er sie.

Sie sah ihn schweigend an, dann drehte sie sich zur Seite, nahm einen Teller und begann, die noch warmen Muffins vom Backblech auf den Teller zu legen. »Das liegt ganz an dir.«

»Aber was möchtest du?«

»Ich würde mich freuen, wenn du damit einverstanden wärst, mein Lebensgefährte zu sein«, antwortete sie etwas steif.

»Selbst wenn ich mich weigere, mich wandeln zu lassen?«, fragte er.

Ildaria atmete erleichtert aus. Immerhin hatte er sich nicht dagegen gesträubt, ihr Lebensgefährte zu werden. Und er war auch nicht schreiend aus dem Zimmer gerannt, was Marguerite ja befürchtet hatte. Mit dem Teller voll Muffins kam sie zur Kücheninsel, stellte ihn ab sah dann erst G. G. an. »Sí.« Er begann so intensiv zu überlegen, dass sie fast sehen konnte, wie sich die Zahnräder in seinem Kopf drehten. Allerdings hatte sie keine Ahnung, worüber er so angestrengt nachdachte.

»Okay«, sagte er schließlich.

Sie musterte ihn unschlüssig. »Okay?«

»Ja, okay, ich möchte gern dein Lebensgefährte sein«, erklärte er daraufhin.

Ildaria strahlte ihn an und fühlte sich, als hätte sie im Lotto gewonnen. Sie hatte einen Lebensgefährten!

»Aber«, fügte er hinzu und ließ ihr das Lächeln auf den Lippen gefrieren, »du musst die Tatsache akzeptieren, dass ich mich nicht mit einer Wandlung einverstanden erklären werde. Niemals. Ich bin mit dem einen Leben glücklich, das ich habe, Ildaria. Ich will nicht Blut trinken müssen, um ewig leben zu können.«

Sie nickte bedächtig. Es war das, was sie bestenfalls von ihm erwartet hatte, und damit kam sie auch klar. Es würde schwierig für sie werden, ihm zusehen zu müssen, wie er älter wurde und irgendwann starb, aber sie war nicht die erste Unsterbliche mit einem Lebensgefährten, der sich nicht wandeln lassen wollte. Sie würde schon damit klarkommen. Und immerhin würde sie ihn für eine Weile an ihrer Seite haben. »So etwas hatte ich schon erwartet. Ich bin einverstanden.«

G. G. zog die Augenbrauen hoch. »Einfach so? Kein Versuch, mich zu überzeugen? Keine Argumente für die Unsterblichkeit?«

Sie zuckte mit den Schultern. »Ein Stück vom Kuchen zu bekommen ist immer noch besser, als ein Leben lang nichts zu haben.«

Er lachte amüsiert auf. »Hast du mich gerade mit einem Kuchen verglichen?«

»Ja«, gab sie lächelnd zu. »Aber vermutlich wäre der Vergleich mit einem saftigen Braten besser gewesen.«

Mit einem Lächeln nahm G. G. einen Muffin und legte ihn auf seinen Teller. Während er ihn aufschnitt und mit Butter bestrich, ließ er verlauten: »Ich finde, wir sollten es langsam angehen lassen.«

»Langsam?«, fragte sie, während sie neue Papierförmchen auf dem Backblech verteilte.

»Ja, ich finde, wir sollten uns verabreden und gemeinsam ausgehen, damit wir uns besser kennenlernen. Und den Sex sollten wir uns zunächst einmal für unsere Träume aufsparen«, schlug er vor.

Ildaria füllte den restlichen Teig in die Förmchen, während ihr Verstand rotierte. Wenn er glaubte, dass sie dazu imstande wären, dann wusste er nicht so viel über Unsterbliche, wie sie gedacht hatte. Zumindest nicht, wenn es um Lebensgefährten ging. Dem anderen zu widerstehen würde so gut wie unmöglich sein.

»Ich weiß, das wird nicht leicht«, redete er weiter, als sie nichts dazu sagte. »Wir werden eben aufpassen müssen, aber ich glaube, wenn es uns gelingt, jede Berührung zu vermeiden …«

»Warum das denn?«, unterbrach sie ihn und drehte sich zu ihm um.

Er war im Begriff, von seinem Muffin abzubeißen, hielt aber inne, ließ langsam die Hand sinken und erklärte: »Weil ich nicht glaube, dass du für das volle Programm schon bereit bist.«

»Aber …«

»Außerdem bin ich sterblich. Meine Teile wachsen nicht

nach, wenn du plötzlich einen Flashback erlebst, in Panik gerätst und mir was abbeißt.«

G. G. sagte das in einem amüsierten Tonfall, aber sie glaubte nicht, dass das tatsächlich im Scherz gemeint war. Er war besorgt, wie sie beim wirklichen Sex reagieren würde. Vermutlich sollte sie das nicht wundern, denn sie war es ja, die ihm eben noch erzählt hatte, dass sie Juan den Penis abgebissen hatte. Ein Seufzer von G. G. lenkte ihre Aufmerksamkeit auf ihn, während er den Muffin zurück auf den Teller legte.

Er sah ihr in die Augen und begann zu erzählen: »Ich bin mal mit einer Sterblichen ausgegangen, die als Kind sexuell missbraucht worden war. Ich wusste nichts davon, und sie sagte auch kein Wort darüber. Wir gingen ein paar Monate lang zusammen aus, und es war ganz schön. Wir machten viel rum, aber Sex hatten wir nie. Sie machte immer einen Bogen um das Thema, wenn wir uns dem Punkt näherten. Ich bedrängte sie nicht, ich hatte kein Problem damit zu warten, bis sie sich bereit fühlte. Dann kam Valentinstag. Ich schenkte ihr eine Karte, Blumen und Schokolade, sie schenkte mir eine Karte, in der sich Kondome befanden. Als ich sie verwundert ansah, nickte sie und flüsterte: ›Ich möchte mein erstes Mal mit dir erleben.‹ Da hätte mir schon ein Licht aufgehen müssen, dass da irgendwas im Busch ist. Wir waren beide einundzwanzig, und es gibt nicht sehr viele heiße einundzwanzigjährige Frauen, die noch Jungfrau sind«, sagte er und schüttelte den Kopf. »Jedenfalls legte ich sie nicht auf der Stelle flach, auch wenn ich das gern gemacht hätte. Stattdessen buchte ich einen Tisch in einem schicken Restaurant, wir aßen zu Abend, wir redeten und lachten. Aber mir fiel auf, dass sie viel trank. Ich dachte mir, dass sie bloß nervös sei und sich Mut antrinken wolle. Trotzdem wollte ich nicht, dass ihr erstes Mal im Rausch an ihr vorüberzieht. Obwohl es nicht geplant war, gingen wir anschließend noch tanzen. Im Club sorgte ich dafür, dass sie nur noch Wasser trank. Ich erklärte es damit, dass wir sonst dehydrieren würden. Sie hatte nichts dagegen einzuwenden, und so tanzten wir ein paar Stunden lang. Als ich das Gefühl hatte, dass der größte Teil des Alkohols verflogen war, brachte ich sie nach Hause.« G. G. lächelte ironisch. »Insgeheim rechnete ich damit, dass sie vom Tanzen zu müde war, um ihren Plan noch in die Tat umzusetzen. Als ich sie fragte, ob ich nicht besser gehen sollte, nahm sie meine Hand und zog mich mit in ihre Wohnung.« Er verfiel eine Weile in Schweigen, dann räusperte er sich. Es sah tatsächlich so aus, als würde er erröten, als er fortfuhr: »Ich wollte, dass ihr erstes Mal für sie etwas Besonderes sein sollte, also habe ich das Vorspiel ausgedehnt. Ich bescherte ihr drei Orgasmen, ehe es richtig zur Sache gehen sollte.« Nach einer kurzen Denkpause sagte er: »Ich weiß, so was plaudert man eigentlich nicht aus, aber dir soll klar werden, dass es nicht nach dem Prinzip ›Klamotten weg und los‹ laufen sollte. Ich tat alles, was ich tun konnte, damit sie sich wohlfühlte. Aber dann kam der große Moment …« Er musste durchatmen, als er an das Erlebnis zurückdachte. »In dem Moment, als ich in sie eindringen wollte, also wirklich zu einem Zeitpunkt, als ich noch keine drei Millimeter vorgedrungen war, da flippte sie aus. Sie trat um sich, kreischte, schlug auf mich ein, und dabei schrie sie immer wieder: ›Nein, Daddy! Tu mir bitte nicht weh, Daddy!‹«

Ildaria musste schlucken, als sie das hörte. Mitleid, Sorge und Angst stürmten auf sie ein.

»Meine erste Reaktion bestand darin, dass ich einen Satz nach hinten machte, damit sie sich nicht bedrängt fühlte. Aber das schien nicht zu helfen, denn sie schlug noch immer so wild um sich, dass ich Angst haben musste, sie könnte sich dabei verletzen. Ich zog schnell meine Hose an, dann nahm ich sie in den Arm, hielt sie fest und strich ihr beschwichtigend über den Rücken. Immer wieder redete ich leise auf sie ein. ›Alles ist in Ordnung. Ich bin es doch, G. G. Du bist in Sicherheit.‹ Irgendwann kam sie zur Ruhe und saß eine Minute lang wie erstarrt da. Plötzlich lehnte sie sich zurück und sah mich verwirrt an, und das war nicht gespielt. ›Ich habe nicht … ähm … was ist passiert?‹, fragte sie. Ich bin davon überzeugt, dass sie nicht wusste, was diesen Vorfall ausgelöst hatte und warum sie in Panik geraten war. Als ich ihr sagte, was sie gerufen hatte, da schottete sie sich emotional komplett von mir ab. Sie schien mir nicht zu glauben, und sie konnte mich gar nicht schnell genug aus der Wohnung bugsieren. Ich ging natürlich, aber während ich mich anzog, versuchte ich ihr durch die Blume mitzuteilen, dass es da etwas in ihrer Vergangenheit geben könnte, mit dem sie sich befassen sollte, eventuell mithilfe eines Therapeuten. Ich bot ihr an, für sie da zu sein, wenn ich ihr irgendwie helfen konnte. Sie nickte einfach nur weiter vor sich hin und wartete darauf, dass ich endlich ging.« Er trank einen Schluck Wasser. »Als ich mich daheim im Spiegel ansah, war das wie ein Schock. Ich sah aus, als wäre ich in eine Prügelei geraten: ein blaues Auge, aufgeplatzte Lippe, Kratzer und blaue Flecken überall.« Gedankenverloren drehte er das Wasserglas auf der Kücheninsel auf der Stelle, dann sah er wieder Ildaria an. »Ich war nicht überrascht, als sie am nächsten Tag anrief und mit mir Schluss machte. Als ich ihre Wohnung verließ, war mir klar, dass sie nicht bereit war, sich dem zu stellen, was ihr in der Kindheit widerfahren war. Es dauerte Wochen, bis alle Kratzer und Schrammen verheilt waren, die sie mir zugefügt hatte – und sie war bloß eine Sterbliche. Würdest du auch so ausrasten, dann könnte mich das mein Leben kosten«, machte er ihr klar.

Ildaria wollte protestieren und ihm versichern, dass sie so etwas niemals machen würde, doch Tatsache war, dass sie eine solche Garantie nicht geben konnte. Immerhin hatte sie auf dem Piratenschiff auch drei Männer angegriffen. Zugegeben, sie war von den Männern zuerst attackiert worden und hatte sich nur zur Wehr gesetzt, aber sie konnte sich immer noch daran erinnern, wie entschlossen sie gewesen war, diesen Männern Schmerzen zuzufügen. Sie konnte nicht ausschließen, dass ihr das bei G. G. im entscheidenden Moment ebenfalls so erging. »Gut, dann gehen wir es langsam an«, willigte sie ein.

G. G. nickte, sagte dann aber: »Und ich möchte, dass du Marguerites Schwiegersohn wegen einer Therapie aufsuchst.«

Diese Worte trafen sie mit solcher Wucht, dass sie zurückzuckte. Dennoch schaffte sie es, ihr Temperament zu bändigen, das bei seiner Forderung am liebsten explodiert wäre. Sie schluckte ihre Wut hinunter und erwiderte: »Einverstanden. Sofern du auch für eine Therapie zu ihm gehst.«

Jetzt war es G. G., der schockiert reagierte. »Ich brauche keine Therapie.«

»Ach, wirklich? Dann hat es dir nichts ausgemacht, dass du die Wandlung deiner Mutter mit ansehen musstest? Was ist mit der strikten Weigerung, dich wandeln zu lassen?«

G. G. sah sie schweigend an. Schließlich sagte er mit einem warnenden Unterton: »Eine Therapie muss daran nicht zwangsläufig etwas ändern.«

Sie zuckte gelassen mit den Schultern. »Eine Therapie muss auch bei mir nicht zwangsläufig etwas ändern. Aber wir können es beide versuchen, oder nicht?«

Nach kurzer Überlegung willigte er ein: »Also gut, wir gehen beide in Therapie.«

»Okay«, meinte sie und schob sich einen Muffin auf den Teller, schnitt ihn auf und bestrich ihn mit Butter, als wäre alles so wie immer. Insgeheim bereitete ihr der Gedanke an diese Therapie aber Sorgen, da sie es nicht gewohnt war, anderen

Leuten von ihrer Vergangenheit zu erzählen. Genau genommen war G. G. der Erste, dem sie das überhaupt anvertraute – und das auch nur, weil sie fand, dass er es wissen sollte, falls sie Lebensgefährten sein würden. Auch wenn sie ihn noch nicht lange kannte, vertraute sie ihm. Aber sich einem Fremden zu öffnen … o ja, das würde schwierig werden.

9

»Yo.«

Ildaria sah vom Bildschirm auf und lächelte flüchtig, als sie Sofia hereinkommen sah, die offenbar zu ihr wollte.

»Yo, was läuft?«, erwiderte sie den Gruß.

»Genau das würde ich gern wissen«, sagte Sofia und ließ sich in den Sessel vor dem Schreibtisch fallen. »*Was* läuft da? G. G. war heute nur für ein paar Minuten da und hat Jarin, dem Neuen, aufgetragen, den Türsteher zu spielen. Dann ist er gegangen, *um ein Nickerchen zu machen!*« Sie sah Ildaria ungläubig an. »Was ist da los? Ich dachte, den Tag würde ich niemals erleben, weil ich den Mann immer nur arbeiten sehe.«

Ildaria zuckte nur kurz mit den Schultern, während ein Lächeln ihre Mundwinkel umspielte. »Ich schätze, er ist müde.«

»Ach, schätzt du?«, gab Sofia sarkastisch zurück und fragte: »Und wovon ist er so müde? Und was läuft da mit euch beiden? Diese ganze letzte Woche war er immer nur abgekämpft, aber viel besser gelaunt. Und wo wart ihr zwei heute gewesen? Kurz bevor wir aufgemacht haben, konnte ich sehen, wie ihr beide in seinem Pick-up vorgefahren seid. Warum lächelt er die ganze Zeit, wenn er doch immer noch so erschöpft ist, obwohl doch eigentlich noch gar nichts los war? Oder etwa doch und ich deute nur falsch, was ich lese? Denn was ich von seinen Gedanken mitkriege, sind eher geteilte Träume, nicht aber echte Aktivitäten.«

Ildaria sah sie einen Moment lang mit hochgezogenen Augenbrauen an, weil die viel zu intimen Fragen sie einerseits verärgerten, sie andererseits aber Sofia alles über sich und G. G. erzählen wollte. Als Sofia einfach abwartete und sich von Ildarias Blick nicht aus der Ruhe bringen ließ, gab Ildaria schließlich ihrem Verlangen nach, die andere Frau in alles einzuweihen. »Wir haben letzte Woche geredet. An dem Tag, an dem du mit mir zum Einkaufen gefahren bist. Also, eigentlich am Morgen danach, als er zu mir kam, um H. D. abzuholen«, korrigierte sie sich. »Ich habe ihm gesagt, dass er geteilte Träume erlebt und dass er für mich ein möglicher Lebensgefährte ist. Und auf meine Frage hin hat er sich damit einverstanden erklärt, mein Lebensgefährte zu sein.«

»Tatsächlich?«, erwiderte Sofia lächelnd und ließ dann ein Grinsen folgen. »Ja, nach außen wirkst du ganz stoisch und cool, aber deine innere Stimme quietscht geradezu mädchenhaft.«

Ildaria verzog den Mund. »Ich quietsche nicht mädchenhaft.«

»O doch, tust du wohl«, beteuerte sie und lachte ausgelassen. »In deinem Kopf höre ich dich praktisch ›Sweet Mystery of Life‹ singen.«

»Tu ich nicht«, stritt Ildaria prompt ab. Doch sie und G. G. hatten sich tags zuvor *Frankenstein Junior* angesehen, und seitdem ging ihr das Lied, das Madeline Kahn singt, wenn Frankenstein sie liebt, nicht mehr aus dem Kopf.

Als Sofia nur laut lachte, setzte Ildaria eine finstere Miene auf und konzentrierte sich wieder auf das Arbeitsblatt auf ihrem Bildschirm. Im Büro herrschte Stille, während Ildaria so tat, als wäre sie in ihre Arbeit vertieft, obwohl sie sich der Anwesenheit der anderen Frau nur allzu bewusst war. Sie wusste, Sofia versuchte ihre Gedanken zu lesen, und sie versuchte im Gegenzug, sie davon abzuhalten. Dazu fiel ihr nichts Besseres ein als die Songzeile »Sweet mystery of life at last I've found you«, die sie unablässig in ihrem Kopf wiederholte.

»Wow.«

Wie auf Kommando hob Ildaria den Kopf und sah, dass Sofia sie mit ernster Miene musterte.

»Dann ist er also einverstanden, dein Lebensgefährte zu sein, aber er will nicht gewandelt werden? Und richtigen Sex habt ihr auch nicht gehabt?«, flüsterte sie fast bestürzt. »O Mann, Angel.«

Der mitleidige Tonfall kam bei Ildaria gar nicht gut an und ließ sie nur mürrisch dreinblicken. »Nenn mich nicht so.«

»Tut mir leid«, sagte Sofia, ohne es auch zu meinen. »G. G. hat angefangen dich so zu nennen, und das geht mir jetzt nicht mehr aus dem Kopf.«

Ildaria erwiderte nichts darauf. G. G. hatte begonnen, sie Angel zu nennen, seit er sich damit einverstanden erklärt hatte, ihr Lebensgefährte zu sein. Er sagte, dass das ihr wahrer Vorname war, der auch viel zu besser zu ihr passte. Als sie instinktiv dagegen protestiert hatte, dass er die Kurzform ihres Vornamens nehmen wollte, den sie vor Jahrhunderten abgelegt hatte, um vor Juan Villaverde sicher zu sein, war er zu dem Angebot bereit, dass sie sich einen Kosenamen aussuchte, der ihr gefiel. Als er ihr unter anderem so etwas wie Flower vorschlug, entschied sie sich doch lieber für Angel. Sie war jetzt in Nordamerika und damit weit weg von Villaverde. Außerdem war es die Kurzform ihres wirklichen Namens, während alle anderen Vorschläge nach einer zarten, empfindlichen Blume oder nach einem Gebäck klangen. Da war …

»Und Therapie«, murmelte Sofia plötzlich. Dann stutzte sie und fragte: »Und ihr seid zum *Bowling* gegangen?«

Ildaria verlor den Faden und sah ihre Kollegin wütend an. »Würdest du dich freundlicherweise aus meinem Kopf fernhalten?«

»Auf keinen Fall«, gab Sofia wie selbstverständlich zurück.

»Ich mag G. G. Und dich mag ich auch. Ich mache mich für euch beide stark, und darum werde ich mich so lange in deinem Kopf umsehen, bis ihr zwei alles auf die Reihe bekommen habt. Und jetzt erzähl mir mal, wie eure erste Sitzung bei Marguerites Schwiegersohn gelaufen ist. Und erklär mir auch, warum um alles in der Welt ihr ausgerechnet zum Bowling gegangen seid.«

»Wir hatten ein Date«, konterte Ildaria gereizt und beantwortete zuerst die zweite Frage. »Was so viel heißt wie, wir gehen zusammen aus, um uns besser kennenzulernen.«

»Es geht also darum, Vertrauen aufzubauen«, konstatierte Sofia und nickte zustimmend. »Kam der Vorschlag von Marguerites Schwiegersohn?«

»Sein Name ist Greg«, fuhr Ildaria sie an. »Dr. Greg Hewitt.«

»Okay, Dr. Greg«, sagte Sofia ohne jegliches Interesse. »Also … wie war euer erstes Date?«

»Es war nicht unser erstes Date. Wir waren am Nachmittag davor zusammen frühstücken, und dann haben wir uns *Frankenstein Junior* angesehen«, berichtete Ildaria zögerlich.

»Ach, daher das ›Sweet Mystery of Life‹«, sagte Sofia, als sie den Zusammenhang erkannte.

Ildaria verdrehte die Augen. »Gibt es eigentlich noch einen anderen Grund, wieso du hier bist, außer mir auf die Nerven zu gehen?«

»Nein«, antwortete Sofia grinsend. »Vor allem wollte ich was übers Bowling erfahren, weil ich von G. G. einen seltsamen Gedanken aufgefangen habe – dass er nämlich noch nie irgendwo rausgeworfen wurde, bis er dich kennengelernt hat.«

»Wir wurden nicht rausgeworfen«, widersprach Ildaria sofort, spürte aber, wie ihr Gesicht zu glühen begann.

»Aber nur weil du den Eigentümer der Bowlingbahn kontrolliert und besänftigt hast, um ihn dann auch noch dazu zu bringen, dass ihr bleiben dürft«, hielt Sofia dagegen.

Ildaria schnaubte gereizt. Es wurde allmählich wirklich nervig, ständig die eigenen Gedanken gelesen zu bekommen, fand sie. »Na ja, der Mann dachte ja auch, wir würden ihm diese weißen Dinger absichtlich kaputtmachen.«

»Du meinst die Kegel?«, fragte Sofia amüsiert.

»Was auch immer«, murmelte Ildaria. »Er war der Meinung, dass G. G. das getan hatte, und er hielt es für pure Absicht, nur weil G. G. diesen Irokesenschnitt hat. Aber das stimmte ja gar nicht, weil es nämlich mein Werk gewesen war und das auch nicht mit Absicht.« Sie verzog den Mund. »Es gelang mir einfach nicht, alle Kegel auf einmal umzuwerfen, so wie G. G. das geschafft hatte. Also dachte ich, ich muss mit etwas mehr Schwung arbeiten. Dummerweise verpasste ich der Kugel etwas mehr Schwung, als ich eigentlich wollte.«

Sofia musste laut lachen, während Ildaria sich ein Grinsen nicht verkneifen konnte bei der Erinnerung an G. G.s Gesichtsausdruck, als die Kegel beim Zusammenprall mit der Kugel förmlich explodierten und Trümmerteile in alle Richtungen flogen. Es war, als wäre eine Bombe hochgegangen.

Trotzdem hatten sie ihren Spaß gehabt. Überhaupt hatte die ganze letzte Woche Spaß gemacht. Ildaria war noch nie mit einem Mann ausgegangen, daher war ihr nicht klar gewesen, was sie bislang alles verpasst hatte. Sie hatten es wirklich ganz langsam angehen lassen, indem sie am ersten Tag losgezogen waren, um Lebensmittel zu kaufen und später dann gemeinsam ihre Wagen zu waschen. Das Einkaufen war insofern interessant gewesen, als sie dadurch erfahren hatte, welche Gerichte G. G. mochte. Die Wagenwäsche hingegen war in eine Wasserschlacht ausgeartet, bei der sie beide vor Lachen kaum noch Luft bekommen hatten, obwohl sie klatschnass waren.

Am nächsten Tag waren sie mit H. D. in den Hundepark gegangen und hatten sich unterwegs über alles Mögliche unterhalten. Am Tag darauf hatte Ildaria ihre erste Sitzung bei Greg Hewitt, während G. G. einen Tag später an der Reihe gewesen war. An diesen beiden Tagen hatten sie vor dem Termin gemeinsam gefrühstückt und auf dem Rückweg unterwegs etwas zu essen mitgenommen, aber keiner von ihnen hatte über die Sitzung geredet. Allerdings gab es auch nicht viel, worüber Ildaria hätte berichten können. In der Sitzung hatte sie Dr. Greg in nüchternem Tonfall und in Kurzform ihre Lebensgeschichte erzählt und ihm erklärt, aus welchem Grund sie hier war. Als sie damit durch war, ließ er sie auch schon wissen, dass die Zeit so gut wie rum war. Auf dem Weg zur Tür gab er ihr noch den Ratschlag mit, dass sie und G. G. zusammen ausgehen sollten, um einander besser kennenzulernen. Wenn Ildaria ganz ehrlich war, hatte sie nicht die geringste Ahnung, wie diese Therapie ablaufen würde. Dr. Greg machte einen ganz netten Eindruck, aber … sie konnte sich einfach nicht vorstellen, wie es ihr helfen sollte, wenn sie jetzt über etwas redete, worüber sie ein paar Jahrhunderte lang nicht mal nachgedacht hatte. Trotzdem würde sie weiter zu ihm gehen, denn sie wollte schließlich nicht Gefahr laufen, beim Sex mit G. G. auszurasten und ihn zu verletzen. Bevor er das Thema zur Sprache gebracht hatte, war sie nie auf den Gedanken gekommen, dass sie in Panik geraten könnte. In den Träumen war das bislang auch noch nicht der Fall gewesen, dennoch konnte sie sich so deutlich an ihre Reaktion auf Juans Attacke erinnern, als wäre es erst gestern gewesen. Es war so plötzlich und mit aller Macht über sie gekommen. Eben noch hatte sie verwirrt und verängstigt in der Gasse gekauert und geweint, und nur eine Sekunde später war sie außer sich vor Wut gewesen und hatte nichts anderes im Sinn gehabt, als ihm wehzutun. Um zu vermeiden, dass ihr so etwas auch bei G. G. passierte, war sie bereit, es langsam angehen zu lassen und in Therapie zu gehen.

»Wow, Ildaria«, murmelte Sofia. »Du hast einem Unsterblichen den Schwanz abgebissen? Du bist ja echt krass drauf. Den Mut hätte ja nicht mal ich gehabt.«

»Er hatte es verdient«, knurrte Ildaria.

»Allerdings«, stimmte sie ihr zu.

»Außerdem wusste ich zu der Zeit nicht, dass er unsterblich war«, räumte sie ein. »Ich wusste nichts von der Existenz irgendwelcher Unsterblicher.«

»Richtig«, sagte Sofia und legte den Kopf schräg. »Und dadurch bist du also gewandelt worden, wie?«

»Sí«, seufzte sie.

Sofia nickte und sagte schließlich: »Schon irre, wie?«

»Was ist irre?«, fragte sie verunsichert.

»Na, ich meine, wenn man so darüber nachdenkt, dann war es doch eigentlich ein Glücksfall, dass du von einem Unsterblichen angegriffen wurdest«, erklärte Sofia bedächtig.

»Was?« Ildaria wollte ihren Ohren nicht trauen.

»Überleg doch mal: Du wärst ohne diesen Angriff nie unsterblich geworden, und dann hättest du weder mich noch einen von den anderen coolen Leuten hier im Club kennengelernt«, erklärte sie und stand auf. »Von G. G. will ich gar nicht erst reden.« Sie stand auf und ging zur Tür, dabei sagte sie über die Schulter hinweg: »Es wird Zeit für dich, Feierabend zu machen und H. D. mit nach oben zu nehmen. Wir sehen uns morgen.«

Ildaria sah ihr mit ausdrucksloser Miene hinterher, während sich ihre Gedanken überschlugen. Sie würde niemals in der Lage sein, den Angriff als einen »Glücksfall« zu bezeichnen. Doch nachdem Sofia gerade eben genau das getan hatte, wurde ihr bewusst, dass sie ohne Juans Attacke niemals gewandelt worden wäre. Vor hundert oder fünfzig oder auch nur zehn Jahren hätte sie es für keine schlimme Sache angesehen, wenn sie von der Wandlung verschont geblieben wäre. Aber nun … Sie sah sich im Büro um, dann schaute sie nach H. D., der sich zu ihren Füßen zusammengerollt hatte. Ja, sie mochte ihr Leben. Nicht nur, dass sie ein Studium absolvieren konnte, das ihr gefiel, sie hatte auch einen Job, in dem sie genau das tun konnte, was sie wollte. Sie liebte ihre Uni, sie liebte ihr Apartment, ihren Job, genau genommen alle beide Jobs. Sie hatte G. G., der nett und umsichtig und witzig war, und sie hatte tolle Freunde wie Jess in Montana ebenso wie Sofia und alle anderen, die hier arbeiteten. Und natürlich Marguerite, die für Ildaria immer mehr so etwas wie eine Ersatzmutter oder Ersatztante wurde. Marguerite rief zweimal in der Woche an, um sich nach ihrem Befinden zu erkundigen, und seit ihrem Auszug war sie schon zweimal dort zum Essen eingeladen worden.

Zugegeben, ihr Leben war nicht perfekt. Sie verdiente ziemlich gut, doch Studiengebühren und Bücher würden eine Menge Geld verschlingen, das fällig wurde, wenn das Herbstsemester begann. Zweifellos würde es anstrengend werden, jeden Tag in Vollzeit zu arbeiten und auch noch alle notwendigen Vorlesungen zu besuchen. Und auch wenn G. G. sich einverstanden erklärt hatte, ihr Lebensgefährte zu sein, wollte er sich nicht wandeln lassen. Außerdem hatten sie den letzten Schritt ihrer Beziehung noch immer vor sich hergeschoben.

Trotzdem mochte sie ihr Leben. Sie war glücklich und voller Hoffnung und … und, ja, sich selbst konnte sie auch gut leiden, fand Ildaria. All ihre Erfahrungen hatten ihr gezeigt, dass sie eine starke und kluge Frau war – und ein guter Mensch, der für sich selbst Risiken einging, um anderen zu helfen.

In diesem Augenblick konnte sie nachvollziehen, wie die Ereignisse in ihrem Leben – sogar der Missbrauch mit vier Jahren ebenso wie der Angriff auf sie mit vierzehn – zu dem geführt hatten, wer sie heute war und wo sie im Leben stand.

Wenngleich sie also niemals den Begriff *Glücksfall* benutzen würde, um die Attacke zu beschreiben, konnte sie zumindest akzeptieren, dass sie ohne diesen Vorfall heute nicht hier wäre. Dieser Gedanke war für sie neu, und sie würde sicher eine Weile brauchen, um sich damit anzufreunden. Dennoch gefiel er ihr jetzt schon. Sie erinnerte sich daran, dass mal jemand zu ihr gesagt hatte, am Horizont gebe es immer einen Silberstreif. Damals hatte sie das als Unsinn abgetan, doch Sofia hatte ihr eben geholfen, den Silberstreif am Horizont ihres Lebens zu entdecken. Wäre sie nicht zuerst von diesen Soldaten und dann in der Gasse von Juan angegriffen worden, würde sie höchstwahrscheinlich heute gar nicht hier sein und nichts von dem haben, was sie besaß – was nicht gerade wenig war.

Der Anflug eines Lächelns huschte über ihr Gesicht, während sie das Programm schloss und den Computer runterfuhr. Dann hob sie den tief und fest schlafenden H. D. vom Boden hoch und sagte leise: »Es wird Zeit, dass wir uns nach oben begeben. Muss ich noch mit dir Gassi gehen?«

H. D. drehte den Kopf herum und leckte ihr über die Wange, was Ildaria mit einem Auflachen kommentierte.

»Ich schätze, das soll Ja heißen.« Natürlich hätte H. D. den Weg auch selbst zurücklegen können, aber sie musste mit ihm durch den Flur, der auch zur Bar und zu den Toiletten führte. Sie traute dem kleinen Kerl zu, dass er einfach in die Bar rannte, wo sie ihn dann noch suchen musste. Also trug sie ihn lieber nach draußen, wenn sie Feierabend machte. Die Alternative wäre die Leine gewesen, aber es kam ihr irgendwie grausam vor, ihn in seinem Zuhause anzuleinen.

Der Lärm, der aus der Bar zu ihr drang, ließ sie aufhorchen. Jemand hatte Geld in die Jukebox geworfen, die sich alle Mühe gab, das Stimmengewirr der Gäste zu übertönen. Die Lautstärke ließ den Schluss zu, dass es für einen Mittwoch ungewöhnlich voll sein musste. Mit einem Achselzucken ging Ildaria nach links und drückte die Tür auf, durch die man zur Haustür und ins Treppenhaus gelangte. Sie verließ das Gebäude und betrat den Parkplatz.

Nachdem G. G. den *Night Club* mitsamt Grundstück erworben hatte, war sofort ein Bautrupp angerückt, um den Asphalt gleich neben dem Hauseingang abzutragen und dort eine Grünfläche anzulegen, damit H. D. dort sein Geschäft verrichten konnte.

Ildaria setzte den Hund dort ab und lehnte sich gegen die Hauswand, während sie darauf wartete, dass er fertig wurde. Das konnte manchmal eine zeitraubende Angelegenheit sein, da H. D. mit Hingabe jeden Quadratzentimeter beschnupperte, ehe er sich eine Stelle aussuchte, die er diesmal benutzen wollte. Sie wusste nie, ob das Schnuppern der Feststellung diente, welche Ecke am frischesten war oder ob sich ein anderer Hund erdreistet hatte, die Grünfläche zu benutzen. Ihr machte es nichts aus zu warten, allerdings befürchtete sie, dass sie nicht mehr ganz so viel Geduld an den Tag legen würde, wenn es erst einmal Winter geworden war. Sie konnte nur hoffen, dass H. D. nicht mehr so wählerisch sein würde, wenn hier draußen eisige Kälte herrschte.

H. D. war gerade fertig und buddelte Gras unter sich durch nach hinten, als die Tür neben ihr aufging. Manche Stammkunden parkten auf dem kleinen Platz hinter dem Gebäude und nahmen diese Abkürzung zu ihrem Wagen. Ildaria machte sich nicht die Mühe, sich umzudrehen, um zu sehen, wer aus dem Haus kam, sondern eilte zu H. D., um ihn hochzunehmen, bevor der auf die Idee kam, bellend die Gäste zu verfolgen und ihnen nach Möglichkeit in die Fußknöchel zu beißen.

»Angelina Pimienta?«

Ildaria erstarrte nur ein paar Schritte von H. D. entfernt. Sie hatte das Gefühl, dass ihr das Blut in den Adern gefror, als sie hörte, wie jemand mit breitem spanischem Akzent ihren wahren Namen aussprach. Das war schon seit sehr langer Zeit nicht mehr vorgekommen, seit mindestens einem Jahrhundert nicht mehr, und auch nicht mehr, seit sie Südamerika verlassen hatte. Aber ihre Reaktion war immer noch die gleiche wie beim letzten Mal. Adrenalin jagte durch ihren Körper, während sie in die Hocke ging und herumwirbelte, um zum Angriff überzugehen, bevor der andere angreifen konnte. Ildaria mochte nicht wie eine brutale Kämpferin aussehen, dennoch war sie das. Zweihundert Jahre Training in so ziemlich allem, von Capoeira bis hin zu Vale Tudo, hatten aus ihr eine gefährliche, lebendige Waffe gemacht. Zwar hatten die Vollstrecker, mit denen sie bislang konfrontiert worden war, zu ihrem Erstaunen immer großen Wert darauf gelegt, sie nicht zu verletzen, sondern sie zu überwältigen. Für sie war das dennoch nie ein Grund gewesen, sich zurückzuhalten, jedenfalls nicht, wenn es sich um Unsterbliche handelte. Sie schlug mit der Absicht zu verletzen zu, und sie war erst zufrieden, wenn sie das Geräusch von zerbrechenden Knochen hörte. So ging sie auch jetzt vor und zog dabei das Bein hoch, mit dem sie in die ungefähre Richtung zielte, aus der die Stimme gekommen war.

Sie hatte genau richtig geschätzt, denn ihr Fuß traf das Gesicht des Mannes. Vergessen hatte sie allerdings, dass sie Schuhe mit hohen Absätzen trug, dennoch tat es ihr kein bisschen leid, dass eben dieser Absatz die Wange des Unbekannten durchbohrte. Lästig war nur, dass sie sich von ihrem Schuh verabschieden musste, da sie sonst nur kostbare Zeit verloren hätte, wenn sie ihn erst noch aus dem Gesicht des Mannes gezogen hätte.

Sie musste feststellen, dass der Unbekannte nicht allein war. Ein wüster Fluch und eine Bewegung, die sie aus dem Augenwinkel wahrnahm, machten sie auf einen großen Schlägertyp mit dunklen Haaren aufmerksam, der mit ausgebreiteten Armen auf sie zugerannt kam. Ildaria wäre fast schon in die Hocke gegangen, damit sie ihm die Beine wegtreten konnte, da fiel ihr auf, dass H. D. sich in das Fußgelenk des Mannes verbissen hatte, um sich ebenfalls an dem Kampfgetümmel zu beteiligen. Der Angreifer schien nichts von den kleinen spitzen Zähnen zu bemerken, die sich durch seinen Stiefelschaft gebohrt haben mussten. Aus Angst davor, dass H. D. etwas zustieß, wich Ildaria zurück und überlegte, wie sie sich stattdessen zur Wehr setzen sollte. Niemals zuvor hatte sie bei einem Kampf auf einen anderen aufpassen müssen, daher brauchte ihr Gehirn ein paar Sekunden, um zu einer anderen Strategie zu wechseln. Sie musste den Hünen treffen, und zwar so, dass der Kerl nicht auf dem winzigen Hund landen konnte. Also zielte sie mit dem Fuß, der noch in seinem Schuh steckte, auf die Lendengegend des Angreifers. Das sollte den Mann auf eine Weise auf die Knie sinken lassen, wie es ihr bei Juan gelungen war. Dann sollte es ihr möglich sein, H. D. an sich zu nehmen und nach drinnen zu entkommen. Sie zielte wieder äußerst präzise und trat mit so viel Wucht zu, dass sich der Absatz durch den Stoff seiner Jeans bohren konnte. Wie erhofft, kippte der Mann nach vorn und landete vor Schmerz schreiend auf den Knien.

Ildaria lief um ihn herum, packte sich den Hund, der nur widerwillig den Stiefelschaft losließ, dann wirbelte sie herum und … stieß mit Tybo zusammen.

»Hoppla«, sagte der Vollstrecker und fasste sie hastig an den Oberarmen, um zu verhindern, dass sie nach hinten taumelte und hinfiel. Aufmerksam musterte er H. D. »Ist das kleine Monster wohlauf?«

Besorgt sah Ildaria nach dem Hund, atmete aber erleichtert auf, als der begann Tybo anzubellen.

»Das würde ich bejahen«, merkte Valerian ironisch an und machte Ildaria darauf aufmerksam, dass er ebenfalls mitgekommen war. »Wir haben gesehen, wie die beiden dir nach draußen gefolgt sind«, erklärte er. Sein Blick wanderte zu den beiden Angreifern, die am Boden lagen. Der eine versuchte unter Schmerzen, den Absatz aus der Wange zu ziehen, der andere rollte sich zusammengekrümmt hin und her, da er ebenfalls einen spitzen Absatz in seinem Körper stecken hatte. »Ich würde sagen, dass du unsere Hilfe wohl nicht brauchst.«

Ildaria sah zwischen den Vollstreckern und den Angreifern hin und her und murmelte vor sich hin: »Nein, ich habe sie schon erledigt.«

»Respektable Leistung«, fand Tybo. »Hast du mal überlegt, ob du nicht Vollstreckerin werden willst? Wir könnten dich gut gebrauchen.«

Sie wollte schon den Kopf schütteln, als ihr etwas in den Sinn kam. »Wenn ich eine Vollstreckerin wäre, dürften die mich dann nicht in die Dominikanische Republik zurückschicken?«

»Dafür musst du keine Vollstreckerin sein«, versicherte ihr Valerian. »Lucian hat ihnen schon klargemacht, dass es ihnen nicht gestattet ist, dich gegen deinen Willen außer Landes zu bringen.«

»Lucian wusste, dass die beiden hier sind, und er hat mir nichts gesagt?«, rief Ildaria mit einer Mischung aus Entsetzen und Wut.

»Er hat dich angerufen, weil er dich warnen wollte, aber du hast dich nicht gemeldet. Also hat er dir eine Nachricht hinterlassen und uns angewiesen, diesen Typen zu folgen und dafür zu sorgen, dass sie keinen Ärger machen«, erklärte Tybo geduldig.

Ildaria zog angesichts dieser Neuigkeiten die Augenbrauen zusammen. Sie hatte den Anruf nicht annehmen können, weil ihr Handy momentan in ihrer Wohnung in einer Plastiktüte voll mit Reis lag. Sie hatte es in die Gesäßtasche gesteckt, als sie und G. G. beim Bowling waren, und danach völlig vergessen – bis sie zur Toilette gegangen und das Handy aus der Tasche gerutscht und in der Toilettenschüssel gelandet war. Während des Dates, das unglaublich unterhaltsam gewesen war, hatte sie über diesen Zwischenfall noch von Herzen lachen können. Aber das war jetzt nicht mehr der Fall, außerdem nahm sie sich vor, das Smartphone ab sofort nur noch eng am Körper zu tragen und darauf zu achten, dass es in Sicherheit war. Es war eine unverzichtbare Rettungsleine, nachdem sie jetzt von ihrer Vergangenheit eingeholt worden war.

»Bedauerlicherweise haben sie ja offenbar beschlossen, nicht auf Lucian zu hören«, meinte Valerian, während der Mann mit dem Absatz in der Wange etwas sagen wollte, was aber nicht zu verstehen war.

»Kannst du ihn lesen?«, fragte Tybo an Valerian gewandt, da er offenbar neugierig war, was der Südamerikaner ihnen mitteilen wollte.

Der Blonde schüttelte den Kopf. »Bei den Schmerzen, die er im Moment hat, werde ich mich hüten.«

Tybo schaute etwas enttäuscht drein, zuckte dann aber die Schultern. »Na ja, wir werden es bestimmt noch erfahren, wenn wir ihn zum Hauptquartier geschafft haben und seine Verletzung genügend verheilt ist.«

Valerian nickte und sah zu Ildaria. »Geht es dir gut?«

»Sí«, murmelte sie, verschwieg aber, dass es den beiden Angreifern gar nicht erst gelungen war, Hand an sie zu legen.

Nach kurzem Zögern fragte er: »Bist du hier draußen fertig?« Als sie nickte, schlug er vor: »Dann solltest du vielleicht besser mit H. D. reingehen. Wir wissen nicht, wie viele von ihnen sich hier herumtreiben, und wir werden so lange nicht hier sein und eingreifen können, bis wir die beiden bei Mortimer abgeliefert haben und wieder herkommen können.«

Bei diesen Worten verkrampfte sich Ildaria. Sie hatte nicht mal die Möglichkeit in Erwägung gezogen, dass mehr als nur diese beiden Kerle es auf sie abgesehen haben könnten. Sie hielt H. D. fester an sich gedrückt und suchte mit skeptischem Blick den düsteren Parkplatz ab. Sehen konnte sie niemanden, doch das hieß nicht, dass auch niemand hier war. Komplizen der beiden konnten sich immer noch hinter einem Wagen oder an anderer Stelle versteckt halten.

»Es könnten sich auch ein paar von ihnen drinnen befinden«, machte Tybo ihr klar.

Valerian schnalzte ungehalten mit der Zunge und wandte sich noch mal an Ildaria: »Wir machen das anders. Erst mal setzen wir die beiden außer Gefecht und verschnüren sie. Dann bringt dich einer von uns nach oben und sieht sich erst mal gründlich in deiner Wohnung um. Und erst danach fahren wir zu Mortimer.«

Ildaria erwog das Angebot abzulehnen. Immerhin hatte sie lange Zeit auf sich selbst aufpassen müssen und niemanden gehabt, an den sie sich hätte wenden können. Geändert hatte sich das erst vor zehn Jahren, als sie Vasco und Cristo begegnet war. Und was die beiden anging, hatte sie sich gar nicht erst an sie wenden können, da die ständig auf sie aufgepasst hatten, auch wenn ihr das nicht so recht gewesen war. Jess und Marguerite waren dann die Nächsten gewesen, die darauf bestanden hatten ihr zu helfen, auch wenn sie das nach Möglichkeit vermieden hatte.

Aber das alles bedeutete nicht, dass sie es gewohnt war, Hilfe von irgendwem anzunehmen. Andererseits hatte sie aber auch keine große Lust auf einen weiteren Kampf, wenn ein oder zwei Komplizen dieser beiden Angreifer in ihrem Apartment lauern sollten. Abgesehen davon hatte sie jetzt keine Schuhe mehr zur Hand.

Ein leises Zischen drang an ihr Ohr. Als sie sich umsah, stellte sie fest, dass Tybo auf den Mann mit dem Schuh im Gesicht geschossen hatte. Der Mann kippte zur Seite und Ildaria konnte erkennen, dass sich der Absatz durch den Gaumen gebohrt hatte und die Spitze wohl bis zum oberen Bereich des Nasenbeins zwischen den Augen vorgedrungen sein musste. Zumindest war dort eine Beule zu sehen, die so aussah, als würde sie durch die Spitze des Absatzes verursacht.

Sie betrachtete missmutig den Schuh, der sich ins Gesicht des Angreifers gebohrt hatte, und ließ betrübt die Schultern sinken. Wegen der Metallabsätze waren diese Schuhe sündhaft teuer gewesen, doch sie hatte einfach nicht widerstehen können. Was ihr besonders gefiel, waren die kleinen schwarzen Schleifen an der Ferse. Und G.G. mochte sie offenbar auch, denn egal wie jeder einzelne Traum abgelaufen war, immer ließ er sie diese Schuhe tragen. Manchmal waren die Schuhe das Einzige, was sie am Körper trug.

»Wir werden dir deine Schuhe wiederbringen«, sagte Valerian.

Ildaria sah mit an, wie Tybo auf den zweiten Mann schoss, in dessen Lendengegend der andere Schuh steckte. Sie verzog den Mund und war sich nicht so sicher, ob sie diese Schuhe tatsächlich noch einmal wiedersehen wollte. Aber das verschwieg sie den beiden gegenüber, die soeben die zwei Angreifer hochhoben und sie sich über die Schulter warfen, um sie zu einem schwarzen SUV zu bringen, der neben G.G.s Pick-up stand. »Ein Glück, dass wir hier geparkt haben«, sagte Tybo zu ihr.

»Sehr praktisch«, fand sie und streichelte H.D. besänftigend, während sie mit ansah, wie die beiden Männer die Angreifer auf der Ladefläche abluden. Die zwei diskutierten nicht groß, wer von ihnen was machen sollte. Stattdessen wies Valerian Tybo an, im Wagen auf ihn zu warten und erneut auf die Männer zu schießen, falls sie sich wieder rühren sollten. Dann kam Valerian zu ihr, fasste sie am Ellbogen, um sie bis zur Tür zu bringen. Im Treppenhaus ging er dann aber voraus, um sich zu vergewissern, dass nirgendwo jemand auf sie lauerte. Das ging so, bis sie die richtige Etage erreicht hatten.

»Wohin?«, fragte er und deutete auf die beiden Wohnungstüren.

»Links«, antwortete Ildaria und nahm H.D. auf den anderen Arm, damit sie den Schlüsselbund aus der Hosentasche ziehen konnte. Sie wartete geduldig, während Valerian die Tür aufschloss und in die Wohnung ging, um sich dort umzusehen. Ihr Blick wanderte in der Zwischenzeit zur Treppe, weil sie insgeheim fürchtete, ein weiterer südamerikanischer Vollstrecker könnte dort auftauchen, um sie anzugreifen. Aber nichts dergleichen geschah, bis Valerian schließlich aus ihrer Wohnung kam und berichtete, dass alles in Ordnung sei.

»Lass die Tür geschlossen und ruf sofort an, wenn es irgendwelche Probleme gibt. Lucian wird Tybo und mich vermutlich weiter dafür abstellen, dass wir das Haus im Auge behalten, für den Fall, dass es noch mehr Ärger gibt. Aber es kann sein, dass es eine Stunde dauert, bis wir zurück sind. Vermutlich erstattet Tybo jetzt gerade Bericht, und es ist gut möglich, dass Lucian ein anderes Team herschickt, weil es zu riskant ist, dich ungeschützt hier zurückzulassen. Ich werde Tybo sagen, dass er dir in jedem Fall eine SMS schickt, damit du weißt, was los ist«, versprach er ihr, drückte ihr den Schlüsselbund in die Hand und schob sie in ihr Apartment.

»Danke«, rief sie, als er die Tür zuzog. Kaum war die ins Schloss gefallen, schob Ildaria den Riegel vor. Gleich darauf hörte sie von draußen einen zufriedenen Laut von Valerian, der offenbar noch gewartet hatte, bis abgeschlossen war. Das fand sie zwar umsichtig von ihm, aber es wäre nicht nötig gewesen. War doch klar, dass sie nach dem Zwischenfall alles verriegeln würde, sagte sie sich und setzte H. D. auf den Boden.

Ihr Problem war jetzt die Frage, ob es nicht besser sein würde, ihre Sachen zu packen und die Flucht zu ergreifen. Immerhin hatte Juan sie ausfindig gemacht.

10

G. G. drehte sich auf die andere Seite und machte die Augen auf. Er fühlte sich wunderbar. Bestens ausgeruht und im höchsten Maße befriedigt von den Träumen, die er mit Ildaria geteilt hatte. Himmel, wenn Sex zwischen Lebensgefährten noch zehnmal besser als diese Träume war, wie ihm zu Ohren gekommen war, dann würde ihn das womöglich umbringen. Zweifellos ein grandioser Tod, überlegte er grinsend und schloss wieder die Augen, um sich den Erinnerungen hinzugeben, die noch durch seinen Kopf geisterten.

Seit Ildaria ihm gesagt hatte, dass es sich um geteilte Träume handelte und dass er ihr möglicher Lebensgefährte war, hatten sich die Träume verändert. Sie war nicht nur da, um zu tun, was er wollte, sondern sie hatte begonnen, eigene Ideen einzubringen und sich in den Träumen aktiv einzubringen.

Letzte Nacht hatte sie ihn im Traum an einen Strand mitgenommen, der vermutlich in Punta Cana zu finden war. Sie beide waren allein, der Sand unter den Füßen fühlte sich wie Seide an, über ihnen standen der Mond und die Sterne am Himmel, und eine kühle Brise strich über ihre Körper, während sie sich küssten. Sie trug das Piratenkostüm, von dem sie ihm erzählt hatte, und erklärte ihm mit einem Grinsen auf den Lippen, dass sie das nur für ihn angezogen hatte. Sein Kostüm allerdings, das sie ihm in diesem Traum verpasst hatte, war nur für sie gedacht. Als er nach unten sah, stellte er fest, dass er eine enge schwarze Hose und Stiefel trug, dazu ein weites weißes Piratenhemd, das weit genug geöffnet war, um den Blick auf seine Brust freizugeben.

»Willst du über mich herfallen, El Capitán?«, hatte sie gefragt, wobei ihre Augen so goldbraun geleuchtet hatten, wie sie es immer machten, wenn sie erregt war. »Oder willst du lieber im Sand liegen, festgebunden an Pfählen, damit ich über dich herfallen kann?«

G. G. musste zugeben, dass dieser Gedanke etwas Aufregendes an sich hatte. Es musste ihm sogar anzusehen sein, denn im nächsten Moment lag er rücklings auf einem Badetuch im Sand, Arme und Beine an Pfählen festgebunden. Ihn wunderte, dass er noch seine Kleidung trug, doch dann beugte sich Ildaria über ihn und ließ ein bedenklich scharf aussehendes Messer zwischen ihren Händen hin- und herwandern.

»Mein Geschenk möchte ich natürlich selbst auspacken«, sagte sie grinsend, kniete sich neben ihm hin und setzte ihre Worte in die Tat um. Mit geschickten Bewegungen schlitzte sie jedes seiner Kleidungsstücke auf, bis er nur noch seine Stiefel trug. So schnell sie ihn auch seiner Kleidung entledigt hatte, nahm sie sich anschließend umso mehr Zeit, um zu seiner großen Qual jede Stelle seines Körpers zu küssen und zu lecken und zu erkunden, nur nicht diese eine Region, die sich am meisten nach ihr verzehrte.

Es kostete G. G. viel Willenskraft, nicht einfach die Kontrolle über den Traum zu übernehmen, seine Fesseln verschwinden zu lassen, Ildaria in die Arme zu nehmen und sich mit ihr im Sand zu wälzen und sie zu lieben. Doch er hielt sich zurück, weil er zu sehr daran interessiert war zu erfahren, in welche Richtung sich das Geschehen entwickeln würde. Vor allem wollte er herausfinden, ob sie sich seinem mehr als bereiten Schwanz widmen und ihn lecken oder ob sie auf einmal ausrasten und ihn abbeißen würde.

Nein, sie biss ihn nicht ab, sondern schloss sanft die Lippen um ihn, als G. G. bereits seinem Höhepunkt bedenklich nahe war. Es bedurfte einer schier übermenschlichen Beherrschung, um das zu verhindern, doch nachdem sie nur ein paar Mal den Kopf auf und ab bewegt hatte, gab es für ihn kein Halten mehr. Glücklicherweise erholte er sich im Traum so rasch, dass er gleich darauf mit vertauschten Rollen weitermachen konnte. Jetzt lag sie an Pfähle gefesselt im Sand, und er kümmerte sich so intensiv um sie, dass sie lautstark zum Höhepunkt kam. Danach gingen sie eine Weile schwimmen, anschließend liebten sie sich in der Brandung. Schließlich stand Ildaria auf, zog ihn hoch und lief mit ihm durch den Sand zu den Palmen. Als sie losliefen, waren sie noch nackt, aber als sie den Wald verließen und sich auf einer belebten Straße wiederfanden, trug er wieder seine Piratenkleidung, und sie hatte einen hübschen weißen Rock mit roten und weißen Streifen und eine kurzärmelige schulterfreie Bluse an, von der G. G. vermutete, dass man sie als »Peasant Top« bezeichnete, auch wenn er das nicht mit Gewissheit sagen konnte, da er kein Modeexperte war. Die Haare hatte sie so hochgesteckt, dass sie nur auf einer Seite in dichten Locken herunterfielen, in die weiße, rote und blaue Blüten eingeflochten waren. Sie sah einfach hinreißend aus, und G. G. wollte sie am liebsten schon wieder. In dem Moment wurde seine Aufmerksamkeit durch einen lauten Aufschrei auf einen Mann gelenkt, der mitten in der Menge stand, seinen Hintern festhielt und vor Schmerzen schrie. Kaum hatte G. G. ihn wahrgenommen, fiel ihm schon ein anderer Mann auf, der einen roten Umhang, ein glänzendes Hemd und eine Schlaghose trug, die mit winzigen Glöckchen, Bändern und anscheinend auch mit Splittern eines Spiegels besetzt war. Dieser Mann trug außerdem eine Maske mit Hörnern, Glubschaugen und großen Zähnen, zu denen auch lange Fangzähne gehörten.

Diese Zähne waren zum Teil mit roter Farbe angemalt, die sie blutverschmiert aussehen ließ.

»Das ist Diablo Cojuelo«, brüllte Ildaria ihm ins Ohr, damit er sie trotz der lauten Merengue-Musik hören konnte, die von einer kleinen Band aus kostümierten Musikern gespielt wurde.

»Ein Vampir?«, gab er zurück. Nicht mal in einem Traum würde er den Begriff *Unsterblicher* laut aussprechen.

»Nein«, sagte sie lachend und brüllte ihm ihre Erklärung entgegen. »Das hier ist Karneval. Er ist der humpelnde Teufel. Er wurde wegen seiner kindischen Streiche auf die Erde verbannt, aber bei der Landung verletzte er sich am Bein, und deshalb humpelt er. Jedenfalls ist das die offizielle Version. Meine Großmutter sagte immer, dass er für die Spanier steht, die die Insel eroberten und die Einheimischen versklavten.«

»Und was trägt er da mit sich herum?«, wollte G. G. wissen, als ihm das ballonartige Ding in der Hand des humpelnden Teufels auffiel. Es sah aus wie ein bleicher, leicht hautfarbener Ballon, doch G. G. war sich sicher, dass der wehklagende Mann damit geschlagen worden war. Ein simpler Ballon konnte niemanden vor Schmerz so aufschreien lassen.

»Das ist seine *vejiga*. Eine getrocknete, aufgeblasene Kuhblase, behandelt mit Asche, Zitrone und Salz. Sie ist sehr hart. Pass auf, er kommt uns zu nah. Wenn er dich mit seiner *vejiga* trifft, tut das verdammt weh, und du hast mindestens eine Woche lang einen blauen Fleck«, warnte sie ihn und zog ihn dort weg.

G. G. nickte und folgte ihr, schaute aber dabei ein paar Mal über die Schulter nach hinten. Auf einmal bemerkte er eine nackte Frau mit langen schwarzen Haaren oder vielleicht auch in einem Kleid aus langen schwarzen Haaren. Aber mit ihren Füßen stimmte etwas nicht. Er wandte sich zu Ildaria um und rief: »Was ist das?«

»Das ist La Ciguapa, eine Art Sukkubus. Sie spaziert nackt umher, nur bedeckt von ihren langen Haaren. Ihre Füße weisen nach hinten, um diejenigen zu verwirren, die ihren Fußabdrücken zu folgen versuchen. Sie kommt nachts aus ihrem Versteck und verzaubert Männer«, erklärte sie, während sie sich einen Weg durch die Menge bahnten.

»Bist du hier aufgewachsen?«, fragte er, während ihm andere kostümierte Leute ins Auge fielen. Ein Mann in einem Kleid, der ein Huhn mit sich herumtrug, eine hysterisch schreiende Frau, eine große Gruppe, die ein wenig nach amerikanischen Ureinwohnern aussah, aber aufwändigere und farbenprächtigere Perlenstickereien trug, als er es je gesehen hatte.

»Sí. Das ist mein Dorf, wenn Karneval gefeiert wird«, rief sie, hielt inne und sah sich rasch um. Offenbar beruhigt, dass der humpelnde Teufel mit seiner *vejiga* nicht in ihrer Nähe war, konzentrierte sie sich wieder auf das Geschehen auf der Straße und lächelte wehmütig. »So war Karneval, als ich jung war. Heute ist alles nur noch Kommerz, so wie Weihnachten. Es gibt Sponsoren und Konzerte und …« Sie zuckte missmutig mit den Schultern. »Es ist nicht mehr das Gleiche.«

»Du hörst dich an wie eine alte Frau«, neckte er sie.

Daraufhin sah sie ihn grinsend an. »Ich *bin* eine alte Frau«, betonte sie und grinste ihn noch breiter an, als sie seine verdutzte Miene sah, als ihm bewusst wurde, wie recht sie hatte.

Sie hatte gesagt, dass sie 1812 geboren war, womit sie jetzt über zweihundert Jahre alt war, älter als jeder noch lebende Sterbliche. Sie müsste ein verschrumpeltes altes Weib sein, doch die Nanos sorgten dafür, dass sie jung und hübsch blieb. G. G. wusste über die Unsterblichen Bescheid, und eigentlich wusste er, dass die meisten Unsterblichen, mit denen er zu tun hatte, älter waren als er selbst. Aber aus irgendeinem Grund dachte er nicht daran, wenn er mit ihnen zu tun hatte.

»Oh, G. G., du hast ein Verhältnis mit einer älteren Frau«, sagte sie und riss die Augen auf. »Mit einer Cougar.«

G. G. schnaubte abwehrend, als er das hörte. »Du bist keine Cougar.«

»Sí. Meine Freundin Lydia von der Universität sagt, dass eine ältere Frau, die was mit einem jüngeren Mann hat, eine Cougar ist. Also bin ich eine Cougar«, beharrte sie. »Und du bist *mi perrito.«*

»Was soll das sein?«, fragte er argwöhnisch.

»Mein Hündchen.«

»Mein Hündchen«, wiederholte er ungläubig.

»Tja, das ist immer noch besser als mein Kätzchen. Das klingt einfach völlig verkehrt. Ich könnte dich *Osito* nennen.«

»Das heißt …?«

»Knuddeliger Teddybär.« Als er die Augenbrauen zusammenzog, schlug sie vor: *»Semental?* Das heißt so viel wie Hengst.«

»Hm, danach hört es sich aber nicht an«, fand er.

»Oder *pollo grande«*, bot sie ihm mit einem verruchten Lächeln an. »Das heißt *großer Hahn*, oder *big cock*, wie die Engländer sagen. Was das in deiner Sprache noch bedeutet, weißt du ja bestimmt.«

G. G. merkte, dass er ohne es zu wollen zu grinsen begann. Ja, die andere Bedeutung war ihm bekannt: *großer Schwanz*. Der Name gefiel ihm. Ildaria brach in schallendes Gelächter aus, als sie sein Mienenspiel sah. Sie kam näher und schmiegte sich an ihn, dabei bemerkte er, dass sie ihre Hand an seinem Bein entlang nach oben in Richtung Schritt gleiten ließ. »Mir gefällt dein Outfit, *pollo grande.«*

»Du bist ungezogen«, gab er leise zurück und griff nach ihrer Hand. Das hier mochte ja nur ein Traum sein, aber für ihn fühlte es sich dennoch so an, als wären sie von Hunderten von

Leuten umgeben. Dummerweise genügte wie üblich nur eine Berührung, und er war sofort zu allem bereit. Ach was, schon ein Blick genügte, und er tat, was sie wollte. Ildaria war wie eine Droge, nach der er süchtig war. Da sie noch immer Hand in Hand dastanden, legte er seine freie Hand an ihre Taille.

»Du gefällst mir in diesem Rock, Angel. Am liebsten möchte ich meine Hand unter den Stoff gleiten lassen, um herauszufinden, was du darunter trägst.« Er ließ seine Hand über ihren Po gleiten und drückte fester zu, während er sie zu sich heranzog. »Aber ich glaube, ohne den Rock siehst du noch viel besser aus.«

Ildaria lächelte verführerisch, löste sich aus seiner Umarmung und zog G. G. hinter sich her. Sie führte ihn quer durch die Menge, aus dem Trubel heraus, bis sie die Feiernden hinter sich gelassen hatten und in eine Gasse geflüchtet waren. Diese war schmal und dunkel und fühlte sich so an, als wäre sie von den feiernden Dorfbewohnern, der Musik, dem Gelächter und dem Stimmengewirr völlig abgeschieden.

G. G. fragte sich allmählich, wohin sie mit ihm wollte, als sie auf einmal stehen blieb und sich zu ihm umdrehte. Ehe er nach dem Grund dafür fragen konnte, lehnte sie sich gegen die Hauswand hinter ihr und zog ihr Oberteil nach unten, bis ihre Brüste zum Vorschein kamen. Er starrte sie einen Moment lang ehrfürchtig an, so überwältigt war er von dem Anblick. Er streckte die Hände nach diesen perfekt geformten Brüsten aus, und drückte seine Lippen auf ihre. Sie empfing ihn, indem sie für ihn den Mund einen Spaltbreit öffnete, damit er seiner Zunge freien Lauf lassen konnte, während sie sich ihm entgegendrückte. Er streichelte und drückte sanft ihre Brüste, ihre Haut war so zart und so warm, und ihr Körper fühlte sich in seinen Händen verdammt gut an. Er spielte mit ihren Nippeln, küsste sie, zupfte an ihnen und zwirbelte sie leicht, bis Ildaria zu stöhnen begann.

Daraufhin schob er mit einer Hand ihren Rock langsam nach oben. Dann strich er leicht über ihren Oberschenkel nach oben und lächelte, als sie schauderte und rastlos von einem Bein aufs andere trat. Leises, genussvolles Stöhnen kam ihr über die Lippen. Das waren Laute, die er über alles liebte und von denen er nicht genug bekommen konnte. Also ließ er seine Hand zwischen ihre Schenkel gleiten und stellte fest, dass ihm kein Slip den Weg versperrte. Die Frau denkt aber auch an alles, ging es ihm durch den Kopf, während er die Hand gegen sie drückte und ihre Hitze spürte. Ihre Finger krallten sich etwas fester in seine Schulter, und sie spreizte die Beine ein wenig, um ihm mehr Bewegungsfreiheit zu geben. Er ließ seine Fingerspitzen über ihr warmes, feuchtes Fleisch wandern. O Gott, wie nass sie bereits war. Er wollte mehr davon. Ildaria schnappte nach Luft, ein Zittern durchfuhr ihren Körper, ihre Hüften bewegten sich leicht vor und zurück, während er sie sanft massierte. Sie begann seine Hand zu reiten, wobei ihr Keuchen und Stöhnen immer intensiver wurde, je erregter sie war. Schließlich unterbrach sie den Kuss und sagte flehentlich: »Bitte!«

Und zwar in einem Tonfall, den G. G. einfach nur liebte. Er beugte sich vor, knabberte an ihrem Ohr und flüsterte ihr zu: »Was möchtest du denn, Angel?«

»Dich«, stöhnte sie.

»Willst du mich in dir spüren?«, fragte er.

»Sí! Oh!«, schrie sie auf, als er einen Finger in sie gleiten ließ, während er mit dem Daumen im gleichen Rhythmus ihre empfindlichste Stelle rieb.

»Gefällt dir das?«, raunte er ihr zu und zupfte leicht an ihrem Ohr.

»Ja, mehr«, flehte sie ihn an, als würde sie schluchzen. »Bitte, *mi amor*, bitte!«

Er drehte den Kopf so, dass er ihr einen kurzen, aber heftigen Kuss geben konnte. Gleichzeitig begann er mit seiner freien Hand seine Hose zu öffnen. Erst als er damit fertig war, erinnerte er sich daran, dass er sich in einem Traum befand und sich einfach nur hätte vorstellen müssen, dass seine Hose offen stand – oder dass er gar keine Hose mehr anhatte. Er verdrängte diesen Gedanken und nahm kurz seine Hand weg, um ihre Oberschenkel zu umfassen. Als Ildaria sich daraufhin an seinen Schultern festklammerte und die Beine um seine Hüften schlang, drückte er sich gegen sie, sodass sie seine Erektion warm und feucht umschließen konnte.

»Wie unglaublich eng«, zischte er, als die Spitze seiner Erektion weiter vordrang und förmlich hineingezogen wurde.

Dann richtete er sich ein wenig auf und vergrub sich in ihr. Ein lautes Stöhnen kam über seine Lippen, als von ihr die gleiche Reaktion erfolgte.

Er drückte sie gegen die Hauswand und küsste sie erneut. Diesmal ließ er seine Zunge im gleichen Rhythmus in ihren Mund gleiten, in dem er in sie eindrang, erst langsam, dann allmählich schneller. Sie verkrallte sich in seinen Schultern, ihre Fingernägel bohrten sich in sein Fleisch. Das war ein Fehler gewesen, denn fast wäre er deutlich vor ihr gekommen. Mit aller Macht musste er sich davon abhalten, und im Geist schrie er sich an: »Nein, verdammt, warte! Himmel, du kannst noch nicht …«

Doch dann unterbrach Ildaria den Kuss und stieß einen spitzen Schrei aus, ihre Muskeln zogen sich um ihn herum zusammen, da sie in diesem Moment ihren Höhepunkt erfuhr. Nichts und niemand hätte G. G. da noch aufhalten können, und so folgte er ihr mit einem eigenen Aufschrei in die Höhen der Lust. Er sank in sich zusammen und ließ seine Stirn an ihrer ruhen. Sekundenlang sagte keiner von ihnen einen Ton, da sie beide nach

Luft schnappten. Als er dann aber aus ihr herausglitt, streckte sich Ildaria genüsslich und strich mit den Händen über seinen Rücken, legte sie an sein Gesicht und hob seinen Kopf an.

G. G. machte die Augen auf und sah, wie sie ihn anlächelte. Sie nahm ihre Beine runter, um sich hinzustellen, dann beugte sie sich vor und gab ihm einen sanften Kuss auf die Stirn.

»Danke, mi amor. Ich bin mir sicher, dass du damit meine Albträume vertrieben hast. Ich werde nie wieder an diesen Ort denken können, ohne mich an das hier zu erinnern.«

G. G. stutzte, als er diese Worte vernahm. Er sah sich in der Gasse um, die schmal und dunkel war und etwas unangenehm roch, und mit einem Mal war er sich sicher, dass dies hier die Gasse war, in der sie zuerst von den Soldaten und später von Juan Villaverde angegriffen worden war, der sie dann gewandelt hatte. Als er sich zu Ildaria umdrehte, um sie zu fragen, nickte sie bereits bestätigend und gab ihm dann einen Kuss, der zunächst nur eine ganz leichte Berührung ihrer Lippen war. Schließlich war sie es, die ihn intensiver küsste und die Zunge ins Spiel brachte. Er erwiderte den Kuss, achtete aber darauf, dass er ihr die Führung überließ. Die übernahm sie dann auch, da sie ihn immer stürmischer küsste und auf einmal eine Hand nach unten wandern ließ. Als sie ihn umschloss, stöhnte er auf und spürte, wie die Erektion einsetzte. Ildaria drehte sich mit ihm so, dass er derjenige war, der die Hauswand im Rücken hatte, aber er widersetzte sich ihr nicht.

Er riss allerdings erschrocken die Augen auf, als sie den Kuss unterbrach und sich vor ihm hinkniete. Die Sorge vor dem, was sie gleich tun könnte, ließ ihn ein wenig von seiner Leidenschaft einbüßen. Seine Angst war ihm wohl deutlich anzusehen, denn ein Lächeln umspielte Ildarias Lippen. »Feigling«, flüsterte sie und schloss die Hand um seinen halb aufgerichteten Schwanz.

»Na, ich hänge halt an all meinen Teilen«, erklärte er.

»Ich doch auch, *semental*«, versicherte sie ihm und nahm ihn in den Mund. G. G. wollte die Augen schließen und das Gefühl ihrer Lippen und ihrer Zunge an seinem Schwanz genießen, doch dafür war er viel zu nervös. Aber selbst hier an dieser Stelle hatte sie nicht die Absicht ihn zu beißen, und der Anblick ihrer Lippen, die ihn umschlossen, war verdammt noch mal das Erotischste, was er je gesehen hatte. Obwohl sie sich eben noch geliebt hatten, dauerte es nicht lange, bis sie ihn wieder bis kurz vor den Höhepunkt gebracht hatte. Tatsächlich ging das sogar so schnell, dass es ihm peinlich hätte sein müssen, wenn es sich nicht so verdammt gut angefühlt und Ildaria ihn nicht so rundum zufrieden angesehen hätte.

Er konnte nur den Kopf schütteln und kapitulierend lachen, als er gegen die Wand in seinem Rücken sank und die Arme um Ildaria legte, nachdem die sich wieder aufgerichtet hatte.

»Du bist unglaublich«, flüsterte er ihr zu und gab ihr einen Kuss auf die Stirn.

»Sí, ganz so wie du. Deshalb sind wir ja auch Lebensgefährten«, erwiderte sie im gleichen Tonfall und küsste ihn aufs Kinn.

G. G. betrachtete sie eine Weile schweigend, dann drehte er sich mit ihr zusammen um, sodass sie wieder mit dem Rücken zur Wand stand, während er ihren Rock hochschob und küssend an ihren Oberschenkeln nach oben wanderte.

»G. G.?«, hauchte sie und klang so, als sei sie schon außer Atem.

»Ich werde dir noch eine weitere gute Erinnerung mitgeben, die die schlechten alten ersetzen kann«, antwortete er und legte ihr Bein über seine Schulter, um seine Lippen und Zunge ins Spiel zu bringen. Er war fest entschlossen, es zur besten Erinnerung von allen zu machen. Als sie das erste Mal kam, schrie sie ihre Lust in die schmale Gasse hinaus, aber er ließ noch nicht von ihr ab. Insgesamt brachte er sie auf diese Weise ein halbes Dutzend Mal zum Höhepunkt. Als er schließlich aufhörte, zitterten ihre Beine so sehr, dass sie nicht mehr stehen konnte, und ihre Hände waren nur noch zu fahrigen Bewegungen in der Lage, als sie versuchte, ihre Kleidung zurechtzuziehen.

G. G. half ihr bei ihrem Top, dann brachte er seine eigene Kleidung in Ordnung, nahm Ildaria in die Arme und machte sich daran, sie aus der Gasse zu tragen. »Es wird Zeit fürs Bett«, murmelte er.

Ildaria lächelte ihn an und ließ den Kopf gegen seine Schulter sinken. »Ich bin bereits im Bett. Das hier ist ein Traum, oder hast du das vergessen?«

»Stimmt«, pflichtete er ihr bei, während ihr die Augen zufielen. Er verließ die Gasse und fand sich wundersamerweise im Schlafzimmer ihrer Wohnung wieder. »Aber beim nächsten Mal wird es nicht nur ein Traum sein«, fügte er hinzu, wusste aber nicht, ob sie ihn überhaupt noch gehört hatte.

Der Gedanke, sie sei in ihrem eigenen Traum eingeschlafen, erschien ihm irgendwie absurd, doch genau danach sah es aus. Vielleicht hatte die Erschöpfung den träumenden Teil ihres Gehirns einfach dazu veranlasst, sich abzuschalten. Was auch immer der Grund sein mochte, auf jeden Fall legte er sie in ihr Bett, dann rollte er sich in seinem Bett auf die Seite und wachte auf.

Das war eine irrsinnige Nacht gewesen, eine von vielen, seit sie in der letzten Woche begonnen hatte, in den geteilten Träumen eine aktive Rolle zu übernehmen. Dieser Traum war allerdings etwas ganz Besonderes gewesen. Er veranlasste G. G. zu der Annahme, dass sie tatsächlich wagen konnten, auch im wachen Zustand Sex zu haben. Ganz offensichtlich war das für Ildaria der Anlass gewesen, ihn in die Gasse zu führen, in der sie überfallen worden war. Entweder wollte sie sich damit selbst auf die Probe stellen oder aber ihm zeigen, dass sie die Situation als unbedenklich einschätzte und nicht ausrasten würde. Er war sich sicher, dass er bei ihrem ersten Mal etwas nervös sein würde. Dennoch wollte er es versuchen. Schade war nur, dass es keine Kondome aus Kevlar gab.

Der Gedanke ließ ihn lächeln, als er die Augen aufmachte und den Kopf drehte, um einen Blick auf den Wecker zu werfen. Erschrocken musste er feststellen, dass es neun Uhr am Morgen war. Er hatte zwölf Stunden durchgeschlafen! Das war ihm seit seiner Teenagerzeit nicht mehr passiert. O Gott, und er hatte H.D. bei Ildaria gelassen. Ganz offensichtlich hatte sie auch die ganze Zeit geschlafen, sonst hätte er nicht seinen Traum mit ihr teilen können, aber er fragte sich, wie lange sie wohl gewartet hatte, dass er vorbeikam und seinen Hund abholte. Sonnenaufgang war um diese Jahreszeit gegen Viertel vor sechs, und normalerweise brauchte das Aufräumen im Club so lange, dass er um halb sieben oder Viertel vor sieben bei ihr klingeln konnte. Vermutlich war Ildaria darüber eingeschlafen, dass sie auf ihn gewartet hatte. Verdammt, er war ein mieser Hundehalter und ein ebensolcher Arbeitgeber.

Abrupt setzte er sich hin, warf die Bettdecke zur Seite und sprang aus dem Bett, um ins Badezimmer zu sprinten. Zehn Minuten später hatte er geduscht, sich rasiert, die Zähne geputzt und den Irokesenschnitt in Form gebracht. Nach einem zielsicheren Griff in den Kleiderschrank war er auch schon angezogen. Auf einen Kaffee verzichtete er, stattdessen schnappte er sich den Schlüsselbund und lief aus der Wohnung zum gegenüberliegenden Apartment. Da er wusste, dass Ildaria noch schlief, klopfte er nicht an, sondern schloss direkt die Tür auf und schlich nach drinnen. Er erwartete, Ildaria und H. D. auf der Couch vorzufinden, weil sie dort vermutlich auf ihn gewartet hatte und dann eingeschlafen war.

Doch auf der Couch war nichts von ihr zu sehen, und auch sonst nirgendwo – bis er sich der Schlafzimmertür näherte. Die hätte er nie ohne Erlaubnis aufgemacht, doch zu seinem Glück stand sie offen – und Ildaria lag im Bett, zusammen mit H. D., der sich an ihren Rücken gekuschelt hatte. Der kleine Hund wusste ganz genau, was er sich da herausnahm. G. G. ließ ihn nie bei sich im Bett schlafen, und diese Frau warf jetzt die ganze Erziehung seines Hundes über den Haufen.

Trotz dieser Feststellung konnte er sich ein Lächeln nicht verkneifen, als er ihr Gesicht betrachtete. Er hatte sie noch nie schlafen sehen. Sie wirkte anders auf ihn, sanfter, ohne diesen stets wachsamen Ausdruck, den sie sonst an den Tag legte. Das machte ihm bewusst, dass sie normalerweise sehr angespannt war und ständig Ausschau hielt nach irgendwelchen Gefahren oder Bedrohungen. War sie nicht wach und nervös, dann sah sie aus wie jener Engel, als den er sie bezeichnete. Süß und reizend und unschuldig.

Wenn er sie so sah, konnte er sich gut vorstellen, wie sie mit vierzehn ausgesehen haben musste. Er war außerstande zu begreifen, wie man einem Mädchen wie ihr irgendetwas antun konnte. Bei ihm weckte sie sofort Beschützerinstinkte.

Eine Bewegung ließ seinen Blick zu H. D. zurückkehren, der inzwischen die Augen aufgemacht hatte und in Richtung Tür schaute. G. G. machte leise »Schhht«, damit der Hund nicht anfing zu bellen, und tätschelte ihn dann. Er hätte sich die Mühe sparen können, denn H. D. sprang im gleichen Moment auf und eilte zum Fußende des Betts. Die Marken an seinem Halsband schlugen gegeneinander, als der Hund auf den Boden sprang. G. G. sah zu Ildaria, froh darüber, dass das leise Geräusch sie nicht aufgeweckt hatte. Er bückte sich, streichelte den Hund und dirigierte ihn in Richtung Tür, damit er die hinter sich zumachen konnte. G. G. hatte beschlossen, für Ildaria ein Frühstück zuzubereiten, doch der damit verbundene, unvermeidbare Lärm hätte sie vermutlich aus dem Schlaf gerissen – und genau das wollte er vermeiden. Diese Frau hatte zwar seinen Hund verzogen, doch davon abgesehen war sie perfekt … für ihn. Aber wie sollte es auch anders sein, schließlich war sie seine Lebensgefährtin.

Verdammt, ich habe eine Lebensgefährtin, führte G. G. sich vor Augen und lächelte zufrieden, während er vor H. D. her durch den Flur ging. Als er in Richtung Küche abbiegen wollte, bellte der Hund einmal und veranlasste ihn, auf der Stelle kehrtzumachen. Der Hund war ihm nicht gefolgt, sondern in Richtung Wohnungstür weiterspaziert.

»Stimmt, du musst ja mal raus, wie?«, begriff G. G. und folgte kopfschüttelnd dem Hund zur Tür. Das war ja schließlich der Grund gewesen, warum er ihn aus Ildarias Wohnung hatte holen wollen, damit H. D. sie nicht durch lautes Bellen weckte, weil er Gassi geführt werden wollte.

»Okay, Kleiner, dann lass uns gehen«, sagte er und öffnete die Tür. Der Hund eilte in Richtung Treppe davon, blieb aber abrupt stehen und begann aufgebracht zu bellen, auch wenn sich das nicht viel anders anhörte als sein übliches Bellen. G. G. wusste, dass er versuchte, bedrohlich zu klingen.

Er folgte der Blickrichtung seines Hundes und nahm verwundert den Mann und die Frau zur Kenntnis, die am anderen Ende des Flurs auf dem Boden saßen und Karten spielten.

»Mirabeau, Tiny«, begrüßte er die zwei und zog beruhigt die Tür zu Ildarias Apartment zu, nachdem er die beiden erkannt hatte. Verwundert fragte er: »Welchem Umstand verdanken wir die Ehre eures Besuchs? Ist das überhaupt ein Besuch?«, fügte er hinzu, da er sich nicht sicher war, aus welchem Grund sie im Flur saßen.

»Lucian hat uns gegen halb sechs heute Morgen angerufen und uns gebeten, herzukommen und Ildaria zu bewachen«, antwortete Mirabeau.

»Ildaria bewachen?«, wiederholte G. G. beunruhigt. »Vor wem? Was ist passiert?«

»Zwei südamerikanische Vollstrecker haben versucht, sie zu überwältigen, als sie nach der Arbeit noch mit H. D. vor die Tür gegangen ist«, berichtete Tiny mit seiner tiefen polternden Stimme.

»Was?«, rief G. G. »Warum hat sie mir das nicht gesagt?«

»Vielleicht war sie noch zu müde, um daran zu denken«, überlegte Mirabeau. »Hat sie denn noch geschlafen, als du reingegangen bist?«

»Ja, und ich habe sie auch nicht geweckt. Aber ich meinte, wieso sie es mir nicht letzte Nacht in unseren Träumen gesagt hat.«

»Ach so«, meinte Tiny und nickte lächelnd.

»Ja, stimmt, wir haben davon gehört, dass ihr beide Lebensgefährten seid. Unseren Glückwunsch«, sagt Mirabeau und legte den Kopf ein wenig schräg. »Aber wenn ihr Lebensgefährten seid, warum schlaft ihr dann getrennt? Die geteilten Träume enden in dem Moment, wenn ihr zusammen seid. Auf die Weise bekommt ihr mehr Schlaf.«

»Mehr Schlaf würde ich nicht gerade sagen«, widersprach Tiny schmunzelnd.

»Zumindest ist er erholsamer«, hielt Mirabeau dagegen.

»Wart ihr zwei schon hier, als ich vorhin aus meiner Wohnung gekommen bin?«, fragte G. G., als ihm bewusst wurde, dass die zwei ja bereits um halb sechs von Lucian hergeschickt worden waren.

»Ganz richtig«, meinte Mirabeau und grinste breit. »Du hast nicht mal einen Blick in unsere Richtung geworfen, sondern bist aus deiner Wohnung gekommen, schnurstracks zu Ildarias Wohnung gegangen und dann da reinmarschiert. Schon gut, dass wir beide keine südamerikanischen Vollstrecker sind, sonst hätten wir dich außer Gefecht gesetzt, wären zu Ildaria in die Wohnung gegangen, hätten sie überwältigt und mitgenommen.«

»O ja«, stimmte Tiny ihr zu.

G. G. kniff für einen Moment erschrocken die Augen zu. Großer Gott, ihm war nicht aufgefallen, dass sich auf dem Flur jemand aufgehalten hatte. Er hatte sich nicht einmal umgesehen!

»Dafür gibt es auch gar keinen Grund. Es ist dein Flur, und dir war nicht bekannt, dass es irgendein Problem gibt«, machte Mirabeau ihm klar.

»Außerdem hast du nicht dein ganzes Leben damit verbracht, immer nach möglichen Bedrohungen Ausschau zu halten«, betonte Tiny. »Unsterbliche wissen, dass sie sich mit dir besser nicht anlegen. Niemand will Robert Guiscard im Nacken sitzen haben.«

»Und dank deiner Größe und deiner Frisur bleiben wohl auch die meisten Sterblichen auf Abstand zu dir.«

»Ildaria hätte euch beide aber sofort bemerkt. Wahrscheinlich sogar noch, bevor sie die Tür geöffnet hätte«, sagte G. G. nachdenklich, da ihm bewusst geworden war, wie blindlings er bislang durchs Leben gegangen war. Er hatte nie Angst gehabt, hatte nie fürchten müssen, er könnte in Gefahr sein. Ildaria dagegen war ihr Leben lang auf der Flucht gewesen, sie hatte immer Ausschau nach Ärger und nach Bedrohungen halten müssen. G. G. hatte gehofft, dass sie jetzt in Sicherheit war, da sie Südamerika hinter sich gelassen hatte. Doch nun hatte dieser verdammte Villaverde sie aufgespürt und seine Leute auf sie angesetzt. Klar, er konnte verstehen, dass der Mann sauer war, weil sie ihm den Schwanz abgebissen hatte. Und er konnte nachvollziehen, dass Villaverde im ersten Moment an Vergeltung gedacht hatte. Aber zwei Jahrhunderte lang auf der Jagd nach ihr zu sein, das war doch ein bisschen übertrieben. Der Kerl sollte endlich mal einen Schlussstrich ziehen und die Sache auf sich beruhen lassen. Er war doch ein Unsterblicher, da sollte das abgebissene Teil eigentlich nachgewachsen sein. Vermutlich. Sicher war er sich nicht. Wuchsen solche Teile nach, wenn sie von jemandem abgebissen wurden?

»Ähm, ja, die wachsen nach«, antwortete Mirabeau, die seine Gedanken mitbekommen haben musste. Sie verzog den Mund und fügte hinzu: »Das ist also sein Problem?«

»Er hat sie angegriffen, und sie hat sich nur verteidigt«, erklärte G. G., der nur hoffen konnte, dass es Ildaria nichts ausmachte, dass jetzt auch noch andere von dem Vorfall erfuhren. Er selbst hatte nichts verraten, es war von Mirabeau aus seinen Gedanken geholt worden. Trotzdem waren die Gedanken Privatangelegenheit, und er wollte sie nicht kompromittieren, nur weil er seine Gedanken hatte abschweifen lassen.

»Von mir erfährt sie nichts«, versicherte Mirabeau ihm. G. G. brummte ein »Danke« in ihre Richtung und sah zu H. D., der ungewöhnlich ruhig war. Der Hund hatte sich hingesetzt und betrachtete Tiny mit großem Interesse. Auch bellte er Mirabeau weder an, noch versuchte er, ihr ins Fußgelenk zu beißen, was völlig ungewöhnlich war. Der Hund ging sonst immer auf fremde Frauen los.

»Tiny kann gut mit Hunden umgehen«, merkte Mirabeau an und sah zu H. D. »Hunde lieben ihn.«

Als wollte er das beweisen, schnippte Tiny mit den Fingern und stieß einen kurzen Pfiff aus, woraufhin H. D. sich erhob und zögerlich auf ihn zukam. Den Kopf hielt er gesenkt, um intensiv zu schnuppern. Zu G. G.s Erstaunen ging sein Hund so dicht an den Hünen heran, dass der ihn ausgiebig streicheln konnte. H. D. setzte sich hin und warf G. G. einen Blick zu.

»Verräter«, meinte G. G. amüsiert. »Ich dachte, du musst so dringend raus.« Daraufhin stand H. D. gleich wieder auf und ging um Tiny herum zur Tür. G. G. nickte, da er seine Vermutung bestätigt fand, und ging ebenfalls zur Tür. »Wir sind gleich wieder da. Kann ich euch einen Kaffee machen, wenn ich zurück bin?«

»Nein, wir brauchen nichts«, sagte Tiny, nachdem Mirabeau den Kopf geschüttelt hatte. »Trotzdem danke.«

»Kein Problem«, murmelte G. G., öffnete die Tür zum Treppenhaus und folgte dem Hund nach draußen. Seine Gedanken kreisten nur um Ildaria, während er nach unten lief. Jemand hatte letzte Nacht versucht sie zu entführen, während er im Bett gelegen und geschlafen hatte. Beinahe hätte er sie verloren, und er hätte es erst viel später erfahren. Dieser Villaverde würde sie nie in Ruhe lassen, davon war er überzeugt. G. G. konnte sich zwar nicht erklären, wie der Mann sie in Kanada hatte aufspüren können, aber es bedeutete, dass sie hier nicht mehr sicher aufgehoben war. Vielleicht sollte er sie nach England bringen. Wenn sie erst einmal dort waren, würde sich zweifellos sein Vater einschalten. G. G. hatte seinen Eltern noch nicht gesagt, dass Ildaria seine Lebensgefährtin war, aber er wusste, dass die beiden außer sich vor Freude sein würden.

Robert besaß einen gewissen Einfluss, weshalb es auch gar nicht verkehrt war, was Tiny gesagt hatte, nämlich, dass die meisten Unsterblichen ihn in Ruhe ließen. Sie wollten sich nicht mit seinem Dad anlegen, denn Robert Guiscard war ein berühmter Krieger und gehörte dem Europäischen Rat an. Er war dafür bekannt, dass er alles tat, um die zu beschützen, die ihm am Herzen lagen. Ildaria würde unter seinem Schutz stehen, und notfalls würde er sogar einen Krieg vom Zaun brechen, um für ihre Sicherheit zu sorgen, wenn er erst einmal wusste, dass sie und G. G. Lebensgefährten waren. Allerdings würde Robert auch enttäuscht sein, dass G. G. weiterhin gegen eine Wandlung war. Das war auch der Grund, weshalb er seiner Mutter nichts von einer Lebensgefährtin gesagt hatte, als sie vor ein paar Tagen telefoniert hatten. Er wusste, sie hoffte darauf, dass er einer Unsterblichen begegnete und dann nicht länger in der Lage war, sich gegen eine Wandlung zu sträuben. Aber er sträubte sich weiter, und das würde auch für sie eine bittere Enttäuschung sein. Es könnte ihr sogar das Herz brechen. Er verstand ja auch, dass sie ihn nicht als alten Mann sterben sehen wollte. Aber er … In dem Moment wurde er durch H. D.s Bellen aus seinen Gedanken gerissen. Überrascht stellte er fest, dass er sich bereits auf dem Parkplatz hinter dem Club befand, wo H. D. lediglich ein Eichhörnchen anbellte, das sich zu nahe an seine Rasenfläche gewagt hatte. In dem Moment wurde G. G. dadurch bewusst, dass er tatsächlich durch die Gegend lief, ohne etwas davon mitzubekommen. Er hätte auf der Treppe einem halben Dutzend Vollstrecker begegnen können, die alle auf dem Weg zu Ildaria waren, und er hätte nichts davon bemerkt. Er musste unbedingt seine Umgebung im Blick behalten, immerhin konnte das über Ildarias Leben entscheiden.

11

Ildaria streckte sich genüsslich und gähnte ausgiebig, als sie aufwachte, wobei sie sich unter ihrem Laken hin und her wälzte. Sie hatte vorzüglich geschlafen, und dank der Träume, die sie mit G. G. geteilt hatte, fühlte sie sich großartig, so als sei ihre Welt rundum in Ordnung. Sie hatte noch weiter geträumt, aber es waren keine geteilten Träume gewesen, und es kam auch kein Sex darin vor. Dennoch waren es schöne Träume gewesen, in denen größtenteils ihre Abuela eine Rolle gespielt hatte, die ihr sagte, dass sie sie liebe und dass sie sehr stolz auf sie sei.

Ildaria hatte keine Ahnung, welche psychologischen Aspekte sich dahinter verbargen. Vielleicht verzieh sie sich im Unterbewusstsein selbst, dass sie ihre Abuela niemals wiedergesehen hatte, nachdem sie aus Señorita Anas Haus geflohen war. Das war eine Sache, die ihr sehr zu schaffen gemacht hatte. In den zwei Jahren nach ihrem Untertauchen hatte sie wiederholt versucht, mit Abuela Kontakt aufzunehmen, aber immer war mindestens ein Vollstrecker in der Nähe gewesen, der entweder das Haus beobachtete oder sie auf Schritt und Tritt verfolgte. Bei ihrem letzten Versuch hatte Juan vor dem Haus gestanden und mit mehreren Nachbarn geredet. Es war ihr nicht möglich gewesen zu verstehen, was gesprochen wurde, als sie eine Freundin ihrer Abuela entdeckte, die in Tränen aufgelöst bei den anderen stand. Als sie deren Gedanken las, erfuhr sie, dass die Frau Abuela besucht hatte, als die sich plötzlich an die Brust fasste und zusammenbrach. Die Freundin war losgelaufen, um

Hilfe zu holen, doch als sie mit dem Dorfheiler zurückkehrte, konnte der nichts mehr für sie tun. Abuela war tot.

Juan erzählte allen, dass er sich um ihre Beerdigung und sämtliche Formalitäten kümmern würde. Ildaria war wie in Trance weggegangen. Ihr Herz war gebrochen, das schlechte Gewissen nagte an ihr. Ihre Abuela war ganz allein gewesen, als sie starb. Die Vernunft sagte ihr, dass nichts davon ihre Schuld war, doch ihr Herz machte ihr Vorwürfe, weil sie Abuela im Stich gelassen hatte, die Frau, die für sie gekämpft und sie großgezogen hatte.

Ildaria hatte zur Beerdigung gehen wollen, doch Juan war auch dort gewesen, zusammen mit Señorita Ana und ihrem Verlobten, der inzwischen sicher längst ihr Ehemann war. Auch gut ein Dutzend Vollstrecker war zur Beerdigung gekommen, sodass sie die Zeremonie nur aus einiger Entfernung mitverfolgen konnte und es ihr verwehrt wurde, ihre Abuela noch ein letztes Mal zu sehen.

Mit teilnahmslosem Blick hatte sie beobachtet, wie ein wunderschöner und wahrscheinlich kostspieliger Sarg in die Erde hinuntergelassen wurde. Ildaria war geblieben, nachdem die meisten anderen Gäste bereits gegangen waren. Selbst als sich auch die restlichen Gäste und die Vollstrecker zurückzogen, blieb Juan beharrlich da stehen und beobachtete, wie die Totengräber Erde ins Grab schaufelten. Die meiste Zeit über stand er reglos da, doch hin und wieder schaute er sich um, als erwarte er jemanden.

Zweifellos war sie dieser Jemand, denn sie war sich sicher, dass er ihr eine Falle gestellt hatte, in die sie auf keinen Fall laufen durfte. Immerhin war er ja schon in der Gasse so wütend gewesen, dass die Grenze zum Hass überschritten worden war. Und das zu einem Zeitpunkt, als sie ihn noch gar nicht verstümmelt hatte. Mittlerweile war er da bereits seit zwei

Jahren auf der Jagd nach ihr gewesen, und seine Leute schienen einfach überall zu sein. Ein Mann verwendete nicht so viel Energie und Personal auf eine Suche nach jemandem, wenn da nicht sehr intensive Gefühle im Spiel waren. Dabei war sie sich sicher, dass er den ganzen Aufwand nicht nur betrieb, um sie im Kreise der Unsterblichen willkommen zu heißen. Es machte ihr Angst, wenn sie nur daran dachte, welche Art von Wiedergutmachung er womöglich von ihr verlangen würde, wenn er sie zu fassen bekäme.

Ihre größte Angst war, dass er sie hinrichten lassen könnte. Señorita Ana hatte keinen Zweifel daran gelassen, dass ein Unsterblicher nur einen Sterblichen wandeln durfte und von diesem Privileg erst Gebrauch machen würde, wenn er seinem Lebensgefährten begegnete und der sich als ein Sterblicher entpuppte. Zugegeben, Juan hatte sie nicht absichtlich gewandelt, doch es war sein Blut gewesen, das die Wandlung ausgelöst hatte. Bedeutete das, dass er seine Lebensgefährtin nicht wandeln konnte, wenn er ihr begegnet war und sie darum bat, gewandelt zu werden? Es sei denn, er tötete vorher Ildaria? Oder aber er hatte bereits jemanden gewandelt, und sie war eine zu viel? Sie wusste, er hatte schon einmal eine Lebensgefährtin gehabt, und er hatte auch Kinder. Aber diese Lebensgefährtin war offenbar seit einer Weile tot, und die Hintergründe dazu kannte sie nicht.

Das Einzige, was sie mit Sicherheit wusste, waren Señorita Anas Worte, dass ein Unsterblicher hingerichtet wurde, wenn er einen zweiten Sterblichen gewandelt hatte. Aber Ildaria war sich ziemlich sicher, dass Juan als Oberhaupt des Rates den Befehl erteilen konnte, sie an seiner Stelle hinrichten zu lassen. Schließlich war die Wandlung keine Absicht gewesen.

Das eigene Überleben war ein überzeugendes Argument gewesen, ein Wiedersehen mit Abuela auf einen immer späteren Zeitpunkt zu schieben. Doch nachdem sie gestorben war, hatte sich Ildaria Vorwürfe gemacht, dass sie sich nicht mehr Mühe gegeben hatte. Sie hätte ihr Leben aufs Spiel setzen müssen, um zu ihrer Abuela zu gehen und ihr persönlich zu sagen, was sich zugetragen hatte – oder zumindest so viel wie möglich davon zu erzählen, bevor man sie bei ihr abholte, verschleppte und in Flammen aufgehen ließ.

Sie hätte … irgendwas tun sollen. Jedenfalls sagte sie sich das jetzt, viele Jahrzehnte später. Die mentale Selbstgeißelung hatte irgendwann aufgehört, aber das schlechte Gewissen hatte sie nicht in Ruhe gelassen.

Jetzt allerdings fühlte sich Ildaria bereit, diese Last von sich zu werfen. immerhin war sie damals noch sehr jung gewesen, und sie hatte ihr Bestmögliches getan. Das musste ihrer Abuela klar sein, und das musste sie auch verstehen. Mit einem Mal fühlte sie sich auf eine seltsame Weise leichter. So als wäre ihr etwas verziehen worden. Ein friedliches Lächeln umspielte ihre Lippen. Sie sah zur Uhr. Kurz nach zwei Uhr am Nachmittag. Sie hatte gut sieben Stunden geschlafen. Das sollte genügen, fand sie und verließ das Bett, stellte sich vor den Schrank und begutachtete ihre Kleidung. Normalerweise trug sie nachmittags Jeans und T-Shirt oder ein hübsches Sommerkleid, je nachdem, was sie und G. G. geplant hatten. Heute aber griff sie zu Lederhose und Ledermieder. Wenn da draußen südamerikanische Vollstrecker darauf warteten, sie in ihre Gewalt zu bekommen, wollte sie für den Kampf gewappnet sein. Der Gedanke machte die Ruhe und Gelassenheit, die sie gleich nach dem Aufwachen empfunden hatte, zunichte. Ildaria seufzte, als sie fühlte, wie ihr beides entglitt. Sie mochte sich ihre Vergangenheit verziehen haben, aber Juan Villaverde hatte das anscheinend nicht. Und er hatte sie aufgespürt. Für sie bedeutete das, mit G. G. zu reden und zu entscheiden, wie sie vorgehen sollte.

Normalerweise würde sie reflexartig ihre Zelte abbrechen und untertauchen. Aber jetzt gab es für sie einen Lebensgefährten, führte sie sich vor Augen, während sie die Schranktür schloss und sich mit den ausgewählten Kleidungsstücken ins Badezimmer begab.

Sie putzte sich die Zähne, duschte und zog sich an, als sie auf einmal an H. D. denken musste. G. G. war gar nicht gekommen, um den Hund abzuholen. Nachdem die Uhrzeit, zu der er H. D. normalerweise abholte, um mehr als eine Stunde überschritten war, hatte sie angenommen, dass G. G. noch immer fest schlief, also hatte sie sich den Hund geschnappt und ihn in ihrem Bett schlafen gelassen. Doch von ihm war nichts zu sehen gewesen, als sie aufgewacht war, wie ihr erst jetzt bewusst wurde.

Besorgt verließ sie das Badezimmer und sah sich um. Auf den ersten Blick konnte sie ihn nirgends entdecken, und sie hätte zweifellos sofort intensiv nach ihm gesucht, doch die Schlafzimmertür lenkte ihre Aufmerksamkeit auf sich, war sie doch geschlossen, obwohl Ildaria mit absoluter Sicherheit wusste, dass sie sie am Abend zuvor offen gelassen hatte. Vermutlich war G. G. vorbeigekommen und hatte den Hund geholt, doch mit völliger Gewissheit konnte sie das nicht sagen. Also öffnete sie vorsichtig die Tür und spähte nach draußen, ehe sie das Schlafzimmer verließ. Der Flur war verwaist, aber es duftete köstlich, so köstlich, dass sie aus dem Zimmer trat und deutlich entspannter in Richtung Küche marschierte. Sie war sich ziemlich sicher, dass weder Hundeentführer noch Vollstrecker, die sie nach Südamerika verschleppen wollten, auf die Idee kamen, erst einmal Speck anzubraten, bevor sie ans Werk gingen.

Sie musste lächeln, als sie ins Wohnzimmer kam und G. G., der ihr den breiten, muskulösen Rücken zugewandt hatte, am

Herd stehen sah. Da kam auch schon H. D um die Kücheninsel geschossen und schwanzwedelnd und mit heraushängender Zunge auf sie zugeeilt.

Als sein Hund aufsprang und aus der Küche lief, wusste G. G., dass Ildaria aufgestanden sein musste. Er wandte sich von dem in der Pfanne brutzelnden Speck ab und sah rüber zum Wohnzimmer, hätte sich bei dem Anblick, der sich ihm bot, aber fast verschluckt.

Teufel auch, diese Frau sah aus wie ein wandelnder feuchter Traum. Ildaria war von Kopf bis Fuß in Leder gehüllt … na ja, eigentlich nur von den Brüsten bis zu den Zehenspitzen, korrigierte er sich. Über einer engen, körperbetonenden Lederhose trug sie kniehohe Lederstiefel, ihre obere Körperhälfte war in eine Art Mieder oder Korsett gehüllt, das genauso hauteng anlag wie die Lederhose und exakt den Schwung ihrer Brüste nachzeichnete. Zwar wurde das tief ausgeschnittene Teil mit breiten Trägern über den Schultern gehalten, aber es war immer noch jede Menge nackte Haut zu sehen. Das Ganze war verdammt sexy. Wenn das die Lederkluft war, die sie bei ihren Rachefeldzügen getragen hatte, dann waren die Schurken, denen sie nachgestellt hatte, vermutlich chancenlos gewesen. Sie mussten viel zu sehr von ihren Kurven abgelenkt gewesen sein, als dass sie Gegenwehr hätten leisten können. Zu seiner großen Erleichterung hockte Ildaria sich hin und beugte sich dabei nach vorn, sodass ihre Haare sich wie ein Vorhang um sie legten, während sie H. D. streichelte. Da G. G. damit die Sicht versperrt wurde, war er in der Lage, sich auf etwas anderes zu konzentrieren – in diesem Fall auf seinen Hund. Bei dessen Anblick konnte er nur die Augen verdrehen, denn H. D. hatte sich sofort auf den Rücken geschmissen und rollte sich auf dem Boden hin und her, damit sie seinen Bauch kraulte.

»Komm schon, H. D. Du blamierst uns ja beide«, rief G. G. ihm aufgebracht zu. »Du könntest wenigstens so tun, als hättest du noch einen Funken Würde im Leib.« Wie zu erwarten nahm der Hund keine Notiz von ihm.

Ildaria lachte amüsiert, aber G. G. war sich nicht sicher, ob das seinen Worten oder dem Verhalten seines Hundes galt, denn gleich darauf sagte sie: »Hey, Baby. Wie geht's meinem pelzigen kleinen Bettgesellen?«

»Der platzt vor Eitelkeit, weil er als Erster in deinem Bett gelandet ist«, meinte G. G. grinsend. Als seine Bemerkung sie in seine Richtung schauen ließ, fügte er hinzu: »Guten Morgen, Angel. So wie du aussiehst, kannst du es mit der ganzen Welt aufnehmen.«

Sie betrachtete ihr Outfit, verzog den Mund und nahm dann H. D. hoch. »Ich hielt es für besser, für alles gerüstet zu sein. Gestern Abend gab's ein bisschen Ärger.«

»Habe ich gehört«, erwiderte er mit finsterer Miene, während sie mit H. D. zur Kücheninsel kam und ihn auf einen der Hocker setzte. »Mirabeau und Tiny haben im Flur Stellung bezogen, um ein Auge darauf zu haben, ob weitere Probleme drohen.«

Ildaria nickte kurz. »Als ich mich schlafen gelegt hatte, waren noch Tybo und Valerian als Aufpasser da. Aber sie sprachen davon, dass man sie ablösen würde, noch bevor ich aufwache. Ich nehme an, Mirabeau und Tiny sind die Vollstrecker, die geschickt wurden, um für die beiden einzuspringen, oder?«

»Sieht ganz so aus«, antwortete er und fügte hinzu, was er von Dritten über die zwei gehört hatte: »Mirabeau war mal eine Vollzeit-Vollstreckerin, Tiny hat als Privatdetektiv für die Agentur Morissey gearbeitet. Mittlerweile teilen sie ihre Zeit auf beide Jobs auf. Heute sind sie deine Vollstrecker und bewachen dich.«

»Ein unsterblicher Detektiv«, sagte Ildaria mit einem Hauch von Belustigung. »Er muss außergewöhnlich gut darin gewesen sein, wenn er nur sterbliche Klienten hatte.«

»Er war noch ein Sterblicher, als er nur als Detektiv gearbeitet hatte. Mirabeau hat ihn gewandelt. Die beiden sind Lebensgefährten.«

»Oh«, machte sie gedehnt.

Als ihm auffiel, wie sie besorgt die Augenbrauen zusammenzog, wusste er sofort, wie er das verstehen musste. »Aber die beiden haben ihre Sex-und-nichts-anderes-Phase schon hinter sich«, versicherte er ihr. »Da ist nichts zu befürchten.«

Als Ildaria sichtlich beruhigt war, ließ G. G. sie wissen: »Ich kümmere mich um das Frühstück« und wandte sich wieder dem Herd zu.

»Wie kann ich mich nützlich machen?«, fragte Ildaria sofort. Mit einem Blick über die Schulter sah er, dass sie sich vom Hocker gleiten ließ und dann über H. D. beugte, um ihn auf dem Boden abzusetzen.

»Gar nicht«, sagte er, während sein Hund zu ihm kam und sich neben seinen Füßen zusammenrollte. Der kleine Bettler würde so lange nicht von seiner Seite weichen, wie er am Herd beschäftigt war, da er darauf hoffte, dass wie von Zauberhand kleine Stückchen Speck vor seiner Nase landen würden, damit er sie sich einverleiben konnte.

»Ich könnte Toast machen«, schlug Ildaria vor.

»Ist schon fertig und liegt zum Warmhalten im Ofen, gleich neben einer Schüssel Bratkartoffeln«, sagte er. »Nach dem Speck kommen jetzt nur noch die Eier, weil ich die nicht vor dem Speck in die Pfanne hauen kann.« Um zu verhindern, dass sie sich noch andere Sachen überlegte, fügte er hinzu: »Der Wasserkocher sollte noch heiß genug sein, also gieß dir einen Tee auf und leiste mir einfach Gesellschaft.«

Er hatte das Wasser schon dreimal aufkochen lassen, seit er vor gut einer Stunde zurückgekehrt war. Da er wusste, dass Ildaria so bald nicht aufwachen würde, war er nach dem Gassigehen mit H. D. in sein Apartment gegangen, um einen Kaffee zu kochen und ein paar Pop-Tarts zu essen. Dann hatte er noch ein paar Telefonate erledigt und eine Weile einfach nur rumgehangen, bis er das Gefühl hatte, dass es wohl nicht mehr länger als eine Stunde dauern würde, bis Ildaria aufwachte. Also hatte er sich Speck, Eier, Kartoffeln und seine große Bratpfanne geschnappt, war mit H. D. wieder in ihr Apartment gegangen und hatte mit den Vorbereitungen für das Frühstück begonnen.

»Möchtest du auch einen Tee?«, erkundigte sie sich.

»Nein, ich spreche heute Morgen eher auf Kaffee an«, erwiderte er. »Trotzdem danke.«

Sie murmelte etwas vor sich hin, was er aber nicht verstehen konnte, da sie mit dem Löffel in der Tasse rührte.

»Ich schätze, die beiden … Mirabeau und Tiny haben dir erzählt, was letzte Nacht passiert ist.«

»Ja«, bestätigte er. G. G. hatte sich nach der Rückkehr vom Gassigehen von den beiden im Detail berichten lassen, was ihnen über die Vorgänge in der vergangenen Nacht bekannt war. Das hätte er besser gemacht, bevor er nach unten gegangen war, dann hätte er nicht einen solchen Schreck bekommen, als er all das Blut auf dem Rasen entdeckt hatte. Schließlich wäre ihm dann sofort klar gewesen, dass es nur von den Angreifern, nicht aber von Ildaria stammte.

Allerdings hatte er auch schon davor gewusst, dass mit ihr alles in Ordnung sein musste, denn es war ihr immerhin möglich gewesen, ohne jede Einschränkung ihre Träume mit ihm zu teilen. Trotzdem hätte es sein können, dass sie verletzt worden war. Die Wunden von Unsterblichen heilten äußerst schnell, sodass sie nach kürzester Zeit schon wieder verschwunden waren.

Umso erleichterter war er, dass ihr nichts zugestoßen war. Und dass sie den Angreifern das Leben so schwer gemacht hatte, erfüllte ihn sogar mit Stolz. Doch jetzt war er um ihr Wohl besorgt, und er war stinksauer, denn jemand wie sie sollte nicht so brutal um sein Überleben kämpfen müssen. Er vermutete aber, dass sie in den zweihundertnochwas Jahren ihres Lebens oft genug dazu gezwungen gewesen war. Immerhin war nicht gerade davon auszugehen, dass ihre Verfolger letzte Nacht zum ersten Mal in zwei Jahrhunderten auf sie gestoßen waren.

»Hat sie dir gesagt, was mit Juans Vollstreckern passiert ist?«, wollte sie wissen und holte ihn aus seinen Gedanken.

»Das Letzte, was sie mitbekommen hatten, war, dass Lucian Rachel zu sich gerufen hatte, um deine Schuhe zu retten. Rachel ist Ärztin, sie ist mit Etienne Argeneau verheiratet, einem von Lucians Neffen«, warf er erklärend ein. »Aber wie es scheint, hatte sie Schwierigkeiten damit, den Schuh aus dem Gesicht des einen Kerls zu ziehen. Ich nehme an, der Absatz hatte sich in den Knochen gebohrt, weshalb sie operieren musste«, führte er aus, was sie zu einem zustimmenden Brummen veranlasste. »Der andere wollte überhaupt niemanden an sich heranlassen, den mussten sie erst betäuben. Er wollte den Schuh nicht entfernen lassen, damit der Heilungsprozess nur ja nicht einsetzt.«

»Sí, dieser Prozess muss bei einer solchen Verletzung wirklich brutal sein«, stimmte sie ihm sehr zufrieden zu.

G.G. nickte. Der Absatz hatte offenbar den Hoden durchbohrt. Allein der Treffer musste verheerend gewesen sein, aber das war alles nichts im Vergleich zur Heilung. Die verlief viel langsamer, sodass sich die Schmerzen über Stunden hinzogen, während die Nanos den Schaden behoben. Diese Vorstellung war alles andere als angenehm, doch es war das Mindeste, was der Mann dafür verdiente, dass er Ildaria hatte entführen wollen, sagte sich G. G. völlig mitleidlos.

Der Angriff auf sie war zumindest ein willkommener Anlass, um ihr einen Vorschlag zu unterbreiten: »Nachdem ich die Nachrichten von diesem Zwischenfall gehört hatte, fing ich an zu überlegen, ob wir vielleicht Kanada verlassen sollten, damit du keinem weiteren Angriff ausgesetzt werden kannst.« G. G. entging nicht, dass hinter ihm nur Schweigen herrschte, also fügte er hinzu: »Aber wie mein Vater schon gesagt hat, wissen sie vielleicht längst, dass wir Lebensgefährten sind. Falls nicht, wird es für sie kein Problem sein, das herauszufinden. Und dann würden sie uns einfach weiter nach England verfolgen.«

»England?«, wiederholte sie, aber er konnte aus ihrer Stimme noch nicht so richtig heraushören, was sie davon hielt. Zumindest klang sie mehr neugierig als erstaunt.

»Ja. Zuerst dachte ich, wir fliegen rüber, aber mein Vater ist der Meinung, wir sollten diese Angelegenheit besser hier aus der Welt schaffen, wenn das möglich ist. Auf diese Weise hätten wir den Rückhalt des Nordamerikanischen und des Britischen Rats, weil ich als Brite in Kanada lebe. Er kann sich nicht vorstellen, dass man Lucian irgendwelche Befugnisse zugesteht, sich in Angelegenheiten in England einzumischen, weil du aus der Dominikanischen Republik kommst und damit für dich der Südamerikanische Rat zuständig ist.«

»Sí. Wenn Juan sich beschwert und ein Gipfeltreffen der beteiligten Ratsführer einberufen wird, dann könnten die anderen entscheiden, dass Lucian dort nichts zu suchen hat, wenn ich zu der Zeit mehr in Kanada leben sollte«, überlegte sie nachdenklich. Dann auf einmal wurde ihr etwas bewusst. »Dein Vater hat darauf hingewiesen? Er weiß von mir?«

G. G. nickte. »Nach dem Gespräch mit Mirabeau und Tiny habe ich meine Eltern angerufen. Ich hielt es für angebracht, ihnen von uns zu erzählen und sie wissen zu lassen, dass wir womöglich schon bald bei ihnen auftauchen werden. Es erschien mir besser, als sie vor vollendete Tatsachen zu stellen, wenn wir bereits bei ihnen vor der Tür stehen. Dann wäre meine Mutter völlig durchgedreht.« Er ließ eine kurze Pause folgen und schob noch rasch erklärend hinterher: »Ich habe bewusst ›womöglich‹ gesagt, weil ich das erst mal mit dir besprechen wollte, bevor ich Flüge gebucht hätte. Ich hatte nicht die Absicht, dich vor vollendete Tatsachen zu stellen.« Er hörte sie hinter sich leise seufzen.

»Ich wünschte, ich könnte dich jetzt sofort umarmen«, flüsterte sie.

»Ja, das wäre schön«, räumte er ein, schüttelte dann aber den Kopf. »Bedauerlicherweise müssen wir jetzt erst mal reden, denn wenn du mich umarmst …«

»Dann können wir das Reden vergessen«, schlussfolgerte sie und klang seltsam resigniert.

Er hörte, wie sie das Zimmer durchquerte und dann einen der hohen Stühle zurückzog, der dabei über den Boden kratzte. Als er einen flüchtigen Blick über die Schulter warf, wunderte es ihn nicht, dass sie sich wieder an die Kücheninsel gesetzt hatte.

»Dann werden wir jetzt reden«, sagte sie entschlossen und räusperte sich. »Du hast also deinen Eltern von uns erzählt?«

Die Besorgnis in ihrem Tonfall war nicht zu überhören. G. G. wandte sich rasch wieder dem Herd zu, damit sie nicht sah, dass er ein Lächeln nicht unterdrücken konnte. Es war die Sorge eines jeden Partners angesichts eines bevorstehenden Zusammentreffens mit den potenziellen Schwiegereltern. Er hingegen musste sich solche Gedanken nicht machen, da Ildarias Abuela schon lange tot war und sie darüber hinaus keine Familie hatte. Diese Erkenntnis ließ sein Lächeln schnell erlöschen. »Sie waren beide sehr erfreut«, versicherte er ihr.

»Sí, wieso auch nicht?«, gab sie zurück, schien aber mit den Gedanken woanders zu sein. »Darauf haben sie ja schon seit langer Zeit gehofft.«

»Ja, und deshalb gibt es keinen Grund zur Sorge. Du könntest auch ein Troll sein, und sie würden dich trotzdem lieben. Aber du bist kein Troll, und sie werden von dir hin und weg sein. Himmel, meine Mutter wird vermutlich vor dir auf die Knie gehen und dir die Füße küssen, wenn sie in der Tür erscheint.«

»Wie? Was?«, rief sie erschrocken. »In der Tür erscheint? Du hast doch gesagt, wir reisen nicht nach England!«

»Tun wir auch nicht«, bekräftigte er. »Aber meine Eltern kommen her. Robert will bei der Klärung der Situation helfen, und Mutter ...« G. G. verstummte und drehte sich um, als er Ildaria röcheln hörte. Ungläubig sah er ihr in die Augen. Seine wunderschöne und so mutige Frau, die in der letzten Nacht zwei Vollstrecker zu Boden geschickt hatte, schaute entsetzt drein, wenn sie nur daran dachte, seinen Eltern vorgestellt zu werden. Sie war bleich, die Augen weit aufgerissen, der Mund wie bei einem Entsetzensschrei erstarrt. Zudem hatte sie sich an den Hals gefasst, als sei sie dem Erstickungstod nahe. Dann begann sie auf Spanisch zu brabbeln und fuchtelte dabei mit den Händen, wie er es an ihr noch nie gesehen hatte. Ob es ein Wutanfall war oder ein Stoßgebet, das konnte er nicht sagen, weil er nicht ein einziges Wort verstand. Davon abgesehen war Spanisch eine schöne Sprache, wie er fand. Ihre Hände wirkten wie kleine Vögel, die nervös um sie herumflatterten. Einfach hinreißend.

Plötzlich hielt sie inne, stutzte und fragte: »Warum siehst du mich so an?«

»Ich habe bloß noch nie erlebt, dass dich irgendetwas so in Aufregung versetzen kann«, sagte er und lächelte genüsslich, bevor er hinzufügte: »Abgesehen von Sex, jedenfalls.«

Ildaria bekam einen roten Kopf und ächzte: »Deine Eltern werden mich hassen.«

»Nein, das werden sie nicht«, widersprach er ihr. »Sie werden dich lieben. Meine Mutter wartet schon seit zwanzig Jahren auf eine Frau wie dich.«

»Deine Mutter wartet seit zwanzig Jahren auf eine Unsterbliche, die dich dazu überredet, dass du dich wandeln lässt. Diese Erwartung erfülle ich aber nicht, und damit habe ich ihre Hoffnungen enttäuscht«, stellte sie lakonisch fest und ließ den Kopf sinken, bis der auf die Arbeitsplatte der Kücheninsel aufschlug.

G. G. verzog den Mund. »Du hast sie nicht enttäuscht. Dass ich mich nicht wandeln lassen will, hat ja mit dir nichts zu tun.«

»Na, und ob«, widersprach sie ihm und setzte sich aufrecht hin. Sie musterte ihn kurz und kniff stöhnend die Augen zu. »Sie kommt extra her, und dann wird sie …« Ildaria schüttelte den Kopf und verfiel abermals in einen spanischen Wortschwall.

Im ersten Moment wünschte G. G., er würde diese Sprache verstehen, um beurteilen zu können, was sie da redete. Aber schon im nächsten Augenblick fragte er sich, ob er das wirklich wissen wollte. Ihre Befürchtung, den Ansprüchen seiner Mutter nicht zu genügen, weil sie nichts gegen seinen Widerwillen in Sachen Wandlung hatte ausrichten können, bereitete ihm ein schlechtes Gewissen. Er hätte nie für möglich gehalten, dass sie das so auslegen würde. Wenn es überhaupt jemanden gab, der in der Lage sein könnte, ihn zu einer Wandlung zu überreden, dann war sie diejenige. Er hatte nach der Begegnung mit ihr sogar ganz kurz einmal mit dem Gedanken gespielt, ihn aber ganz schnell wieder verworfen, weil sein Verstand ihn darauf hinwies, dass er rundum zufrieden war, ein Sterblicher zu sein und das Leben eines Sterblichen zu führen.

»Und wann werden sie ankommen?«, fragte sie auf einmal und sprach nun wieder Englisch, was ihn so irritierte, dass er einen Augenblick brauchte, ehe er auf ihre Frage reagieren konnte.

»Nun, ich …«, begann er.

»Der hiesige Rat wird das Ganze doch sicher nicht als Notfall einstufen, oder? Außerdem werden sie ja bestimmt nicht vor morgen einen Flug organisieren können, richtig?«, fragte sie hoffnungsvoll.

»Ähm … also … Robert gehört dem Rat an«, räumte er ein wenig zögerlich ein. »Und er hat mich angerufen, nachdem er mit Scotty gesprochen hatte … dem Oberhaupt des Britischen Rats. Scotty hat sich einverstanden erklärt, ihn und meine Mutter hierher zu begleiten, um die Sache mit Villaverde zu regeln.«

Zu seiner Verwunderung schien das ihre Sorge etwas zu lindern. »Oh. Gut, wirklich gut. Als Chef des Rats kann dieser Scotty bestimmt nicht einfach alles stehen und liegen lassen und mit der nächsten Maschine herkommen. Also wird es noch ein paar Tage dauern, ehe sie sich auf den Weg machen, sí?«

»Ähm …« G. G. trat verlegen von einem Fuß auf den anderen, schließlich erwiderte er: »Ein paar Tage wird es wohl nicht dauern, Ildaria. Scotty ist ein guter Freund meiner Eltern, und er weiß, wie sehr es ihnen am Herzen lag, dass ich eine Lebensgefährtin finde oder dass ich für jemanden der Lebensgefährte bin.« Er schüttelte den Kopf. »Er wird sie nicht tagelang schmoren lassen. Höchstwahrscheinlich sind sie …«

Ein Klopfen an der Wohnungstür ließ ihn verstummen.

»Ich gehe schon«, sagte Ildaria, die mit einem Mal finster dreinblickte.

G. G. nickte nur und widmete sich wieder dem Speck, der inzwischen durch war, sodass er Stück für Stück hochnahm und auf ein vorsorglich bereitgelegtes Stück Küchenpapier legte, um das Fett abtropfen zu lassen. Er holte eben die Eier aus dem Kühlschrank, als Ildaria in die Küche zurückkehrte mit Lucian im Schlepptau. G. G. sah kurz zu dem Mann und dann zu H. D., weil er von seinem Hund das übliche Gebell und Theater erwartete. Doch H. D., der eben noch gelassen neben ihm gelegen hatte, saß jetzt angespannt da und musterte Lucian Argeneau skeptisch. Es schien, als sei er in keiner Weise daran interessiert, durch Bellen die Aufmerksamkeit dieses Mannes auf sich zu lenken. Diese Reaktion hatte G. G. bei seinem Hund noch nie erlebt.

Dann machte er den Kühlschrank wieder auf und holte die zweite Packung Speck heraus, die er vorsichtshalber auf Vorrat mitgebracht hatte, weil er davon ausgegangen war, dass Mirabeau und Tiny mit ihnen frühstücken würden. Da diese selbst nach der zweiten Aufforderung keinerlei Anstalten gemacht hatten, seiner Einladung Folge zu leisten, hatte er nur eine Packung aufgemacht.

Lucian dagegen schlug nie eine Einladung zum Essen aus. Der Mann schien einfach immer Hunger zu haben. G. G. war sich sicher, dass Lucian ihm und Ildaria alles wegessen würde, ohne sich darum zu scheren, ob sonst noch jemand etwas haben wollte.

»Lucian«, grüßte er ihn, während er mit den Eiern und dem Speck zum Tresen neben dem Herd zurückging.

»Joshua«, erwiderte Lucian. Der Mann hatte es nicht mit Spitznamen, außer er selbst hatte jemandem einen verpasst. G. G. war für ihn immer Joshua.

G. G. entging nicht Ildarias erschrockene Miene, als Lucian seinen Namen aussprach.

»Dann nenn ihn doch Joshua«, sagte Lucian gleich darauf. »Wenigstens für den Moment, Angelina.«

Als G. G. zwischen den beiden ratlos hin- und herschaute, zog Ildaria die Augenbrauen zusammen und erklärte: »Er war wieder so unhöflich, meine Gedanken zu lesen, gerade als ich darüber nachdachte, dass mir dein richtiger Name gefällt und dass es mir unangenehm ist, dich G. G. zu nennen, wenn wir beide … intim sind«, sagte sie und bekam einen roten Kopf. Hastig fügte sie hinzu: »Es ist ein Spitzname, und der fühlt sich für mich in solchen besonderen Momenten respektlos an … und unpersönlich.«

»Und ich habe ihr vorgeschlagen, dass sie deinen richtigen Namen benutzen soll«, erklärte Lucian, nachdem sie verstummt war.

Zu G. G.s Erheiterung verdrehte Ildaria dabei die Augen. Die Macht und die Position, die dieser Mann innehatte, schienen sie in keiner Weise zu beeindrucken. Und falls doch, hatte sie ganz offensichtlich nicht die Absicht, sich das anmerken zu lassen. Er hegte die Vermutung, dass sie über die Jahrhunderte hinweg die Fähigkeit entwickelt hatte, sich vieles nicht anmerken zu lassen.

Ohne auf Lucian zu achten, sah er Ildaria an und sagte: »Das kann ich verstehen. Was glaubst du, warum ich dich in unseren geteilten Träumen und auch außerhalb Angel nenne?«

»Weil das ihr Name ist«, warf Lucian ungerührt ein.

Jetzt war G. G. derjenige, der die Augen verdrehte.

Lucian schien davon nichts mitzubekommen, oder aber er ging bewusst darüber hinweg, weil es ihm wichtiger war, zu Ildaria zu sagen: »Du solltest den Namen benutzen, den man dir gegeben hat. Dein Name steht für die Person, die du bist und die deine Familie in dir sehen wollte.«

G. G. bemerkte, dass Ildaria angesichts Lucians Predigt die

Augen leicht zusammenkniff. Es war besser, das Thema zu wechseln, also wandte er sich zu der Packung Speck um, die er vor ein paar Minuten aus dem Kühlschrank geholt hatte. »Hast du Hunger, Lucian?«

»Ich könnte etwas essen«, antwortete der andere Mann und nahm an der Kücheninsel Platz.

»Ich dachte, du wolltest mir was über die südamerikanischen Vollstrecker erzählen«, warf Ildaria lakonisch ein.

»Das kann ich machen, während wir darauf warten, dass Joshua den Speck und die Eier zubereitet«, meinte Lucian gelassen.

G. G. öffnete die Packung Speck und legte die Streifen auf das Backblech, das er auf zwei Kochplatten des Herds gestellt hatte. Nachdem er damit fertig war, schob er die erste Runde Speck in den Ofen, wo bereits die Kartoffeln und der Toast warmgehalten wurden.

»Kaffee oder Tee?«, fragte Ildaria mit einem leicht bissigen Unterton.

»Tee«, antwortete Lucian. Als Ildaria ihn nur ansah, ohne einen Finger zu rühren, schob er ein »Bitte« hinterher.

G. G. vermutete, dass Lucian nicht daran gewöhnt war, *Bitte* und *Danke* zu sagen. Nein, G. G. war sich sogar sicher, dass dem so war. Der Mann hielt es ja nicht mal für nötig, beim Telefonieren den anderen zu begrüßen oder sich von ihm zu verabschieden. Allerdings war G. G. auch der Meinung, dass Lucian nicht mit Absicht unhöflich war. Er hatte nur eine sehr schroffe Art an sich, weil er es gewohnt war, Befehle zu erteilen. Und einem Befehl ließ man normalerweise ja auch kein *Bitte* folgen.

»Also«, begann er, als Ildaria ihm eine Tasse Tee hingestellt und einen Schritt nach hinten gemacht hatte, um ihn erwartungsvoll anzusehen. »Die Südamerikaner haben nicht versucht dich zu entführen.«

»Wie bitte?«, gab Ildaria ungläubig zurück, verschränkte die Arme vor der Brust und schüttelte den Kopf. »Die beiden lügen.«

»Sie können mich nicht belügen«, stellte Lucian klar. »Ich habe ihren Verstand gelesen. Sie haben den Auftrag, dich im Namen des Oberhaupts des Südamerikanischen Rats, Juan Villaverde, nach Südamerika einzuladen und dorthin zu begleiten.«

Als sie den Namen hörte, presste sie wütend die Lippen zusammen und knurrte: »Mir ist egal, was du in ihrem Verstand gelesen hast. Es mag ja sein, dass sie mich nur freundlich einladen sollten, aber sobald ich mich geweigert hätte, wäre ihr Auftrag der gewesen, mich trotzdem mitzunehmen.«

Lucian schüttelte beharrlich den Kopf. »Wie ich schon sagte, habe ich ihren Verstand gelesen. Sie hatten nur die Anweisung, dich persönlich einzuladen. Als Juan mich letzte Woche anrief und darum bat, dich nach Südamerika zurückzuschicken, war ich mir sicher, dass es etwas mit deiner Zeit auf dem Piratenschiff zu tun hatte. Deshalb habe ich sein Ansinnen abgelehnt. Aber offenbar ist Villaverde schon viel länger auf der Suche nach dir, und es hat rein gar nichts mit den Sterblichen zu tun, von denen du auf Vascos Boot getrunken hast.«

»Nein, es hat damit zu tun, dass Juan mich vor über zweihundert Jahren angegriffen hat«, konterte sie.

Lucian zog verwundert die Augenbrauen hoch und konzentrierte sich ganz auf sie.

Offenbar las er ihre Gedanken, überlegte G. G. und wunderte sich, dass Ildaria lediglich den Kopf ein wenig anhob und Lucian scheinbar gewähren ließ. Aber vermutlich war es auch die schnellere und stressfreiere Methode, den Mann alles wissen zu lassen, was er wissen musste. Wenigstens musste sie so nicht alles noch einmal durchleben, sagte er sich und widmete sich wieder dem Speck.

Sekunden später kam Lucian ein zischender Laut über die Lippen. Als G. G. über die Schulter blickte, konnte er noch so eben Lucians schmerzverzerrte Miene sehen. Vermutlich waren sie soeben an der Stelle angekommen, an der Ildaria zugebissen hatte. Da G. G. wusste, dass es ab da immer noch einiges in Ildarias Geist zu lesen gab, widmete er sich wieder dem Geschehen auf seinem Herd.

»Ich verstehe«, sagte Lucian nach einer Weile. »Von diesen Vorfällen war mir nichts bekannt.«

»Mich wundert, dass du das nicht in meinem Verstand gelesen hast, nachdem mich deine Leute aus Montana hergebracht hatten.«

Lucian reagierte mit einem Schulterzucken. »Ich war nur auf der Suche nach Informationen zu den Sterblichen, die du auf dem Schiff angegriffen hattest. Und nach deinen Beweggründen. Mich interessierte keine Zusammenfassung deiner gesamten zweihundert Lebensjahre.«

Ildaria nickte und ging um die Kücheninsel herum, dann setzte sie sich auf den Stuhl, der am weitesten von Lucian entfernt war, ehe sie fragte: »Und jetzt, da du es weißt?«

Einige Minuten lang schwieg Lucian und dachte intensiv nach, dann konnte er nicht anders, als ihr mit einem Seufzer zuzustimmen. »Ich vermute, bei einer Weigerung hätten sie den Befehl erhalten, dich mitzunehmen. Villaverde ist schon zu lange auf der Jagd nach dir, um sich mit einem ›Danke, kein Interesse‹ abzufinden.«

Als sie das hörte, entspannte sich Ildaria ein wenig und kümmerte sich um ihren eigenen Tee.

»Wie willst du die Eier, Lucian?«, fragte G. G., als wieder Stille herrschte. »Rührei, Spiegelei oder beidseitig gebacken?«

»Spiegelei«, antwortete Lucian knapp. Mit ein paar Sekunden Verzögerung ließ er dann noch ganz aus eigenem Antrieb ein »Bitte« folgen.

G. G. griff nach den Eiern, um sie aufzuschlagen. Dass Ildaria ihre Eier beidseitig gebacken wollte, wusste er bereits, da es nicht das erste Mal in dieser Woche war, dass er ihr ein Frühstück zubereitete, auch wenn sie in puncto Zubereitung einen Vorsprung vor ihm hatte.

Plötzlich ertönte ein lauter Seufzer, dann sagte Lucian: »Ich verstehe das nicht. Der Mann, den ich in deinen Erinnerungen gesehen habe, ist nicht der Juan Villaverde, den ich kenne.«

Ildaria sah ihn erstaunt an. »Wie meinst du das? Du kennst ihn?«

»Natürlich. Er ist das Oberhaupt des Südamerikanischen Rats«, antwortete Lucian, als wäre allein dieser Umstand Grund genug, diesen Mann zu kennen. »Und davon abgesehen war ich mindestens tausend Jahre lang mit ihm eng befreundet. Der Mann, den ich kannte, war ein ehrenhafter Mensch«, fügte er hinzu.

»Geht ein ehrbarer Mann hin und treibt die Preise für Blut so sehr in die Höhe, dass die Unsterblichen gezwungen sind, ihren Grund und Boden an ihn zu verkaufen, weil er hinter dem Land her ist?«, fragte Ildaria vorwurfsvoll.

Lucian verzog den Mund. »Vasco erwähnte das mir gegenüber, aber ich hielt das nicht für glaubwürdig.«

»Aber es ist so, ob du es nun glaubst oder nicht«, versicherte sie ihm. »Ich habe jahrzehntelang an der Küste gelebt und gearbeitet. Ich habe es unmittelbar miterlebt.«

»Du hattest ein Grundstück an der Küste?«, fragte G. G. interessiert und überlegte, ob sie es wohl immer noch besaß. Ein Strandhaus in Punta Cana wäre eine schöne Sache, sagte er sich, doch dann fiel ihm ein, dass Ildaria dort nicht in Sicherheit war.

»Nein«, entgegnete sie kopfschüttelnd. »Ich hatte nie genug Geld, um mir Land zu kaufen. Aber ich kannte einen Unsterblichen, dem eine alte Hütte neben Villaverdes Grundstück gehörte, in der ich schlafen durfte, wenn ich keine Arbeit hatte«, berichtete sie. »Lange Zeit habe ich für sterbliche Plantagenbesitzer gearbeitet, mal im Haushalt, mal auf dem Feld. In den meisten Fällen wurde mir ein Bett in einem Schlafsaal für Frauen gestellt. Ich konnte aber immer nur so lange bleiben, bis einer der Vollstrecker auftauchte und sich gründlicher umsah. Dann musste ich gehen. Und wenn keiner von denen sich blicken ließ, war ich nach ein paar Jahren trotzdem gezwungen, mir was anderes zu suchen, weil sonst irgendwem aufgefallen wäre, dass ich nicht älter wurde. Dann kehrte ich in diese Hütte am Meer zurück und lebte von dem wenigen Geld, das ich mir von meinem Lohn zusammengespart hatte, bis ich woanders eine Anstellung fand, die ich zumindest für eine Weile für sicher hielt. Später wechselte ich dann zu Jobs auf Fischerbooten.«

»Hmm«, machte Lucian, der nicht überzeugt wirkte. »Vasco sprach davon, dass Juan die Preise für Blut erst in den letzten zehn Jahren in die Höhe trieb.«

Ildaria zuckte mit den Schultern. »Vor gut zehn Jahren wurde Vasco auf diesen Umstand aufmerksam und begann mit diesen Ausflugsfahrten. Wie lange genau das schon so geht, kann ich dir nicht sagen, weil ich nie zu einer Blutbank gehen konnte, da überall ein paar von Juans Vollstreckern lauerten, die nach mir Ausschau hielten.«

Lucians Miene verfinsterte sich. »Und wie hast du dann trinken können? Sterbliche zu beißen verstößt auch in den Gebieten, die dem Südamerikanischen Rat unterstellt sind, gegen das Gesetz.«

»Das wurde erst vor gut dreißig Jahren verboten«, sagte Ildaria, die einen amüsierten Eindruck machte. »Damals wechselte ich von den Plantagen zu den Fischerbooten.«

»Du hast von den Besatzungsmitgliedern getrunken, sobald ihr in internationalen Gewässern wart«, sagte Lucian und klang ehrlich beeindruckt. Dann fragte er: »Ist Vasco dadurch auf die Idee für seine Ausflugsfahrten gekommen?«

»Kann schon sein«, murmelte sie. Als Lucians Blick sich daraufhin völlig auf sie konzentrierte, um sie erneut zu lesen, schnaubte sie aufgebracht. »Raus aus meinem Kopf. Ich werde es dir auch so sagen. Sí, ich hatte ihn auf diese Idee gebracht. Der Unsterbliche, in dessen Hütte ich wohnen durfte, war im Begriff, sein Eigentum zu verlieren. Er hatte eine Hypothek aufgenommen, um zu renovieren, und dann trieb Juan die Preise so in die Höhe, dass dieser Unsterbliche nicht mehr in der Lage war, die Raten an die Bank zu zahlen und auch noch Geld für das Blut aufzubringen. Er ging in eine Bar, weil er bereit war, das Risiko einzugehen und einen Sterblichen zu beißen, anstatt für Blut zu bezahlen. Auf diese Weise konnte er seine Rate zahlen und sein Eigentum behalten. Ich ahnte schon so was und ging ihm nach, um ihn davon abzuhalten. Ich versuchte, ihn davon zu überzeugen, hin und wieder auf einem Fischerboot zu arbeiten, um an Blut zu kommen, ohne dabei ein so immenses Risiko einzugehen. Ich war so in Sorge um ihn, dass ich mich gar nicht erst vergewisserte, ob außer uns auch wirklich kein anderer Unsterblicher in der Nähe war. Aber Vasco und Cristo waren da und hörten, wie ich erzählte, dass der Rat ihn nicht hinrichten konnte, wenn er in internationalen Gewässern von Sterblichen trank.« Sie verzog missmutig den Mund. »Als wir wieder gingen, wurden wir von ihnen angesprochen. Vasco sagte, ihm würde meine Idee gefallen, und er hätte da noch ein altes Piratenschiff, das er wieder herrichten wollte, um mit Touristen bis in internationale Gewässer zu fahren, damit die ärmeren Unsterblichen und die, denen der Verlust ihres Hauses drohte, mitkommen und trinken konnten. Aber erstens kannte er nur wenige von den ärmeren Unsterblichen, und zweitens konnte er sich auch nicht vorstellen, dass einer von denen, die er kannte, ihm vertrauen würde, wenn er ihn ansprach. Immerhin ist er Juans Sohn«, betonte sie. »Also bat er mich, dass ich zusammen mit Cristo zu den Bedürftigen ging und sie überzeugte, sich seiner ›Crew‹ anzuschließen.«

G. G. musste insgeheim lächeln. Von dieser Sache hatte er noch nichts gewusst, aber es passte zu Ildaria, dass sie diejenige war, die sich diesen genialen Plan ausgedacht hatte. Es war nicht nur ihr kämpferisches Geschick, das sie alle Hindernisse hatte überwinden lassen, sondern auch ihr scharfer Verstand, dem sie es zu verdanken hatte, dass Villaverde sie noch immer nicht zu fassen bekommen hatte.

»Genug geredet«, verkündete er, als er die ersten beiden Teller zur Kücheninsel trug und vor Ildaria und Lucian hinstellte. »Jetzt wird erst mal gegessen.« Ohne auf eine Reaktion zu warten, griff er nach dem Geschirrtuch, machte den Backofen auf, holte die Schüssel mit den Bratkartoffeln und den Teller mit dem Toast heraus. Er trug alles zur Kücheninsel und stellte beides auf Holzbrettchen, die er vorsorglich für alles Heiße hingestellt hatte. Dabei fiel ihm auf, dass Ildaria gar nicht mehr auf ihrem Platz saß. Er sah sich um und stellte fest, dass sie losgezogen war, um für sie alle Besteck zu holen. Dankbar für diese Hilfe ging er wieder zum Herd, legte die zweite Lage Speckstreifen zu der ersten und trug sie zusammen mit seiner Portion Eier zur Kücheninsel.

»Und esst ja euren Teller leer«, forderte er sie auf, während er sich zu Lucian und Ildaria setzte. H. D. kam zu ihm, stützte sich mit den Vorderpfoten an seinem Bein ab und sah G. G. mit großen Augen an. G. G. sah ihn ebenfalls an und sagte in ernstem Tonfall: »Wir essen jetzt. Ab in dein Körbchen.«

H. D. zögerte, ließ dann aber von ihm ab und trottete missmutig ins Wohnzimmer, wo sein Körbchen stand.

G. G. brummte zufrieden und widmete sich seinem Frühstück. Wie nicht anders zu erwarten, kam die Unterhaltung zum Erliegen, da jeder mit seinem Essen beschäftigt war.

12

»Das war gut«, sagte Lucian, als er seinen leeren Teller wegschob. »Danke.«

G. G. lächelte flüchtig und war beeindruckt, dass der Mann sich ohne Aufforderung daran erinnert hatte, dass man sich für ein Essen bedanken sollte.

Lucian stand auf, sah Ildaria an und erklärte: »Ich werde ins Hauptquartier der Vollstrecker zurückkehren und die beiden Männer davon in Kenntnis setzen, dass du die Einladung zu einer Rückkehr in die Dominikanische Republik abgelehnt hast, Angelina. Anschließend werde ich Juan anrufen und versuchen, ihn dazu zu überreden, dich in Ruhe zu lassen.«

Ildaria nickte, schaute aber skeptisch drein. Sie war nicht der Ansicht, dass ein Anruf irgendetwas bewirken würde, nicht mal dann, wenn er von Lucian kam.

G. G. setzte zum Reden an, machte den Mund wieder zu und setzte sich kurz hin. Er wusste, sein Vater wollte mit Lucian reden, aber schließlich sagte er dann doch: »Meine Eltern sind auf dem Weg hierher, und sie bringen den Chef des Britischen Rats mit. Sie wollen die Angelegenheit ein für alle Mal aus der Welt schaffen, und dafür wollen sie mit dir zusammenarbeiten.«

Lucian nickte und wirkte nicht im Mindesten überrascht, aber G. G. vermutete, dass er das bereits in seinen Gedanken gelesen hatte, ohne jedoch etwas dazu zu sagen. Bis jetzt. »Das ist gut, aber ich werde ihn trotzdem anrufen. Vielleicht bekomme ich einen Eindruck davon, was Juan als Nächstes versuchen könnte, nachdem seine Leute sie nicht zu einer Rückkehr überreden konnten.« Dann ging er raus. Er verließ Ildarias Apartment, ohne sich zu verabschieden. Nicht ein einziges Wort, nicht einen Ton. Die beiden sahen ungläubig auf die Stelle, wo sie ihn eben noch gesehen hatten.

Eindeutig kein umgänglicher Mensch, fand G. G. und sah amüsiert zu Ildaria. Sie hatte diesen allzu wachsamen Blick einer Gejagten, immer bereit zu reagieren, immer auf der Hut, ob irgendwo Ärger drohte. So hatte sie schon dreingeschaut, als sie aufgewacht war, nur jetzt schien sie um ein Vielfaches angespannter. Die Lippen presste sie so energisch zusammen, dass sie längst hätten platzen müssen.

G. G. konnte sich nicht vorstellen, auch nur einen Tag so leben zu müssen, von zweihundert Jahren ganz zu schweigen. Wahrscheinlich konnte nur eine Sache sie von den Sorgen und Ängsten ablenken, von denen sie seit so langer Zeit geplagt wurde. Und wenn all die Geschichten stimmten, die ihm zu Ohren gekommen waren, dann würde sie nicht mal in der Lage sein, sich gegen diese Ablenkung zu sträuben.

Jedenfalls war das seine Ausrede, warum er jetzt endlich dazu bereit war, zum Sex unter Lebensgefährten zu greifen. Ohne recht zu wissen, was ihn eigentlich erwartete, streckte G. G. die Hand aus und ließ einen Finger über ihren Arm gleiten. Nur einen Finger, der ganz leicht über ihre Haut strich. Verdammt, mehr als das war nicht mal nötig. Augenblicklich musste Ildaria nach Luft schnappen, denn über ihren ganzen Körper lief ein Schauer, der gleich darauf wie ein Funke aus purer Lust auf ihn übersprang und ihn von Kopf bis Fuß erfasste.

Sie drehte sich zu ihm um, die Augen auf ihn gerichtet, als würden sie vom Zielerfassungssystem eines Marschflugkörpers gelenkt.

G. G. sah mit an, wie das Gold in ihren Augen das Braun zu verdrängen begann. Dann berührte er sie noch einmal. Diesmal zeichnete er mit seinem Finger die obere Kante ihres Mieders nach, strich über ihre Brust und tauchte in der Mitte des Dekolletees ein. Eigentlich wollte er das Gleiche auch an ihrer anderen Brust machen, doch so weit kam er gar nicht mehr, denn ein Zucken durchfuhr ihn, als er genauso wie sie diese Berührung spürte.

Und im nächsten Moment küssten sie sich auch schon. In ihren geteilten Träumen hatten diese Küsse immer langsam, forschend und neckend begonnen, ehe sie intensiver, stürmischer und wirklich leidenschaftlich wurden. Doch dieser Kuss war wie eine Explosion, die Welle um Welle auf sie einstürmte, wobei sich ihre Leidenschaft mit jedem Mal weiter steigerte und gegenseitig hochschaukelte.

Sich zu beherrschen war schlicht unmöglich, was das Ganze einerseits beängstigend, andererseits aber auch zu so etwas unfassbar Außergewöhnlichem machte, wie G. G. ein wenig benommen feststellen musste, während er Ildaria von ihrem Stuhl auf seinen Schoß zog. Geteilte Träume waren im Vergleich dazu ein harmloser Spaß. Jedes Mal, wenn einer von ihnen eine Körperpartie des anderen berührte, spürte er am eigenen Leib, welche Empfindungen er damit auslöste. Ihre Lust war seine, wurde wieder zu ihrer und kehrte zu ihm zurück, nur um dann … es war wie das Hin und Her eines Tennisballs bei einem Match. Es torpedierte seinen Verstand, bestimmte sein Handeln, trieb ihn unaufhörlich voran. Er wollte Ildaria nackt sehen, doch diese Urgewalt von Lust, die auf sein Gehirn einstürmte, hatte eine nahezu betäubende Wirkung auf ihn. Er sah sich nicht in der Lage, seinen Wunsch in die Tat umzusetzen, zumindest nicht schnell genug, um die Begierde zu stillen, die in ihm tobte.

Letztlich zog er ihr auch nicht erst das Mieder aus, sondern klappte die Körbchen nach unten, um ihre Brüste vom Leder zu befreien, damit er ihnen seine gierige Aufmerksamkeit widmen konnte.

Himmel, er fühlte jede Berührung, ob er über ihre Nippel leckte, an ihnen knabberte oder an ihnen saugte. Es war so, als würde Ildaria genau dasselbe bei ihm machen, was ihn schier um den Verstand brachte.

Gleichzeitig tasteten seine Hände ihre Lederhose ab und suchten nach dem Reißverschluss und dem wie auch immer gearteten Knopf, mit dem der Bund zugehalten wurde, doch er fand nichts dergleichen. Frustriert über seine eigene Unfähigkeit dahinterzukommen, wie man diese Hose öffnete, stöhnte er, obwohl er ihre Brust im Mund hatte. Wegen der Empfindungen, die das wiederum nach sich zog, musste er gleich wieder und noch heftiger stöhnen. O Gott, das war der blanke Wahnsinn.

Gesteigert wurde das Ganze noch dadurch, dass Ildaria ihrerseits ihn berührte und über jede Partie seines Körpers strich, die sie mit ihren Händen erreichen konnte. Als sie dann die Beule in seiner Jeans ertastete und zudrückte, erstarrte G. G. angesichts des ungeheuren Ansturms aus intensivsten Sinneswahrnehmungen. Als diese Empfindungen durch ihn hindurchjagten wie eine Kugel in einem Flipper und seine Nervenenden so sehr reizten, dass die Lust sich schon fast in Schmerz verwandelte, gab es kein Zurück mehr. Ohne seine Lippen von ihrer Brust zu nehmen, schob er je eine Hand an ihrem Bauch und am Rücken unter den Hosenbund und zog dann mit aller Kraft.

Ein triumphierendes Knurren stieg in seiner Kehle auf, als er ein erlösendes Geräusch hörte, nämlich das Reißen ihrer Hosennähte. G. G. war so im Rausch, dass er zunächst nichts davon mitbekam, wie Ildaria ihm dabei half, an dem störenden Leder zu reißen. Als es ihm auffiel, kommentierte er es mit einem Brummen und strengte sich noch mehr an, sie von jenem Material zu befreien, das ihn davon abhielt, ihre Haut zu berühren. Letztlich musste sie ihm dabei helfen, den Rest zu erledigen. Die Hosenbeine reichten natürlich bis zu den Fußgelenken, sodass ein Großteil des Leders immer noch in den bis zu den Knien reichenden Stiefeln steckte.

Während sie damit beschäftigt war, die Reste ihrer Lederhose aus den Stiefeln zu zerren, wandte sich G. G. seiner Jeans zu. Reißverschluss und Knopf waren geschlossen, doch der eigentlich so simple Akt, sie zu öffnen, erwies sich als unerwartet schwierig, denn seine Hände zitterten wegen der so ungewohnten, alles überrollenden Empfindungen und machten es ihm schwer, ihre Bewegungen zu koordinieren. Das alles kostete ihn so viel Zeit, dass er sich fast sicher war, das Ganze nicht mehr lange ertragen zu können.

Als er den Reißverschluss aufgezogen hatte, waren da auch schon wieder Ildarias Hände, die seine aus dem Weg schoben, um sich einen Weg in seine Hose zu bahnen. Als ihre Finger am Ziel waren, ließ er erstmals von ihrer Brust ab, da er heftig nach Luft schnappen musste. Er setzte sich gerader hin, sein Atem ging angestrengt. Als er Ildaria dann vor sich stehen sah, hätte er vor Glück und Freude weinen können. Sie hatte sich nicht nur von den Fetzen ihrer Hose befreit, sondern auch noch das Mieder ausgezogen. Bedeckt wurde ihr Körper nur noch von ihren hochhackigen Stiefeln und ihren langen Haaren. Es war ein Anblick, der den stärksten Mann auf die Knie zwingen konnte.

Er umfasste ihre Taille, hob sie auf die Kücheninsel, wo sie breitbeinig vor ihm saß. Er schob sich zwischen ihre Schenkel und vergrub für einen Moment sein Gesicht zwischen ihren

Brüsten, um an ihren Nippeln zu saugen, während seine Hände über ihren nackten Körper strichen. Sie wanderten von der Taille über ihre Hüften bis zur Außenseite ihrer Oberschenkel, um von dort auf dem gleichen Weg zurückzuwandern und schließlich bei ihren Brüsten anzukommen. Ihre Haut war so zart wie Seide, dabei aber auch so heiß, als hätte sie in der Sonne gelegen. Er wollte von dieser Hitze umhüllt werden wie von einer Decke. Und das jetzt sofort.

Sein Verstand erinnerte ihn aber daran, dass ein guter Liebhaber seine Frau mit einem Vorspiel bedachte, und Ildaria verdiente nicht weniger als einen guten Liebhaber. Das hier war ihr erstes Mal, jedenfalls ihr reales erstes Mal. Diese Erkenntnis ließ ihn kurz innehalten, und mit einem Mal stand G. G. wie erstarrt da, während er am ganzen Leib vor Verlangen zitterte und seine Hände sich an ihr festklammerten. Verzweifelt rang er mit sich, da er sich danach verzehrte, tief in sie einzudringen. Er wollte ihr aber auch Lust bescheren, weil ein guter Liebhaber das machte. Allerdings hielt er es für ausgeschlossen, das scheinbar stundenlange Vorspiel aus ihren geteilten Träumen durchzuhalten, wenn schon jetzt das Verlangen so heftig war, dass es ihm den Verstand zu rauben drohte.

Plötzlich fasste Ildaria mit beiden Händen sein Gesicht und zog seinen Kopf hoch. Das Gold in ihren Augen glühte förmlich, als sie keuchend zu ihm sagte: »Ich muss dich in mir spüren.«

Damit war für G. G. der innere Kampf verloren. Er küsste sie stürmisch, während er mit einer Hand seine Erektion umfasste, um sich ihr zu nähern. In dem Moment, in dem er seine eigene überempfindliche Haut berührte, verschlug es ihnen beiden den Atem. Mit der Spitze seiner Erektion strich er einmal über ihre feuchte Mitte, dann drang er ein und umfasste ihre Hüften. G. G. spürte ihren Schmerz, der sich unter ihre gemeinsame Lust mischte. Für Sekunden verharrte er regungslos in ihr, doch dann fasste sie nach seinem Hintern und bohrte die Fingernägel in sein Fleisch. Er begann sich zu bewegen, doch was er dann verspürte, war Welten von den geteilten Träumen entfernt.

Diese waren wie Sex zwischen Sterblichen, da er dabei nur seine eigene Lust wahrgenommen hatte. Doch jetzt spürte er das, was er selbst fühlte, aber auch das, was sie im gleichen Moment empfand. Nachdem der kurze Schmerz vorüber war, merkte er, wie sich ihre Lust gegenseitig hochschaukelte, da Ildaria wiederum das empfand, was er empfand, und dies dann an ihn weitergab.

Keiner von ihnen konnte das lange durchhalten. Er würde nicht in der Lage sein, seinen Höhepunkt zurückzuhalten, bis sie gekommen war, weil das unter den gegebenen Umständen völlig unmöglich war. G. G. zählte nicht die Stöße, aber es konnten nur eine Handvoll gewesen sein, bis ihn der Höhepunkt ereilte. Es war ein Gefühl wie ein Güterzug, der von den Gleisen abgekommen war und alles niederwalzte, was ihm im Weg stand – auch jeden klaren Gedanken. Dann wurde es dunkel. Er glaubte, Ildaria im gleichen Moment aufschreien zu hören, da ihre Stimme ein Kontrapunkt zu seiner tieferen war, doch in der nächsten Sekunde versank alles um ihn herum in Schwärze.

Als Ildaria aufwachte, lag sie auf G. G., der wiederum rücklings auf dem Küchenboden lag. Ihr Verstand brauchte eine Weile um dahinterzukommen, wieso sie sich in dieser Position befand. Dann kehrten die Erinnerungen schlagartig zurück. Sie hatten Sex gehabt. Ganz genau. Und es war ihr erstes Mal, zumindest in der Realität, was schon ein bisschen überraschend war. Immerhin hatte man ihr erzählt, dass sie als Kind sexuell belästigt worden war. Daher war sie davon ausgegangen, dass man sie auch … aber offenbar hatte dazu kein Geschlechtsverkehr gehört. Ildaria ließ diese Gedanken auf sich beruhen und widmete sich lieber der Erinnerung an das, was hier gerade eben geschehen war.

Auch wenn das der erste richtige Sex gewesen war, hatten sie und G. G. in den geteilten Träumen jede Menge davon gehabt. Dennoch hatte sie das nicht darauf vorbereiten können, was den Sex unter Lebensgefährten ausmachte. Das war etwas völlig anderes.

Es hatte keine schmachtenden Seufzer gegeben, kein allmähliches Steigern der Lust. Stattdessen war es brutal und explosiv gewesen – und verdammt erregend. Allein bei der Erinnerung daran spürte sie, wie sich ihre Nippel schon wieder versteiften und sich Hitze zwischen ihren Schenkeln ausbreitete.

Erst jetzt wurde ihr bewusst, dass sie und G. G. immer noch vereint waren, da er als Reaktion auf ihre Erregung in ihr erneut hart wurde. Der Mann war noch nicht mal bei Bewusstsein, aber geistig und körperlich waren sie unverändert miteinander verbunden. Ihre wiedererwachende Erregung sprang auf seinen Körper über.

Staunend nahm sie das alles zur Kenntnis, während seine Erektion weiter wuchs und damit wiederum ihre Erregung steigerte. G. G. stöhnte, und sie hob den Kopf noch gerade rechtzeitig, um zu sehen, wie er die Augen einen Spaltbreit öffnete. Er schien so wie sie selbst im ersten Moment nicht zu verstehen, warum er unter ihr auf dem Fußboden lag. Der verwirrte G. G. war ein hinreißender Anblick, fand sie und lächelte flüchtig, während sie sein Gesicht und seine Haare betrachtete. Seine Irokesenkamm hatte den Sex unter Lebensgefährten nicht überlebt und war umgeknickt. Dadurch wurde auf der einen Seite die kahlrasierte Partie zum Teil bedeckt, was ihr einen Eindruck davon vermittelte, wie er mit einer konventionellen Frisur aussehen würde. Das würde ihm stehen, fand sie, auch wenn er ihr mit Irokesenschnitt genauso gefiel.

Allerdings würde er mit einer solchen Frisur niemals untertauchen können, da man ihn in jeder noch so großen Menschenmenge sofort ausfindig machen würde. In Ildarias Leben hingegen war es immer darum gegangen, sich zu verstecken und nicht aufzufallen. Jedenfalls seit ihrem vierzehnten Lebensjahr, und wenn sich an den Umständen nichts änderte, würde sie erneut untertauchen müssen. Wenn G. G. sich ihr wirklich anschließen wollte, würde er sich von seiner aktuellen Frisur verabschieden müssen. Der Gedanke irritierte sie, denn sie wollte nicht, dass er sich ändern musste, nur um bei ihr bleiben zu können. Und genauso wenig wollte sie, dass er ihretwegen untertauchen sollte. Er hatte Familie und Freunde und zwei Clubs. Sie konnte nicht von ihm erwarten, dass er das alles ihretwegen aufgab. Ihn traf schließlich keine Schuld an ihrer misslichen Lage.

»Worüber denkst du nach?«

Ildaria zuckte überrascht zusammen, als sie G. G. diese Frage stellen hörte, und wurde dadurch ins Hier und Jetzt zurückgeholt. Sie setzte zu einer Antwort an, machte dann aber den Mund wieder zu. Sie wollte nicht über ihre Ängste reden, die ihre gemeinsame Zukunft betrafen. Sie wollte ja nicht mal darüber nachdenken.

»Angel«, sagte er leise. »Wir sind Lebensgefährten. Partner. Deine Sorgen sind jetzt auch meine Sorgen, genauso wie umgekehrt. Sag mir, was dich beunruhigt.«

Zu ihrem Erstaunen musste sie Tränen zurückhalten, die ihr unvermittelt in die Augen steigen wollten. Sie war so lange auf sich allein gestellt gewesen, niemand hatte sich um sie gekümmert oder ihr geholfen oder …

»Bitte«, wiederholte er leise.

Sein Tonfall ließ ihren letzten Widerstand zusammenbrechen. Die Worte kamen wie ein Schwall aus ihr heraus, so als habe man eine Champagnerflasche vor dem Entkorken erst einmal geschüttelt. Sie redete so hastig drauflos, dass sie nicht mal merkte, dass sie ins Spanische verfallen war, bis G. G. sie unterbrach.

»Bitte so, dass ich es auch verstehen kann, mein Liebling. Ich verspreche dir, ich werde noch Spanisch lernen, aber bis dahin habe ich keine Ahnung, was du mir da erzählst. Ich habe nur das Gefühl, dass es etwas ist, was ich eigentlich erfahren sollte.«

Er hat mich ›mein Liebling‹ genannt, ging es ihr wie benommen durch den Kopf. Sie waren Lebensgefährten, sie hatten seit drei Wochen Sex in geteilten Träumen, und seit einer Woche gingen sie gemeinsam aus. Sie wusste, die Liebe würde sich irgendwann einstellen. Das war bei allen Lebensgefährten so, dennoch war sie sicher, dass es nicht so schnell geschehen konnte. Er hatte es nur als Kosenamen benutzt. Ganz sicher wollte er damit nicht gesagt haben, dass er sie liebte. Dennoch wünschte sie, es wäre so. Sie war mindestens halb in ihn verliebt, vielleicht sogar noch viel mehr.

G. G. war der ruhende Pol in dem Sturm, den ihr Leben darstellte. Er war so unerschütterlich wie ein Fels, er war mitfühlend, aber auch stark. Er kümmerte sich um andere, nicht nur um sie. Auch um seine Angestellten und die Gäste. Jedem von ihnen hörte er geduldig zu, das hatte sie in den letzten drei Wochen oft genug mitbekommen. Seine Angestellten kamen mit ihren Problemen, Sorgen und Nöten zu ihm, und genauso hielten es die Stammgäste, da sie alle wussten, dass er ihnen aufmerksam zuhörte und ihnen einen klugen Ratschlag mit auf den Weg gab. Jedes Mal, wenn sie das beobachten konnte, erfüllte es sie mit Stolz. Ja, er war ein guter Mensch. Und er war auch ein guter Freund. Er war nett und umsichtig, und auch wenn er der erste Liebhaber in ihrem Leben war, konnte Ildaria mit ziemlicher Sicherheit sagen, dass sie keinen besseren als ihn hätte erwischen können. In den geteilten Träumen war er zärtlich, freigebig und leidenschaftlich, immer darauf bedacht, sich erst um ihre Bedürfnisse zu kümmern. Natürlich war Sex unter Lebensgefährten eine etwas andere Angelegenheit, denn da hatte er sich fordernd und fast schon grob verhalten, aber das Gleiche traf auch auf sie zu. Für Lebensgefährten war es unmöglich, sich anders zu verhalten. Sie wurden zu rammelnden Tieren, die so schnell wie möglich zum Höhepunkt kommen wollten. Im Vergleich zu den geteilten Träumen spielte sich der reale Sex auch unglaublich rasant ab, so als würden sie von einem Hurrikan mitgerissen, während sich die Lust in einem geteilten Traum gemächlich und genüsslich steigerte.

»Angel?«, hakte G. G. nach und holte sie ein zweites Mal aus ihren Gedanken. »Worüber machst du dir Sorgen?«

»Wenn Lucian und dein Vater Juan nicht überreden können, dass er mich in Ruhe lässt, dann werde ich wieder untertauchen müssen«, ließ sie ihn schließlich wissen.

»Sollte es dazu kommen, werden *wir* untertauchen«, machte er ihr ohne zu zögern klar.

»Aber du müsstest deine Familie und die Clubs aufgeben, du müsstest dich von deinem Irokesenschnitt verabschieden und die Haare ganz normal tragen, damit du nicht auffällst«, gab sie ihm mit betretener Miene zu verstehen. »Das könnte ich nicht von dir verlangen, G. G. Wie sollte ich von dir erwarten, dass du auf einmal die gleiche Art von Leben führen musst, die für mich seit zweihundert Jahren Alltag ist. Das wäre nicht richtig. Ich …« Weiter kam sie nicht, da er in diesem Moment ihr Gesicht mit seinen Händen umfasste.

»Wir sind jetzt Lebensgefährten, Ildaria«, sagte er mit so viel Nachdruck, der nicht den geringsten Widerspruch duldete. »Deine Probleme sind auch meine Probleme, und meine Probleme sind auch deine Probleme. Wenn du die Flucht antreten musst, dann werde ich an deiner Seite sein. Wohin du auch gehst, ich folge dir und lasse dafür alles hinter mir zurück. Hast du verstanden?«

Ildaria sah ihn lange Zeit schweigend an, während ihr seine Worte immer wieder durch den Kopf gingen, bis sie endlich den Weg in ihr Herz gefunden hatten. Sie hatte das Gefühl, dass da tatsächlich jemand war, dem sie wichtig war. Sie war nicht länger allein. Und sie fühlte sich geliebt, ein Gefühl, das sie schon seit sehr langer Zeit nicht mehr empfunden hatte.

»Hast du verstanden?«, wiederholte G. G., weil sie immer noch nichts gesagt hatte. »Du gehörst zu mir, und wohin du gehst, gehe auch ich hin.«

»Sí. Wohin ich gehe, gehst auch du hin«, wiederholte sie schließlich und schwor ihm: »Und wohin du gehst, gehe auch ich hin.« Ildaria sah, wie seine ernste Miene einem Lächeln wich, dann bewegte sie ihre Beine, weil sie eine sitzende Position einnehmen wollte. Das veranlasste beide dazu, hastig nach Luft zu schnappen, da sie sich unabsichtlich auf seiner Erektion bewegt und sie leicht gequetscht hatte, was eine Welle purer Lust durch ihre Körper jagte.

»Verdammt«, knurrte G. G. und fasste nach ihren Brüsten, um sie mit seinen Händen zu umfassen, als könnte er einfach nicht widerstehen. »Ist alles in Ordnung, Angel?«

Ildaria wusste, dass er von ihr hören wollte, ob sie sich jetzt besser fühlte, nachdem er ihr versichert hatte, dass er mitgehen würde, wenn sie untertauchen musste. Aber da er über ihre Brüste strich und sich gleichzeitig seine Erektion in ihr weiter versteifte, fühlte sie sich in diesem Moment ganz hervorragend, sodass sie unweigerlich ein »Sí« stöhnen musste. Da sich ihre Lust nur immer weiter steigerte, legte sie ihre Hände auf seine, um ihn weiter voranzutreiben. Sie legte den Kopf in den Nacken, schloss die Augen und bewegte ihre Hüften vor und zurück, was sie ein paar Mal wiederholte, bis sie beide zu keuchen begannen.

Sie hatte so etwas noch nie gemacht und kannte sich weder mit irgendeinem Rhythmus noch mit Techniken aus. Sie bewegte sich einfach so, dass sie die maximale Lust empfand, die sie auch an G. G. weitergab, was sie daran merkte, dass seine Erektion in ihr noch etwas größer wurde. Mein Gott, er war so groß, dass er sie ganz und gar ausfüllte. Ihr kam es zumindest so vor, dass sie sich nicht noch weiter um ihn herum hätte dehnen können, als es in diesem Augenblick der Fall war.

Es war H. D., der mit seiner kleinen Zunge über Ildarias Wange leckte und sie so aufweckte. Angesicht der schlabbrigen Küsse zog sie die Nase kraus, machte die Augen einen Spaltbreit auf und starrte auf das Brustfell des kleinen Hundes. Erst allmählich wurde ihr bewusst, dass sie auf irgendetwas Unebenem lag. Sie hob den Kopf und drehte ihn zur Seite, um festzustellen, dass sie auf G. G.s haariger Brust lag.

Ihr war gerade eingefallen, wieso sie mit G. G. auf dem Boden lag, da fing H. D. erneut an, sie abzulecken, wobei er sich diesmal auf ihr Ohr konzentrierte. Sie verzog das Gesicht und stöhnte leise auf. »Hör auf damit, H. D.«, murmelte sie, während sie ihren Kopf wieder auf G. G.s Brust bettete. Ihr fehlte einfach die Kraft, jetzt schon aufzustehen. H. D. würde sich halt noch einen Moment lang gedulden müssen, sagte sie sich und blinzelte den Hund an, als ihr auf einmal eine Bewegung hinter dem Tier auffiel. Sie legte den Kopf ein wenig schräg, um sehen zu können, um was es sich dabei handelte. Verwundert erkannte sie in dem Gegenstand den Teil eines sehr großen schwarzen Herrenschuhs. Ihr Blick wanderte nach oben zu einer dunkelgrauen Hose, von dort weiter zu einem passenden Jackett und einem weißen Hemd. Schließlich sah sie das Gesicht eines gut aussehenden, ihr aber fremden Mannes mit dunklen Haaren. Ildaria hatte diesen Mann noch nie gesehen, und sie hatte ihn auch ganz sicher nicht in ihre Wohnung gelassen. Da G. G. nach wie vor bewusstlos unter ihr lag, konnte er das auch nicht gemacht haben. Und trotzdem war der Mann irgendwie an den beiden Vollstreckern vorbeigekommen, die im Flur Wache hielten, und hatte es in ihr Apartment geschafft, während sie nackt auf G. G. lag.

Dummerweise dauerte es dann noch eine Weile, ehe Ildarias Verstand in der Lage war, all diese Elemente zu etwas zusammenzufügen, das einen Sinn ergab. Als das schließlich geschehen war, kreiste ein Wort unablässig durch ihren Kopf. Und zwar das Wort »nackt«.

NACKT.

NACKT!

Kreischend sprang sie auf, wobei sie unabsichtlich G. G. ihr Knie in den Schritt rammte. Das einzig Gute an diesem Missgeschick war, dass er dadurch das Bewusstsein wiedererlangte. Der große Mann stieß einen Schmerzensschrei aus und rollte sich zusammengekrümmt auf die Seite. Durch seine Bewegung trat er mit so viel Schwung gegen ihren Knöchel, dass er sie von den Beinen holte. Sie wäre unweigerlich auf dem Boden gelandet, hätte der Fremde sie nicht am Arm gefasst und sie daran gehindert, das Gleichgewicht zu verlieren. Ildaria war kurz davor, sich für diese freundliche Geste mit einem Tritt in die Eier und einem Schlag gegen den Kopf zu bedanken.

Doch gerade noch rechtzeitig sagte er: »Du musst Ildaria sein. G. G. hat uns schon so viel von dir erzählt.« Dann drehte er den Kopf zur Seite und rief: »Ich habe sie gefunden, meine Liebe. Es geht ihnen gut.« Mit einem flüchtigen Lächeln wandte er sich wieder Ildaria zu. »Sie neigt dazu, sich zu viele Sorgen zu machen.«

Ildaria nahm das bereits angewinkelte Bein wieder runter, da der Mann ganz offensichtlich keine Bedrohung darstellte. Das Problem war nur, dass sie keine Ahnung hatte, wer er war. Irgendein Freund von G. G.? Dann hörte sie Schritte, die aus dem Flur in Richtung Schlafzimmer kamen, und sah neugierig zur Tür.

»Du wirst dich vermutlich ein wenig bedecken wollen«, schlug G. G.s Freund ihr vor.

Prompt fiel ihr ein, dass sie immer noch nackt war. Erschrocken schnappte sie nach Luft und eilte dann in Panik um die Kücheninsel auf der Suche nach etwas, womit sie ihre Blöße bedecken konnte. Aber da war nichts. Ihre Hose lag in Fetzen gerissen auf dem Boden, und ihr Mieder konnte sie nirgends entdecken. Das Einzige, was sie sah, war ein Geschirrtuch. In ihrer Not griff sie danach und hielt es sich vor, wobei sie feststellen musste, dass es sich um ein besonders kleines Geschirrtuch handelte, das ihre Brüste nur unvollkommen bedeckte. Außerdem war sie sich nicht mal sicher, wie weit das Tuch nach unten reichte.

Ildaria wollte sich gerade vorbeugen, um sich zu vergewissern, dass es nicht schon auf Höhe des Bauchnabels endete, als gleich drei Leute in die Küche gestürmt kamen. Zwei Frauen und ein Mann liefen um die Kücheninsel herum und blieben abrupt stehen, während sie die Szene betrachteten, die sich ihnen bot. Ildaria waren die verdutzten Blicke der drei unangenehm, dennoch nahm sie die anderen ihrerseits auch genauer unter die Lupe. Eine der Frauen war eine sehr hübsche Blonde mit blauen Augen, auf die das himmelblaue Sommerkleid genau abgestimmt war. Die andere hatte schwarzes Haar mit rötlichen Spitzen, sie trug eine schwarze Jeans und dazu ein schwarzes T-Shirt. Sie strotzte nur so vor Waffen – ein Messer am Oberschenkel, ein zweites in einer Scheide, die an einem Waffengürtel hing, eine Pistole in einem Halfter an eben diesem Gürtel und zum krönenden Abschluss ein Schulterhalfter mit gleich zwei Pistolen.

Der Mann war ähnlich mit Waffen ausgestattet. Er hatte dunkles Haar, ein kantiges, aber attraktives Gesicht. Er schien nur ein paar Zentimeter kleiner zu sein als G. G., doch das mochte täuschen, da der grüne Haarkamm G. G. viel größer erscheinen ließ.

»Die Stiefel gefallen mir«, sagte die Schwarzhaarige schließlich und beendete die Stille, die sich über den Raum gelegt hatte.

Ildaria kniff die Augen zu, da die Demütigung nun durch nichts mehr übertroffen werden konnte.

Dann sagte die blonde Frau: »Joshua, steh vom Boden auf. Was suchst du überhaupt da unten?«

Als Ildaria die Augen wieder aufmachte, sah sie, wie G. G. sich ächzend auf der anderen Seite der Kücheninsel aufrichtete und grummelnd erwiderte: »Ich habe mich nur vor Schmerzen gekrümmt, kein Grund zur Sorge.«

Ildaria verspürte ein schlechtes Gewissen, als sie daran erinnert wurde, dass sie ihm mit ihrem Knie diese Schmerzen zugefügt hatte. Dann aber wunderte sie sich, als ihr auffiel, dass G. G. im Gegensatz zu ihr vollständig bekleidet war. Tatsächlich hatte er zuvor nur seine Hose aufgemacht, aber nicht ausgezogen, und nun reichte sein T-Shirt weit genug nach unten, um das zu bedecken, was nicht mehr in seiner Hose steckte. Sie konnte zwar nicht erkennen, ob noch etwas aus der Hose raushing, aber für einen unwissenden Beobachter wirkte er ordentlich angezogen. *Dieser Mistkerl,* dachte sie missmutig.

»Du hast dich vor Schmerzen gekrümmt?«, fragte die Frau besorgt und zog ihn an sich, um ihn zu umarmen. Sie lehnte sich zurück und musterte sein Gesicht, während sie seine Brust abtastete, als würde sie nach Verletzungen suchen. »Warum denn? Ach, ich wusste gleich, dass irgendwas nicht stimmt, als auf unser Klopfen niemand aufgemacht hat. Was ist passiert? Geht es dir gut?«

Ildaria kniff die Augen leicht zusammen. Diese Frau betatschte G. G. auf eine so besitzergreifende Art, als wäre das ihr gutes Recht. Das gefiel ihr gar nicht. Wenn das nicht bald aufhörte, würde Ildaria schon dafür sorgen, dass sie die Finger von ihm nahm.

»Gar nichts ist geschehen«, antwortete G. G. beschwichtigend. »Mir geht es gut. Ildaria hatte nur …« Mitten im Satz brach er ab und sah sich um, da er offenbar nach ihr suchte. Als er sie auf der anderen Seite der Kücheninsel entdeckte und feststellen musste, dass sie nur mit Stiefeln und einem Geschirrtuch bekleidet war, riss er ungläubig die Augen auf, löste sich aus der Umarmung der blonden Frau und kam um die Kücheninsel herumgeeilt.

Instinktiv wich Ildaria vor ihm zurück und schrie vor Schreck auf, als er nach ihr fassen und sie in seine Arme nehmen wollte. Wie erstarrt blieb G. G. stehen, da er zu begreifen schien, dass es keine gute Idee sein würde, sie anzufassen. Schon gar nicht, wenn sie nackt war und sich unter seinem T-Shirt allzu deutlich eine Erektion abzeichnete. Die hatte sich in dem Moment entwickelt, als er sie in der Küche hatte stehen sehen. Womit auch die Frage geklärt war, ob seine Hose immer noch offen stand.

Fluchend nahm er die Hände zurück, zog mit dem Rücken zu den anderen sein T-Shirt aus und warf es ihr zu. Nachdem sie es über den Kopf gezogen hatte, merkte sie, wie riesig das Teil war, da es ihr bis zu den Knien reichte. Erleichtert nahm sie das Geschirrtuch weg, das nicht annähernd so viel Sichtschutz geboten hatte. In der Zwischenzeit packte G. G. alles weg, was ihm aus der Hose hing, und machte seine Jeans zu. Es schien angesichts seiner Erektion ein ziemlicher Gewaltakt zu sein, da er ein paar Mal schmerzhaft das Gesicht verzog, ehe er sich daran begeben konnte, den Reißverschluss behutsam zuzuziehen. Als er fertig war, hatte sich letztlich nichts geändert, denn die Beule in seiner Hose war nicht zu übersehen und auch nicht falsch zu deuten. Seufzend zuckte er mit den Schultern, stellte sich zu ihr und drehte sich zu den vier Besuchern um, die auf der anderen Seite der Küche standen und das Geschehen mitverfolgten.

G. G. straffte die Schultern, dann verkündete er voller Stolz: »Mutter, Vater, das ist Angelina Ildaria Sophia Lupita García Pimienta, meine Lebensgefährtin.«

Ildaria bekam vor Schreck den Mund nicht mehr zu, als sie diese Worte hörte, und drehte sich entsetzt zu G. G. um.

13

G. G. sah Ildaria nachdenklich an, während sie ihn auf Spanisch zurechtwies. Obwohl Zurechtweisung wohl nicht ganz das richtige Wort war. Sie schien eine emotionale Kernschmelze zu haben, da Entsetzen, Verzweiflung und Vorwürfe sich gegenseitig abwechselten, während sie mit der Schnelligkeit eines Maschinengewehrs eine spanische Tirade nach der anderen auf ihn abfeuerte. Dabei fuchtelte sie unentwegt mit den Händen, was seinen Eindruck bestätigte, dass sie sich über irgendetwas ganz entsetzlich aufregte. Seine tapfere kleine Kriegerin schaute auf eine Weise drein, die ihn befürchten ließ, dass sie kurz davor war, in Tränen auszubrechen … oder ihm an die Gurgel zu gehen und ihn zu erwürgen. Er war sich nicht sicher, auf was davon er sich wohl eher einstellen sollte.

Es war wirklich an der Zeit, diese Sprache zu lernen, fand G. G. Nur manchmal bekam er einen Begriff mit, der ihm bekannt vorkam, zum Beispiel *madre* und *padre*, was *Mutter* und *Vater* bedeutete, wie er wusste. Er war sich auch sicher, dass er in der Wortlawine den Begriff *hacienda* ausgemacht hatte, der *Haus* oder *Heim* oder etwas in der Art bedeutete. Aber einmal hörte er auch *puta*, von dem er wusste, dass das mit *Hure* übersetzt wurde. Allerdings hatte er keine Ahnung, wie das in ihren Wortschwall passen sollte, der kein Ende zu nehmen schien.

»Oh, sie spricht Spanisch«, flüsterte seine Mutter begeistert, nachdem Ildaria offenbar die Worte ausgegangen waren, da sie G. G. nur noch wütend anstarrte, als würde sie auf eine

Antwort warten. »Was für eine schöne Sprache«, schwärmte seine Mutter weiter und fragte: »Was hat sie gesagt? Spricht sie auch Englisch, mein Schatz?«

»Ja, natürlich spricht sie Englisch«, gab G. G. mürrisch zurück.

Es war schließlich Mirabeau, die den anderen mit einem Anflug von Belustigung erklärte, was Ildaria gesagt hatte: »Ildaria ist verärgert, weil sie so … überrumpelt wurde. Sie hatte offenbar nicht damit gerechnet, dass ihr schon eintreffen würdet. G. G. hatte ihr gesagt, dass das erst in ein paar Tagen der Fall sein würde.«

»Joshuy!«, rief seine Mutter entrüstet. »Warum erzählst du ihr denn so etwas? Du wusstest doch, dass wir uns sofort zum Flughafen aufgemacht hatten.«

»Das habe ich nicht gesagt«, versicherte er seiner Mutter. Als Ildaria verächtlich schnaubte, drehte er sich zu ihr um. »Du warst diejenige, die davon ausgegangen war, dass es wahrscheinlich noch ein paar Tage dauern würde. Ich wollte das richtigstellen und dir sagen, dass sie vermutlich schon auf halbem Weg hierher waren. Aber in dem Moment kam Lucian vorbei, und du bist losgelaufen, um ihm die Tür aufzumachen.«

Ildaria sah ihn einen Moment lang wortlos an, dann ließ sie den Kopf und die Schultern hängen und verließ die Küche.

G. G. sah ihr nachdenklich hinterher, wobei sein Blick an dem hängen blieb, was von ihren nackten Beinen zu sehen war. H. D. ließ ihn allein zurück, da der Hund lieber ihr folgte, während sie einen großen Bogen um die vier Besucher in ihrer Küche machte. H. D. holte sie ein, als sie das Wohnzimmer durchquerte, und stolzierte neben ihr her, den Blick auf sie gerichtet, als sie in Richtung Schlafzimmer weitergingen.

G. G. nahm das alles mit Bedenken zur Kenntnis. Es hatte mal eine Zeit gegeben, da wäre ihm der kleine Hund nicht von der Seite gewichen. Diese Zeit gehörte wohl der Vergangenheit an, da Ildaria seine Position als H. D.s Lieblingsmensch unterhöhlt hatte. Dem Hund konnte er keine Schuld geben, denn Ildaria war ja auch sein Lieblingsmensch, und hätte er selbst die Wahl gehabt, wäre er ihr ebenfalls auf der Stelle ins Schlafzimmer gefolgt. Eigentlich sollte er das auch machen, denn sie war aufgebracht und musste beruhigt werden. Er konnte es ihr nicht verübeln, denn so hatte er die erste Begegnung mit seinen Eltern nicht geplant.

»Sie ist wirklich schön, mein Sohn.«

G. G. drehte sich zu seiner Mutter um und nickte träge. »Ja, das ist sie. Innerlich und äußerlich.«

»Ja, natürlich«, stimmte sie ihm zu. »Und du bist innerlich schön … und wärst es äußerlich auch, wenn du dir nicht solche Mühe geben würdest, es nicht zu sein«, fügte sie an und betrachtete mit missbilligendem Blick den Haarkamm auf dem Kopf, ehe sie sich auf die Tätowierung konzentrierte, die sich von seinen Schultern abwärts um seine Arme schlängelte.

G. G. musste grinsen. Seine Mutter hasste seine Frisur genauso wie die Tätowierungen, weil sie fand, dass beides ihren hübschen Jungen entstellte. Zu seiner großen Belustigung ließ sie keine Gelegenheit aus, ihm das um die Ohren zu hauen. Er ärgerte sich nicht darüber, aber jetzt erinnerte es ihn lediglich daran, dass er nur in Jeans und ohne Hemd dastand. Während er von einem Fuß auf den anderen trat, sagte er ein wenig besorgt: »Ildaria war ziemlich außer sich. Ich sollte mit ihr reden und mir mein T-Shirt zurückholen.«

»Nein!«, sagten alle vier wie aus einem Mund, worauf ein Moment der Stille eintrat, wobei sie untereinander erstaunte und amüsierte Blicke wechselten. Es war schließlich seine Mutter, die zu ihm sagte: »Natürlich ist sie außer sich, die Ärmste. Keine Frau möchte unter solchen Umständen zum ersten Mal mit den Schwiegereltern zusammentreffen. Es wird für sie unendlich peinlich sein, dass wir euch beide so hier vorgefunden haben. Trotzdem kannst du nicht mit ihr reden.«

»Natürlich kann ich das. Sie ist meine Lebensgefährtin, und ich …«

»Sie ist deine noch ganz neue Lebensgefährtin«, unterbrach seine Mutter ihn. »Und wir alle wissen ganz genau, wohin das führt. Du willst nur mit ihr reden und sie beruhigen, aber am Ende seid ihr dann doch wieder auf dem Weg nach Rammelshausen.«

»Rammelshausen?«, wiederholte er ungläubig.

»Du weißt, dass ich recht habe«, gab sie nachdrücklich zurück.

»Ich weiß. Ich kann es nur nicht fassen, wie du es formuliert hast«, sagte er.

»Du hast Tattoos, ich neige zur Gossensprache«, meinte sie achselzuckend und verließ die Küche. »Ich werde mit ihr reden.«

G. G. wollte noch protestieren, doch da war sie schon mit der Geschwindigkeit einer Unsterblichen losgelaufen und bog bereits um die nächste Ecke, noch bevor er einen Finger rühren konnte.

»O verdammt!«, fluchte er.

»Das wird schon werden«, versicherte Robert und stellte sich zu ihm, um ihm aufmunternd auf den Rücken zu klopfen. »Deine Mutter wird ihr nur versichern, dass es keinen Grund gibt, sich verlegen zu fühlen. Und sie wird sie in der Familie willkommen heißen.«

»Ja, okay«, murmelte G. G., fühlte sich aber keineswegs besser als gerade eben noch. Seine Mutter konnte so sehr … Mutter sein.

»Seine Eltern! Die Vollstrecker wären schon schlimm genug, aber seine Eltern«, sagte Ildaria zu H. D. und konnte nur den Kopf schütteln. Der Hund saß vor dem Schrank, den Kopf hatte er zur Seite geneigt, und er sah Ildaria an, als würde er ihr aufmerksam zuhören, während sie ein Teil nach dem anderen aus dem Schrank zog.

»O mein Gott! Sein Vater hat meinen nackten Hintern gesehen!«, rief sie entsetzt und drückte sich das Top ins Gesicht, da ihre Wangen bei dieser Erkenntnis prompt zu glühen begannen. Dann riss sie schockiert die Augen auf und flüsterte: »Und den ganzen Rest hat er dann auch noch zu Gesicht bekommen, als ich aufsprang, um auf ihn loszugehen. O nein! *Madre de Dios!* Dem Himmel sei Dank, dass ich ihm nicht auch noch mein Knie in die Eier gerammt habe.«

Sie sah zu H. D., der sie unverändert interessiert ansah, und erklärte ihm: »Um ein Haar hätte ich das gemacht. Er konnte mich nur davon abhalten, weil er mir sagte, dass G. G. ihm von mir erzählt hatte.« H. D. erwiderte nichts, sondern legte nur den Kopf auf die andere Seite, als müsse er über all das erst einmal nachdenken.

»Hätte er das nicht noch gerade rechtzeitig gesagt, dann … ay, ay, ay.« Sie schüttelte den Kopf und zog einen schwarzen Rock aus dem Schrank.

Beim Hereinkommen hatte Ildaria einen Blick auf die Uhr geworfen und gesehen, dass es fast acht Uhr war. Sie und G. G. begannen normalerweise um acht Uhr abends mit der Arbeit, weil G. G. dann ungefähr eine Stunde Zeit hatte, um vor Öffnung des Clubs alles vorzubereiten. Für sie bedeutete es, dass ihre Arbeit zur gleichen Zeit begann, da einer ihrer Jobs darin bestand, auf H. D. aufzupassen. Normalerweise nahm sie den Kleinen mit ins Büro, wo sie bis um vier Uhr morgens arbeitete, manchmal auch bis um fünf. Dann kehrte sie mit dem Hund in ihr Apartment zurück, wo sie darauf wartete, dass G. G. ihn abholte.

Sie vermutete, dass G. G. heute nicht arbeiten würde, da seine Eltern zu Besuch waren. Sie dagegen würde auf jeden Fall arbeiten gehen, weil es ihr so möglich war, den beiden nicht wieder gegenübertreten zu müssen. O Gott, was für eine Demütigung das gewesen war! Dabei hatte sie einen guten ersten Eindruck machen wollen! Ganz abgesehen davon, dass sie bis zum heutigen Tag ohnehin nie in Erwägung gezogen hatte, ihnen zu begegnen. In letzter Zeit hatte sich einfach zu viel ereignet, dass sie gar nicht so weit hatte vorausdenken können. Doch nachdem er erwähnt hatte, dass sie herkommen würden, hatte sie während des Frühstücks und des Gesprächs mit Lucian unablässig darüber nachgedacht, wie diese erste Begegnung wohl ablaufen würde. Dass die beiden sie nackt auf ihrem kleinen Liebling vorfinden würden, war nie Teil ihrer Vorstellung gewesen.

»Na ja, du weißt ja, wie das ist, wenn man sich was vornimmt.«

Abrupt wirbelte Ildaria herum, als sie diese mitfühlenden Worte hörte, und entdeckte G. G.s Mutter, die in der offenen Schlafzimmertür stand. Sie hatte wieder mal nicht daran gedacht, die Tür zu schließen. Normalerweise machte sie das sowieso nicht, da sie allein in ihrer Wohnung war und es keinen Grund für geschlossene Türen gab.

»Wie soll das sein, wenn man sich was vornimmt?«, gab Ildaria schließlich zurück, als H. D. entschied, ihr nicht länger zuhören zu müssen, und aufs Bett sprang, um es sich dort gemütlich zu machen.

Mary Guiscard setzte zu einer Antwort an, zögerte kurz und sagte schließlich: »Na ja, meistens kommt es doch anders, als man es sich vorgestellt hat.«

»Sí«, bestätigte Ildaria und seufzte, während sie die ausgewählten Kleidungsstücke zum Bett trug, um sie dort auszubreiten. »Bei mir kommt immer alles anders.«

»Aber bestimmt nicht immer, oder?«, fragte G. G.s Mutter und kam zögerlich ein paar Schritte näher, als hätte sie die Befürchtung, dass Ildaria sie gleich wieder rausschmeißen könnte.

Das würde sie natürlich nicht machen, auch wenn sie es sich noch so sehr wünschen würde. Diese Frau war immerhin G. G.s Mutter.

»Doch, immer«, beharrte sie, ging zur Kommode und holte einen Satz Unterwäsche heraus. Weiße Baumwolle, wie üblich.

»Na, dann dürfte sich jetzt aber doch etwas geändert haben. Immerhin bist du deinem Lebensgefährten begegnet«, führte Mary Guiscard ihr vor Augen und klang ausgesprochen erfreut.

Ildaria warf die Unterwäsche aufs Bett und drehte sich zu der anderen Frau um, die vor Freude und Glück so sehr strahlte, dass man meinen konnte, sie selbst wäre ihrem Lebensgefährten begegnet. Aber Ildaria kannte den Grund für diese Freude, denn G. G.s Mutter musste der Ansicht sein, dass ihr Sohn jetzt gerettet war, weil Ildaria ihn wandeln würde, und sie sich nie wieder Sorgen machen musste, dass ihrem Sohn etwas von den Dingen zustieß, die für einen Sterblichen verheerende Folgen hatten.

»Selbst das ist anders gekommen«, gestand Ildaria ihr betrübt. »Ich weiß, du freust dich, weil du glaubst, dass G. G. jetzt in Sicherheit ist. Ich weiß, du hast gehofft, dass er einer Frau begegnet, deren Lebensgefährte er ist und für die er sich wandeln lassen wird. Aber diese Frau bin ich nicht. Er will sich auch weiterhin nicht wandeln lassen. Ich habe versagt.«

Feige wie sie war, verweilte sie nicht lange genug bei G. G.s Mutter, um mitzubekommen, ob sie nun in Tränen ausbrach. Sie selbst weinte nie, und sie kam nicht gut mit Frauen zurecht, die sich nicht so im Griff hatten wie sie selbst. Da sie vermutete, dass Mary Guiscard eine von diesen Frauen war, machte sie nach ihrer Enthüllung auf dem Absatz kehrt und zog sich ins Badezimmer zurück. Sie konnte nur hoffen, dass G. G.s Mutter in der Zwischenzeit ihren Tränen freien Lauf ließ und dann zu den anderen in die Küche zurückkehrte, da sie ja nun wusste, was für eine Pfeife ihr Sohn als Lebensgefährtin erwischt hatte.

Als Ildaria nach der Flucht aus der Küche ins Schlafzimmer gekommen war, hatte sie ihre Stiefel ausgezogen und dann die Dusche aufgedreht, damit das Wasser warm werden konnte, während sie sich etwas zum Anziehen aussuchte. Als sie jetzt die Hand unter den Strahl hielt, war das Wasser genau richtig. Sie zog G. G.s T-Shirt aus und warf es auf den Boden, wo auch ihre Stiefel lagen, betrat die gläserne Duschkabine und zog die Tür hinter sich zu. Das heiße Wasser tat gut auf ihrer Haut. Es spülte alle Beweise dafür weg, dass sie und G. G. sich zum ersten Mal richtig geliebt hatten, nicht aber die Erinnerung daran. Eine Weile stand sie nur da und ließ das Wasser auf ihren Körper prasseln, dann griff sie nach dem Shampoo und dem Conditioner, um sich die Haare zu waschen. Sie seifte sich von Kopf bis Fuß ein und spülte den Schaum wieder ab.

Dabei stellte sie zu ihrem Erstaunen fest, dass ihr ein paar Stellen am Körper wehtaten. Offenbar hatte sich G. G. etwas zu enthusiastisch um ihre Brüste gekümmert, die sich empfindlich anfühlten. Das war genauso überraschend wie das Ziehen zwischen ihren Schenkeln, so als wären sie über Gebühr strapaziert worden. Der Schmerz, den sie bei ihrem ersten Mal verspürt hatte, war eigentlich nur minimal gewesen, ein kurzes Stechen, das gleich darauf verschwunden war.

Diese Überempfindlichkeit irritierte sie doch sehr, hatte sie doch gedacht, dass die Nanos das alles wieder richten würden. Sie und G. G. waren wer weiß wie lange ohnmächtig gewesen, und … Ach, klar, ging es Ildaria plötzlich durch den Kopf. Sie hatte heute noch nichts getrunken. Eigentlich hätte sie ein oder zwei Beutel aus dem Kühlschrank nehmen sollen, gleich nachdem sie aufgewacht war. Aber dann war sie zunächst durch G. G. abgelenkt worden, der in der Küche das Frühstück zubereitete. Wenig später war auch noch Lucian dazugestoßen und hatte sie vom Trinken abgehalten. Und im Anschluss daran hatte es dann Lebensgefährten-Sex mit der unvermeidlichen Ohnmacht gegeben.

G. G. konnte von Glück reden, dass sie ihn nicht gebissen hatte. Plötzlich hielt sie mitten im Einseifen inne und fragte sich ernsthaft, wieso sie ihn nicht gebissen hatte und wieso sie nicht einmal in Versuchung gewesen war. Vermutlich hatte ein anderes Verlangen sie so sehr abgelenkt, dass ihr nicht aufgefallen war, wonach sich ihr Körper sonst noch verzehrte.

Es war auch kaum möglich gewesen, an irgendetwas anderes als an Sex zu denken, da alles so rasend schnell gegangen war – beide Male.

Sie schätzte, dass sie in den vier Stunden, die vergangen waren, seit Lucian sich auf den Weg zum Hauptquartier der Vollstrecker gemacht hatte, ungefähr drei Stunden und vierundfünfzig Minuten ohnmächtig gewesen waren und insgesamt sechs Minuten lang Sex gehabt hatten. Also zweimal drei Minuten. Oder beim ersten Mal fünf Minuten, weil sie solche Schwierigkeiten mit ihrer Lederhose gehabt hatte.

Die Lederhose konnte sie jetzt wegschmeißen, überlegte sie, während sie die restliche Seife abspülte. Was irgendwie schade war, denn diese Hose hatte sie wirklich gemocht.

Sie öffnete die Tür und tastete nach dem Handtuch, das sie zuvor draußen hingehängt hatte. Es war nicht mehr da, doch auf einmal hielt es ihr jemand hin. Sie sah zur Seite und entdeckte Mary Guiscard, die das Handtuch in der Hand hielt.

»Du hast nicht versagt«, sagte G. G.s Mutter mit sanfter Stimme, als Ildaria nicht sofort das Handtuch an sich nahm. »Ich habe versagt, weil ich es zugelassen habe, dass Joshua Zeuge meiner Wandlung wurde, was wiederum Folgen für dich hat, weil du einen Lebensgefährten gefunden hast, der sich nicht wandeln lassen will. Das tut mir entsetzlich leid.«

Mary Guiscard wandte sich zum Gehen und ließ das Handtuch los, aber Ildaria konnte es gerade noch auffangen. Sie trocknete sich in aller Eile ab, wickelte sich so in das Handtuch ein, dass es nicht rutschen konnte und folgte dann der Frau aus dem Badezimmer. Die hatte sich zu H. D. aufs Bett gesetzt, der zusammengerollt dalag und fest schlief.

»Man hat mir gesagt, dass du G. ... Joshua zu einer Nachbarin gebracht hattest, die ihn dann zu früh zurück zu euch nach Hause brachte«, erzählte Ildaria, während sie zum Bett ging. Sie nahm den Slip und zog ihn bis unter das Handtuch hoch. »Dann war es doch nicht deine Schuld.«

»Doch, das war es. Offensichtlich hatte ich mich nicht klar genug ausgedrückt, wie lange sie auf Joshua aufpassen sollte. Dummerweise hatte ich selbst keine Ahnung, wie viel Zeit das in Anspruch nehmen würde. Robert sprach davon, dass manchmal eine Nacht genügt, manchmal aber auch zwei bis drei Tage benötigt werden. Darum drückte ich mich absichtlich vage aus, aber das sollte sich als mein zweiter Fehler entpuppen«, fügte sie mit ernster Miene hinzu, während Ildaria das Handtuch weglegte, um den BH anzuziehen.

Zuerst hatte sie noch gezögert und überlegt, ob sie der Frau den Rücken zudrehen sollte, aber dann kam sie zu der Ansicht, dass sie sich damit wie eine alberne Jungfrau benehmen würde. Also wollte sie so tun, als würde es ihr gar nichts ausmachen. Zu dumm nur, dass es ihr etwas ausmachte. Sie war es nicht gewohnt, sich in Gegenwart anderer Leute an- oder auszuziehen.

Ihre Großmutter war da immer sehr konservativ gewesen und hatte sich zurückgezogen, damit Ildaria sich umziehen konnte, sobald sie dazu in der Lage war. Aber jetzt hatte sie einmal damit begonnen, sich unbeeindruckt zu geben, und das musste sie nun auch durchziehen. Also tat sie so, als würde es ihr absolut nichts ausmachen, die Arme durch die Träger zu schieben, die Körbchen zurechtzurücken und dann hinter sich zu greifen, um den BH zu schließen. Sie war gerade damit fertig, als G. G.s Mutter das mit dem zweiten Fehler sagte. Sie drehte sich um und fragte interessiert: »Und was war der erste Fehler?«

»Robert wollte mich für die Wandlung zu seinem Landsitz bringen, aber ich wollte nicht so weit von Joshua weg sein.« Seufzend gestand sie: »Ich war eine von diesen Müttern, die ihre Kinder niemals aus den Augen lassen. Ich hatte Angst, ihn bei einem Unfall zu verlieren, genau wie es bei seinem Vater der Fall gewesen war. Wäre Robert nicht in mein Leben getreten, dann wäre Joshua heute sicher ein ziemlich neurotischer Mensch.«

Das erschien Ildaria völlig absurd. Sie konnte sich G. G. nicht als Neurotiker vorstellen. Nein, dazu wäre es bestimmt nicht gekommen, befand sie.

»Was ich damit sagen will«, fuhr Mary fort, »ist Folgendes: Hätte ich zugelassen, dass Robert mit mir aufs Land fährt, wäre es unserer Nachbarin Millie nicht möglich gewesen, Joshua zu früh zu uns zurückzubringen. Er hätte meine Wandlung nicht mit angesehen und würde sich jetzt nicht gegen eine Wandlung sträuben.« Sie hob verzagt die Schultern. »Wie du siehst, habe ich versagt, nicht du. Ohne meine Fehler wäre Joshua längst gewandelt, und ihm könnte nichts mehr zustoßen.«

Da Ildaria nicht so recht wusste, was sie darauf antworten sollte, konzentrierte sie sich darauf, ihre Bluse zuzuknöpfen. Es stimmte natürlich, dass eine Wandlung auf Roberts Landsitz verhindert hätte, dass G. G. etwas davon mitbekommen und ein Trauma zurückbehalten hätte können. Aber sie vermutete, dass diese Frau sich seit G. G.s achtzehntem Geburtstag, als er erklärt hatte, sich niemals wandeln zu lassen, an jedem Tag ihres Lebens selbst gegeißelt hatte. Ildaria war niemand, der auf einen anderen eintrat, wenn der schon am Boden lag.

Außerdem hatte ihre Abuela immer gesagt, dass Fehler zum Leben dazugehörten und dass es nur darauf ankam, aus diesen zu lernen, damit man sie nicht wiederholte. Und sie hatte auch immer gesagt, dass man sich solche Fehler auch selbst verzeihen müsse, weil sie sonst zu Verbitterung führten und ein verbittertes Herz zu nichts mehr tauge.

»Aber ich verspreche dir …« Mary griff nach ihrer Hand, als sie mit dem Zuknöpfen fertig war, und lenkte Ildarias Aufmerksamkeit wieder auf sich. »Ich verspreche dir, ich werde das Problem aus der Welt schaffen. Ich werde Joshua überzeugen, dass er sich wandeln lassen soll. Bisher ist mir das nicht gelungen, aber jetzt sollte das möglich sein, und das auch nur, weil du seine Lebensgefährtin bist«, fügte sie hinzu und lächelte sie wieder voller Wärme an.

Ildaria schaute ratlos drein. »Das verstehe ich nicht. Er weiß, dass er mein Lebensgefährte ist, und trotzdem weigert er sich immer noch. Mit dem Argument kannst du ihn schon mal nicht überzeugen.«

»Doch, das kann ich«, versicherte sie ihr und grinste breit. »Ich weiß nämlich etwas über ihn, was nur wenigen Leuten bekannt ist.«

»Und was soll das sein?«, erkundigte sie sich neugierig.

»Nun, als Kind hat Joshua es gehasst, sein Spielzeug mit anderen zu teilen«, verriet sie, wobei diebische Freude in ihren Augen aufblitzte. »Und als Erwachsener hat er sich kein bisschen verändert, was diesen Punkt angeht.«

Ildaria konnte noch immer nicht erkennen, wie ihr das weiterhelfen sollte, doch bevor sie weitere Fragen stellen konnte, tauchte die schwarzhaarige Frau im Türrahmen auf.

»Hallo, Mirabeau, meine Liebe«, begrüßte Mary Guiscard sie und schenkte ihr ein freundliches Lächeln. »Werden die Männer schon unruhig?«

»Nein«, antwortete Mirabeau, verzog den Mund und korrigierte sich. »Na ja, ein wenig schon. Aber deswegen bin ich nicht hier.« Sie atmete tief durch und sah Ildaria an. »Lucian hat eben angerufen. Wir sollen dich zum Hauptquartier der Vollstrecker bringen.«

»Mich?«, fragte Ildaria verwundert und überlegte, ob sie sich irgendetwas zuschulden hatte kommen lassen.

»Ist Villaverde dort?«, wollte Mary wissen, die ihre Hand fester um die von Ildaria schloss, die sich ihrerseits wunderte, dass die Miene der Frau mit einem Mal etwas Versteinertes an sich hatte.

»Ja«, sagte Mirabeau in ernstem Tonfall. »Wie es scheint, ist seine Maschine kurz nach eurer gelandet. Lucian und Scotty haben mit ihm geredet, und nun wollen sie, dass Ildaria dazukommt.«

»Warum?«, fragte G. G.s Mutter in scharfem Tonfall.

Mirabeau konnte nur den Kopf schütteln. »Keine Ahnung. Er hat gerade eben Tiny angerufen und ihm gesagt, dass wir sie hinbringen sollen. Als Tiny das Gespräch beendet und uns gesagt hatte, was Lucian von uns wollte, da hat dein Robert Lucian zurückgerufen, aber auch nicht viel mehr aus ihm herausbekommen, als dass Lucian und Scotty mit Villaverde gesprochen hätten und jetzt Ildaria mit dabeihaben wollten.«

»Juan hat sie davon überzeugt, dass ich hingerichtet werden soll«, warf Ildaria voller Überzeugung ein, weil es der einzige Grund war, der einen Sinn ergab.

»Natürlich nicht«, widersprach Mary ihr sofort. »Ein Unsterblicher kann nicht hingerichtet werden, weil er einem anderen Unsterblichen etwas abgebissen hat, und schon gar nicht, wenn dieser Unsterbliche sich gegen eine Vergewaltigung zur Wehr gesetzt hat. Wenn überhaupt, dann sollte *der Angreifer* für sein Verhalten bestraft werden.«

Ildaria sah sie bestürzt an. »Du weißt darüber Bescheid?«

Mary tätschelte mitfühlend ihre Hand. »Joshua musste Robert alles erzählen, damit der Scotty zur Mithilfe bewegen konnte. Und natürlich hat er mir davon erzählt.«

»Oh. Sí«, murmelte sie und wunderte sich, dass diese Frau sie immer noch als G. G.s Lebensgefährtin haben wollte. »Was geschehen ist, ist ja nicht deine Schuld«, machte Mary ihr nachdrücklich klar und drückte sie an sich. »Ich bin stolz, dass meine Schwiegertochter eine so mutige Frau ist.«

Ildaria stutzte bei diesen Worten, denn über das Heiraten hatten sie und G. G. noch gar nicht geredet.

»Vielleicht noch nicht darüber geredet, aber er plant jetzt schon, so wie sich das auch gehört«, erwiderte Mary und lächelte sie an. »Und ich werde nicht zulassen, dass irgendjemand meine Schwiegertochter hinrichtet. Außerdem gibt es keinen Grund, dich hinzurichten. Villaverde trägt als Einziger die Schuld an dem, was vorgefallen ist.«

»Aber er ist das Oberhaupt des Südamerikanischen Rats«, wandte Ildaria ein. »Er ist ein mächtiger Mann, während ich nur ein Niemand bin. Keiner wird ihn zur Rechenschaft ziehen«, prophezeite sie mit finsterer Miene.

»Du bist kein Niemand«, entrüstete sich Mary. »Und als Chef des Rats hätte sich Villaverde niemals irgendetwas zuschulden kommen lassen dürfen. Ich weiß überhaupt nicht, wie ein solcher Mann einen solchen Posten bekommen kann. Die anderen Ratsmitglieder würden keinen Anführer dulden, der Kinder vergewaltigt und arme Menschen aus ihren Häusern vertreibt.«

»Und trotzdem macht er es und niemand zieht ihn zur Rechenschaft«, versicherte Ildaria ihr.

»Ja, aber nicht mehr lange. Nicht, wenn Lucian und Scotty da ein Wörtchen mitzureden haben. Das kann ich dir versichern. Notfalls werden sie einen Gipfel aller Ratsführer einberufen, um ihm seinen Posten abzuerkennen. Und wenn sie das nicht machen, dann eben Robert«, verkündete Mary nachdrücklich, sah Ildaria eine Weile an und zog die Stirn kraus. »Du glaubst mir nicht. Aber es ist so.«

»Ich glaube, dass du es glaubst«, gab Ildaria ernst zurück.

»Das sollte fürs Erste reichen«, sagte Mary und lächelte flüchtig, dann aber seufzte sie und schüttelte den Kopf. »Wir können uns eigentlich sofort auf den Weg machen, um zu hören, was die Männer von dir wollen. Umso eher hast du es hinter dir, und du kannst dich entspannen, weil du weißt, dass dir nichts passieren kann.«

Mary ließ ihre Hand los, ging zu Mirabeau und erwartete offenbar von Ildaria, dass sie ihnen folgte. Die aber zögerte. Sie wollte nicht von hier weg. Und erst recht verspürte sie kein Verlangen, sich auch nur in die Nähe von Juan Villaverde zu begeben. Ein Blick in Mirabeaus Gesicht ließ sie jedoch erkennen, dass die Frau sie notfalls aus dem Zimmer schleifen würde. Sie war entschlossen, Lucians Befehl zu befolgen. Von einem resignierten Seufzer begleitet folgte Ildaria schließlich G. G.s Mutter zur Tür. Dabei entging ihr nicht, wie Mirabeau neben ihr her durch den Flur ging, immer bereit, in Aktion zu treten.

G. G., Robert und Tiny warteten im Wohnzimmer auf sie. Ildaria blieb an der Tür stehen und stutzte, als sie sah, dass G. G. wieder sein T-Shirt trug. Das T-Shirt, das sie ausgezogen und im Badezimmer auf den Boden geworfen hatte. »Wie kommst du an …«

»Ich habe es ihm gebracht, als du geduscht hast«, erklärte G. G.s Mutter, die eindeutig wieder ihre Gedanken gelesen hatte.

»Oh.« Ildaria nickte kurz, dann drehte sie den Kopf zur Seite, als jemand sie am Arm fasste. Zu ihrem Erstaunen war es G. G., der von ihr unbemerkt das Zimmer durchquert hatte. Seine Hand fühlte sich durch den Stoff der Bluse hindurch warm an, und die Berührung löste ein leichtes Kribbeln aus, entfachte aber nicht diese irrsinnige Leidenschaft, von der sie zuvor mitgerissen worden war, sobald sie sich nur leicht berührt hatten. Diese Beobachtung verwirrte sie.

»Wenn Stoff dazwischen ist, dämpft das die Wirkung der Nanos«, erklärte Mirabeau ihr. »Aber Kontakt von Haut zu Haut solltet ihr vermeiden, jedenfalls immer dann, wenn ihr nicht allein seid. Das gilt übrigens auch fürs Händchenhalten, es sei denn, einer von euch trägt Handschuhe.«

»Gut zu wissen, danke«, sagte G. G. zu ihr, doch sein sorgenvoller Blick ruhte auf Ildaria. Es überraschte sie daher auch nicht, als er sie fragte: »Bist du wirklich einverstanden? Wir können uns auch weigern und ihnen sagen, sie sollen sich zum Teufel scheren.«

»Josh«, warf Robert in einem unüberhörbar warnenden Tonfall ein.

Ildaria horchte auf, weil es sich so seltsam anhörte, dass jemand G. G. mit Josh anredete. Durch Lucian sowie G. G.s Mutter und ihre eigenen geteilten Träume war sie an Joshua gewöhnt, daher fühlte es sich so fremd an, nun »Josh« zu hören.

»Angel?«, hakte G. G. nach, ohne auf seinen Vater einzugehen.

»Ich glaube, uns bleibt keine andere Wahl«, entgegnete sie schließlich.

G. G. machte nicht gerade eine erfreute Miene, doch er nickte und versprach ihr: »Ich werde nicht von deiner Seite weichen.«

»Ich ebenfalls nicht«, versicherte ihr Robert, der mit einem Mal etwas entspannter wirkte, da er nun wusste, dass sie sich nicht weigern würden, zu Lucian gebracht zu werden. »Ich werde bei euch sein und nicht zulassen, dass irgendeinem von euch etwas zustößt«, betonte er mit Nachdruck und fügte hinzu: »Aber dafür sind wir auch hergekommen: um diese Angelegenheit aus der Welt zu schaffen. Ich kann Lucian und Scotty vertrauen, und wenn sie der Ansicht sind, dass du zu ihnen kommen musst, dann gibt es dafür auch einen triftigen Grund.«

Ildaria kannte diesen Scotty nicht, aber sie kannte zumindest Lucian. Er hatte sich nach den Zwischenfällen hier an der Universität in Toronto und nach ihren Racheengel-Aktionen in Montana ihr gegenüber äußerst gerecht verhalten, obwohl er sie schon zweimal hätte hinrichten lassen können. Sie konnte nur hoffen, dass er auch in diesem Fall so gerecht sein würde.

Sie straffte die Schulter und nickte entschlossen. »Bringen wir's hinter uns.«

14

Sie hatten die halbe Strecke zum Hauptquartier der Vollstrecker zurückgelegt, als Ildaria auf einmal bemerkte, dass sie gar keine Schuhe trug. Strümpfe hatte sie ebenfalls vergessen, und die Haare hatte sie sich auch nicht gebürstet. Gut, die Sache mit den Haaren war entschuldbar, denn sie stand unter Stress, weil sie dem Mann gegenübertreten sollte, der sie zweihundert Jahre lang verfolgt und gejagt hatte. Sie musste sich allerdings sehr wundern, wie sie den Weg von der Wohnung bis zum Wagen hatte zurücklegen können, ohne auch nur zu bemerken, dass sie ohne Schuhe und Strümpfe unterwegs war.

»Tut mir leid«, sagte Mirabeau, die auf dem Beifahrersitz Platz genommen hatte. »Ich war so darauf konzentriert, die Umgebung im Auge zu behalten, um zu verhindern, dass Villaverdes Männer dich auf dem Weg zu Lucian doch noch abfangen und in ihre Gewalt bringen. Da habe ich nicht darauf geachtet, was du angezogen hast und was nicht.«

Ildaria sah sie bei diesem Kommentar überrascht an. Die Frau hatte wieder ihre Gedanken gelesen, so viel stand fest. Aber es gab für sie keinen Grund, sich dafür zu entschuldigen, dass ihr nicht aufgefallen war, dass Ildaria barfuß ihr Apartment verlassen hatte. Sie selbst hätte beim besten Willen nichts dazu sagen können, welche Art von Schuhen Mirabeau trug oder ob sie auch barfuß unterwegs war. Es gab für sie einfach keinen Grund, auf die Füße anderer Leute zu achten, und sie konnte sich auch nicht vorstellen, warum andere das tun sollten.

Außerdem befanden sie sich in einer extrem angespannten Situation. Sie, G. G. und seine Eltern sahen der bevorstehenden Begegnung alle mit großer Sorge entgegen, während die Vollstrecker allesamt damit beschäftigt waren, nach möglichen Angreifern Ausschau zu halten. Demzufolge wunderte es Ildaria nicht, dass niemand sonst das Fehlen ihrer Schuhe bemerkt hatte.

»Keine nackte Haut auf nackte Haut«, sagte Mirabeau auf einmal.

Als Ildaria dem Blick der Vollstreckerin folgte, fiel ihr G. G.s Hand auf, die sich dicht über ihrer befand. Offenbar hatte er ihre Hand ergreifen wollen, um ihr Halt zu geben. In letzter Sekunde war er davon abgehalten worden, sodass er nun stattdessen durch den Stoff ihrer Bluse hindurch ihren Arm rieb. Ildaria lächelte ihn dankbar an, auch wenn diese Berührung nicht annähernd die Wirkung hervorrief, die seine Hand auf ihrer erzielt hätte.

»Hier.«

Sie und G. G. sahen wieder zu Mirabeau, die ihnen ein Paar Handschuhe hinhielt, hellblau und hauchdünn, vermutlich aus Gummi oder Silikon. Höchstwahrscheinlich waren die für die Vollstrecker gedacht, wenn sie Blut oder andere Flüssigkeiten aufwischen mussten.

G. G. nahm die Handschuhe an sich und zog einen davon mit einiger Mühe über seine große linke Hand. Dann legte er seine Hand auf ihre und verschränkte die Finger mit ihren.

»Sam wird ein Paar Schuhe im Haus haben, das sie dir borgen kann«, sagte Mirabeau.

»Schuhe?«, warf G. G. ein und sah auf Ildarias Füße. Erstaunt schaute er sie an. »Wir haben deine Schuhe vergessen?«

Ildaria musste lächeln, als sie das »wir« hörte, als wäre er dafür verantwortlich, ob sie Schuhe trug oder nicht.

»Ist schon in Ordnung«, versicherte sie ihm und wandte sich wieder an Mirabeau. »Du hast nicht zufällig eine Bürste zur Hand, oder?« An G. G.s Adresse gerichtet erklärte sie: »Ich habe auch noch vergessen, mich zu kämmen.«

»Deine Haare sehen großartig aus«, versicherte ihr G. G.

Ildaria bezweifelte das, behielt das aber für sich und sah stattdessen hoffnungsvoll zu Mirabeau hin.

»Nein«, sagte die in bedauerndem Tonfall. »Wenn ich meinen Job mache, achte ich nicht besonders auf meine Haare.«

»Das ist auch nicht nötig, weil Beau so wie du von Natur aus schön ist«, warf Tiny ein, der sie im Rückspiegel ansah. »Du siehst gut aus mit diesem leicht zerzausten Look, der richtig sexy ist.«

Seine Worte entlockten Ildaria ein Lächeln.

»Mist«, sagte G. G. plötzlich und zog das Handy aus der Tasche.

»Was ist los?«, fragte Ildaria besorgt.

»Ich habe H. D. völlig vergessen«, murmelte er und ging die Namensliste durch. »Ich hätte noch mal mit ihm Gassi gehen sollen, bevor wir abgefahren sind. Ich rufe Sofia an und frage sie, ob sie das für mich erledigen und auf den Kleinen aufpassen kann, bis wir zurück sind.«

»Sie hat keinen Schlüssel zu meinem Apartment«, wandte sie ein.

»Ach, verdammt«, schnaubte er und hielt den Daumen dicht über dem Display, während er überlegte, wie er das Problem lösen konnte, bevor er Sofia anrief. Dann nickte er beruhigt. »Ja, genau. Sie soll den Ersatzschlüsselbund aus meinem Büro holen. Da ist ein Generalschlüssel dabei, mit dem sich alle Türen öffnen lassen. Den kann sie nehmen … sofern du einverstanden bist«, fügte er hinzu, um sie entscheiden zu lassen.

»Natürlich«, sagte Ildaria ohne zu zögern. »Der Kleine kann doch nicht einsam und allein und vor allem hungrig bei mir in der Wohnung sitzen und warten, bis wir irgendwann zurückkommen.« Sie schnalzte verärgert mit der Zunge und fügte hinzu: »Ich kann es nicht fassen, dass wir H. D. völlig vergessen haben.«

G. G. nahm amüsiert zur Kenntnis, dass sie auch von »wir« sprach, obwohl es sein Hund war, und wählte Sofias Nummer.

In Gedanken versunken hörte Ildaria ihn mit Sofia reden, aber ihre Aufmerksamkeit galt vor allem der Straße. Es war nicht mehr weit bis zum Hauptquartier der Vollstrecker. Nur noch ein paar Minuten, und sie würde Juan gegenüberstehen. Lieber würde sie sich hundert Vollstreckern im Kampf stellen, die alle ihr Blut wollten, als diesen Mann wiedersehen zu müssen. Sie hielt sich für mutig und stark, doch wenn es um Juan Villaverde ging, dann war sie immer noch die verwirrte und verängstigte Vierzehnjährige, die zitternd und in Tränen aufgelöst auf den Pflastersteinen kniete, und er war der böse schwarze Mann.

Über sich selbst entrüstet setzte Ildaria sich gerader hin und hob trotzig das Kinn. Zum Teufel mit dem Kerl. Sie war keine vierzehn mehr, und er war nicht der böse schwarze Mann. Wenn der Mistkerl wieder irgendwas versuchen sollte, würde sie ihm noch einmal den Schwanz abbeißen. Und ihm vielleicht auch noch den Kopf abschlagen, falls sie irgendwie an eine geeignete Waffe herankam. Und das natürlich auch nur, wenn weder Lucian noch sonst jemand dazwischenging und ihren Plan vereitelte.

Ildaria verdrehte die Augen angesichts der Gedanken, die sich in ihrem Kopf tummelten, und sagte sich, dass sie sich besser auf morgen konzentrieren sollte. Denn morgen um diese Zeit würde das, was immer sie auch erwartete, bereits

Vergangenheit, und sie war entweder tot oder zurück in ihrem Apartment, wo sie auf der Couch mit G. G. und H. D. kuscheln und sich einen Film ansehen konnte. Oder sie lag irgendwo bewusstlos rum, weil G. G. und sie sich wieder geliebt hatten. Oder sie saß im Büro und arbeitete. Oder sie verbrachte Zeit mit seinen Eltern. Das brachte sie auf die Frage, wie lange seine Eltern eigentlich bleiben wollten. Sie drehte sich um und sah durch die Heckscheibe, um sich zu vergewissern, dass der zweite SUV mit Mary und Robert an Bord noch hinter ihnen war. Lucian hatte Tybo und Valerian geschickt, um G. G.s Eltern abzuholen und zum Hauptquartier zu bringen.

Ildaria hatte soeben den zweiten SUV entdeckt, als sie zur Seite wegkippte. Sofort drehte sie sich nach vorn und sah, dass Tiny in eine Einfahrt einbog, die zum Hauptquartier der Vollstrecker führte. Zähneknirschend spürte Ildaria, wie sie auf Distanz zu ihren Gefühlen ging, um auf das vorbereitet zu sein, was sie in Kürze erwartete. Es war eine automatische Reaktion auf besonders stressige Situationen, auf die sie vor einigen Jahrzehnten aufmerksam geworden war. Es war so, als würden ihre Gefühle vorübergehend abgeschaltet, damit sie ohne zu zögern und ohne Bedenken einem Angreifer einen stählernen Absatz ins Gesicht oder in die Lenden bohren konnte, wenn das für ihr Überleben erforderlich war.

»Da wären wir.«

Ildaria erwiderte nichts auf Mirabeaus Bemerkung, als Tiny Augenblicke später den SUV vor dem Gebäude ausrollen ließ. Ihr Blick war wieder nach hinten gerichtet, wo die Vollstrecker vom Wachdienst mit Spiegeln den Unterboden des zweiten SUV nach verdächtigen Hinweisen absuchten, während der Wagen zwischen dem inneren und dem äußeren Tor vorübergehend festsaß. Die gleiche Prozedur hatte sie Minuten zuvor auch über sich ergehen lassen.

Sie wusste, der zweite Wagen würde jeden Moment folgen und dann neben ihrem parken, und erst dann würde sie aussteigen. Sie wollte erst von allen anderen umgeben sein, ehe sie die Höhle des Löwen betrat. Tiny und Mirabeau stiegen bereits aus und stellten sich neben die hinteren Türen, ohne sie jedoch zu öffnen. Offenbar hatten sie beide ihre Gedanken gelesen und wussten, dass sie den Wagen noch nicht verlassen wollte.

»Tiny hat den Zündschlüssel stecken lassen. Wir könnten immer noch abhauen.«

Ildaria drehte sich zu G. G. um, als sie seine Bemerkung hörte. Der Ansatz eines Lächelns gewann die Oberhand über ihre fest zusammengepressten Lippen, und plötzlich sagte sie: »Ich liebe dich.« Die Worte waren ihr einfach so rausgerutscht. Wieso, dafür hatte nicht mal Ildaria selbst eine Erklärung.

Verwundert sahen sie sich an, aber nach ein paar Sekunden wich G. G.s erstaunte Miene einem Ausdruck völliger Gewissheit, und mit seiner tiefen Stimme erwiderte er: »Ich liebe dich auch, Angel.«

Sie bewegten sich langsam aufeinander zu, doch kurz bevor sich ihre Lippen treffen konnten, wurde die Wagentür aufgerissen, jemand griff ihr unter die Arme und zerrte sie aus dem Wagen.

»Keine nackte Haut auf nackter Haut«, ermahnte Mirabeau sie amüsiert, während sie sie neben dem Wagen absetzte.

»Wir wollten uns nur küssen«, protestierte Ildaria aufgebracht.

»Lippen sind auch nackte Haut«, machte Mirabeau ihr klar, während G. G. den SUV verließ und betreten dreinschaute. »Ihr könnt euch nicht vorstellen, wie viele halb nackte oder nackte Unsterbliche in Marguerites Haus und auf dem Grundstück ringsum gelegen haben, als sie zur Silvesterparty eingeladen hatte. Und alles nur wegen der Tradition, sich zu Beginn des neuen Jahres einen Kuss zu geben. Bei frischgebackenen Lebensgefährten führt ein Kuss unweigerlich zu Sex.«

»Okay, dann eben keine Küsse«, seufzte Ildaria resigniert und überprüfte, ob durch Mirabeaus Aktion ihre Bluse nicht zerknittert oder ihr Rock verrutscht war. Aber alles schien in Ordnung zu sein, also drehte sie sich zu dem zweiten SUV um, der soeben genau neben ihnen anhielt.

»Angelina, meine Liebe, wo sind deine Schuhe? Hast du sie im Wagen gelassen?«, fragte Mary, nachdem sie ausgestiegen war und zu ihnen kam.

»Die haben wir zu Hause vergessen«, antwortete G. G. an ihrer Stelle.

»O je. Aber ich bin so besorgt wegen dieses Treffens, dass mir das gar nicht aufgefallen ist. Ich hätte dich einem prüfenden Blick unterziehen sollen, bevor wir aus dem Haus gegangen sind«, sagte Mary verdrossen.

Ildaria musste einmal mehr lächeln, denn offenbar wollte hier jeder die Verantwortung für etwas übernehmen, was ihr selbst zuallererst hätte auffallen müssen.

»Natürlich wollen wir das«, antwortete Mary auf das, was sie in ihrem Kopf gelesen hatte. G. G.s Mutter drückte sie kurz an sich und fügte hinzu: »Du gehörst jetzt zur Familie, meine Liebe, und in einer Familie gibt einer auf den anderen acht.«

Familie. Ildaria musste schlucken, da sie mit einem Mal einen Kloß im Hals verspürte. Es war lange her, seit sie das letzte Mal eine Familie gehabt hatte, und nun auf einmal war sie von Familie förmlich umgeben.

»Bist du bereit?«, fragte Robert, als er sich zu ihnen gesellte. Er schaute so besorgt und so mitfühlend drein wie G. G. Auch wenn die beiden nicht blutsverwandt waren, schien es, dass er einen guten Einfluss auf seinen Stiefsohn gehabt hatte. Sowohl von ihrer Persönlichkeit als auch vom Verhalten her hatten sie beide viel gemeinsam.

Ildaria straffte die Schultern und nickte, und im nächsten Moment war sie von den anderen umringt, die sie auf dem kurzen Weg bis zur Haustür eskortierten. Mortimers Frau Sam öffnete die Tür, noch bevor sie sie erreicht hatten. Die Frau lächelte die Gruppe angespannt an, wobei ihr Blick von Ildaria zu G. G. wanderte, während sie zur Seite trat, um alle eintreten zu lassen. Dieser Blick und das verkrampfte Lächeln machten Ildaria sofort Sorgen.

»Angelina hat ihre Schuhe zu Hause vergessen«, sagte Mary, gerade als Sam die Tür hinter ihnen zumachte. »Du hast nicht zufällig ein Paar, das du ihr borgen kannst?«

»Um zu reden, braucht sie keine Schuhe«, ging Lucian dazwischen, der soeben in der Tür vorne links aufgetaucht war, die ins Wohnzimmer führte. »Komm, Angelina. Der Rest kann mit Sam in der Küche warten.«

Ildarias Herz setzte einen Schlag aus, als sie sich vorstellte, Juan allein gegenüberzutreten, ohne dabei den Rückhalt ihrer neuen Familie zu haben. Doch dann hob sie trotzig das Kinn und gab sich so gelassen, als würde ihr diese unerwartete Entwicklung nichts ausmachen. Sie würde doch auf Teufel komm raus niemanden erkennen lassen, wie verängstigt sie innerlich war.

Es war G. G., der im nächsten Moment protestierte: »Kommt nicht infrage, Lucian. Ich begleite sie.«

»Ich ebenfalls«, fügte Robert hinzu. Als Mary ihm einen Stoß mit dem Ellbogen verpasste, korrigierte er sich rasch: »Ich meinte: *Wir* ebenfalls. Wir kommen auch mit. Angelina gehört jetzt zu unserer Familie, und damit erhält sie auch unsere Unterstützung.«

Lucian bedachte die Guiscards mit einem finsteren Blick,

gab aber dann nach. »Also gut, ihr könnt mit rein. Aber niemand sagt etwas. Ihr setzt euch auf die Plätze, die ich euch zuweise, und dann wird zugehört, aber nicht geredet. Das hier geht nur Angelina und Juan etwas an.«

Ildaria spürte, dass sich G. G. bei diesen Anweisungen innerlich verkrampfte, was auch Lucian nicht entgangen zu sein schien. Nur an ihn gerichtet fügte er hinzu: »Das hier sind Angelegenheiten unter Unsterblichen, Joshua. Du bist kein Unsterblicher. Ich erlaube dir nur, dass du ebenfalls anwesend sein kannst, weil du ein möglicher Lebensgefährte für Angelina bist. Ich lasse keine Einmischung von deiner Seite zu. Wenn du dich nicht an meine Anweisungen hältst, werde ich dich persönlich vor die Tür setzen. Ist das klar?«

G. G. grummelte sein Einverständnis, woraufhin Lucian Ildaria am Arm fasste und sie ins Wohnzimmer führte. Um Gewissheit zu haben, dass G. G. und seine Eltern ihr tatsächlich folgten, sah sie einmal kurz über die Schulter. Dann richtete sie den Blick nach vorn und suchte den Raum nach ihrem ewigen Widersacher ab. Der erste Mann, den sie im Wohnzimmer entdeckte, war nicht Juan. Er stand mitten im Zimmer, die langen, zum Pferdeschwanz gebundenen Haare eine Mischung aus tiefem Rot und Kastanienbraun. Er war groß und besaß dank der breiten Schultern und der muskulösen Oberarme, über die sich der Stoff seines schwarzen T-Shirts spannte, die Statur eines Bauarbeiters oder auch die eines mittelalterlichen Kriegers. Tatsächlich machte er den Eindruck, als wäre es für ihn völlig normal, mit einem massiven Breitschwert in die Schlacht zu ziehen. Das war eindeutig Scotty, das Oberhaupt des Britischen Rats.

Sie ließ ihren suchenden Blick weiter wandern, doch Juan Villaverde konnte sie nirgends entdecken. Eben wollte sie Lucian fragend anschauen, als Scotty einen Schritt zur Seite ging und die Sicht auf den Mann freigab, der genau hinter ihm auf der Couch saß: Juan Villaverde.

Er stand auf und musterte sie mit einem heißen, begierigen Blick, der von ihren bloßen Füßen bis zu ihrem wilden Haar jedes Detail erfasste. Für Ildaria war dieser Blick wie eine Naturgewalt, die sie zurückdrängen wollte. Unsicherheit und Verwirrung ergriffen von ihr Besitz, als wäre sie wieder vierzehn und würde ihm zum ersten Mal begegnen. Sie wollte auf der Stelle stehen bleiben, doch Lucian zog sie weiter mit sich, da er ihren Arm fest im Griff hatte. Da ihr keine andere Wahl blieb, folgte sie Lucian, nutzte aber die Gelegenheit, den Mann gründlich unter die Lupe zu nehmen, der ihr das Leben so sehr zur Hölle gemacht hatte.

Juan Villaverde war ein schöner Mann. Mit dem vollen schwarzen Haar, den goldbraunen Augen und einem Gesicht, wie es nur von Engeln aus einem Stück edelstem Marmor geschaffen worden sein konnte, brachte er das Herz einer jeden Frau dazu, schneller zu schlagen. Der Anzug, den er trug, konnte nicht über die Tatsache hinwegtäuschen, dass er den Körper eines Adonis hatte, das musste sie zugeben. Sie fragte sich auch, wieso ihr das nicht schon vor zweihundert Jahren aufgefallen war. Allerdings war sie damals in seiner Gegenwart schrecklich verängstigt und voller Panik gewesen, sodass sie kaum etwas anderes als die Tatsache zur Kenntnis hatte nehmen können, welches Unbehagen er bei ihr auslöste.

Als Kind hatte sie sich vor ihm zu Tode geängstigt. Jetzt hingegen … nun, unbehaglich und etwas verwirrt fühlte sie sich auch jetzt noch, denn ihm war nichts von der Wut anzumerken, die damals in dieser Gasse dafür gesorgt hatte, dass sein Gesicht mehr wie eine Fratze rübergekommen war.

»Dort«, sagte Lucian plötzlich und deutete auf ein zweites Sofa am anderen Ende des Wohnzimmers, das nicht weiter von

Juan hätte entfernt sein können. Dort sollten G. G. und seine Eltern sitzen, wie Ildaria erkannte, als Robert Mary in diese Richtung dirigierte. G. G. folgte den beiden nicht sofort, sondern sah zwischen ihr und Juan hin und her. Er zögerte, bis sie ihm verhalten zunickte. Lieber wäre es ihr gewesen, wenn er an ihrer Seite geblieben wäre. Dennoch wollte sie es nicht auf die Spitze treiben, um nicht zu riskieren, dass Lucian ihn nach draußen beförderte, wie er es schon angedroht hatte.

Sie versuchte, ihm genau das mit ihrem Mienenspiel zu verstehen zu geben, war sich jedoch nicht sicher, ob er verstand, was sie ihm sagen wollte. Dann aber kam auch er der Aufforderung nach und ging zu seinen Eltern. Keiner der drei wirkte auch nur ansatzweise entspannt, da sie alle vorn auf der Kante hockten, so als wollten sie aufspringen und dazwischengehen, sobald Juan irgendetwas machte, was ihnen nicht gefiel.

Sie hörte Lucian neben sich leise seufzen, bevor er sie vor das Sofa gegenüber dem dirigierte, von dem Juan aufgestanden war. Der Wohnzimmertisch war das Einzige, das sie beide voneinander trennte, wie sie zu ihrem Elend feststellen musste. Als sie sich nicht sofort setzte, legte Lucian eine Hand auf ihre Schulter und drückte sie nach unten, bis sie endlich Platz genommen hatte.

»So«, sagte Lucian, als sie saß. »Und jetzt erzähl ihr, was du uns erzählt hast.«

Juan löste den Blick von Ildaria, sah Lucian an, dann die Guiscards und setzte eine missmutige Miene auf. »Wer sind diese Leute? Warum sind sie hier? Warum seid ihr alle hier? Du hast gesagt, ich kann mit ihr allein sein.«

Ildaria verkrampfte sich, als sie das hörte, doch Lucian gab ruhig zurück: »Ich habe gesagt, du kannst sie sehen. Aber ich habe nie gesagt, dass du mit ihr allein sein kannst.«

»Das will ich aber«, beharrte Juan.

»Das wird aber nicht passieren, Juan«, sagte Lucian in einem Tonfall, der fast bedauernd klang.

Sie warf ihm einen flüchtigen Blick zu und fragte sich, auf wessen Seite er eigentlich stand.

Juan fluchte frustriert. »Ich habe zweihundert Jahre gewartet, Luc, ich verdiene …«

»Du hast es dir vor zweihundert Jahren mit ihr verdorben, Juan, als du sie angegriffen hast. Seitdem fühlt sie sich in deiner Gegenwart nicht sicher. Ich werde nicht zulassen, dass sie allein mit dir ist und all ihre Ängste wieder erwachen.«

Ildaria straffte die Schultern, als sie diese Worte hörte. Sie war wütend auf Lucian, dass der die Angst offenbarte, die sie in diesem Moment verspürte und die sie zu bändigen versuchte.

»Das hatte ich nicht gewollt. Ich habe dir ja erzählt, dass …«

»Sag es ihr jetzt«, unterbrach Lucian ihn. »Du kannst das in Anwesenheit von uns allen machen, oder aber du gibst sie auf und kehrst nach Hause zurück.«

Sie aufgeben? Sie warf Lucian einen fragenden Blick zu, doch der ignorierte sie und sah nur weiter Juan an, während er in aller Ruhe abwartete, wie der sich nun entscheiden würde. Da sie von Lucian keine Antwort auf ihre wortlose Frage erhalten würde, wandte sie sich von ihm ab und schaute stattdessen auf ihre Hände. Das einzig Gute an dieser momentan noch völlig unklaren Situation war der Umstand, dass es recht unwahrscheinlich schien, dass sie hergebracht worden war, um hingerichtet zu werden.

Keine Sekunde später spürte sie, wie Lucians finsterer Blick zu ihr wanderte. »Natürlich bist du nicht hier, um hingerichtet zu werden. Du bist hier, weil du dir anhören sollst, was Juan dir zu sagen hat. Es gibt Dinge, die die Vergangenheit betreffen und von denen du nichts weißt, die du aber erfahren solltest.«

»Du hast gedacht, du sollst herkommen, um hingerichtet zu werden?«, rief Juan entsetzt. *»Madre de Dios!«* Nach einer kurzen Pause fuhr er erstaunt fort: »Und trotzdem bist du hergekommen. Du bist so tapfer, *mi amor.«*

Ildaria versteifte sich bei den letzten Worten, aber es war Lucian, der das Wort ergriff: »Ich habe dir ja gesagt, dass sie glaubt, du würdest sie seit zweihundert Jahren jagen, um sie dafür zu bestrafen, dass sie damals zugebissen und dein …«

»Basta!«, unterbrach Juan ihn hastig, bevor Lucian in dieser Angelegenheit noch weiter ins Detail gehen konnte. Kopfschüttelnd ließ er sich auf sein Sofa sinken. Frustriert rieb er sich übers Gesicht, warf ihr einen betrübten Blick zu und sagte mit leiser Stimme auf Spanisch: »Ja, ich bin seit zweihundert Jahren auf der Suche nach dir, Angelina. Aber nicht um dich zu bestrafen. Ich wollte dich nie bestrafen. Ich habe dich aus einem ganz anderen Grund gesucht. Angelina, du bist meine Lebensgefährtin.«

15

»Was?«, rief Ildaria erschrocken und sprang auf.

»Lasst mich los!«, brüllte G. G. im nächsten Moment.

Als Ildaria mit benommenem Blick zu ihm sah, musste sie feststellen, dass er von der Couch aufstehen wollte, wohl in der Absicht, zu ihr zu kommen, doch Robert hielt ihn zurück. Seine ernste Miene ließ sie vermuten, dass der Unsterbliche Spanisch verstand.

»Was hat er gesagt? Hat er dich bedroht? Warum bist du so entsetzt?«, rief G. G. ihr zu und versuchte weiter, sich aus dem stählernen Griff seines Vaters zu befreien. Aber so kräftig G. G. auch war, war er doch nach wie vor ein Sterblicher, sodass sein unsterblicher Vater kein Problem damit hatte, ihn in Schach zu halten.

»Er hat ihr nur gesagt, dass sie seine Lebensgefährtin ist«, antwortete Lucian ungehalten.

»Was?« G. G.s Reaktion klang genauso schockiert und atemlos wie die von Ildaria. Von Wut übermannt versuchte er erneut sich loszureißen. »Was für ein Blödsinn! Ich werde …«

»Ruhe«, knurrte Lucian ihn an. »Sei ruhig, sonst setze ich dich vor die Tür.«

G. G. sah ihn aufgebracht an. »Dann sag ihm, er soll seine Lügen in einer Sprache erzählen, die ich verstehe!«

»Ich werde übersetzen, falls er es nicht macht«, versicherte Robert ihm und fügte ein wenig betreten an: »Ich habe damit nur gezögert, weil ich wusste, dass du dich über das aufregen würdest, was er gesagt hat.«

G. G. gab ein Knurren von sich, hörte aber auf, sich gegen den Griff seines Vaters zur Wehr zu setzen, was jedoch nichts an seiner rebellischen Miene änderte.

»Angelina.«

Widerwillig drehte sich Ildaria wieder zu Juan um, war sich aber nicht sicher, ob sie noch mehr von dem hören wollte, was er ihr zu sagen hatte. Es musste eine Lüge sein. Sie beide waren keine Lebensgefährten. Er musste sie gejagt haben, weil er sie bestrafen wollte. Aber er wusste, Lucian würde das nicht zulassen, also hoffte er darauf, sie alle davon überzeugen zu können, dass sie seine Lebensgefährtin war. Er wollte nur, dass sie sich von G. G. abwandte und mit ihm mitging. Wäre sie so dumm, würde sie ihm ausgeliefert sein, damit er sie dann bestrafen konnte. Ja, diese Taktik ergab weitaus mehr Sinn als der Blödsinn, den er von sich gab. Von wegen Lebensgefährten!

»Ich kann seinen Verstand lesen, Angelina«, sagte Lucian leise.

»Ich ebenfalls«, ergänzte Mary und fuhr in sanftem Tonfall fort: »Er lügt nicht.«

Ildaria drehte sich abrupt zu G. G.s Mutter um. Eine Unsterbliche, die so jung war wie Mary, konnte einen alten Unsterblichen wie Juan nicht lesen ... es sei denn, er war seiner Lebensgefährtin begegnet. Frisch zusammengekommene Lebensgefährten ließen sich oft mühelos lesen, ganz egal, wie alt sie waren. Aber in der Regel hielt das nur ein paar Jahre an, bis sie wieder gelernt hatten, sich zu kontrollieren und ihre Gedanken für sich zu behalten. Wie konnte er jetzt noch so problemlos gelesen werden, wenn zweihundert Jahre vergangen waren, nachdem sie sich begegnet waren und er angeblich herausgefunden hatte, dass sie seine Lebensgefährtin war?

»Wir erlangen die Kontrolle über unsere Gedanken zurück, wenn wir uns auf den Ansturm aus Gefühlen und Verlangen eingestellt haben, den die Nanos bei neuen Lebensgefährten auslösen«, erklärte Scotty, der zum ersten Mal etwas sagte. »Das ist Juan nie möglich gewesen, weil er dich nicht bekommen hat. Deshalb hat dieses Zusammentreffen hier die gleiche Wirkung auf ihn wie eure erste Begegnung.« Er ließ seine Worte wirken und fügte nach einer kurzen Pause hinzu: »Seine Gedanken und Gefühle sind für jeden Unsterblichen in Hörweite glasklar wahrzunehmen, ganz gleich wie alt oder jung derjenige ist. Nur nicht für dich«, ergänzte er in dem Moment, in dem sie genau das dachte. Sie konnte Juans Gedanken nicht hören, obwohl sie gut zwei Jahrhunderte länger unsterblich war als Mary.

Scotty, der offenbar ihre Überlegungen mitbekommen hatte, nickte und erklärte: »Und das ist noch ein Grund mehr, wieso wir wissen, dass er nicht lügt. Und deshalb mussten wir dich herkommen lassen, weil du erfahren sollst, dass du die ganze Zeit vor deinem Lebensgefährten davongelaufen bist, nicht vor einem Monster, das dich umbringen wollte.«

Auf einmal bekam sie weiche Knie und musste sich auf die Couch setzen. Völlig verwirrt starrte sie Juan Villaverde an, während sie versuchte, das mordlüsterne Monster der letzten zweihundert Jahre mit dem Mann in Einklang zu bringen, der behauptete, ihr Lebensgefährte zu sein. »Aber du hast mich angegriffen.«

Juan seufzte betreten und fuhr sich mit einer Hand durch sein volles Haar. *»Lo siento, mi amor.* Es tut mir sehr leid«, ergänzte er mit ernster Miene, während Robert für G. G. übersetzte. Die leise Stimme war ein irritierendes Gemurmel vom anderen Ende des Wohnzimmers. Juan fuhr auf Englisch fort: »Ich wollte dich nicht angreifen. Ich hatte mir vorgenommen, dich nicht mal anzufassen, bis du älter und bereit wärst. Aber in dieser Nacht …« Er schüttelte den Kopf. »Lass mich ganz von vorn anfangen.«

Als er verstummte und sie abwartend ansah, nickte sie flüchtig. Es war immer gut, wenn man ganz von vorn anfing.

»Ich sah dich zum ersten Mal in der Küche meiner Tochter«, begann Juan zu erzählen. »Ich war zu Besuch bei Ana, aber sie war noch oben in ihrem Zimmer. Das Dienstmädchen sagte, sie sei noch damit beschäftigt sich anzuziehen. Sie schlug mir vor, ich solle doch im Salon warten, sie würde ihr in der Zwischenzeit Bescheid sagen, dass ich im Haus war. Ich ging also in Richtung Salon, als ich auf einmal Gelächter hörte, das so klang wie der Gesang von Engeln. So klar und wunderschön, ganz ohne etwas Aufgesetztes, was bei vielen Frauen mitschwingt, wenn sie sich interessant geben wollen. Nein, das war ein Lachen, das purer Freude entsprang, einfach lieblich und melodisch. Ich konnte nicht anders, ich musste dem Lachen durch den Flur bis in die Küche folgen. An der Tür blieb ich stehen und sah dich zusammen mit deiner Abuela. Sie brachte dir bei, wie man *Pasteles en Hoja* zubereitet. Kannst du dich daran erinnern?«, fragte er sie interessiert.

»Ich kann mich daran erinnern, dass Abuela mir die Zubereitung beigebracht hat«, gab sie zögerlich zu. »Aber ich habe keine Erinnerung daran, dass du auch dabei warst.«

»Ich habe die Küche nicht betreten, ich habe mich nicht einmal bemerkbar gemacht«, antwortete er. »Ich stand nur da und war so fasziniert wie ein Kind, das die Auslagen im Schaufenster eines Süßwarengeschäfts betrachtet. Du warst so wunderschön anzusehen.«

Ildaria hörte, wie G. G. knurrte, um gleich darauf von seiner Mutter ermahnt zu werden, ruhig zu sein. Sie vermied es, in seine Richtung zu sehen, weil sie fürchtete, Lucian könnte ihn aus dem Zimmer schicken, wenn sie sich von ihm ablenken ließ.

»Ich gebe zu, ich wollte dich«, redete Juan weiter. »Ich beschloss sogar, dich zu meiner Geliebten zu machen.« Wütend schüttelte er den Kopf. »Obwohl ich seit dem Tod meiner geliebten Lebensgefährtin Xochitl dreihundert Jahre zuvor kein Interesse mehr an einer Geliebten hatte, erkannte ich da noch nicht, dass du meine zweite Chance warst – meine neue Lebensgefährtin. Ich wusste nur, ich wollte dich. Aber«, schränkte er sofort ein, »du kamst mir noch sehr jung vor, kaum mehr als ein Kind. Ich würde niemals ein Kind zu meiner Geliebten machen.«

»Stattdessen vergewaltigst du sie einfach«, zischte G. G. von seinem Platz am anderen Ende des Raums, womit er sich sofort einen warnenden Blick von Lucian einhandelte.

Juan kniff einen Moment lang die Lippen zusammen, ging aber nicht auf G. G.s Vorwurf ein. »Ich wollte herausfinden, wie alt du bist, also versuchte ich, in deinen Geist einzudringen, um dein Alter herauszufinden. Allerdings …« Er sah sie eindringlich an. »Allerdings konnte ich dich nicht lesen, *mi amor.*« Wieder ließ er eine Pause folgen, redete aber weiter, als er merkte, dass Ildaria nichts dazu sagen wollte. »Erst in dem Moment wurde mir bewusst, dass du meine Lebensgefährtin bist. Diese Erkenntnis war ein Schock für mich. Ich war immer noch bemüht, mein Glück zu verarbeiten, als ich Schritte auf der Treppe hörte. Ich drehte mich um und sah, dass Ana auf dem Weg nach unten war. Ich wollte noch nicht weggehen, aber ich musste mehr über dich herausfinden, da ich dich ja nicht lesen konnte. Also zog ich mich zurück und ließ weder dich noch deine Großmutter wissen, dass ich da war. Stattdessen ging ich in den Salon. Ich sagte Ana nichts davon, dass du meine Lebensgefährtin bist. So beiläufig wie möglich fragte ich sie über dich aus. Mein Wissen, dass ich einer neuen Lebensgefährtin begegnet war, wollte ich erst einmal eine Weile für mich behalten. Du warst so einzigartig, dass ich … dass ich dich ganz für mich allein haben wollte.« Er seufzte hilflos. »Von meiner Tochter konnte ich nicht viel erfahren, das war mir klar, nachdem ich sie gelesen hatte. Sie wusste nur, dass du die Enkelin ihrer Köchin und dreizehn Jahre alt warst.«

»Vierzehn«, korrigierte sie ihn.

»Nein, dreizehn«, beharrte er. »Du wurdest erst drei Wochen nach deinem Verschwinden vierzehn.«

Überrascht lehnte sich Ildaria nach hinten und dachte nach. Er hatte tatsächlich recht. Ihr vierzehnter Geburtstag war erst Wochen später gewesen, aber der war sogar von ihr selbst unbemerkt an ihr vorbeigezogen. Sie war allein gewesen, sie hatte sich verstecken und Blut beschaffen müssen, immer darauf bedacht, den Jägern aus dem Weg zu gehen. Erst gut einen Monat später kam ihr ihr Geburtstag in den Sinn, allerdings ohne dass es sie noch kümmerte. Sie war zu sehr damit beschäftigt, in dieser Welt zu überleben.

»Ich war zu Besuch bei Ana, als ich hörte, dass du verschwunden warst«, fuhr Juan fort, da sie weiterhin schwieg. »Unter einem Vorwand verließ ich ihr Haus und versprach, zur Feier am Abend, bei der Ana der Familie ihres Lebensgefährten vorgestellt werden sollte, wieder da zu sein. Meine Anwesenheit wurde erwartet, und ich hätte nicht mal für kurze Zeit weggehen sollen. Aber ich war verzweifelt, weil ich dich wiedersehen wollte. Du warst zu jung, als dass ich meinen Anspruch auf dich hätte geltend machen können. Aber ich konnte dich ansehen und mich mit dem quälen, was ich noch nicht bekommen konnte.« Er sah ihr in die Augen und sagte: »Du kannst dir nicht vorstellen, wie sehr ich mir gewünscht habe, dich berühren zu dürfen, mit den Fingern über deine Wange zu streichen, um herauszufinden, ob sich deine Haut so zart anfühlte, wie sie aussah. Ich wollte meine Finger in deinen Haaren vergraben und an meine Nase drücken, um herauszufinden, ob sie so gut nach Blumen dufteten oder ob das ein

Parfum war. Ich wollte … so viel«, sagte er, was fast wie ein gequältes Stöhnen klang. »Aber ich wagte nicht dich anzufassen, weil du viel zu jung warst.«

Wieder folgten eine kurze Pause und ein frustrierter Seufzer. »Ich hätte dich in ein Kloster schicken sollen, um zu warten, bis du alt genug warst, damit ich meinen Anspruch anmelden konnte. Da ich das nicht tat, hätte ich mich zumindest von dir fernhalten sollen. Aber jedes Mal, wenn meine Tochter zu einer Feier einlud und du dich allein auf den Heimweg gemacht hast, war ich da und habe dich nach Hause begleitet. Ich habe immer versucht, dich in ein Gespräch zu verwickeln, aber du warst ein sehr schüchternes Kind, das kaum einmal auf eine von meinen Fragen eine Antwort gab.«

Ildaria verzog den Mund, als sie das hörte. »Ich war schweigsam, weil ich mich in deiner Nähe unwohl gefühlt habe. Ich konnte dir anmerken, dass du irgendetwas von mir wolltest, aber …« Sie schüttelte nur den Kopf.

»Du hast meine Besessenheit und meine Begierde gespürt, und das hat dir Angst gemacht«, sagte er verständnisvoll. Fast schon schmerzhaft ehrlich fügte er hinzu: »Es tut mir so leid, *Corazón*. Ich habe alles verkehrt gemacht, was man nur verkehrt machen kann. Ich hätte deine Großmutter lesen sollen, um mehr über deine Vergangenheit zu erfahren. Hätte ich gewusst, dass du als Kleinkind missbraucht worden warst, wäre ich ganz anders vorgegangen. Aber ich wusste das nicht, und so sehnte ich mich einfach nur danach, in deiner Nähe zu sein, auch wenn ich mich damit nur selbst quälte. Und ich sorgte dafür, dass Ana eine Feier nach der anderen für Geschäftspartner und hochrangige Unsterbliche veranstaltete, damit du allein nach Hause gehen musstest und ich einen Vorwand hatte, dich zu begleiten.« Er ließ kurz den Kopf sinken und sah sie dann mit finsterer Miene an. »Eines Abends kamst du nicht raus, um nach Hause zu gehen. Ich wartete eine Stunde, aber du warst nirgends zu sehen. Ich nahm an, dass du geblieben warst, um deiner Abuela in der Küche zu helfen. Also gab ich es auf. Da in dem Moment auch die ersten Gäste eintrafen, ging ich zur Feier. Erst als die vorüber war, bekam ich eine Gelegenheit, in die Küche zu gehen. Ich hoffte, dich dort irgendwo vorzufinden, aber ich konnte dich nirgends entdecken. Das wunderte mich, und so las ich deine Großmutter und fand heraus, dass du von der Schule direkt zu einer Geburtstagsfeier gegangen warst. Ich setzte mich wieder zu den anderen, aber du wolltest mir nicht aus dem Kopf gehen. Also entschuldigte ich mich bei meiner Tochter und verließ die Feier. Von deiner Abuela kannte ich die Adresse, wo die Geburtstagsfeier stattfinden sollte, also ging ich dorthin. Ich dachte mir, ich sehe einfach mal nach, ob alles in Ordnung ist. Ich überlegte, ob ich dich aus sicherer Entfernung beobachten sollte, um Gewissheit zu haben, dass du unversehrt nach Hause kommst. Aber die Feier war schon zu Ende, als ich dort eintraf, also ging ich zum Haus deiner Abuela, aber dort war auch niemand. Zu Hause warst du also auch nicht.«

»Wir waren zu der Cantina gegangen, in der Emilitas Bruder arbeitete«, murmelte Ildaria.

»Sí«, bestätigte er betrübt. »Das fand ich heraus, als ich zum Haus deiner Freundin zurückkehrte. Ihre Eltern waren der Meinung, dass ihr alle zum Haus von Emilitas Cousine gegangen wart, damit die für euch auf ihrer Gitarre spielte. Aber ihre kleine Schwester kannte das Geheimnis, und bei ihr konnte ich es schließlich lesen. Natürlich bin ich von da sofort zur Cantina gelaufen. Ich wollte dich da rausschleifen und dir den Kopf waschen, weil du dich so verantwortungslos verhalten hattest, obwohl deine Großmutter dir vertraut hatte, dass du so etwas nicht tun würdest. Und weil du so ein großes Risiko eingegangen warst, obwohl es überall von haitianischen Soldaten wimmelte, die unsere Frauen vergewaltigten und …« Er unterbrach sich, als sie zusammenzuckte, dann zog er den Kopf ein und ballte die Fäuste. Es dauerte einen Augenblick, ehe er fortfuhr: »Als ich mich der Cantina näherte, hörte ich dich kreischen und jemanden anflehen, er solle damit aufhören. Ich folgte deinen Rufen und gelangte in diese Gasse, wo ich dann sah, dass du von zwei Männern bedrängt wurdest …« Er schüttelte ungläubig den Kopf, und die Wut, die er damals empfunden hatte, kehrte ihm ins Gedächtnis zurück. »Ich war in meinem ganzen Leben noch nie so zornig gewesen … und gleichzeitig so in Angst und Sorge um dich, man hätte dich vergewaltigen oder sogar umbringen können. Ich hätte dich verlieren können«, sagte er in einem Tonfall, in dem sein ganzes Entsetzen mitschwang.

Er musste schlucken und für einen Moment die Augen schließen, bevor er weiterreden konnte: »Den ersten Angreifer, der deine Arme auf den Boden drückte, zerrte ich von dir weg und schleuderte ihn zur Seite, wie er es verdient hatte. Der zweite Mann lag halb auf dir. Er hatte deinen Rock hochgeschoben, war aber für einen Moment abgelenkt, da er damit beschäftigt war, seine Hose zu öffnen. Er hatte nicht mal gemerkt, dass sein Komplize verschwunden war. Ihn biss ich«, räumte er ein. »Aber ich trank nicht nur von ihm, sondern zerfetzte ihm die Kehle, weil er es gewagt hatte, dich anzufassen. Eigentlich hätte es mich besänftigen sollen, dass ich die beiden für ihr Verhalten bestraft hatte. Meine Wut hätte abklingen sollen, doch stattdessen wurde es nur noch schlimmer, und zwar so sehr, dass ich es kaum ertragen konnte. Ich wollte dich trösten, doch stattdessen griff ich dich an und beschimpfte dich. Und ich drohte dir damit, dir Gewalt anzutun.« Beschämt blickte er zu Boden. »Ich wünschte, ich könnte mit

Gewissheit sagen, dass ich dir nichts von dem angetan hätte, was ich dir angedroht hatte. Aber ich fürchte, ich hätte genau das gemacht. Zum Glück hatte meine Wut mich so in ihrer Gewalt, dass ich aufhörte, dich an den Schultern festzuhalten und dich durchzuschütteln.« Er wandte sich ihr wieder zu, sein Gesicht war bleich und ausdruckslos. »Die Veränderung in dir erfolgte von einer Sekunde auf die andere. Du hast auf der Stelle aufgehört zu weinen und zu flehen. Wut verzog deinen Mund, und dann hast du zugebissen wie ein Hund, der einen Knochen nicht mehr hergeben will. Es war für mich ein Schock – sowohl dieser plötzliche Wandel als auch die Tatsache, dass du etwas vorgefunden hast, in das du dich verbeißen konntest. Es war mir gar nicht bewusst gewesen, dass mir etwas aus der Hose gerutscht war. Ich erinnere mich nur zu deutlich an die Schmerzen, und ich weiß, dass ich versuchte, dich wegzudrücken, ohne dir dabei wehzutun. Aber dann war ich so verzweifelt, dass ich dir einen Schlag verpasste. Damit war dem Ganzen ein Ende gesetzt, wenn auch nicht auf die Art, die ich mir vorgestellt hatte«, beendete er den Satz mit einem Anflug von Sarkasmus.

»Du bist dann weggerannt, während ich dalag und mich vor Schmerzen krümmte. Ein paar Minuten später wurde ich von Miguel entdeckt, einem meiner Männer, die in den Straßen patrouillierten. Er half mir auf und stützte mich auf dem Weg aus der Gasse heraus. Auf einmal hörten wir jemanden stöhnen. Wie sich herausstellte, lebte der Mann noch, den ich als Ersten gepackt und weggeschleudert hatte. Ich sagte Miguel, er solle ihn zu mir bringen, damit ich von ihm trinken konnte. Er tat wie befohlen und wollte ihn zu mir schaffen, doch nach ein paar Schritten winkte er ab und schüttelte den Kopf. Miguel sagte mir, der Mann sei nichts für mich. Er hatte Opium, Mescal und Kokablätter zu sich genommen.«

Ildaria versteifte sich, da sie sich an die Warnung einer Unsterblichen erinnerte, die sie kurz nach ihrer Wandlung erhalten hatte. Die Frau hatte sie davon abgehalten, einen Soldaten zu beißen, den Ildaria hinter ein Gebäude gelockt hatte. Sie war ihr dorthin gefolgt, um sie zu warnen, dass das Blut des Soldaten nichts tauge. Es war mit Opium und Mescal versetzt, außerdem mit Kokain aus Kokablättern. Die meisten Soldaten standen auf diese Mischung, aber für Unsterbliche war sie so gefährlich, dass einige von ihnen dadurch den Verstand verloren hatten. Außerdem wäre es für sie ohnehin nicht von Nutzen gewesen, denn ihr Körper hätte umso mehr sauberes Blut benötigt, um das vergiftete Blut unschädlich zu machen. Von da an war sie stets sorgfältig vorgegangen und hatte jeden potenziellen Spender erst einmal gelesen, um sicher zu sein, dass sich keine dieser Substanzen in seinem Körper befand. Als sie leise seufzte und wieder Juan ansah, nickte der mit ernster Miene. »Das war der Auslöser für meine unkontrollierbare Wut – und letztlich auch für deine.«

»Meine Wut?«, fragte sie überrascht, protestierte aber sofort: »Ich war damals eine Sterbliche, und ich hatte kein Blut getrunken.«

»Denk zurück an diesen Abend«, sagte er geduldig. »Wann setzte deine Wut ein? Diese Wut, die dich dazu veranlasste, mich zu beißen?«

Ildaria zog die Augenbrauen zusammen. Sie konnte sich noch sehr gut an alles erinnern. Wie sie bereits G. G. erzählt hatte, war sie in dem einen Moment noch verängstigt und in Tränen aufgelöst gewesen, und als Juan dann begonnen hatte, sie zu schütteln, war sie von einer unfassbaren Wut ergriffen worden. »Als du mich durchgeschüttelt hast.«

»Als ich deine nackten Schultern mit meinen Händen berührte«, führte Juan ihr vor Augen. »Wir sind Lebensgefährten, *mi amor*. Meine Leidenschaft übertrug sich damit auf dich. Mein Verlangen und meine Wut. Die gleiche unbändige Wut, die mich überkam, als ich das Blut dieses Bastards trank, der dich angegriffen hatte. Ich war bereits vorher wütend gewesen, das ist richtig. Aber nur auf die beiden, nicht auf alles und jeden. Und nicht so wie in dem Augenblick, nachdem ich ihn gebissen hatte. Von da an war ich einfach nur …« Er schüttelte den Kopf. »Wie von Sinnen. Ich musste irgendwem wehtun, und außer dir war niemand mehr da, nachdem ich die beiden Männer erledigt hatte.«

Ildaria stutzte und sah zu Lucian, der nur stumm nickte.

»Ich bereue diese Nacht seit zweihundert Jahren, *mi amor*«, fuhr Juan fort. »Ich habe überall nach dir gesucht, ich habe meine Männer nach dir ausgeschickt. Sogar deine Abuela versuchte mir zu helfen.«

»Was?«, fragte Ildaria nachdrücklich.

Nach kurzem Zögern erklärte er: »Nachdem ich von meiner Verletzung genesen war, begann ich nach dir zu suchen, aber ohne Erfolg. Du warst nicht bei deiner Abuela, und sie war auch nicht in ihrem Haus anzutreffen.«

»In den ersten Wochen blieb sie bei mir auf der Plantage«, murmelte Ildaria.

»Sí.« Er nickte wissend. »Das erfuhr ich durch eine Nachricht, die Ana mir hatte zukommen lassen. Die wartete auf mich, als ich eines Abends von einer weiteren ergebnislosen Suche heimkehrte. Ich war zu müde, um mich noch damit beschäftigen zu wollen, daher las ich sie erst am nächsten Morgen. Ich konnte kaum glauben, was sie mir schrieb – dass nämlich die Enkelin ihrer Köchin, die gewandelt worden war, bei ihr sei, aber immer noch keine Erinnerung daran hatte, wie und von wem das ausgegangen war, obwohl der Heilungsprozess nun schon Wochen dauerte. Meine Tochter war der Ansicht, dass der Rat eingeschaltet werden sollte.« Er lächelte versonnen. »Ich dachte, Gott hat meine Gebete erhört. Nicht nur, dass man dich gefunden hatte, sondern auch, weil du dich nicht an diese entsetzlichen Minuten in dieser Gasse erinnern konntest – weder an den Angriff durch die Soldaten noch an das, was ich dir angetan hatte. Es kam mir vor wie ein Geschenk des Himmels. Ich eilte sofort zu meiner Tochter, und auf dem Weg dorthin schmiedete ich schon Pläne, was ich alles tun würde. Du warst ja immer noch zu jung, als dass ich dich hätte beanspruchen können. Aber zumindest musste ich mir nun keine Sorgen mehr machen, dass dir etwas zustoßen könnte, bevor du meine Lebensgefährtin werden konntest. Ich wollte sicherstellen, dass es dir und deiner Abuela an nichts fehlte, bis du bereit warst, meine Lebensgefährtin zu werden. Ich wollte dich nur dieses eine Mal sehen, um mich zu vergewissern, dass mit dir tatsächlich alles in Ordnung war. Danach wollte ich euch beide an einen sicheren Ort schicken, damit ich nicht in Versuchung geriet, dich zu besuchen, bevor du mindestens achtzehn warst. Bis dahin wollte ich mich von dir ablenken und die Zeit nutzen, um für dich das allerschönste Zuhause zu schaffen, das man sich nur wünschen kann. Und dann wollte ich dieses Haus mit all den Dingen füllen, von denen ich dachte, dass sie dir gefallen würden. Und die Hochzeit wollte ich auch schon planen. Als ich bei Ana ankam, war ich voller Freude, und ich bat sie, mich zu dir zu bringen. Aber als wir dein Zimmer betraten, warst du nicht da. Ana ließ die Dienerschaft nach dir suchen. Eine Weile später kam eines der Dienstmädchen zu uns und sagte, ein Wachmann habe dich weggehen sehen. Er dachte, du wolltest einen Spaziergang machen, aber ich befürchtete, dass du mich gesehen und dich an alles erinnert hattest, was geschehen war. Ich fürchtete, du könntest weggelaufen sein, nachdem dir auch noch klar geworden war, dass es sich bei Ana um meine Tochter handelt.«

»Sí«, war alles, was Ildaria dazu sagte, und mehr war auch nicht nötig.

Er seufzte betrübt und fuhr schließlich fort: »Und so begann meine endlos lange Suche nach dir. Zuerst wandte ich mich an deine Abuela, weil ich hoffte, dass du zu ihr zurückgekehrt sein könntest. Aber das war nicht der Fall. Ich wartete noch eine Weile, um zu sehen, ob du vielleicht später heimkehren würdest. Deine Abuela machte mir Tee, und ich berichtete ihr davon, dass ich in dir meine Lebensgefährtin gefunden hatte. Sie war ganz begeistert und freute sich, dass du sesshaft werden würdest – noch dazu mit einem Mann, den sie für sehr ehrbar und stark hielt, also für jemanden, der in der Lage sein würde, dich in den kommenden Jahrhunderten gut zu behüten und zu beschützen.«

Seine Stimme hatte einen verbitterten Klang angenommen, doch dann räusperte er sich und redete weiter. »Ich kam mir wie ein Hochstapler vor, also berichtete ich ihr, was sich tatsächlich zugetragen hatte.« Er hielt kurz inne und verzog den Mund. »Ich hatte es nicht vorgehabt, aber deine Abuela war eine ganz besondere Frau. In ihrem Herzen gab es nur Güte. Sie war unglaublich verständnisvoll, und sie versicherte mir, dass alles gut ausgehen würde. Ich würde dich wiederfinden, und dann würde alles so kommen, wie es sollte.« Er seufzte. »Ich besuchte sie zwei- bis dreimal in der Woche, und es war mir jedes Mal eine Freude. Wir redeten dann fast nur über dich und über das, was sie sich für dich erhoffte. Keiner von uns konnte auch nur ahnen, dass du dich über eine so lange Zeit so gut verstecken würdest.«

»Du warst zwei- bis dreimal in der Woche zum Tee bei ihr?«, fragte Ildaria, die nicht fassen konnte, was sie da hörte.

»Sí. Ich war gerne in ihrer Gesellschaft. Es wirkte irgendwie beruhigend auf mich. Nachdem sie gestorben war, fehlte sie mir ganz fürchterlich. Ich trauerte um sie, und es kommt nicht oft vor, dass ich um einen Sterblichen trauere. Es tut mir sehr leid, dass du nicht da warst, als sie starb, und dass du auch bei ihrer Beerdigung nicht hast dabei sein können.«

»Ich war dabei«, ließ sie ihn wissen, während sie sich daran erinnerte, wie er an ihrem Grab gestanden hatte. »Ich musste auf Abstand bleiben, aber ich war da.«

»Warum bist du nicht zu uns gekommen?«, fragte er verständnislos.

»Weil deine Männer überall nach mir Ausschau hielten und auf der Jagd nach mir waren.«

»Sie hätten dir nichts getan. Sie hatten den strikten Befehl, dir nichts zu tun«, versicherte er ihr.

»Tja, aber das konnte ich ja nicht wissen. Ich dachte, du …« Mitten im Satz brach sie ab und sah ihn forschend an. Sie konnte nicht glauben, dass er sich nicht für das hatte rächen wollen, was sie ihm in dieser düsteren Gasse angetan hatte. Und dass er nicht das Monster war, für das sie ihn gehalten hatte. »Was ist mit deiner Preistreiberei für Blutkonserven, die Unsterbliche sich nicht mehr leisten können, sodass sie gezwungen sind, ihre Grundstücke an der Küste an dich zu verkaufen?«

»Es ist nicht so, wie du denkst«, sagte er und fügte erklärend hinzu: »In den letzten zwanzig Jahren ist es meinen Männern dreimal fast gelungen, dich an der Küste zu fassen zu bekommen.«

»Sí, und jedes Mal bin ich ihnen entwischt«, konterte sie triumphierend.

»Sí«, stimmte er ihr zu und hielt entsprechend schnippisch dagegen: »Aber nur, weil sie den ausdrücklichen Befehl hatten, dir nichts zu tun. Wodurch sie zum Teil schwer verletzt wurden.«

Ildaria straffte die Schultern und fühlte sich durch die Andeutung beleidigt, sie hätte nur entkommen können, weil es seinen Leuten untersagt gewesen war, ihr auch nur ein Haar zu krümmen. Sie war verdammt noch mal eine gute Kämpferin!

»Aber warst du da schon gut genug, um es mit drei oder vier ausgebildeten Vollstreckern aufzunehmen und ihnen zu entkommen?«, wollte Lucian wissen, der ihren Gedankengang mitbekommen haben musste.

Ildaria legte bei dieser Frage die Stirn in Falten, da sie nicht zugeben wollte, dass sie ein- oder zweimal mehr als nur ein bisschen Glück gehabt haben musste, um mit heiler Haut davonzukommen. Ihre Verfolger hatten es dagegen nicht so gut getroffen, denn ihnen hatte sie so manche schwere Verletzung zugefügt. Darüber wollte sie jetzt aber lieber nicht nachdenken, daher sagte sie an Juan gerichtet: »Du hast noch immer nichts zu den Preisen für die Blutkonserven und zu den Grundstücken gesagt.«

»Ich war zu dem Schluss gekommen, dass du irgendwo an der Küste leben musstest, aber ein Blick ins Grundbuch lieferte keinerlei Hinweise, weil da weder dein Name noch ein ähnlich klingender Name zu finden war. Entweder hattest du unter einem falschen Namen ein Haus erworben, oder aber es gab jemanden, der dich bei sich versteckte. Meine einzige Hoffnung bestand darin, dich aus diesem Versteck zu jagen. Um das zu erreichen, musste ich alle anderen Unsterblichen zwingen, ihre Häuser aufzugeben. Dann hätte ich …« Er ließ den Satz unvollendet und presste einen Moment lang die Lippen fest zusammen. »Ich war wirklich verzweifelt, Angelina. Ich hatte fast zweihundert Jahre nach dir gesucht, und trotzdem warst du nirgends zu finden. Diese Hauskäufe waren das einzige Mittel, das mir noch einfiel.«

»Also hast du all diese Unsterblichen in den Ruin getrieben.«

»Ich habe niemanden in den Ruin getrieben«, widersprach er ihr in ruhigem Tonfall. »Ich kenne die Gerüchte, dass ich das Land für wenig Geld von verarmten Unsterblichen ergattert haben soll. Aber diese Gerüchte hatte ich selbst mit voller Absicht in Umlauf gesetzt. Die Wahrheit jedoch ist, dass ich einen mehr als guten Marktpreis bezahlt und diesen Leuten Eigentum an der Küste bei La Romana überlassen habe, und zwar kostenlos. Die einzige Voraussetzung war, dass sie persönlich zu mir kommen mussten, um den Vertrag zu unterschreiben. Auf diese Weise konnte ich sie lesen und herausfinden, ob einer von ihnen etwas über dich wusste oder ob dich sogar mal jemand gesehen hatte. Anschließend mussten sie sich verpflichten, niemandem etwas über ihre ›Umsiedlung‹ zu erzählen und auch nie wieder nach Punta Cana zurückzukehren. Jeder von ihnen hat nur allzu bereitwillig zugesagt, immerhin gab es kostenlos ein neues Grundstück und das Geld für das alte Grundstück obendrein. In La Romana ist es ohnehin viel schöner, weil die Gegend dort noch nicht so erschlossen ist.« Er kniff kurz die Lippen zusammen. »Ich hatte nie vor, ärmere Unsterbliche zu ruinieren, mein einziges Ansinnen war, dir endlich auf die Spur zu kommen.«

»Aber Vasco …«

»Vasco hat überhaupt keine Ahnung, was ich tue oder nicht tue. Das gilt für alle meine Kinder. Sie glauben einfach die Gerüchte und Geschichten, die über mich im Umlauf sind. Seit der Nacht, in der du angegriffen wurdest, habe ich außer mit Ana mit keinem meiner Kinder mehr gesprochen. Und sogar Ana habe ich danach höchstens zwei- oder dreimal gesehen. Zum Glück hatte sie auch gerade ihren Lebensgefährten gefunden, sodass ich sie mühelos lesen konnte, während sie ihrerseits entweder nicht in der Lage war, mich zu lesen, oder zu abgelenkt war, um sich diese Mühe zu machen.«

Ildaria stutzte. Vasco hatte davon gesprochen, dass sich sein Vater in den letzten zweihundert Jahren sehr zurückgezogen hatte, aber es war keine Rede davon gewesen, dass er mit seinen Kindern keinerlei Kontakt mehr gehabt hatte. »Warum wolltest du denn deine Kinder nicht mehr sehen?«

»Weil ich mich schäme«, gestand er geknickt. »Ich bin wie ein Tier über dich hergefallen. Auch wenn es an den Drogen lag, hätte ich stärker als dieser Dreck sein sollen. Ich hätte der Wut widerstehen müssen. Ich hätte dich vor mir schützen sollen. Ich wollte meine Kinder nicht wissen lassen, dass ich so ein schwaches und abscheuliches Tier bin.« Er machte die Augen zu und fuhr sich durch die Haare. »Ich musste dich erst finden und das begangene Unrecht wiedergutmachen, ehe ich ihnen wieder in die Augen sehen konnte.« Er sah sie an und brachte ein Lächeln zustande. »Aber jetzt hat sich alles geändert, denn ich habe dich endlich gefunden. Ich kann dich für mich beanspruchen und alle meine Fehler wiedergutmachen. Sag, dass du meine Lebensgefährtin sein wirst, Angelina.«

»Den Teufel wird sie tun. Sie ist *meine* Lebensgefährtin!«, brüllte G. G. dazwischen, noch bevor sie etwas erwidern konnte. Sein Wutausbruch überraschte sie nicht, auch nicht, dass er aufsprang und zu ihnen gelaufen kam. Was sie allerdings überraschte, war die Tatsache, dass er auf einmal innehielt, sein Gesicht völlig ausdruckslos wurde und er kehrtmachte und sich wieder auf die Couch setzte. Sie drehte sich zu Juan um und verlangte: »Hör auf, ihn zu kontrollieren!«

»Erst wenn du mir deine Antwort gegeben hast«, erwiderte er. Als er sah, dass sie zu einem Kopfschütteln ansetzte, fügte er hinzu: »Lucian hat mir gesagt, dass dieser Sterbliche ebenfalls ein möglicher Lebensgefährte für dich ist. Aber er hat auch gesagt, dass er sich weigert, sich für dich wandeln zu lassen, Angelina. Er kann dich unmöglich so sehr lieben, wie ich es tue, sonst würde er die Wandlung keine Minute länger hinauszögern.«

Ildaria zog die Augenbrauen zusammen. Juan sprach damit genau das an, was ihr immer noch zu schaffen machte. G. G.s Weigerung hinsichtlich der Wandlung bedeutete, dass er vielleicht noch dreißig Jahre an ihrer Seite verbringen würde. Das war nichts, was sie so einfach hinnehmen konnte, auch wenn sie genau wusste, warum G. G. so reagierte. Sie hatte gedacht, dass spätestens der Lebensgefährtensex ihn umstimmen würde. Dass er anfangen würde sie zu lieben und er es sich deshalb anders überlegen würde. Aber vorhin im Wagen, als er ihr seine Liebe gestanden hatte, da war keine Rede davon gewesen, dass er sich nun auch wandeln lassen wollte. Sie beschlich das ungute Gefühl, dass sich daran niemals etwas ändern würde. Dass sie ihm nicht genug bedeutete, um sich zu diesem Schritt durchzuringen. Ihre einzige Hoffnung war das Ass, das seine Mutter laut ihrer eigenen Aussage noch im Ärmel hatte, auch wenn sie nicht mal andeutungsweise wusste, zu welchem Trick Mary greifen wollte.

Letztlich war das aber auch egal, denn sie liebte G. G. Und selbst wenn sie sich noch nicht in ihn verliebt hätte, würde Juan doch für sie immer der böse schwarze Mann bleiben, der sie zweihundert Jahre lang verfolgt hatte. Auch wenn sie es für möglich hielt, dass er die Wahrheit sagte …

»Er sagt die Wahrheit«, warf Lucian ein.

Sie drehte sich abrupt zu ihm um und herrschte ihn an: »Würdest du freundlicherweise aus meinem Kopf verschwinden und mich in Ruhe nachdenken lassen?«

»Ich versuche nur zu helfen. Ich sage dir nur, dass alles wahr ist, was Juan gesagt hat. Er hat zweihundert Jahre lang nach dir gesucht, und er war so verzweifelt, dass er sich diesen lächerlichen Plan überlegt hat, alle Unsterblichen aus der Gegend umzusiedeln, in der du am häufigsten gesehen wurdest, nur weil er hoffte, dich so aus deinem Versteck zu scheuchen.«

»Herzlichen Dank«, knurrte Juan, dem es offenbar nicht gefiel, dass sein Plan als lächerlich bezeichnet wurde.

»Das ist alles nicht wichtig«, sagte Ildaria entschlossen und sah von einem zum anderen. »Tatsache ist, dass ich Joshua liebe, ob sterblich oder nicht.«

»Wie kannst du ihn lieben?«, platzte Juan heraus und schien es tatsächlich nicht verstehen zu können. »Meine Männer berichten mir, dass man ihn G. G. nennt, weil das eine Abkürzung für Green Giant sein soll. Um Himmels willen! Sieh dir doch nur diese alberne Frisur und seine Kleidung an.«

Sie betrachtete den leuchtend grünen Irokesenschnitt, dazu die Jeans und das T-Shirt, das er heute trug. Das Blau der Jeans war verwaschen, der Stoff wies ein paar Löcher und durchgescheuerte Stellen auf. Eine Kette war an einer der Gürtelschlaufen festgemacht und verschwand in der Hosentasche. Sie wusste, an dieser Kette befand sich sein Schlüsselbund. Das graue T-Shirt wies drei Kästchen auf. Neben dem obersten stand *Single* geschrieben, neben dem nächsten *Vergeben*. Das dritte Kästchen war angekreuzt. Der Text daneben lautete: *Warte auf eine blonde Frau mit drei Drachen*. Ildaria musste jetzt genauso lächeln wie beim ersten Mal, als sie diese Anspielung auf die Fernsehserie *Game of Thrones* gesehen hatte. Als G. G. erfahren hatte, dass sie das gar nicht kannte, hatte er die komplette Serie für sie bei Apple gekauft und darauf bestanden, dass sie sie gemeinsam ansehen. Bislang hatten sie die erste Staffel nur zur Hälfte geschafft, aber was sie gesehen hatte, gefiel ihr.

»Er ist ein sterbliches Kind«, sagte Juan voller Abscheu. »Er könnte dich niemals so lieben wie ich.«

Ildaria drehte sich wieder zu Juan und musterte ihn. Eine eher traditionelle Frisur, Designeranzug. Sie musste zugeben, dass er gut aussah, aber das galt auch für G. G., nur eben auf andere Weise. Außerdem war G. G. zu ihr nur nett und liebevoll und leidenschaftlich, während Juan …

»Ich liebe dich seit zweihundert Jahren«, beharrte er.

»Du willst mich seit zweihundert Jahren haben«, stellte sie energisch richtig. »Du kennst mich so gut wie gar nicht.«

»Ich kenne dich«, beteuerte er. »Abuela und ich haben immer nur über dich geredet. Sie hat mir alles erzählt, was es über dich zu wissen gibt, Angelina. Dein Lieblingsessen, deine Abneigung gegen die Farbe Gelb, dass du gerne tanzt und singst, dass du mal im Chor warst und die Stimme eines Engels hast, dass du Hunde und Katzen und alle anderen Tiere liebst. Dass du dir lieber deine Hand abhacken würdest, anstatt einem anderen Lebewesen wehzutun. Dass du …«

»Dann weißt du, wie ich als Kind war«, unterbracht sie ihn. »Das Kind bin ich aber nicht mehr, Juan. Du musst dir nur ansehen, was ich mit deinen letzten beiden Vollstreckern angestellt habe, die du mir auf den Hals gehetzt hast. Ich habe mich verändert. Und ich liebe G. G., selbst wenn er ein großes Kind sein sollte.«

Er sah sie verständnislos an. »Aber du bist meine Lebensgefährtin!«

Ildaria seufzte und antwortete in einem etwas sanfteren Tonfall: »Es tut mir leid, aber ich liebe G. G. Dich habe ich zweihundert Jahre lang nur gefürchtet und gehasst. Du kannst doch nicht glauben, dass sich daran innerhalb von ein paar Minuten etwas geändert hat. Vielleicht hätte ich mich mit der Zeit daran gewöhnen können, aber auch nur, wenn es G. G. nicht geben würde. G. G. ist hier, und ich liebe ihn. Was ich für dich empfinde, kann ich bestenfalls als widersprüchlich bezeichnen.« Sie schüttelte nachdrücklich den Kopf. »Ich kann nicht deine Lebensgefährtin sein, ich habe bereits einen Lebensgefährten.«

Juan saß eine Weile völlig reglos da, sodass Ildaria bereits befürchtete, er könnte jeden Moment vor Wut explodieren. Zu ihrem großen Erstaunen blieb er aber ruhig und meinte nur: »Dann werde ich eben warten müssen.«

»Auf was?«, fragte sie skeptisch.

»Auf dich«, antwortete er wie selbstverständlich. »Ich habe zweihundert Jahre lang auf dich gewartet, Angelina. Dann kann ich auch noch einmal dreißig Jahre oder ein paar mehr warten. Das gibt dir genug Zeit, um das Bild zu korrigieren, das du von mir hast, und dann wird der Weg für uns beide frei sein.«

Er straffte die Schultern und ging aus dem Zimmer. Sie saßen alle immer noch schweigend und reglos da, als man hörte, wie die Haustür geöffnet wurde und wieder zufiel.

Juan war weg, und sie war frei, wurde ihr bewusst. Es kam ihr so vor, als wäre ein Wunder geschehen.

16

»Ich bin wirklich froh, dass für Angelina alles so gut ausgegangen ist.«

»Sie wird lieber Ildaria genannt, Mom«, merkte G. G. beiläufig an und behielt die rote Ampel im Auge, die sie am Weiterfahren hinderte und seine Rückkehr zu Ildaria unnötig hinauszögerte. Sie hatte beschlossen, zusammen mit H. D. im Apartment auf ihn zu warten, damit Sofia den *Night Club* öffnen konnte, während G. G. losgefahren war, um seine Eltern aus dem Hotel zu holen, in das sie direkt nach ihrer Ankunft eingecheckt hatten. Und noch bevor sie ihn und Ildaria nackt und ohnmächtig auf dem Küchenboden vorgefunden hatten.

Von dem Hotel hatte er erst erfahren, als sie auf dem Rückweg vom Hauptquartier der Vollstrecker waren. Völlig überrascht hatte er zur Kenntnis nehmen müssen, dass sie sich ein Hotelzimmer genommen hatten, wofür es aus seiner Sicht aber keinen Grund gab, stand doch in seinem Apartment ein Gästezimmer zur Verfügung, das sie nutzen konnten. Seine Eltern waren sehr erfreut, dass er ihnen anbot, aus dem Hotel auszuziehen und stattdessen bei ihm zu wohnen.

Allerdings hätte sich G. G. sein Angebot vielleicht erst noch einmal gründlich durch den Kopf gehen lassen, wenn ihm klar gewesen wäre, wie lange es dauern würde, bis zu ihrem Hotel zu fahren, das Gepäck einzusammeln, auszuchecken und zurück zur Wohnung zu fahren. Zu dieser Tageszeit war der Weg durch die Stadt eine einzige Katastrophe. Dann hatte es eine halbe Ewigkeit gedauert, sämtliche Sachen seiner Eltern einzupacken und endlich zum Wagen zu bringen. Zum guten Schluss hatten sie noch mal eine halbe Stunde mit dem Auschecken verbracht. Die Frau an der Rezeption hatte einfach nicht verstehen wollen, warum seine Eltern schon wieder abreisten, wenn sie doch an diesem Tag erst angekommen waren. Entsprach das Zimmer nicht ihren Erwartungen? War das Bett nicht bequem genug? Es folgte gut ein Dutzend solcher Fragen, sodass G. G. sich wunderte, warum sein Vater diesem Spuk nicht ein Ende setzte, indem er die Frau kontrollierte, damit sie nur das tat, was zum Auschecken erforderlich war.

Da er sich nicht dazu durchgerungen hatte, blieb G. G. nichts anderes übrig, als auf jede Frage einzugehen und zu versichern, dass alles in bester Ordnung sei und dass seine Eltern einfach nur mehr Zeit mit ihrem Sohn verbringen wollten, als es mit dem Pendeln vom Hotel und zurück möglich gewesen wäre.

»Eigentlich nicht«, sagte seine Mutter und holte ihn zurück in die ursprüngliche Unterhaltung. »Bevor wir losgefahren sind, hat sie mit dem Gedanken gespielt, sich doch wieder Angelina zu nennen, weil sie sich ja jetzt nicht mehr verstecken muss.«

»Tatsächlich?«, fragte er interessiert. Der Name gefiel ihm besser, und er passte auch gut zu ihr. Außerdem nannte er sie ja sowieso schon Angel.

»Ja. Sie ist wirklich sehr erleichtert darüber, dass sie sich jetzt nicht verstecken und weglaufen muss«, sagte Mary und lächelte flüchtig.

»Ich freue mich auch für sie«, meinte G. G. zustimmend, doch dieses Thema erinnerte ihn an das Zusammentreffen mit Juan Villaverde und dessen Behauptung, Ildaria sei auch seine Lebensgefährtin. *Dieser elende Bastard,* dachte er mürrisch.

»Schlechte Karten für Juan«, kommentierte Robert, der auf der Rückbank saß. »Aber das Pech scheint bei der Familie in den Genen zu liegen.«

»Wie meinst du das?«, wollte Mary wissen und drehte sich zu ihrem Mann um.

»Scotty sprach davon, dass Juans Sohn Vasco einer von zwei möglichen Lebensgefährten für eine Frau namens Jess war«, berichtete Robert. »Der andere Mann war ein Notte. Raffaele, wenn ich mich nicht irre.«

G. G. sah im Rückspiegel seinen Stiefvater an, weil er mehr erfahren wollte. Jess war der Name der Freundin, bei der Ildaria in Montana gewohnt hatte. Deren Lebensgefährte hieß auch Raffaele, aber Ildaria hatte nie davon gesprochen, dass Vasco ebenfalls ein möglicher Lebensgefährte für Jess gewesen war.

»Und was ist passiert?«, wollte Mary wissen.

»Offenbar hatte Vasco keine Chance gegen Raffaele, ganz so wie bei Juan und unserem Jungen«, antwortete Robert. »Pech in der Liebe scheint bei dieser Familie genetisch verankert zu sein.«

»Der arme Juan«, meinte sie seufzend und drehte sich kopfschüttelnd nach vorn. »Erst der Sohn, jetzt er selbst. Er kann einem richtig leidtun.«

G. G. setzte bei diesen Worten eine verärgerte Miene auf und hielt reflexartig das Lenkrad fester umfasst. Dieser ach so arme Juan war nichts weiter als ein arrogantes Arschloch, wobei ihn die Tatsache noch wütender machte, dass der Kerl ihn einfach kontrolliert und zum Hinsetzen gezwungen hatte. G. G. hasste es wie die Pest, von jemandem kontrolliert zu werden. Und dann war der Kerl auch noch unverschämt geworden und hatte ihn beleidigt, indem er ihn einen kindischen Sterblichen nannte. Und das alles nur, weil er sich gern lässig kleidete und eine unkonventionelle Frisur hatte. Verdammt, ihm gehörten zwei Clubs. Er war keiner von diesen Wall-Street-Faulenzern, die in Designeranzügen rumlaufen und protzige Armbanduhren zur Schau stellen mussten. Er konnte sich die Uhr kaufen, die ihm gefiel. Er hatte Geld, zwei Geschäfte und Immobilien. Er war kein Tunichtgut, der auf keinen grünen Zweig kam.

»Stell dir das nur mal vor, *zweihundert Jahre* nach einem Lebensgefährten suchen zu müssen«, gab seine Mutter zu bedenken. »Zu wissen, wer sie ist und dass sie tatsächlich irgendwo da draußen ist. Aber Jahr um Jahr und Jahrzehnt um Jahrzehnt suchst du vergebens, und wenn du sie dann endlich gefunden hast, musst du feststellen, dass du fünf Minuten zu spät gekommen bist, weil sie bereits einen anderen Lebensgefährten ausgewählt hat. Armer Juan.«

»O ja, armer Juan«, knurrte G. G. abfällig.

»Du klingst nicht sehr mitfühlend, Sohn«, sagte Mary in einem missbilligenden Tonfall. »Stell dir mal vor, du wärst an seiner Stelle.«

»Dann wäre ich jedenfalls nicht so dämlich gewesen, Ildaria anzugreifen«, versicherte er ihr und fügte ohne einen Hauch von Mitgefühl hinzu: »Er hat sich das alles selbst eingebrockt.«

»Du hast natürlich recht«, stimmte sie ihm traurig zu. »Hätte er sie damals nicht angegriffen, wäre sie auch nicht davongelaufen, und dann wäre sie mit achtzehn wie geplant seine Lebensgefährtin geworden. Du wärst ihr also nie begegnet.«

G. G. stutzte, als er das hörte. Er konnte sich schon gar nicht mehr vorstellen, wie es sein würde, wenn er Ildaria nie begegnet wäre. Nach nur gut einem Monat hatte diese Frau einen so wichtigen Platz in seinem Leben eingenommen, dass er nicht einmal mehr wusste, was er ohne sie machen sollte. Himmel, er wollte nicht mal wissen, was er ohne sie machen sollte.

»Genau genommen war das Ganze ja nicht mal wirklich sein Fehler«, fügte seine Mutter entschieden an. »Der Angriff auf sie, meine ich. Er war schließlich high von Opium, Matzen und Kakao.«

»Opium, Mescal und Kokablätter«, korrigierte G. G. sie reflexartig, während seine Gedanken immer noch um die Frage kreisten, wie sein Leben ohne Ildaria aussehen würde.

»Ja, richtig«, sagte Mary und verstummte für einen Moment, bis sie auf einmal mit den Schultern zuckte und weiterredete: »Aber ich bin schon froh, dass er so einsichtig das Feld geräumt hat. Allerdings wird ihm das ja nicht allzu schwergefallen sein, wenn er weiß, dass er am Ende ja doch das bekommt, was er haben will. Er muss sich schließlich nur zwanzig oder dreißig Jahre gedulden, bis er sie bekommt.«

G. G. verkrampfte sich bei dieser Äußerung seiner Mutter. »Wie soll ich das verstehen, dass er sie in zwanzig oder dreißig Jahren haben kann?«

»Na ja, du bist sterblich, also wirst du nicht sehr viel länger leben«, machte sie ihm klar. »Und wenn du gestorben bist, kann er sie zu seiner Lebensgefährtin machen.«

»Nur über meine Leiche«, knurrte G. G.

»Davon rede ich doch«, gab sie amüsiert zurück, was ihr einen wütenden Blick von G. G. einbrachte. »Na ja, stimmt doch«, fügte sie hinzu und zuckte hilflos mit den Schultern.

»Tja, aber vielleicht lebe ich ja aus Trotz noch fünfzig Jahre, nur um den Mistkerl zu ärgern.«

»Aber nicht, wenn du dich weiter so ernährst, mein Junge. Du magst einfach zu viel Frittiertes«, hielt sie ihm vor Augen.

Er verzog mürrisch den Mund, doch das schien sie gar nicht zu bemerken, da sie wieder nur den Kopf schüttelte und in Gedanken wohl schon wieder beim ach so armen Juan war.

»Ja, ich glaube, zwanzig bis dreißig ist das Äußerste, was wir erwarten dürfen. Dann werden wir dich verlieren, weil du einem Herzinfarkt oder einem Schlaganfall oder etwas anderem in dieser Art zum Opfer fallen wirst.«

G. G. hatte das Gefühl, dass sein linkes Auge zu zucken begann. Er schaute in den Rückspiegel, um festzustellen, ob ihm das Zucken anzusehen war.

»Das einzig Gute wird sein«, spann Mary weiter, »dass wir uns nach deinem Tod wenigstens keine Sorgen um die kleine Angelina machen müssen. Sie wird nicht in Tränen aufgelöst sein oder depressiv werden, so wie es den meisten Unsterblichen ergeht, wenn ihr Lebensgefährte stirbt.« Sie drehte sich auf ihrem Sitz zu ihm herum. »Ich habe gehört, dass manche Unsterbliche nach einem solchen Verlust zu Abtrünnigen werden. Aber nicht unsere kleine Angelina. O nein, nicht, wenn Juan schon längst in den Startlöchern steht.«

»Wie großartig«, knurrte G. G. und hielt das Lenkrad wieder fester umschlossen.

»Aber keine Angst, wir werden schon dafür sorgen, dass sie es zu deiner Beerdigung schafft.«

»Was?«, fragte er ungläubig. »Warum um alles in der Welt sollte sie es nicht zur Beerdigung schaffen? Sie wird sich wohl kaum Juan an den Hals werfen, sobald ich meinen letzten Atemzug gemacht habe.«

»Oh, natürlich nicht vorsätzlich. Es ist offensichtlich, dass sie dich liebt. Ich meine, es kann ja gar nicht anders sein, immerhin hat sie dich dem gut aussehenden sexy Juan Villaverde vorgezogen. Und wenn du stirbst, wird sie sich dir gegenüber auch respektvoll verhalten wollen.«

G. G. nickte mürrisch, hätte aber gut darauf verzichten können, dass seine Mutter Juan als gut aussehend und sexy bezeichnete. Hielt Ildaria ihn etwa auch für gut aussehend und sexy?

»Aber du weißt ja, wie das läuft mit neuen Lebensgefährten, Joshua«, ergänzte sie nun. »Na ja, du bist ja selbst auch noch einer. Deshalb bin ich mir sicher, dass du Verständnis haben wirst.«

»Verständnis wofür?«, herrschte er sie an.

»Na, für Angelina und Juan«, sagte sie, als bedürfe das keiner Frage. »Du kannst dir doch denken, wenn er von deinem Tod hört, wird er duschen und sich rasieren, seinen besten Anzug raussuchen und dann die erste Maschine nehmen, um zu ihr zu fliegen. Er wird Angelina sein Beileid aussprechen und ihr seine Hilfe anbieten. Immerhin ist sie ja seine Lebensgefährtin.«

»Sie ist *meine* Lebensgefährtin«, fauchte G. G. aufgebracht, aber vor seinem geistigen Auge sah er, wie Ildaria Juan die Tür aufmachte und ihn mit seinem Blumenstrauß und seinem verlogenen Lächeln hereinließ.

»Natürlich wird sie weinen, weil sie dich so geliebt hat und weil sie dich verlieren musste. Dann wird er sie in die Arme nehmen und … na ja, du weißt ja, wie das bei neuen Lebensgefährten so ist«, betonte sie nochmals.

Ja, das wusste er inzwischen, und deshalb sah er vor seinem geistigen Auge, wie Juan bereits über sie herfiel, während sie beide noch in der offenen Haustür standen.

»Verdammt!«, brüllte G. G. wütend, doch seine Mutter war noch längst nicht fertig.

»Das führt dann zu Sex, Ohnmacht, Sex, Ohnmacht und so weiter. Auf dem Weg zum Friedhof werden wir natürlich bei ihr vorbeifahren, um sie mitzunehmen. Wir werden schon darauf achten, dass sie nicht ohnmächtig ist.«

Mit Schrecken musste er einsehen, dass ein solches Szenario durchaus denkbar war. Juan konnte schon am Tag nach seinem Tod bei Ildaria sein und sie vögeln, weil er ja nur ihre nackte Haut berühren musste.

»Das alles trifft natürlich nur zu, wenn du irgendwann tot umfällst«, gab Robert zu bedenken. Als G. G. in den Rückspiegel sah, da er hoffte, jetzt etwas Erbaulicheres zu hören, fuhr sein Stiefvater fort: »Du kannst natürlich auch Krebs bekommen oder an einer anderen langwierigen Krankheit sterben.«

»Oh, stimmt ja«, sagte seine Mutter erschrocken, so als hätte sie diese Möglichkeit noch gar nicht in Betracht gezogen. »Tja, in dem Fall wird Juan bestimmt sofort nach Kanada kommen und auf dein Ableben warten.«

»Himmel!«, schnaubte G. G. entsetzt.

»Ich kann mir das lebhaft vorstellen«, redete Mary in dramatischem Tonfall weiter. »Du liegst bleich und ausgezehrt in deinem Krankenbett, Angelina an deiner Seite … Juan an ihrer Seite.«

»Ich werde nicht zulassen, dass sich dieser Bastard an mein Sterbebett setzt«, fauchte G. G. »Dieser Aasgeier soll sich gefälligst gedulden, bis ich tot bin.«

Seine Mutter redete unbeirrt weiter. »Du machst deinen letzten keuchenden Atemzug und schläfst friedlich ein.«

Sie gab ein Röcheln von sich, verdrehte die Augen und ließ das Kinn auf ihre Brust sinken, um ihm sein Ableben eindringlich vor Augen zu führen. Seinen Tod! Er war ihr geliebter einziger Sohn, und sie spottete über seinen Tod!

Dann machte sie die Augen wieder auf und nahm den Kopf hoch. »Angelina wird untröstlich sein, aber Juan wird sie in die Arme schließen, weil er sie doch trösten will, und dann … na, du weißt schon: neue Lebensgefährten.«

Ja, er wusste Bescheid. Neue Lebensgefährten. G. G. konnte sich die Szene nur allzu lebhaft vorstellen. Bei Gott, sie würden auf seinem Leichnam liegen und vögeln, während er noch nicht mal kalt und starr war.

Mary seufzte aus tiefstem Herzen. »Ich schätze, ich sollte mir das einfach so vorstellen wie bei einer Organspende«, sagte sie nachdenklich.

»Wie bei einer Organspende?«, wiederholte G. G. verständnislos, nachdem er mit Mühe, aber letztlich erfolgreich das Bild verdrängt hatte, das Juan und Ildaria beim Sex auf seinem Leichnam zeigte.

»Na ja, es heißt doch oft, dass es für die Angehörigen von Organspendern ein Trost ist zu wissen, dass durch den Tod eines von ihnen geliebten Menschen ein anderer mit dessen Organ eine zweite Chance erhalten hat«, erläuterte sie. »Ich denke mir, dass das hier ganz ähnlich ist. Du spendest zwar niemandem ein Organ, aber durch deinen Tod erhält Juan eine zweite Chance für die Liebe, denn er bekommt durch dich ja Ildaria.«

»Großer Gott«, ächzte G. G.

»Es ist schon ein Trost, dass wir uns um Angelina keine Sorgen machen müssen«, philosophierte Mary weiter. »Weder um ihr Gefühlsleben noch in finanzieller Hinsicht. Juan scheint ja Geld wie Heu zu haben. Und durch ihn erhält sie auch noch einen Titel. Lady Angelina Villaverde«, deklamierte sie ehrfurchtsvoll und fügte hinzu: »Soweit ich weiß, ist Juan von adliger Abstammung.«

»Ach, wirklich?«, presste er zähneknirschend heraus. Es war nicht weiter verwunderlich, dass sich seine Mutter von einem Titel beeindrucken ließ, schließlich war sie Engländerin.

»O ja«, schwärmte sie hemmungslos weiter. »Auf dem Flug hierher hat Scotty uns erzählt, dass Juan Villaverde als Sohn eines Lords in Spanien zur Welt kam. Er kam erst später in die Dominikanische Republik. Wenn er in Spanien ein Lord war, wird er da unten auch einer sein. Lord Juan Villaverde.«

»Don«, korrigierte Robert sie.

»Was meinst du, Schatz?«, fragte sie und verrenkte sich wieder den Hals, um ihren Mann anzusehen.

»Der spanische Begriff für Lord ist Don«, erklärte er. »Er heißt Don Juan Villaverde.«

Einen Moment lang herrschte Stille, dann stieß seine Mutter einen begeisterten Schrei aus. »O mein Gott! In Angelinas Zukunft wartet ein echter Don Juan auf sie! Wie aufregend!«

»Ganz bestimmt nicht«, knurrte G. G., der vor Wut kochte.

»Nicht? Wieso nicht?«, fragte seine Mutter verwundert.

»Ganz einfach: weil du mich wandeln wirst.«

Ildaria drehte sich im Halbschlaf auf die andere Seite, verlor unerwartet den Halt, rollte aus dem Bett und landete mit einem dumpfen Knall auf dem harten Fußboden. Es war nicht das Bett, wie ihr klar wurde, als sie die Augen aufmachte. Es war die Couch. Sie war gestern Abend auf der Couch eingeschlafen, als sie darauf gewartet hatte, dass G. G. mit seinen Eltern zurückkam.

Ein helles Bellen lenkte ihren Blick nach oben, wo H. D. von der Couch auf sie herabblickte, als könne er kein Verständnis dafür aufbringen, dass sie einfach so runtergefallen war.

Seufzend drehte sie sich auf den Rücken, setzte sich auf und streichelte den Hund, um ihn wieder zu beruhigen. »Sorry, Kleiner. Habe ich dich aufgeweckt?« H. D. drückte sich an ihre Hand, der Schreck war offenbar schon vergeben und vergessen.

Als Ildaria gähnend zur Wanduhr sah, riss sie gleich darauf erschrocken die Augen auf, als sie feststellte, dass es schon nach zwei Uhr nachmittags war.

»Was ist denn jetzt los?«, murmelte sie und stand eilig auf, blieb dann aber erst mal unschlüssig stehen. Aus einem Hotel auszuchecken und das Gepäck einzusammeln konnte nicht so lange dauern. Aber vielleicht war G. G. mit seinen Eltern längst zurückgekommen, hatte sie hier schlafend angetroffen und war mit ihnen in seine Wohnung gegangen, um sie nicht unnötig aufzuwecken.

Aber was, wenn sie noch gar nicht zurück waren? Wenn sie in einen Unfall verwickelt worden waren? Fluchend ging sie zur Wohnungstür, schloss sie auf und öffnete sie. Tybo und Valerian standen an der Tür zum Treppenhaus und unterhielten sich, verstummten aber sogleich und drehten sich zu ihr um. Lucian hatte beschlossen, sie weiterhin bewachen zu lassen, bis Juan tatsächlich auf dem Weg nach Südamerika war. Es war eine Vorsichtsmaßnahme für den Fall, dass der Mann auf die Idee kam, sie doch noch in ihre alte Heimat zu verschleppen und dahingehend auf sie einzuwirken, dass sie doch noch seine Lebensgefährtin wurde.

Ildaria hatte keine Ahnung, wann Juan gedachte, das Land zu verlassen. Bis dahin würde sie auf jeden Fall ihre Babysitter haben. Im Moment war das sogar ganz praktisch, überlegte sie und setzte zu der Frage an, ob G. G. und seine Eltern schon in seiner Wohnung waren. Dann aber kam ein Fluch über ihre Lippen, als H. D. an ihr vorbei in den Flur geschossen kam und bellend auf die beiden Vollstrecker losstürmte.

»Nein, nein, nein«, rief sie energisch, während sie hinter ihm herlief und ihn gerade noch zu fassen bekam, bevor er sich in Tybos Stiefel verbeißen konnte. »Böser Hund!«

H. D. stellte prompt das Bellen ein und begnügte sich mit einem kehligen Knurren in Richtung der amüsierten Vollstrecker. Ildaria drückte ihn an ihre Brust, und da von der Bestie nun keine Gefahr mehr ausging, lächelte sie die beiden Männer ein wenig verlegen an, ehe sie fragte: »Sind G. G.s Eltern letzte Nacht bei ihm geblieben?«

Als Tybo verwundert eine Augenbraue hochzog, gestand sie

ihm: »Ich bin auf der Couch eingeschlafen, als ich auf die drei gewartet habe, und bin eben erst aufgewacht.«

»Aha.« Tybo nickte verstehend. »Ja, er war bei seinen Eltern.«

»Oh«, machte sie enttäuscht. »Ich wünschte, er hätte mich aufgeweckt, als er wieder hier war. Ich habe extra einen Kuchen gebacken und …« Sie schüttelte flüchtig den Kopf. »Ach, ich schätze, den können wir heute immer noch essen, wenn sie aufgestanden sind. Aber vielleicht sollte ich für sie das Frühstück vorbereiten«, überlegte sie und machte kehrt, um zu ihrer Wohnung zu gehen. An der Tür angekommen, blieb sie stehen und wandte sich noch einmal an die beiden Vollstrecker: »Wann sind sie überhaupt zurückgekommen? Ich will ja nicht zu früh mit den Vorbereitungen anfangen, sonst ist nachher alles kalt, wenn sie aufstehen.«

Die beiden Männer sahen sich kurz an, dann sagte Tybo: »Also, damit würde ich noch warten. Das wird noch eine Weile dauern. So wie sich das angehört hat, waren sie gestern Abend sehr lange auf.«

»Oh.« Ildaria wollte in ihre Wohnung zurückkehren, als ihr Blick auf den Hund fiel, den sie an sich gedrückt hielt. Ein wenig frustriert murmelte sie: »Klar, du musst bestimmt Gassi gehen.«

»Das erledige ich«, sagte Valerian prompt und kam auf sie zu.

»Nein, nein, das ist schon in Ordnung«, begann sie zu protestieren, doch der Vollstrecker war bereits im Begriff, den Hund an sich zu nehmen, wobei er ihn ganz bewusst so hielt, dass H. D. nicht nach ihm schnappen konnte.

»Entweder gehe ich oder wir gehen alle drei, schließlich sind wir hier, um dich zu bewachen«, machte er ihr klar. »Außerdem hätte ich gegen etwas frische Luft nichts einzuwenden.«

Als sie keine weiteren Widerworte von sich gab, machte sich Valerian auf den Weg zum Treppenhaus, wobei er sich H. D. wie einen Football unter den Arm geklemmt hatte. Der hatte zwar aufgehört, die beiden Vollstrecker anzubellen, aber sie traute ihm zu, dass er Valerian auf dem Weg nach unten einfach anpinkelte. Wenn er wollte, konnte er ein richtiger kleiner Bastard sein.

Kopfschüttelnd sah sie zu Tybo. »Kaffee? Tee? Kuchen?«

»Ein Tee zum Kuchen wäre genau richtig«, antwortete Tybo grinsend. »Ich liebe Kuchen.«

Ildaria lächelte und war froh darüber, dass wenigstens ein Mensch ihren Tres Leches probieren wollte. Der war eigentlich für G. G. und seine Eltern bestimmt gewesen, wenn sie zurückkamen. Bloß war niemand zurückgekommen. Irgendjemand sollte ihn essen, fand sie.

»Für Valerian bringe ich auch ein Stück und eine Tasse Tee mit«, versprach sie ihm und ging zurück in ihr Apartment. Die Tür machte sie wohlweislich nicht hinter sich zu, würde sie doch gleich mit einem Tablett mit Tee und Kuchen nach draußen gehen müssen, und da hatte sie dann keine Hand mehr frei. Davon abgesehen hielt Tybo im Flur Wache, sodass niemand unbemerkt in ihre Wohnung gelangen konnte.

Zurück in der Küche wollte sie sich dem Tee widmen, aber ihre Gedanken kreisten erneut um G. G. Offenbar hatte er sie auf der Couch schlafend vorgefunden und war daraufhin mit seinen Eltern in seine Wohnung gegangen.

Nach Tybos Aussage zu urteilen, dass die drei noch ziemlich lange aufgeblieben waren, mussten gedämpfte Stimmen und Gelächter aus G. G.s Apartment zu hören gewesen sein.

Es war schön, dass die drei sich so gut verstanden. Von G. G. wusste sie, dass er ein enges Verhältnis zu seinen Eltern hatte, und da G. G. hier in Kanada den *Night Club* ins Leben gerufen und etabliert hatte, konnten sie sich schon ziemlich lange nicht mehr gesehen haben. Daher war es ihnen allen sicher recht, wenn sie eine Weile unter sich waren. Sie verübelte es ihnen nicht, und wäre sie wach gewesen, hätte sie ihnen womöglich sogar vorgeschlagen, dass sie den Abend zu dritt und somit unter sich verbrachten. Sie hätte ihnen bloß gern den Kuchen gegeben.

Ihr Blick wanderte zum Kühlschrank, wo sie ihren schönen Kuchen deponiert hatte. Sie hatte damit zum einen das Ende all ihrer Sorgen feiern, zum anderen aber auch einen besseren zweiten Eindruck hinterlassen wollen. Vollständig angezogen, mit umgebundener Schürze und einem Kuchen in der Hand gab sie ein deutlich besseres Bild ab als nackt auf ihrem Sohn liegend. Andererseits hatte sie noch viele Jahre Zeit, um den verpatzten ersten Eindruck wiedergutzumachen.

Hoffentlich hatte sie noch viele Jahre Zeit. Sofern G. G. nicht einem Unfall zum Opfer fiel ... oder einem Herzinfarkt erlag. Entschlossen verdrängte sie diese beunruhigenden Gedanken, holte den Kuchen aus dem Kühlschrank und schnitt ihn an, setzte Wasser auf und bereitete den Tee so zu, wie Tybo und Valerian ihn haben wollten. Dann stellte sie alles auf ein Tablett und brachte es den beiden nach draußen in den Flur. Valerian kehrte in dem Moment mit H. D. zurück, als Tybo ihr gerade das Tablett abnehmen wollte. Sie wünschte den beiden noch einen schönen Tag und nahm H. D. mit zurück in ihr Apartment. Dort füllte sie einen Napf mit Futter und stellte ihn in der Küche auf den Boden. Während sich der Hund auf seine Mahlzeit stürzte, ging Ildaria ins Badezimmer. Sie trug noch immer den schwarzen Rock und die Bluse vom Vortag und fühlte sich irgendwie schmuddelig. Höchste Zeit zu duschen und etwas Frisches anzuziehen.

Zehn Minuten später kam sie in ein Handtuch gewickelt aus dem Bad und ging ins Schlafzimmer, blieb aber wie angewurzelt stehen, als sie aus dem Flur einen Mann hereinkommen sah. Er war groß und von muskulöser Statur. Er trug einen schönen grauen Anzug und schwarze Halbschuhe, am Handgelenk sah sie eine goldene Armbanduhr aufblitzen.

Für eine Sekunde glaubte sie, Juan sei in ihre Wohnung gekommen. Dann aber fiel ihr der kahl rasierte Schädel auf, und sie vermutete, einen seiner Handlanger vor sich zu haben. Lucian hatte allen Grund zur Vorsicht gehabt, doch sie fragte sich besorgt, was den beiden Vollstreckern draußen im Flur zugestoßen sein mochte, wenn dieser Mann es bis in ihre Wohnung geschafft hatte. Alle diese Überlegungen waren aber vorerst vergessen, denn ihr Verstand hatte längst auf Verteidigungsmodus umgeschaltet. Da sie keine andere Waffe zur Hand hatte, löste sie das um sich geschlungene Handtuch, holte damit aus und stürmte los. Sie warf ihm das Handtuch über den Kopf, damit ihm die Sicht genommen wurde, sprang ihm in den Rücken und riss ihn zu Boden. Sie bekam das andere Ende des Handtuchs zu fassen und wickelte es ihm um den Hals, um ihm die Luft abzuschnüren.

»Joshua? Hast du sie gefunden?«

Ildaria erstarrte und drehte sich auf dem Rücken des Mannes nach hinten, um zur Tür zu sehen. Im nächsten Moment trat Mary Guiscard zur Tür herein und blieb verdutzt stehen. »Oh, Angelina, meine Liebe. Ähm …« Ihr Blick wanderte von der nackten Ildaria zu dem Mann, auf dessen Rücken sie kauerte. Unwillkürlich musste sie lächeln und sagte amüsiert: »Wie ich sehe, hat mein Sohn dich gefunden.«

»Dein Sohn?«, wiederholte Ildaria verständnislos und sah auf den Mann, den sie gerade zu erdrosseln versuchte. Nicht, dass das ausgereicht hätte, um einen Unsterblichen zu töten, aber auf diese Weise konnte sie ihn vorübergehend außer Gefecht setzen, um ihn dann in Ruhe verschnüren zu können. Es sei denn … o Gott, wenn das G. G. war, dann lief sie Gefahr, dass sie ihn mit diesem Griff tatsächlich umbrachte. Sie überlegte, ob sie loslassen sollte, schüttelte dann aber den Kopf und sah zu Mary. »Dieser Mann hatte eine Glatze.«

»Ja, aber seine Haare wachsen wieder nach, meine Liebe«, versicherte Mary ihr und fügte in sanfterem Tonfall hinzu: »Falls du ihm nicht vorher mit diesem Handtuch den Kopf abreißt.«

Augenblicklich ließ sie das Tuch los und sprang auf. Aber erst als der Mann sich auf den Rücken drehte und das Handtuch vom Kopf zog, sah sie, dass es sich wirklich um G. G. handelte.

»O mein Gott«, hauchte sie erschrocken, als sie sein gerötetes Gesicht sah.

»Er ist nicht mehr G. G. Der Green Giant ist tot, lang lebe Joshua«, verkündete seine Mutter zufrieden, woraufhin Ildaria erschrocken den Kopf schüttelte.

»Das sehe ich«, sagte sie verdattert und flehte G. G. an: »*Madre de Dios*, was hast du gemacht? Wo sind deine schönen Haare?«, stellte sie ihn vorwurfsvoll zur Rede.

G. G. warf seiner Mutter einen finsteren Blick zu, aber die lächelte ihn nur an und sagte: »Ich lasse euch beide mal allein. Dein Vater und ich sind nebenan in deiner Wohnung, Joshua. Kommt einfach rüber, wenn ihr … nachdem ihr … na, halt irgendwann später«, beendete sie den Satz, machte auf dem Absatz kehrt und verließ das Zimmer.

Ildaria sah ihr hinterher, richtete ihre Aufmerksamkeit dann aber sogleich wieder auf G. G., der in der Zwischenzeit aufgestanden war. Ihr Blick wanderte über den eleganten neuen Anzug bis hinab zu den schicken Schuhen, kehrte aber dann zu seinem Kopf zurück.

»Die wachsen nach«, murmelte er und fühlte sich unbehaglich, weil sie ihn so eindringlich musterte.

»Sí«, stimmte sie ihm zu.

»Eigentlich wollte ich die Haare auf zwei bis drei Zentimeter stutzen, aber das sah einfach nur albern aus. Darum habe ich alles abrasiert. Aber …« Er stutzte, als er ihren Gesichtsausdruck sah, und strich sich verlegen über seinen kahlen Kopf. »Gefällt es dir nicht?«

»Gefällt es dir denn?«, stellte sie die Gegenfrage.

Er zuckte ein wenig unbehaglich mit den Schultern. »Ich fand, es ist an der Zeit, dass ich weniger wie ein sterbliches Kind und mehr wie unsterblicher Mann aussehe.«

Ildaria verzog den Mund, als sie hörte, dass er dieselben Worte benutzte, mit denen Juan ihn zuvor abschätzig beschrieben hatte. Aber dann drang auch der Rest seiner Worte zu ihr durch, und sie sah ihn sich genauer an. Die blauen Augen, die er von seiner Mutter geerbt hatte, waren jetzt mit Silber durchwirkt.

»G. G.?«, flüsterte sie und kam näher. »Du bist …?«

»… unsterblich«, vollendete er für sie den Satz.

»Aber wie? Und wann?«, fragte sie und streckte die Hand aus, um sein Gesicht zu berühren und nach unten zu drücken, damit sie seine Augen besser betrachten konnte. Sie sah den silbrigen Schimmer, der sich durch das Blau zog, und war der Überzeugung, noch niemals etwas so Schönes gesehen zu haben.

»Mutter hat mich gestern Abend im Hauptquartier der Vollstrecker gewandelt. Ich wollte dich damit überraschen«, erklärte er. »Es war offenbar eine äußerst schnelle Wandlung. Nach ein paar Stunden war ich schon wieder wach und auf den Beinen. Ich habe mich rasiert und geduscht, und dann sind wir losgefahren, um den Anzug und die Schuhe zu kaufen. Ich habe dir auch Blumen mitgebracht. Sie stehen in der Küche. Ich wollte dich … beeindrucken.«

»Das ist dir auch gelungen«, versicherte sie ihm.

»Und?« Er drehte den Kopf zur Seite. »Gefalle ich dir so besser?«

Ildaria betrachtete ihn nachdenklich und sagte schließlich ehrlich: »Ich finde, du siehst gut aus. Aber vorher fand ich dich auch gut.« Sie hielt inne, biss sich auf die Lippe und gestand ihm: »Allerdings fehlt mir deine Frisur. Und deine Lachfalten auch.«

Er lächelte sie an. »Die Haare kann ich wieder wachsen lassen, aber an den Lachfalten kann ich nichts ändern. Die sind leider weg. Ehrlich gesagt, war es schon etwas seltsam, nach dem Aufwachen in den Spiegel zu sehen und in das Gesicht meines jüngeren Ichs zu blicken.«

Ildaria musste grinsen, doch dann fiel ihr etwas ein: »Deine Tätowierungen!«

G. G. schüttelte bedauernd den Kopf: »Alle weg.«

»Sí«, seufzte sie. Dass das passieren würde, wenn er sich irgendwann einmal wandeln lassen sollte, hatte sie von Anfang an gewusst. Piercings, Tätowierungen und alles, was nicht dem Konzept eines Menschen in perfekter körperlicher Verfassung entsprach, wurde von den Nanos aus- und abgestoßen. Das kam zwar nicht unerwartet, dennoch war sie traurig, weil ihr seine Tätowierungen gefallen hatten.

Schließlich hob sie den Kopf, zog die Augenbrauen hoch und sagte: »Du hattest doch geschworen, dich niemals wandeln zu lassen. Allein schon der Gedanke hat dich abgeschreckt. Wieso jetzt der Sinneswandel?«

»Ich hatte herausgefunden, dass es etwas gibt, was ich noch abschreckender finde«, gestand er amüsiert.

Ildaria kniff die Augen ein wenig zusammen, als sie sich an

Marys Bemerkung erinnerte, dass G. G. als Kind nie gern sein Spielzeug mit anderen geteilt hatte. »Und was?«, fragte sie, als er weiter nichts dazu sagte.

»Der Gedanke, dass du nach meinem Tod mit Juan zusammen sein würdest«, antwortete er mit ernster Miene. »Ich bin lieber einmal quer durch die Hölle und zurück gegangen, nur um sicherzustellen, dass es niemals dazu kommen wird.«

Empört stemmte sie die Fäuste in die Hüften und sah ihn finster an. »Das heißt, du wolltest dich nicht wandeln lassen, als es darum ging, für immer an meiner Seite zu sein. Aber um die Gewissheit zu haben, dass es niemand anderen an meiner Seite geben kann, hast du es gemacht?«

G. G. schürzte die Lippen und meinte betreten: »Okay, wenn du es so formulierst, dann klingt das schon irgendwie schräg, nicht wahr?«

»Sí«, meinte sie in kühlem Tonfall. *»Loco.«*

Seufzend legte er die Arme um sie und zog sie an sich, auch wenn sie nicht davon angetan war. »Aber jetzt, nachdem ich gewandelt wurde, hast du mich am Hals. Und zwar für immer und ewig.«

»Hm«, machte sie völlig unbeeindruckt.

»Ich mag ja vielleicht *loco* sein, aber ich liebe dich«, betonte er und ließ den Kopf nach vorn sinken, um sie auf den Hals zu küssen.

Ildaria kämpfte gegen den Schauer an, der ihr über den Rücken laufen wollte. Sie versuchte, möglichst keine Reaktion auf seine Bemühungen zu zeigen, doch das ließ sich gar nicht verhindern, da allein durch seine Berührung die Magie der neuen Lebensgefährten ausgelöst wurde.

»Und deinen Körper liebe ich auch«, fügte er hinzu und bewegte die Hände nach oben, damit er sie um ihre Brüste legen konnte. »Du solltest mich immer nackt begrüßen.«

Ildaria wollte gerade die Augen zufallen lassen, um sich ganz der anschwellenden Lust in ihrem Inneren hinzugeben, als ihr bewusst wurde, was er soeben zu ihr gesagt hatte. Sofort stieß sie sich erschrocken von ihm ab. »O nein!«, rief sie.

»Was ist?«, fragte er besorgt.

»Deine Mutter«, antwortete sie und legte sich die Hände vors Gesicht. »Ich wollte einen guten ersten Eindruck machen. Darum habe ich gestern Abend einen Kuchen gebacken. Ich wollte in einem hübschen Kleid und mit adretter Schürze vor ihr stehen und ihr den Kuchen überreichen. Und was passiert stattdessen? Sie trifft mich schon wieder nackt auf ihrem Jungen liegend an!«

G. G. brauchte einen Moment, um alles zu verarbeiten, was sie im Eiltempo heruntergerasselt hatte. Schließlich räusperte er sich und sagte: »Honey, das wäre aber nicht der erste Eindruck gewesen. Sie ist dir ja bereits begegnet.«

»Aber ich wollte einen neuen ersten Eindruck machen«, jammerte sie und hätte schwören können, dass sie ein kurzes Lachen hörte, bevor er sie wieder in seine Arme schloss.

»Angel«, sagte er und gab ihr einen Kuss auf den Kopf. »Du musst dir keine Gedanken darüber machen, welchen Eindruck du bei meinen Eltern hinterlässt. Beide lieben dich, meine Mutter ganz besonders. Sie akzeptieren dich, ob du nackt oder angezogen bist, ob du auf mir liegst oder nicht.« Er lehnte sich zurück, schob einen Finger unter ihr Kinn und hob ihren Kopf an, damit er ihr in die Augen sehen konnte. »Am wichtigsten ist aber immer noch, dass ich dich liebe.«

»Ich liebe dich auch«, hauchte sie und schmiegte sich an ihn, während er mit den Händen weiter über ihren Rücken und ihre Arme strich. »Aber du solltest deinen schicken neuen Anzug ausziehen, damit wir ihn nicht gleich ruinieren.«

Widerstrebend ließ G. G. sie los und legte das Jackett ab,

während er sie neckte: »Das sagst du nur, weil du meinen neuen Körper in Idealform sehen willst.«

»Sí«, gab sie zu und ging rückwärts in Richtung Bett, wobei sie ihm dabei zusah, wie er das Hemd aufknöpfte. »In einem Anzug siehst du gut aus«, stellte sie fest. »Aber ich mag dich auch in Jeans und T-Shirt.«

»Tatsächlich?« Er zog das Hemd aus der Hose und streifte es ab.

Fast augenblicklich korrigierte sie ihre Einstellung. Dieser Mann war immer schön, ganz gleich, was er trug oder nicht trug, dachte sie, während sie sich aufs Bett legte. Ihr Blick war vom Spiel seiner Rückenmuskeln völlig fasziniert, als er seine Stoffhose aufmachte und ebenfalls auszog. Beim Blick auf seine Schultern fehlten ihr seine Tätowierungen, doch das änderte nichts daran, dass er ein schöner Mann war.

»Und?«, fragte er, nachdem er die Hose zusammengefaltet auf die Kommode gelegt hatte und sich nun zu ihr umdrehte. »Wie findest du die neue Karosserie? Interesse an einer Probefahrt?«

Sie lachte über seinen Vergleich. »Sí, und mach dich darauf gefasst, dass ich Vollgas geben werde, Señor.«

»Bis nach Rammelshausen?«

»Kommt drauf an, wo Rammelshausen liegt. In Kanada? Oder in England?«

»Nun …«, begann G. G., unterbrach sich dann aber und kletterte zu ihr ins Bett. »Ich werde dir zeigen, wo das liegt«, versprach er ihr.

Epilog

»Du hast sie zwar nicht lange gehabt, aber in Augenblicken wie diesem muss ich schon sagen, dass mir deine Leibwächter doch sehr fehlen, Angelina. Es wäre schön, sie bei uns zu haben, dann könnten sie die Einkaufstaschen tragen.«

Ildaria sah G. G.s Mutter überrascht an. »Sind dir die Taschen zu schwer? Ich kann dir gern ein paar abnehmen.«

»Natürlich sind sie mir nicht zu schwer, meine Liebe«, erwiderte Mary Guiscard amüsiert darüber, dass Ildaria überhaupt auf einen solchen Gedanken kommen konnte. »Aber sie sind groß und unhandlich, und ich glaube, ich habe mir die Maniküre ruiniert, als ich eben einem anderen Fußgänger ausweichen musste. Ich bin mir sicher, die junge Frau im Nagelstudio hat meine Finger nicht lange genug unter dieses Licht gehalten.«

»Kein Problem, Mary«, sagte Marguerite, ehe Ildaria sich dazu äußern konnte. »Das können wir vor der Party alles noch hinbiegen. Für solche Fälle habe ich ein ganz fantastisches Maniküreset.«

»Oh, das ist gut. Ähm, sind das … die Jungs?«, fiel sich Mary mit ihrer Frage selbst ins Wort. Ungläubig riss sie die Augen auf. »Was um alles in der Welt tragen sie?«

»Leder«, sagte Ildaria, als sie ebenfalls die Männer entdeckte, die auf sie zukamen. »Jede Menge Leder.«

Alle drei Frauen standen schweigend da, während sich ihnen ihre Lebensgefährten näherten. G. G. und sein Vater Robert waren von Kopf bis Fuß in schwarzes Leder gekleidet.

G. G. trug eine hautenge Hose, dazu Springerstiefel und einen langen Mantel. Statt ein T-Shirt zu tragen, war er mit nacktem Oberkörper unterwegs, der ungewohnt gebräunt und mit zahlreichen Tätowierungen überzogen war. Genauso seltsam wirkte die dunkelgrüne Irokesenfrisur, waren doch seine Haare am Morgen noch keine zwei Zentimeter lang gewesen. Ganz offenbar hatte er zu Bräunungsspray und Abzieh-Tattoos sowie zu einer Perücke gegriffen, was ihn aber auch so unglaublich heiß aussehen ließ.

Sein Vater Robert hatte die gleiche Hose und die gleichen Stiefel an, trug aber eine kürzere Lederjacke und darunter ein schwarzes T-Shirt – und dazu einen knallroten Haarkamm.

Was Julius anging, gab er sich deutlich konservativer, hatte er sich doch für einen Anzug aus schwarzem Leder und ein blaues Seidenhemd entschieden. Das Gesicht war mit weißer Farbe bemalt, und er hatte seine echten Fangzähne ausgefahren. Offenbar machte er auf Vampir-Look, denn die Spitzen der Zähne waren mit roter Farbe bemalt, außerdem war da ein Tropfen »Blut« auf seiner Wange zu sehen.

»Gott, was sehen die gut aus«, sagte Mary und klang ein wenig atemlos.

Ildaria sah die Frau überrascht an. »Aber Robert hat einen Irokesenschnitt.«

»Ja, meine Liebe, das sehe ich, und es lässt ihn noch schärfer aussehen als ohnehin schon«, erwiderte sie, während ihre Augen zu glühen begannen.

Ildaria konnte ihren Ohren kaum trauen. »Ich dachte, du hast G. G.s Irokesenschnitt nicht ausstehen können.«

»Nein, bei meinem Sohn fand ich es reizend, aber Robert sieht damit heiß aus«, erwiderte sie.

»Du hast G. G. aber doch immer gesagt, dass er gut aussehen würde, wenn er bloß nicht diese Frisur hätte und …«

»Ach, das habe ich nur gesagt, damit er glaubt, er würde damit gegen mich rebellieren«, sagte Mary und machte eine wegwerfende Geste. »Jungs müssen rebellieren, das liegt in ihrer Natur. Solange ich mich über seine Haare beklagt habe, musste er nicht losziehen und irgendwas Drastischeres anstellen, nur um das Gefühl zu haben, dass er aufbegehrt und ungehorsam ist.«

Einen Moment lang sah Ildaria die Frau fassungslos an, da es sich nach ihren Worten so anhörte, als wäre G. G. noch ein Teenager. »Du weißt aber, dass er fast vierzig ist, oder?«

»Ja, fast vierzig«, seufzte Mary betrübt. »Und er hat mir noch immer keinen Enkel geschenkt.« Sie drehte sich zu Ildaria um und fragte: »Wann bemüht ihr zwei euch mal in dieser Hinsicht? Ich hatte eigentlich erwartet, längst Großmutter zu sein.«

»Was?«, rief Ildaria entsetzt, woraufhin Marguerite zu lachen begann. »Wir sind ja noch nicht mal verheiratet.«

»Ja, stimmt«, pflichtete Mary ihr ein wenig vorwurfsvoll bei. »Wann wird denn das passieren?«

»Keine Ahnung, vielleicht wenn dein Sohn mir einen Antrag macht«, schlug Ildaria ihr aufgebracht vor. Es war Ende Oktober, sie waren erst seit drei Monaten zusammen und hatten in dieser Zeit alle Hände voll zu tun gehabt, den *Night Club* zu führen und nebenbei seinen Eltern dabei zu helfen, ein Haus zu finden und nach Kanada umzuziehen. Außerdem war Ildaria mit ihren neuen Kursen an der Universität vollauf beschäftigt. Die wenige Zeit, die sie beide für sich hatten, verbrachten sie damit, sich zu lieben oder nach dem Sex ohnmächtig irgendwo herumzuliegen. Sie hatten noch keine Gelegenheit gehabt, über die Zukunft zu reden. Aber nachdem seine Mutter das Thema nun einmal angeschnitten hatte, würde sie ihnen wahrscheinlich so lange auf die Nerven gehen, bis sie geheiratet hatten und den ersten Enkel präsentieren konnten. Bei dem Gedanken musste Ildaria einfach den Kopf schütteln. Sie mochte Mary wirklich sehr, weil sie für sie wie eine Mutter war. Aber manchmal konnte sie einen in den Wahnsinn treiben.

»Tja«, meinte Mary und ließ einen überzogen dramatischen Seufzer folgen. »Ich schätze, dir kann ich da keinen Vorwurf machen, nicht wahr? Ich werde mal ein ernstes Wort mit meinem Sohn reden müssen«, versprach sie. »Aber jetzt werde ich erst mal diesem scharfen Typ mit dem roten Irokesenschnitt einen ordentlichen Kuss geben … und ihm anschließend meine Einkaufstaschen in die Hand drücken«, verkündete sie und lief den Männern entgegen.

»Und? Wie geht es dir?«, fragte Marguerite, die es nicht so eilig hatte.

»Gut«, versicherte Ildaria ihr. »Wirklich gut.«

»Du wirkst auch viel glücklicher. Du strahlst förmlich«, merkte Marguerite zufrieden an.

»Oh.« Ildaria spürte, wie das Kompliment sie erröten ließ. »Du strahlst aber eindeutig mehr als ich, Marguerite. Die Schwangerschaft bekommt dir gut.«

Marguerite lächelte und strich sich mit einer Hand über den Bauch. Anstatt auf Ildarias Bemerkung zu reagieren, fragte sie: »Hast du noch mal was von Juan gehört?«

Ildaria schüttelte den Kopf. »Nachdem er heimgekehrt ist, hat man nichts mehr von ihm gehört. Und von seinen Leuten hat sich auch niemand in Richtung Norden auf den Weg gemacht. Ich glaube, er lässt mich jetzt ein für alle Mal in Ruhe.«

»Ja, das glaube ich auch«, stimmte Marguerite ihr zu. »Trotzdem werde ich die Augen offen halten, ob ich nicht eine andere mögliche Lebensgefährtin für ihn finden kann, damit er ein für alle Mal Ruhe gibt.«

Ildaria sah sie überrascht an, dann drehte sie sich zu Marguerite um und umarmte sie, was gar nicht so einfach war, trugen sie doch beide etliche Einkaufstaschen mit Dekoration für die Halloween-Party im *Night Club* an diesem Abend. Marguerite und Mary halfen ihr beim Dekorieren und in der Küche, was Ildaria mehr zu schätzen wusste, als sie in Worte fassen konnte.

Sie hatte noch nie eine Party organisieren müssen, aber eine Halloween-Party klang nach Spaß. Mary hatte so begeistert reagiert, als G. G. davon gesprochen hatte, dass Ildaria sich von ihrer Vorfreude und Begeisterung hatte mitreißen lassen. »Danke«, sagte sie zu Marguerite und ließ sie wieder los. »Für alles.«

»Ist mir ein Vergnügen«, versicherte ihr Marguerite. »Und jetzt komm. Sagen wir unseren Männern, wie gut sie aussehen.«

»O ja.« Ildaria nickte und ging weiter auf den Mann zu, mit dem sie ihre Zukunft teilen würde.

ENDE

Die Jagd auf die begehrtesten Junggesellen der Highlands ist eröffnet!

Lynsay Sands
EIN HIGHLANDER
IN NÖTEN
Aus dem amerikanischen
Englisch von
Susanne Gerold
368 Seiten
ISBN 978-3-7363-1295-1

Geordie Buchanan traut seinen Augen kaum, als er die Burg Buchanan völlig überfüllt vorfindet. Kurzerhand übernachtet er im Garten, wo er am Morgen der hübschen Dwyn begegnet, die sich in einem Apfelbaum versteckt - offenbar auf der Flucht vor anderen Damen, die wie sie geladen wurden, um einen der Buchanan-Brüder als Ehemann zu ergattern. Heiraten ist zwar das Letzte, woran Geordie denkt, doch als Dwyn von einem anderen umworben und dann auch noch Ziel eines Anschlags wird, stellt er fest, dass er alles tun würde, um sie für sich zu gewinnen.

»Ein wunderbares schottisches Abenteuer.« URBAN BOOK REVIEWS

LYX

Nur sie kann das Herz des Jägers berühren

Lara Adrian
HUNTER LEGACY -
DÜSTERE LEIDENSCHAFT
Aus dem amerikanischen
Englisch von
Firouzeh Akhavan-Zandjani
304 Seiten
ISBN 978-3-7363-0715-5

Asher gehörte einst zu den Jägern, die von dem wahnsinnigen Vampir Dragos zu Killern herangezogen wurden. Seit er seine Freiheit wiedererlangte, lebt er auf einer einsamen Farm in der Wüste Nevadas. Doch eines Nachts wird er unvermutet zum Retter einer jungen Frau, die skrupellose Gangster in der Wüste verschwinden lassen wollen. Doch Naomis Feinde sind ihr noch immer auf den Fersen ...

»Lara Adrian verwöhnt uns immer aufs Neue mit ihrer perfekten Mischung aus Romantik, Leidenschaft, Sinnlichkeit und Action.«
READING DIVA

LYX